S. FISCHER

Joyce Carol Oates

DER MANN OHNE SCHATTEN

Roman

Aus dem Amerikanischen
von Silvia Morawetz

S. FISCHER

MIX
Papier aus verantwortungsvollen Quellen
FSC® C014496
www.fsc.org

Erschienen bei S. FISCHER

Die Originalausgabe erschien unter dem Titel
›The Man without a Shadow‹ bei Ecco,
an imprint of HarperCollins, New York, 2016

Satz: Dörlemann Satz, Lemförde
Druck und Bindung: GGP Media GmbH, Pößneck
Printed in Germany
ISBN 978-3-10-397276-4

Für meinen Mann Charlie Gross,
meinen ersten Leser

Der Schrecken ist nicht die Auslöschung.
Der Schrecken ist der Weg dahin.

ELIHU HOOPES

Kapitel eins

Anmerkungen zur Amnesie. Projekt »E. H.« (1965–1996)
Sie lernt ihn kennen, sie verliebt sich. Er vergisst sie.
Sie lernt ihn kennen, sie verliebt sich. Er vergisst sie.
Sie lernt ihn kennen, sie verliebt sich. Er vergisst sie.
Schließlich nimmt sie Abschied von ihm, einunddreißig Jahre nach ihrer ersten Begegnung. Auf seinem Sterbebett hat er sie vergessen.

Er steht auf einer Holzbrücke in einer Sumpfniederung, die Beine leicht gespreizt, und stemmt die Fersen in den Boden, wappnet sich gegen den plötzlichen Windstoß.

Er steht auf einer Holzbrücke an einem ihm unbekannten Ort, der wunderschön ist. Er weiß, dass er sich wappnen muss, klammert sich mit beiden Händen fest ans Geländer.

Hier an dem ihm unbekannten Ort, der wunderschön ist, und trotzdem die Angst, dass er, wenn er sich umdreht, in dem seichten Bach unter der Brücke hinter sich das ertrunkene Mädchen sieht.

… nackt, ungefähr elf Jahre alt, ein Kind. Die Augen offen und blicklos, im Wasser schimmernd. Leicht bewegtem Wasser, unter dem das Gesicht des Mädchens zu erschauern scheint. Ein dünner weißer Leib, zitternde lange weiße Beine und bloße Füße. Sonnenkleckse, Wasserläufer, ihre Schatten auf dem Gesicht des Mädchens vergrößert.

Sie wird sich niemandem anvertrauen: »Auf seinem Sterbebett hat er mich nicht erkannt.«

Sie wird sich niemandem anvertrauen: »Auf seinem Sterbebett hat er mich zwar nicht erkannt, aber so lebhaft mit mir gesprochen wie eh und je, als sei ich diejenige, die ihm Hoffnung gibt. – »Hal-*lo*?«

Mutig wird sie es vor der Öffentlichkeit bekennen – *Er ist mein Leben. Ohne E. H. hätte mein Leben keinen Sinn.*

Alles, was ich als Wissenschaftlerin erreicht habe, und der Grund, weswegen Sie mich heute Abend eingeladen haben und mich ehren, verdanke ich E. H.

Das ist die Wahrheit, frei heraus bekannt als Wissenschaftlerin und als Frau.

Sie spricht voller Leidenschaft und doch stockend. Sie muss immer wieder tief Luft holen, liest nicht mehr von ihrem vorbereiteten Redemanuskript ab, sondern blickt mit feuchten Augen ins Publikum. Von Lichtern geblendet, verwirrt und blinzelnd, kann sie keine einzelnen Gesichter mehr ausmachen und glaubt vielleicht, sein Gesicht befände sich darunter.

In seinem Namen nehme ich diese große Ehre an. Im Gedenken an Elihu Hoopes.

Zur großen Erleichterung der Zuhörer ist die Rede der diesjährigen Empfängerin des von der Amerikanischen Gesellschaft für Psychologie verliehenen Preises für ein Lebenswerk zu Ende. Gleich erhebt sich hier und da in dem großen Amphitheater Applaus wie kleine Fähnchen in einem schwachen launischen Wind. Und dann, die Preisträgerin kehrt sich unsicher und verwirrt schon vom Podium ab, brandet der Applaus in spätem Mitgefühl doch noch auf und wird zu einer Welle, laut, donnernd.

Sie ist erschrocken. Ist für einen Moment beinahe erschrocken.

Machen die sich über sie lustig? Wissen sie – *Bescheid*?

Sie tritt blicklos vom Podium zur Seite und stolpert. Sie hat die schwere und unhandliche vierzig Zentimeter große Trophäe, eine Pyramide aus Kristall, in die ihr Name eingraviert ist, stehen gelassen. Rasch eilt ein junger Mensch ihr mit der Trophäe nach und stützt sie.

»Professor Sharpe! Vorsicht, Stufe.«

»Hal-*lo*!«

Die erste Überraschung: Elihu Hoopes begrüßt Margot Sharpe so lebhaft und herzlich, als kenne er sie seit Jahren. Als bestünde eine tiefe emotionale Bindung zwischen ihnen.

Die zweite Überraschung: Elihu Hoopes selbst, der in keiner Weise dem entspricht, was Margot Sharpe erwartet hat.

Es ist 9.07, der 17. Oktober 1965: der alles entscheidende Moment in ihrem Leben, der sich als der alles entscheidende Moment in ihrer Karriere erweist.

Rein zufällig ist es der Tag vor Margot Sharpes vierundzwanzigstem Geburtstag – was hier in Darven Park, Pennsylvania, niemand weiß, denn sie hat die Wurzeln ihres Lebens aus dem mittleren Westen herausgerissen und hierher verpflanzt, unter Fremde –, als Professor Milton Ferris sie dem Amnesiekranken Elihu Hoopes als Studentin seinem neuropsychologischen Labor an der Universität vorstellt. Margot ist der jüngste und neueste Zuwachs in dem berühmten Gedächtnislabor; in ihrem ersten Jahr als Doktorandin hat Ferris aus zahlreichen Bewerbern sie ausgewählt, und ihr Mund ist trocken vor Vorfreude. Schon seit Wochen liest sie zum *Projekt E. H.* gehöriges Material.

Der Kranke ist jedoch so freundlich und höflich, dass Margot sofort beruhigt ist.

Der Mann ist unerwartet groß – einsfünfundachtzig mindestens. Er ist kräftig, hält sich gerade. Seine Haut hat einen warmen Schimmer, und seine Augen sehen normal aus, aber Margot weiß, dass er mit dem linken Auge nur schlecht sieht. Er wirkt längst nicht so beeinträchtigt, wie Margot erwartet hat, nicht wie ein Mensch, der eine Reihe elementarer körperlicher Fähigkeiten neu erlernen musste nach der schweren Erkrankung seines Gehirns, die er vor gerade mal fünfzehn Monaten, mit siebenunddreißig, durchgemacht hat.

Margot findet, E.H. strahle männliches *Charisma* aus – die geheimnisvolle Eigenschaft, auf die wir instinktiv reagieren, ohne es erklären zu können. Er ist gut gekleidet, im College-Stil, trägt eine saubere helle Baumwollhose, ein langärmeliges Leinenhemd, ochsenblutfarbene Mokassin und gemusterte Baumwollsocken – ein Kontrast zu anderen Patienten am Institut, die Margot flüchtig zu sehen bekam und die in Krankenhauskitteln oder zerknitterter Zivilkleidung herumlümmelten. Man hat ihr gesagt, E.H. stamme aus einer alteingesessenen, angesehenen Familie aus Philadelphia, den Hoopes, einstigen Quäkern, die in den Jahren vor dem amerikanischen Bürgerkrieg eine wichtige Rolle bei der Untergrund-Eisenbahn spielten. Er hat hier eine große, weitverzweigte Familie, selbst aber weder Frau noch Kinder oder Eltern.

Elihu Hoopes ist so was wie ein Künstler, hat Margot erfahren. Er besitzt Zeichenmappen und führt ein Tagebuch. In seinem früheren Leben war er Partner einer in Familienbesitz befindlichen Investmentfirma in Philadelphia, davor aber hat er am Union Theological Seminary studiert, war Bürgerrechtsaktivist und hat Bürgerrechtler unterstützt. Ist es ungewöhnlich, dass Elihu Hoopes mit fast vierzig noch ledig ist? Vielleicht, überlegt Margot, hatte dieser aristokratisch wirkende Mann mehrere Beziehungen zu Frauen, die er aber hinhielt und schließlich abwies – ohne zu ahnen, dass seine Zeit für Liebe, Ehe und die Gründung einer Familie jäh zu Ende gehen würde.

Während er allein auf einer Insel im Lake George, New York, zeltete, infizierte er sich mit einer besonders virulenten Form der Herpes-simplex-Enzephalitis, die sich in der Regel als Fieberbläschen auf einer Lippe manifestiert und innerhalb weniger Tage wieder vergeht; in seinem Fall wanderte die Virusinfektion durch den Sehnerv bis ins Gehirn, wo sie ein protahiertes hohes Fieber auslöste, das sein Erinnerungsvermögen schädigte.

Leider ließ E.H. zu viel Zeit verstreichen, bevor er Hilfe suchte. Wie ein krankhaft neugieriger Wissenschaftler hielt er sein Fieber mit Bleistift in einem Tagebuch fest – der höchste aufgezeichnete Wert war 39,5 °C –, bevor er zusammenbrach.

Das war paradox: eine machohafte Selbstzerstörung. Wie bei dem vorzeitigen Tod des Malers George Bellows, der gezögert hatte, das Atelier zu verlassen und Hilfe zu suchen, obwohl er eine Blinddarmentzündung hatte.

In dem weitläufigen Gebiet der Adirondacks gab es keine erstklassigen Krankenhäuser und keine angemessene medizinische Behandlung für eine so seltene und verheerende Infektion. Als der bereits phantasierende und krampfende Mann mit einem Krankenwagen ins Albany Medical Hospital gebracht worden war, wo man durch eine Notoperation die Schwellung seines Gehirns zu verringern versuchte, war es bereits zu spät. Irgendetwas Gravierendes in seinem Gehirn war zerstört worden, und die Schädigung ist offenbar irreversibel. Milton Ferris vermutet, dass es sich bei der zerstörten Region um die Struktur direkt oberhalb des Hirnstamms handelt, die wie ein Seepferdchen aussieht und an der die Hirnrinde anliegt, um den Hippocampus, über den man noch wenig weiß, der jedoch für die Verfestigung und Bewahrung von Gedächtnisinhalten entscheidend ist. E.H. kann daher keine neuen Erinnerungen ausbilden, und seine Erinnerungen an Vergangenes sind bruchstückhaft und unbestimmt; klinisch ausgedrückt leidet E.H. an einer partiellen retrograden und einer totalen anterograden Amnesie. Trotz der hohen Werte, die bei standardisierten Intelligenztests nach wie vor bei ihm gemessen werden, und trotz scheinbarer Normalität im Äußeren und im Verhalten, kann er neue Informationen maximal siebzig Sekunden im Gedächtnis behalten, und oftmals nicht einmal so lange.

Siebzig Sekunden! Ein Albtraum.

E.H. ist jedoch ein sehr angenehmer Mensch, der einzige Trost, denkt Margot, und blüht auf, wenn andere sich ihm zuwenden. Zumindest schließt die Art seiner Erkrankung seelische Schmerzen aus, glaubt Margot jedenfalls. Seine Erinnerungen an weit Zurückliegendes sind manchmal voller anschaulicher Details, wie es bei Träumen der Fall ist; die Erinnerungen an weniger weit zurückliegende Ereignisse (bis etwa anderthalb Jahre vor seiner Erkrankung) hingegen sind diffus und unscharf; beide sind als »schwach dissoziativ« beschrieben worden – so als gehörten sie zu einer anderen Person, nicht zu E.H. Der Proband ist anfällig für Stimmungen, allerdings in eng begrenzter Schwankungsbreite; seine Affekte sind abgeflacht, wie eine Karikatur ein abgeflachtes Porträt der Vielschichtigkeit einer Persönlichkeit ist.

Verblüffenderweise schildert E.H. Ereignisse aus seiner Vergangenheit immer auf gleiche Weise mit demselben Vokabular, ist sich aber nie ganz sicher, ob das, was er sagt, wirklich stimmt, auch wenn externe Prüfung ihn bestätigt.

Obwohl er sich nicht konstant an bestimmte Verwandte erinnert, deren Gesichter sich mit der Zeit ändern, kann er berühmte Personen auf Fotografien identifizieren, wenn sie vor seiner Erkrankung gewirkt haben. Zuweilen lässt er ein bemerkenswertes, an Inselbegabung gemahnendes Gedächtnis erkennen und trägt Statistiken vor, historische Daten, Songtexte, Comic-Charaktere und Filmdialoge (angeblich hat er den gesamten Stummfilm *Potjomkin* auswendig gelernt), rezitiert Passagen aus Gedichten, die er in der Schule gelernt hat, etwa Whitmans »Als jüngst der Flieder blühte vor dem Haus«, sein Lieblingsgedicht, aus berühmten amerikanischen Reden (Abraham Lincolns *Gettysburg Address* oder Franklin Delano Roosevelts *Es gibt nur eines, was wir fürchten müssen – die Furcht selbst* und seine *Vier Freiheiten* oder Martin Luther Kings *Ich habe einen Traum*). Er hat sich das Interesse am aktuellen Tagesgeschehen bewahrt, verfolgt im Fernsehen die Nachrichten, liest täglich mindestens zwei Tageszeitungen, darunter die *New York Times* und den *Philadelphia Inquirer* – ohne irgendetwas davon im Gedächtnis zu behalten. Er löst nun täglich das vollständige Kreuzworträtsel in der *New York Times*, wozu er sich (wie von seiner Familie bestätigt) vor seiner Erkrankung nur selten Zeit genommen hat. (»Eli hatte einfach nicht die Zeit dafür.«)

Ohne überlegen zu müssen, so scheint es, sagt er das Einmaleins auf, löst Probleme der Algebra, ohne einen Bleistift in die Hand zu nehmen, addiert lange Zahlenkolonnen. Es ist keine Überraschung, zu hören, dass Elihu Hoopes in einer stark umkämpften Branche sehr erfolgreich war.

Margot findet es schwierig, für den kerngesund wirkenden Mann dasselbe Mitgefühl aufzubringen, das man für erkennbar Behinderte empfindet, denn sein Verlust ist wesentlich heikler. Und obwohl ihm mehrmals gesagt wurde, dass er an einem schweren neurologischen Ausfall leidet, scheint E.H. in der Tat nicht recht zu begreifen, dass etwas Wichtiges bei ihm nicht in Ordnung ist – und verspürt deshalb den Drang, Tagebuch zu führen, womit er nach seiner Erkrankung begonnen hat.

Margot Sharpe macht sich inzwischen ebenfalls Aufzeichnungen. Das wird ein quasi privates Dokument, in erster Linie wissenschaftlich orientiert, teils aber auch Protokoll und Tagebuch, angeregt durch ihre Mitarbeit in Milton Ferris' Gedächtnislabor; in ihrer gesamten beruflichen Laufbahn wird sie für ihre wissenschaftlichen Artikel und Publikationen auf das Material in diesem Tagebuch oder vielmehr diesen Tagebüchern zurückgreifen. Die »Anmerkungen zur Amnesie. Projekt E.H.« werden viele Hefte füllen und schließlich in eine Computerdatei übertragen werden, die bis zu E.H.s Tod (am 26. November 1996) und darüber hinaus fortgeführt wird und verzeichnet, wie es mit dem posthumen Gehirn des Amnesiekranken weitergeht, nachdem man es – mit größter Sorgfalt – seinem Schädel entnommen hat.

Doch an diesem Morgen im Oktober 1965 im Neurologischen

Institut der Universität in Darven Park, Pennsylvania, liegt Margot Sharpes ganzes Leben als Wissenschaftlerin noch vor ihr. E.H. vorgestellt, bekommt sie einen trockenen Mund und zittert wie jemand, der an den Rand eines Abgrunds geführt wurde und etwas vor sich sieht, das ihn blendet.

Fängt jetzt für mich endlich das Leben an? Das wahre Leben?

In der Wissenschaft gilt es als ausgemacht, dass es *Bedeutsames* gibt und *Triviales*.

Genauso verhält es sich beim Leben des Einzelnen.

Denn Tatsache ist, wenngleich nicht allgemein anerkannt: Wir haben als Individuen ein Leben, das ein *wahres Leben* ist, und wir haben ein anderes Leben, das ein *zufälliges Leben* ist.

Dass es auf das Alter nicht ankommt, wann jemand sein *wahres Leben* findet, mag in seltenen Fällen sein. Vielleicht verbringen die meisten Menschen ihr ganzes Leben so, wie es sich zufällig ergibt. Im Hinblick auf die Folgen für das, was Gesellschaft oder Nachwelt genannt wird, ist das *zufällige Leben* wohl kaum mehr als eine Addition von Nullen.

Damit soll nicht gesagt sein, dass ein *zufälliges Leben* gleichbedeutend ist mit einem *trivialen*. Ein solches Leben kann erfreulich und erfüllend sein: Wir alle wollen lieben und geliebt werden, und in unserer Familie und im kleinen Kreis von Freunden fühlen wir uns auch geschätzt und daher wichtig. Aber so ein Leben vergeht, ohne dass die weitere Welt davon berührt wird. Es löst nur selten eine Welle aus, es wirft keinen Schatten. Vom bloß *Zufälligen* bleibt nichts im Gedächtnis.

Margot Sharpe kommt aus einer Familie der *zufälligen Leben*. Einer Familie aus dem halbländlichen, im mittleren Norden gelegenen Oujibway County in Michigan, einer Region des *zufälligen Lebens*. Sie hatte sich jedoch schon als Kind von zwölf Jahren vorgenommen, nicht so planlos zu leben wie die Menschen um sie herum und ihr *wahres Leben* dadurch zu suchen, dass sie ihre Heimatstadt Orion Falls und ihre Familie verließ, sobald das möglich war.

In Orion Falls gehen junge Leute vielleicht weg und verpflichten sich bei den Streitkräften oder schreiben sich an einer Fakultät der staatlichen Universität oder einer Schwesternschule und so weiter ein, aber sie kehren alle zurück. Margot Sharpe weiß, dass sie *nicht* zurückkehren wird.

Margot ist seit jeher wissbegierig, hat viele Fragen gestellt. Ihr erstes Lieblingsbuch war das illustrierte *Darwin für Anfänger*, das sie mit elf im Regal einer Bücherei entdeckte. Das war ein Buch mit einer Geschichte, die sie in den Bann zog – Evolution. Ein anderes Lieblingsbuch aus ihrer Kindheit war *Marie Curie. Eine Frau in der Physik*. In der Highschool-Zeit stieß sie zufällig auf einen Artikel über B.F. Skinner und den Behaviorismus, der sie begeisterte. Sie hat seit jeher Fragen gestellt, bei denen die Antworten nicht bereits fix und fertig verfügbar waren. Wissenschaftler sein, denkt Margot, heißt zu wissen, welche Fragen man stellen muss.

Von dem großen Darwin lernte sie, dass die sichtbare Welt eine Ansammlung von Tatsachen und Bedingungen ist: von Wirkungen. Um die Welt zu begreifen, muss man den umgekehrten Weg gehen und die Vorgänge untersuchen, die diese Wirkungen erzeugen.

Durch die Umkehr des Verlaufs der Zeit (sozusagen) lernt man, dass man die Zeit (sozusagen) beherrschen kann. Man lernt, dass die Naturgesetze kein Zauberwerk sind, sondern dass man sie kennen kann wie die Ausfahrten auf der Interstate 75, die den Bundesstaat Michigan von Norden nach Süden durchschneidet.

Ist es ungerecht und paradox, dass eine Katastrophe in einem Leben (E.H.s Untergang) Hoffnung und freudige Erwartung bei anderen (in Milton Ferris' Gedächtnislabor) auslöst? Karrierefortschritte ermöglicht, Erfolge?

So ist das in der Wissenschaft eben, denkt Margot. Ein Wissenschaftler sucht nach seinem Thema wie ein Räuber nach der Beute.

Schließlich hatte niemand das Enzephalitisvirus in Elihu Hoopes' Gehirn eingebracht mit der Absicht, seine entsetzlichen Wirkungen zu untersuchen, wie es Naziärzte vielleicht getan hätten, oder hätte zu einem angeblich vorteilhaften Zweck eine radikale Psycho-Operation an ihm vorgenommen. Mit Schimpansen und Hunden, Katzen und Ratten wurden solche Experimente in großem Umfang gemacht, und in den vierziger und fünfziger Jahren war es eine Zeitlang en vogue, präfrontale Lobotomien an unglücklichen Geschöpfen durchzuführen, häufig mit verheerenden (und nicht gerade sorgfältig dokumentierten) Resultaten.

Manchmal wurden die durch Lobotomien herbeigeführten radikalen Persönlichkeitsveränderungen zumindest von den Familien der Patienten als vorteilhaft wahrgenommen: Ein rebellischer Jugendlicher wird plötzlich lenkbar; ein sexuell abenteuerlustiger junger Mensch, meist eine Frau, wird passiv, fügsam, asexuell; jemand, der zu Wutanfällen und Eigensinn neigt, wird kindlich, gefügig. Was vorteilhaft für die Familie oder die Gesellschaft ist, muss es nicht immer auch für den Einzelnen sein.

Bei Elihu Hoopes hat die Erkrankung wohl ebenfalls zu einer radikalen Persönlichkeitsveränderung geführt, denn kein männlicher Erwachsener mit seinem Können und seinem Format wäre so gutgläubig und kindlich, so anrührend und naiv *hoffnungsvoll.* In seiner Gegenwart hat man das bange Gefühl, der Mann möchte unbedingt gut ankommen, möchte *gemocht* werden. Er soll sich so stark verändert haben, dass seine Verlobte die Verbindung nur wenige Monate nach seiner Erkrankung gelöst hat, und Familie, Verwandte und Freunde besuchen ihn immer seltener. Er lebt in Gladwyne, einem Reichen-Vorort von Philadelphia, bei einer Tante, der jüngeren Schwester seines verstorbenen Vaters, selbst eine begüterte Witwe.

Aus persönlicher Erfahrung weiß Margot, dass es viel leichter ist, einen durch körperliche Gebrechen schwer gezeichneten Menschen zu akzeptieren als einen mit Gedächtnisverlust. Viel leichter, den einen weiterzulieben als den anderen.

Sogar Margot, die ihre Urgroßmutter als kleines Mädchen so sehr liebte, hat sich dagegen gesträubt, zu Besuchen der betagten Frau im Pflegeheim mitzufahren. Sonderlich stolz ist sie darauf nicht und vergisst es daher allmählich.

Doch E.H. ist ein ganz anderer Fall als ihre betagte Verwandte, die, wie nach ihrem Tod diagnostiziert wurde, an Alzheimer litt. Wüsste man nichts von E.H.s Erkrankung, würde man die Schwere seines Nervenleidens nicht sofort ahnen.

Margot stellt sich Fragen: Wurde die Enzephalitis bei ihm durch einen Mückenstich verursacht? War es eine besondere Mückenart? Oder war es eine gewöhnliche Mücke, die ihrerseits infiziert war? Sind bei Herpes-simplex-Enzephalitis noch andere Übertragungswege bekannt? Ist die Infektion in der Region um den Lake George im Staat New York sonst noch vorgekommen? In den Adirondacks? Sie nimmt an, dass Forscher in Albany den Fall untersuchen.

»Wie schrecklich! Der arme Mann …«

Das ist das Erste, was man sagt, wenn man E.H. sieht. Das heißt, sofern man sich außerhalb seiner Hörweite befindet.

Oder vielmehr ist es das Erste, was Margot Sharpe sagt. Ihre Kollegen im Labor sind besser auf ihn eingestellt, da sie bereits eine Weile mit ihm arbeiten.

Nervös lächelt Margot den geplagten Mann an, der sich nicht benimmt, als wisse er, dass er an einer Krankheit *leidet*. Sie lächelt ihn an, woraufhin er sie ebenfalls anlächelt, und dabei blitzt so etwas wie Vertrautheit auf. Sie denkt: Er ist sich nicht sicher, ob er mich kennt. Er wartet auf Signale von mir. Ich darf ihm keine irreführenden Signale übermitteln.

Für Margot ist so eine Situation neu. Sie hat noch keine lebende Versuchsperson vor sich gehabt. Unweigerlich empfindet sie Mitleid mit E.H. und ist entsetzt über sein Dilemma: Urplötzlich wurde aus dem attraktiven, kraftvollen, gesunden Elihu Hoopes, einem Mann in der Blüte seines Lebens, ein Mann, der dem Tode nah war, der über zwanzig Pfund abnahm, bei dem die Zahl der weißen Blutkörperchen rapide sank, der eine extreme Anämie erlitt und delirierte. Dass eine Herpes-simplex-Infektion eine Enzephalitis auslöst, kommt so selten vor, dass E.H. eher von einem Blitzschlag hätte getroffen werden können.

Dabei ist er alles andere als reserviert oder steif, er könnte ein Gastgeber sein, der bei sich zu Hause Besucher empfängt, deren Namen er allerdings nicht mehr richtig parat hat. In der Tat scheint er in der Umgebung des Instituts heimisch zu sein – zumindest wirkt er nicht desorientiert. Zu den Sitzungen wird er von einem Begleiter aus dem Haus seiner Tante mit einem Privatwagen gebracht; ursprünglich war er stationär behandelt worden, später nur ambulant; medizinisch wird er weiter von den Mitarbeitern des Instituts betreut. Auch wenn E.H. niemanden erkennt, schmeichelt es ihm, wie viele Menschen *ihn* erkennen.

Zum Grübeln neigt er anscheinend nicht, weil er die Fähigkeit zur Selbstreflexion verloren hat. Margot ist gerührt, wie E.H. ihren Namen ausspricht – »Mar-*go*« –, so als sei das ein wunderschöner und ganz einzigartiger Name und nicht der schroffe Spondäus, für den sie sich immer ein wenig geschämt hat.

Milton Ferris hatte seine jüngste Labormitarbeiterin zwar lediglich kurz und *pro forma* vorstellen wollen, es macht E.H. aber Freude, das Ritual in die Länge zu ziehen. Er schüttelt ihr die Hand auf eine Art, die höflich und zugleich zärtlich ist. Und beugt sich unverkennbar zu Margot herüber, so als atme er sie ein.

»Willkommen – Margot Sharpe. Sie sind ein – neuer Doktor?«

»Nein, Mr Hoopes. Ich bin Doktorandin in Professor Ferris' Labor.«

E.H. korrigiert sich hastig: »Doktorandin – Professor Ferris' Labor. Ja. Das wusste ich.«

Begeistert wiederholt er ihre Worte ganz genau, als seien sie ein Rätsel, das er lösen muss.

Menschen mit eingeschränktem Erinnerungsvermögen können bei ihrem Handicap gegensteuern, indem sie Fakten oder Wortfolgen wiederholen – sie einstudieren. Margot fragt sich aber, ob E. H.s Wiederholungen mit einem Begreifen einhergehen oder nur ein mechanisches Nachahmen sind.

Für den Mann mit dem Hirnschaden muss vieles im täglichen Leben ein ständiges Rätsel sein: Wo ist er? Was ist das für ein Gebäude? Wer sind die Menschen um ihn herum? Und zusätzlich zu all diesen verwirrenden Dingen das größere, bedeutendere Rätsel seiner Existenz, die Tatsache, dass er, der dem Tode nahe war, überhaupt lebt, ein Rätsel, dessen Unergründlichkeit, nimmt Margot an, ihn überfordert. Der Kranke mit dem sehr begrenzten Kurzzeitgedächtnis ist wie jemand, der so dicht vor einem Spiegel steht, dass sein Gesicht praktisch dagegen gepresst wird und er sich nicht sehen kann.

Was sieht E. H., wenn er in einen Spiegel schaut? Ist sein Gesicht jedes Mal eine Überraschung für ihn? *Wer ist das?*

Berührend ist auch – obwohl das der neurologischen Schädigung des Mannes zuzuschreiben sein könnte und nicht seiner feinen Art –, dass E. H. in seinem Benehmen Besuchern gegenüber keinen Unterschied zwischen der unwichtigsten Person im Raum (Margot Sharpe) und der wichtigsten (Milton Ferris) macht; er hat seine instinktive Fähigkeit zur *Klassifizierung* verloren. Es ist nicht klar, wie er Ferris' andere Assistenten oder vielmehr Kollegen, wie Ferris sie nennt – *de facto* sind es Assistenten –, einschätzt, die er bereits kennt: die zweite, etwas ältere Doktorandin, mehrere bereits promovierte Mitarbeiter und eine angeblich brillante junge Assistenzprofessorin, die das Protegé des Institutschefs ist und mit ihm zusammen mehrere wichtige Artikel in neurowissenschaftlichen Zeitschriften publiziert hat.

E. H. lässt Margot Sharpes Hand nur langsam los. Bleibt weiter dicht neben ihr stehen, so als schnuppere er wiederholt an ihren Haaren, ihrem Körper. Ihr ist das unangenehm, denn sie möchte Milton Ferris nicht verärgern; sie weiß, ihr Betreuer wartet auf die Gelegenheit, mit den für diesen Vormittag geplanten Tests zu beginnen, die mehrere Stunden dauern werden, auch wenn E.H. in seiner Konzentration auf die schwarzhaarige hübsche junge Frau den Grund für den Besuch seiner Gäste wohl vergessen hat.

Margot Sharpe kommt plötzlich der Gedanke, ob ein hirngeschädigter Mensch einen Gedächtnisverlust womöglich mit gesteigertem Geruchssinn kompensiert. Eine plausible und aufregende Hypothese, der sie vielleicht eines Tages nachgeht.

Der amnestische Proband ist zweifelsfrei mehr an Margot interessiert als an den anderen – sie hofft, dass sein Interesse nicht bloß plump sexueller Natur ist. Hat die Amnesie des Probanden seine Sexualität überhaupt in Mitleidenschaft gezogen, und in welcher Weise?

Doch E.H. spricht in freundlichem Ton mit ihr, als ob sie ein junges Mädchen wäre.

»Mar-*go*, ich glaube, Sie waren in der Grundschule in der Gladwyne Day in meiner Klasse – Mar-go Madden, falls es nicht Margaret Madden war …«

»Leider nicht, Mr Hoopes.«

»Nicht? Wirklich? Sind Sie sich sicher? Das müsste Ende der dreißiger Jahre gewesen sein. Bei Mrs Scharlatt in der sechsten Klasse saßen Sie in der ersten Reihe, ganz links am Fenster. Sie hatten silberne Spangen im Haar, *Margie Madden*.«

Margots Gesicht wird heiß. Nicht allein das Kokettieren ist ihr so unangenehm, sondern auch ihre Mitschuld und die der Zuhörer, die E.H. nicht frank und frei über seine Krankheit aufklären.

Eigentlich müsste Dr. Ferris es ihm sagen oder vielmehr noch einmal sagen. Denn gesagt wurde es E.H. schon viele Male.

»Ich – ich fürchte, nein …«

»Na ja. Sagen Sie doch Eli zu mir. Bitte.«

»Eli.«

»Vielen Dank. Das ist sehr nett.«

E.H. schaut in ein kleines Notizbuch, das er in einer Tasche seiner Baumwollhose hat, und trägt hastig etwas ein. Er hält das Büchlein leicht schräg, damit niemand sieht, was er schreibt, allerdings auch nicht so betont schräg, dass die Geste beleidigend für Margot wäre.

Man hat Margot berichtet, dass der Proband Tagebuch führt, seit er sich von seiner Krankheit erholt hat und kräftig genug ist, einen Stift in der Hand zu halten. Er hat schon Dutzende dieser kleiner Kladden angesammelt, außerdem Zeichenmappen, die einen Meter mal siebzig groß sind; beide hat er immer dabei, wenn er im Institut eintrifft. Sie erfüllen offenbar verschiedene Funktionen. In den Notizbüchern hält E.H. einzelne Details fest, Namen, Termine und Daten; er fügt Kolumnen ein, die er aus Zeitschriften und Zeitungen im Aufenthaltsraum im dritten Stock herausgerissen hat. Männliche Institutskollegen, die die Toilette im dritten Stock aufsuchen, berichten, dass sie jeden Tag, an dem E.H. sich auf dem Gelände befindet, dort solche Abfälle finden – daher wissen sie, wie sie sagen, dass »euer schriller Proband« dagewesen ist. Die Mappen enthalten seine Zeichnungen.

Die fürs Lesen und Schreiben und für mathematische Berechnungen nötigen komplexen geistigen Fähigkeiten sind durch E.H.s Erkrankung nicht stark beeinträchtigt worden, da sie vor der Infektion erworben wurden. Und so liest E.H. strahlend aus seinem Notizbuch vor: »Elihu Hoopes besuchte das Amherst College und schloss in seinen beiden Hauptfächern Wirtschaftswissenschaften und Mathematik mit summa cum laude ab … Elihu Hoopes hat das Union Theological Seminary besucht und besitzt einen Abschluss der Wharton School of Business.« Er liest den Eintrag vor, als sei er aufgefordert worden, sich zu identifizieren. Als er die bemüht neutralen Gesichter seiner Besucher sieht, betrachtet er sie mit einem feinen Lächeln, als verstünde er genau in diesem Moment den Aberwitz und das Traurige seines Dilemmas und bäte sie um Nachsicht. *Verzeiht mir!* Der Kranke hat gelernt, die Stimmung seiner Besucher zu erahnen, und möchte sie fesseln und unterhalten: »Ich weiß schon. Ich weiß, wer ich bin. Aber es ist wohl nicht unvernünftig, die eigene Identität öfter zu überprüfen und sich zu vergewissern, dass sie noch da ist.« Lachend klappt er das Büchlein zu und schiebt es in die Hosentasche, und die anderen lachen auch.

Nur Margot kann nicht recht mitlachen. Irgendwie kommt ihr das Gelächter grausam vor.

Es gibt ein Lachen, und es gibt ein anderes Lachen. Nicht alles Gelächter ist gleich.

Lachen ist ebenfalls von der Erinnerung abhängig – der Erinnerung an früheres Lachen.

Dr. Ferris hat seinen jungen Mitarbeitern gesagt, ihr Proband »E. H.« werde dereinst vielleicht einer der berühmtesten Amnesiekranken in der Geschichte der Neurowissenschaften sein; unter Umständen ein zweiter Phineas Gage, jedoch in der Epoche moderner neuropsychologischer Experimente. Eigentlich ist E. H. interessanter als Gage, dessen Erinnerung durch seine denkwürdige Kopfverletzung – sein linker Frontallappen wurde bei einem Arbeitsunfall von einer Eisenstange durchbohrt – nicht schwer beeinträchtigt wurde.

Dr. Ferris hatte ihnen eingeschärft, außerhalb des Labors nicht zu offen über E. H. zu sprechen, zumindest anfangs nicht; sie sollten bedenken, dass sie »riesiges Glück« hätten, Teil seiner Forschungsgruppe zu sein.

Margot ist als Doktorandin zwar erst im ersten Studienjahr, ihr braucht man jedoch nicht zu sagen, dass sie sich glücklich schätzen darf. Auch braucht man sie nicht zu ermahnen, dass sie mit niemandem über den Fall dieses bemerkenswerten Amnesiekranken sprechen soll. Sie hat nicht die Absicht, Milton Ferris zu enttäuschen.

Ferris und seine Mitarbeiter entwickeln für E.H. Testreihen, wie sie noch nie zuvor durchgeführt worden sind. Der Proband soll pseudonym bleiben – »E.H.« wird seine Identität innerhalb und außerhalb des Instituts sein, und alle, die im Institut mit ihm arbeiten und ihn betreuen, werden zur Verschwiegenheit verpflichtet. Die Familie Hoopes, die der medizinischen Fakultät der Universität von Philadelphia Millionen von Dollar gespendet hat, hat nur dem Neurologischen Institut der Universität in Darven Park die Erlaubnis zur Durchführung solcher Tests erteilt, sofern E.H. zur Mitwirkung bereit ist – und das ist er wohl tatsächlich. Ein getretener Hund, der sich nach menschlicher Anerkennung und Liebe sehnt und unter allen Umständen den Anschluss an die »Normalen« wahren will, könnte nicht eifriger mitmachen als der würdevolle Elihu Hoopes, der Sohn einer wohlhabenden und angesehenen Familie von Philadelphiaern, eine Vorstellung, die Margot unbehaglich ist.

Er ist in ewiger Gegenwart gefangen, denkt Margot. Wie jemand, der im Halbdunkel der Wälder im Kreis herumläuft – ein Mann ohne Schatten.

Und darum ist er begeistert, dass man ihn aus dem Halbdunkel gerettet und zum Mittelpunkt der Aufmerksamkeit gemacht hat, auch wenn er den Grund dafür nicht recht versteht. Woher weiß der Kranke sonst, dass er existiert? Allein, ohne die Ansprache aufmerksamer Fremder, die ihm Fragen stellen, würde sogar das Halbdunkel vergehen, und er wäre ganz und gar verloren.

»Margo Nicht-Madden? – so heißen Sie?«

Margot kann nicht gleich folgen, merkt dann aber, dass E.H. einen Scherz machen will. Er hat wieder sein kleines Notizbuch hervorgezogen und dort etwas eingetragen, was wie ein logisches Schema aussieht. Die eine Kategorie, durch einen Kreis dargestellt, ist M M, und eine zweite Kategorie, ebenfalls durch einen Kreis dargestellt, ist M Nicht-M. Zwischen den beiden Kreisen, die auch Ballons sein könnten, da unten Fäden herabhängen, befindet sich eine gestrichelte Linie.

»Die Tage, in denen ich einmal die symbolische Logik beherrscht habe, sind wohl vorbei«, sagt E.H. freundlich, »aber ich glaube, die Situation ist in etwa so.«

»Oh – ja …«

Wie bereitwillig man Behinderte bei Laune hält. Margot wird erfahren, dass im Umkreis des Amnesiekranken, nicht anders als in dem von Blinden oder Tauben, ein machtvoller Sog wirkt, dessen Stärke von der Willenskraft des Leidenden abhängt.

Trotzdem ist Margot sich nicht sicher, wie sie reagieren soll. Es ist ein kläglicher und irgendwie höflicher Versuch der Aufmunterung, sie möchte den Probanden aber nicht zur Verdrehung von Tatsachen animieren; sie weiß, das braucht man ihr nicht ausdrücklich zu sagen, dass ihre älteren Kollegen und Milton Ferris derlei missbilligen.

Außerdem ergibt sich eine zweite Misslichkeit in Bezug auf Rang und Stellung: die (untergeordnete) Margot Sharpe hat in E.H.s begrenzter Aufmerksamkeit den (tonangebenden) Milton Ferris abgelöst. Es kann sogar sein, dass der gehirngeschädigte Mann Dr. Ferris, der direkt neben ihm steht und in die Unterhaltung eingreifen will, willentlich und gekonnt ausblendet – (»ausblenden« ist ein neurologischer Begriff und bezeichnet eine durch die Hirnschädigung verursachte pathologische Blindheit). Margot muss deshalb ein Stück von E.H. abrücken, damit sich Ferris wieder als (offensichtlich) Verantwortlicher zur Geltung bringen kann. Sie hofft, dieses Manöver unauffällig zu vollführen, ohne dass der geschädigte Mann oder der angesehene Neuropsychologe davon etwas mitbekommen.

Sie möchte weder die Gefühle des Probanden verletzen, auch wenn die nur flüchtig sind, noch Milton Ferris kränken, den mit knapp sechzig Jahren angesehensten Neurowissenschaftler seiner Generation. Immerhin hängt ihr wissenschaftliches Fortkommen von diesem Menschen mit dem lodernden weißen Bart ab, über den sie widersprüchliche Dinge gehört hat. Milton Ferris ist der brillanteste unter den brillanten Forschern am Institut, aber er ist auch jemand, dem man »auf keinen Fall in die Quere kommen möchte, nicht einmal unabsichtlich. Vor allem nicht unabsichtlich.« Als Nachwuchswissenschaftlerin, eine von sehr wenigen am psychologischen Fachbereich der Universität, hält Margot sich in solchen Konstellationen instinktiv im Hintergrund; das hat sie während des Grundstudiums, als ihr Interesse an experimenteller kognitiver Psychologie geweckt wurde, bereits mit allen Fasern aufgenommen.

Außerdem war es deutlich genug: Am ganzen Fachbereich Psychologie gab es praktisch keine Professorinnen und in der Neurowissenschaft erst recht nicht.

Margot ist keine hübsche junge Frau, das ist ihr klar. Sie misstraut den Konventionen von Schönheit – in der Schule waren ihre reizvolleren Klassenkameradinnen durch die Aufmerksamkeit der Jungen abgelenkt, bei mehreren nahm das Leben eine andere Wendung (junge Liebe, frühe Schwangerschaften, überstürzte Heirat). Margot hält sich jedoch für besonnen und ist entschlossen, nicht aus Naivität Fehler zu machen. Wenn E.H. mit seinem Eifer und seiner Gefälligkeit ein braver Hund ist, ähnelt Margot einem Hund, den ein großmütiger Herr aus dem Tierheim gerettet hat – einer, dem man stets und ständig und so subtil wie möglich versichern muss, dass er wirklich der *Herr* ist.

Auf seine eisern gutgelaunte Art erläutert Milton Ferris E.H., Margot sei zu jung, um Ende der dreißiger Jahre seine Mitschülerin gewesen zu sein – »Diese junge Frau aus Michigan ist neu an der Universität und neu in unserem Team im Institut und wird uns hier bei unserem Gedächtnisprojekt helfen.«

E.H. macht ein nachdenkliches Gesicht, als nehme er die in den Satz gepackte Information auf. Leutselig stimmt er zu: »Michigan. Ja – dann ist es unwahrscheinlich, dass wir an der Gladwyne in einer Klasse waren.«

Er gibt sich außerdem den Anschein, als sei der Begriff Gedächtnisprojekt ihm vertraut. Margot überlegt, ob sich der Kranke diese überzeugende und sympathische Fassade unbewusst zugelegt hat. Und überlegt weiter, ob man andere Personen mit einer E.H. ähnlichen Schädigung bereits auf den Erwerb solcher Erinnerungen getestet hat.

Milton Ferris spricht weiter ausführlich über das Testen, und E.H. lässt lebhafte Begeisterung erkennen. Während der vergangenen anderthalb Jahre ist er zwar unzählige Male von Neurologen und Psychologen getestet worden, aber es ist kaum anzunehmen, dass er sich an einzelne Sitzungen oder Experimente erinnert. Aus der Zeit vor seiner Erkrankung weiß er grundsätzlich, was ein Test ist, weiß, was ein IQ-Test ist, weiß vielleicht auch noch, dass bei ihm, als er achtzehn war, einmal ein IQ von 153 gemessen wurde; er kann jedoch nicht wissen, dass diverse nach seiner Erkrankung durchgeführte IQ-Tests Werte zwischen 149 und 157 erbracht haben. Noch immer von überragender Intelligenz, zumindest theoretisch.

Margot findet es faszinierend: Das Vokabular, das Ausdrucksvermögen und die mathematischen Fähigkeiten, die E.H. vor seiner Erkrankung besaß, sind mehr oder weniger intakt noch vorhanden, er kann aber, heißt es, keine neuen Wörter, Begriffe oder Fakten behalten, nicht einmal, wenn sie in bekannte Informationen eingebettet sind. Er wurde beobachtet, als er sich Notizen auf den Finanzseiten seiner Lieblingszeitungen machte, wenige Minuten später gefragt, was er dort notiert habe, zuckt er verächtlich die Achseln: »*Homo sapiens* ist die Spezies, die Geld verdient und verliert. Was gibt's sonst noch Neues?« Er hat vergessen, was ihn so in Anspruch genommen hat, kann aber ersatzweise sofort etwas präsentieren, womit er den Erinnerungsverlust kaschiert.

Manchmal weiß er offenbar, dass John F. Kennedy vor kurzem – vor zwei Jahren – ermordet wurde, andere Male spricht er von »Präsident Kennedy«, als ob der Mann noch lebte: »Kennedy wird seinen

Standpunkt zu Kuba revidieren müssen. Er wird das Land *aus dem Morast von Vietnam* herausführen müssen.«

Und, großsprecherisch: »Einige von uns hoffen, nach Washington zu kommen und uns mit dem Präsidenten zu treffen. Die Lage wird immer ernster.«

Das würde wahnhaft klingen, wenn die Familie Hoopes aus Philadelphia, wie Ferris erwähnt hat, nicht seit langem Verbindungen zu Politikern auf höchster Ebene hätte.

Wie viele Menschen mit Hirnschädigungen trägt E.H. Wörterbücher und andere Sprachlehrbücher mit sich herum; er führt, alphabetisch geordnet, in seinem Notizbuch lange Wörterlisten; das heißt, es gibt Seiten unter A, B, C und so weiter. Dort schlägt er jetzt gern nach, wenn er das Kreuzworträtsel der *Times* löst, wohingegen er, wie seine Familie bestätigt hat, vor seiner Erkrankung für das Rätsel nie ein Wörterbuch gebraucht hat. Seine mathematischen Fähigkeiten sind bestechend, seine Kenntnis der Geographie der Welt ebenfalls. Er kann konkurrierende Wirtschaftstheorien – die Keynes'sche, die klassische, die marxistische – erörtern, doziert gern über von Neumanns *Spieltheorie und wirtschaftliches Verhalten*, ein Buch, aus dem er Kernsätze auswendig gelernt hat. Auf Befragen kann er aber mehr oder weniger nur wiederholen, was er bereits gesagt hat; seine Gedanken sind so starr wie sein Wortschatz. Neue Ideen oder Korrekturen von Vergangenem dringen nicht durch. Und meldet jemand Zweifel an, ist es um seine sonstige Umgänglichkeit gleich geschehen, und er wird reizbar und spöttisch. Er ist versiert in Brettspielen und Puzzeln von der Art, die er bereits als Kind gemeistert hat, lernt neue Spiele aber nur mühsam.

Könnte E.H. klar denken, hielte er die wiederholten Tests, denen er sich unterzieht, vermutlich für eine Behandlung oder Therapie, durch die sich sein Leiden bessert; doch er kann sein Leiden nicht begreifen, obwohl es ihm wiederholt dargelegt worden ist; er kann auch nicht wissen, dass die Tests genau genommen Wiederholungen sind und dass sie der experimentellen Forschung dienen – das heißt, der Neurowissenschaft und nicht der Versuchsperson.

Behutsam redet Ferris auf ihn ein: »Mr Hoopes – Eli –, lassen Sie mich Ihnen noch einmal erklären, dass ich Neuropsychologe bin und an der Universität von Pennsylvania lehre und dass dies Mitarbeiter meines Labors sind. Wir arbeiten seit fünfzehn Wochen hier im Institut in Darven Park mit Ihnen, und zwar jeden Mittwoch, und haben schon einige aufregende erste Entdeckungen gemacht. Sie haben mich schon kennengelernt, und wir sind prächtig miteinander ausgekommen. Ich bin Milton Ferris …«

E.H. nickt heftig, sogar ungeduldig, so, als wüsste er das alles. »Mil-ton Fer-ris, ja. Dr. Ferris.«

»Ich bin kein Doktor – ich bin Professor. Ich habe natürlich einen Doktortitel, aber das ist nicht wesentlich. Bitte sagen Sie doch einfach …«

»Professor Ferris. Ja.«

»Und ich habe erklärt – ich bin kein Kliniker.«

Auf diese Weise teilt er dem Probanden mit: *Ich bin kein Doktor der Medizin. Sie sind nicht mein Patient.*

Doch E.H. versteht ihn offenbar mit Absicht falsch und scherzt verlegen: »Tja, Herr Professor, da sind wir schon zu zweit. *Ich bin auch kein Kliniker.*«

Er hat ein bisschen zu laut gesprochen. Signalisiert er auf die Weise, dass er sich über Professor Ferris geärgert hat? Weil seine Aufmerksamkeit brachial von der schwarzhaarigen Margot Sharpe abgezogen wurde?

Margot überlegt auch, ob er so schnell spricht, um unbewusst zu signalisieren, dass ihm an der von Professor Ferris gegebenen Information nicht viel liegt, denn trotz schwerer Amnesie hat E.H. aus früheren Wortwechseln genug behalten, um zu wissen, dass er diese Information auch nicht behalten wird, und sie deshalb nicht hören will.

Während seine Besucher weiter schauen, blättert er in seinem kleinen Notizbuch, bis er zur entscheidenden Seite kommt. Er lächelt, zeigt die Seite aber eher Margot als Ferris – eine Zeichnung von zwei Tennisspielern, von denen einer hektisch mit dem Schläger herumfuchtelt und der Ball übers Netz fliegt. Soll dieser Spieler E.H. sein? Sein Haar und seine Züge deuten darauf hin. Und der andere Spieler mit dem unkenntlichen Gesicht und dem übertriebenen Grinsen wäre – der Tod?

»Das – Tennis – habe ich früher gespielt. Ich war verdammt gut in der Mannschaft in Amherst. Spielen wir jetzt auch Tennis?«

»Eli, Sie sind ein ausgezeichneter Tennisspieler. Sie können ein andermal spielen. Aber jetzt würde ich Sie bitten, sich zu setzen und …«

»Ein ausgezeichneter? Stimmt das? Ich hab aber schon lange nicht mehr Tennis gespielt, glaub ich.«

»Genau genommen, Eli, erst vorige Woche.«

Eli starrt Ferris an. Das hat er nicht erwartet und kann es offenbar nicht gleich verarbeiten, doch Ferris reagiert prompt und sagt aufmunternd: »Also, Eli, *mich* haben Sie immer haushoch geschlagen. Und mir wurde berichtet, dass Sie mit einem der besten Spieler unter den Angestellten gespielt – und jede Partie gewonnen haben.«

»Berichtet – tatsächlich!«

E.H. lacht, so ganz kann er das nicht glauben.

Margot wird klar: Der arme Mann empfindet das Unbehagen eines Menschen, dem begreiflich gemacht wird, dass das umfassendste Wissen über ihn von außen kommen kann – von Fremden.

Ein trauriger Gedanke, denkt Margot, wenn man begreift, dass man selbst sich nicht so zuverlässig kennt, wie Fremde einen kennen.

Geduldig setzt Milton Ferris E.H. auseinander, warum er an diesem Vormittag ins Institut gebracht worden ist und warum er und sein Labor ihn testen wollen – wie sie es schon in der Vergangenheit getan haben. Zuerst hört E.H. höflich zu, gerät dann aber in Verwirrung, denn nun fesselt ihn Margot, die er wiederentdeckt hat: Sie trägt einen schwarzen Wickelrock, eine schwarze Strumpfhose, einen schwarzen Jerseypullover, der sich eng um ihren schmalen Leib schmiegt, und flache schwarze Ballerinas, die Kleidung einer Tänzerin im Schülerinnenalter und nicht den frischen weißen Laborkittel der medizinischen Angestellten oder die mattgrünen Uniformen der Pflegekräfte. Sie hat auch kein Schildchen am Revers stecken, dem er ihren Namen entnehmen könnte.

Ferris sagt gereizt: »Wann immer Sie so weit sind, Mr Hoopes – Eli. Deswegen sind wir hier.«

»Deswegen sind Sie hier, Herr Doktor. Aber warum bin ich hier?«

»Sie haben bisher immer Spaß an Ihren Tests gehabt, Eli, und das werden Sie auch diesmal wieder.«

»Deswegen bin ich hier – um Spaß zu haben?«

»Wir hoffen, ein paar Tatsachen in Bezug auf das Gedächtnis nachzuweisen. Wir befassen uns mit der Frage, wo das Gedächtnis seinen Sitz im Gehirn hat – ob es gleichmäßig verteilt ist und nicht nur lokal begrenzt oder ob es doch lokal begrenzt ist. Und Sie helfen uns dabei, Eli.«

»Haben die mich aus dem Büro rausgeschmissen? – Hat jemand meinen Platz eingenommen? Mein Bruder Averill und mein Onkel« – E.H. verstummt, als sei ihm zu seinem Leidwesen für einen Moment der Name eines Verwandten entfallen, eines leitenden Angestellten bei Hoopes & Partner, Inc., um spöttelnd mit einer seiner rätselhaften Bemerkungen fortzufahren: »Wo würde ich denn sein, wenn ich woanders sein könnte?«

Milton Ferris versichert ihm, er sei »genau zur rechten Zeit am rechten Ort, um Geschichte zu machen«.

»Habe ich das schon gesagt? Ich habe Reverend King sprechen hören. Mehrmals. Das ist Geschichte.«

»Ja. Ein außergewöhnlicher Mann, Reverend King …«

»In Philadelphia sprach er auf der Treppe der Free Library, und in Birmingham, Alabama, sprach er in einer Negerkirche, die anschließend von weißen Rassisten niedergebrannt wurde. Er ist ein sehr tapferer Mann, ein Heiliger. Ein Heiliger an *Couragiertheit*. Ich habe vor, wieder mit ihm zu marschieren, sobald es mir bessergeht – wie ich es versprochen habe.«

»Natürlich, Eli. Vielleicht können wir mithelfen, das einzurichten.«

»Ich bin niedergeschlagen worden, daher kommt das – mit einem Gummiknüppel, in Alabama. Hab ich es Ihnen schon gezeigt? Die Narbe, wo keine Haare mehr wachsen …«

Er senkt den Kopf und drückt sein dichtes dunkles Haar platt, um ihnen die blasse Zickzacklinie auf seinem Schädel vorzuführen. Margot möchte gleich die Hand ausstrecken und die Stelle berühren – den Kopf des armen Mannes streicheln.

Sie begreift: *Die Einsamkeit, die spürt er am stärksten.*

»Ja, Sie haben uns Ihre Narbe gezeigt, Eli. Sie können sich glücklich schätzen, dass Sie mit dem Leben davongekommen sind.«

»Kann ich das! Mit dem Leben davongekommen, Sie meinen, das hab ich geschafft, Herr Doktor.« E.H. lacht traurig.

Milton Ferris unterhält sich weiter mit E.H., lässt ihn gewähren und beruhigt ihn so. Vor ihrem geistigen Auge sieht Margot Ferris ein erregtes Versuchstier beruhigen, einen Affen zum Beispiel, der gleich geopfert werden wird.

Das ist der in der experimentellen Wissenschaft verwendete Euphemismus. Die Labortiere werden nicht *getötet* und erst recht nicht *ermordet*: sie werden *geopfert*.

In E.H.s Nähe merkt man binnen kurzem, dass sein Lächeln gar nicht kindlich-eifrig ist, sondern vielmehr verzweifelt und kläglich. Man hat einen Ertrinkenden vor sich, der mit aller Kraft auf Rettung hofft, egal durch wen, ohne zu wissen, was ihn retten könnte und wovor er eigentlich gerettet werden will.

In mir sieht er – irgendetwas. Eine rettende Hoffnung.

Da es selbst bei schweren neurologischen Ausfällen isolierte Inseln der Erinnerung geben kann, die plötzlich auftauchen, überlegt

Margot, ob sie mit ihrer Stimme, ihrem Gesicht oder ihrem bloßen Geruch schwache Erinnerungen in E.H.s lädiertem Hirn auslöst, so dass er für sie etwas empfindet, was ihm ebenso unerklärlich ist wie allen anderen. Denn auch wenn er Dr. Ferris' forscher Rede zuhört, blickt er Margot sehnsüchtig an.

Margot hat Labortiere gesehen, die noch lebten und Empfindungen hatten, aber vollkommen hilflos waren, nachdem ihnen Teile des Gehirns entnommen worden waren. Und sie hat alles über Amnesie bei Menschen gelesen, was sie in die Hände bekam. Trotzdem macht es sie nervös, so einen Zustand direkt vor Augen zu haben bei einem Mann, der aus der Nähe völlig normal wirkt, ja *charismatisch.*

»Sehr gut, Eli! Möchten Sie sich vielleicht an den Tisch setzen?«

E.H. lächelt gequält. Er möchte sich unverkennbar *nicht setzen*; im Stehen fühlt er sich wohler, kann sich frei durch den Raum bewegen. Margot sieht den körperlich gesunden Mann auf dem Tennisplatz förmlich vor sich, ständig in Bewegung, er möchte nicht *stillsitzen*, da ist er im Nachteil.

»Hier. An den Tisch, bitte. Nehmen Sie irgendeinen Stuhl …«

»Irgendeinen Stuhl – und weiter?« E.H. zwinkert lächelnd, tut so, als wolle er einen Stuhl anheben und wegtragen; seine Finger zucken. Ferris lacht übertrieben.

»Ich meinte, *Sie können sich auf einen Stuhl setzen. Den hier.*«

E.H. seufzt. Er hatte ihn bei Laune halten wollen, den Fremden mit dem auffälligen kurzen weißen Bart und den blitzenden Brillengläsern, der so vertraulich mit ihm spricht.

»Jawoll – zu Befehl, ich meine, ja, Herr Doktor.«

Dazu lächelt er freundlich, es kann nicht beleidigend gemeint gewesen sein.

Sie treffen Vorbereitungen für den ersten Test dieses Vormittags, und E.H.s Aufmerksamkeit wird von Margot weggelenkt, die keine Aufgabe dabei hat und nur zuschaut. Sie hat sich inzwischen leise an eine Stelle begeben, an der der Proband sie höchstens noch schemenhaft am Rand seines Gesichtsfelds sehen kann. Vermutlich hat er die Namen der sonstigen Anwesenden – Kaplan, Meltzer, Rubin, Schultz – vergessen. Margot ist erleichtert, dass sie nicht mit Milton Ferris um die labile Aufmerksamkeit des Kranken konkurrieren muss.

Nach der Erkrankung zeigten E.H.s Testergebnisse gravierende Verluste beim Kurzzeitgedächtnis. Von den Versuchsleitern gebeten, sich Zahlenfolgen einzuprägen, geriet er zwischen fünf und sieben ins Stocken. Jetzt, Monate später, kann er auf Verlangen aus dem Gedächtnis neun Zahlen nacheinander aufsagen, manchmal zehn oder elf. Mit dem Resultat liegt er im Normalbereich, und man würde auch denken, dass E.H. normal ist – er agiert ruhig, methodisch, fast roboterhaft; wenn Erschwernisse eingebaut und die Listen länger werden und wenn es Unterbrechungen gibt, gerät E.H. rasch in Verwirrung.

Das Experiment wird zur Qual, als immer längere Intervalle des Schweigens die Zahlenreihen unterbrechen, die der Proband sich merken soll und die ihm nicht entgleiten sollen. Margot meint zu spüren, wie es den armen Mann anstrengt, nicht den Faden zu verlieren, wie mühsam das Einprägen für ihn ist. Am liebsten würde sie ihn an der Hand fassen, ihn trösten und ermutigen. *Ich helfe Ihnen. Sie werden besser. Das bleibt nicht Ihr Leben lang so!*

Körperliche Schädigung ist der große Gleichmacher, denkt sie. Vor anderthalb Jahren, vor seiner Erkrankung, hätte Elihu Hoopes bei ihr wohl kaum zweimal hingesehen. Fast möchte sie ihn beschützen, ihn bedauern, und spürt, dass er dankbar für ihre Berührung wäre.

Vierzig intensive Minuten, dann zehn Minuten Pause, dann die nächsten Tests in stetig wachsendem Tempo. E.H. ist willig und kooperativ, doch als es komplizierter wird und die Tests beschleunigt werden, gerät er zunehmend schnell in Verlegenheit, bemüht sich allerdings tapfer, freundlich und höflich zu bleiben. Und als die Intervalle länger werden, wirkt er wie ein hilflos um sich schlagender

Ertrinkender. Sein Kurzzeitgedächtnis ist stark reduziert – auf bloße vierzig Sekunden.

Nach zwei Stunden sagt Ferris eine längere Pause an. Die Versuchsleiter sind genauso erschöpft wie der Kranke.

E. H. bekommt ein Glas Orangensaft gereicht, sein Lieblingsgetränk. Er hat bis zu diesem Moment noch nicht gemerkt, dass er Durst hat, und trinkt das Glas mit großen Schlucken aus.

Margot Sharpe bringt ihm den Saft. Die weibliche Rolle des Pflegens und Umsorgens erfüllt sie mit tiefer Befriedigung, denn E. H. lächelt sie besonders herzlich an.

Ihr wird ein wenig schwindlig. Kein Zweifel, der Amnesiekranke erkennt sie.

Unruhig und erschöpft, ohne zu wissen (sich daran zu erinnern), warum, steht E. H. am Fenster und starrt hinaus. Möchte er eruieren, wo er ist? Eruieren, wer diese Fremden sind, die ihn testen? Er ist ein stolzer Mann, er wird nicht fragen.

Wie ein Athlet, der zu lange in einem beengten Raum ausharren musste, oder wie ein rebellischer Teenager beginnt E. H. den Raum zu umkreisen. Fast ist es störend, dieses Benehmen – doch, es ist störend. Er schenkt den Fremden im Raum keine Beachtung. Biegt und streckt die Finger, schüttelt die Arme aus, dehnt die Waden. Reckt sich zur Decke – dehnt die Rückenwirbel, murmelt vor sich hin – flucht er? –, alles aber mit unverändert freundlicher Miene.

»Mr Hoopes? Möchten Sie Ihre Zeichenmappe haben?«, fragt jemand aus dem Institut und reicht sie ihm.

E. H. ist froh, seine Mappe zu sehen. Ist vielleicht überrascht, sie zu sehen. Er blättert mit gerunzelter Stirn darin und hält sie so, dass kein anderer einen Blick auf die Seiten werfen kann.

Dann findet er in der Tasche seines Hemds sein kleines Notizbuch. Er schlägt es gleich auf, blättert, trägt etwas ein und schiebt das Büchlein in die Tasche zurück. Schaut wieder in die Zeichenmappe, stößt darin auf etwas, was ihm missfällt, reißt die Seite heraus und zerknüllt sie. Margot ist vom Verhalten des Kranken fasziniert: Ist ihm klar, was er tut? Hat sein Tun einen Sinn? Margot fragt sich, ob er vor seiner Erkrankung auch schon Tagebuch geführt und eine so große Zeichenmappe mit sich herumgetragen hat; möglicherweise ja. Daher ist die Leistung, sich daran zu erinnern, nichts Ungewöhnliches.

Wenn er glaubt, allein zu sein und niemand in der Nähe ist, der ihn beobachtet, hört er auf zu lächeln. Dann zieht er ein finsteres Gesicht und schaut ernst drein wie jemand, der sich mit aller Kraft müht, *aus alldem schlau zu werden.*

Wie traurig und ermüdend, dass der Kranke nicht weiß, wie lange er sich mit dieser Frage bereits herumschlägt. Nicht weiß, ob er erst seit einigen Minuten in diesem Raum ist oder schon seit Stunden. Dass er hier nicht wohnt, scheint er zu begreifen, er hat aber keine klare Vorstellung davon, dass er bei einer Verwandten in Gladwyne wohnt und nicht bei sich zu Hause in Philadelphia wie vor seiner Erkrankung.

Ganz gleich, wie oft ein Test wiederholt wird, bei dem es um Auswendiggelerntes geht, E. H.s Ergebnis wird nicht besser. Ganz gleich, wie oft er vorher angeleitet wird, er muss beim nächsten Mal wieder angeleitet werden.

Das Gehirn des Amnesiekranken gleicht einem Sieb, durch das ständig Wasser fließt, sich aber nie sammelt; die Zeit vor der Erkrankung des Mannes, die den Großteil seines achtunddreißig Jahre währenden Lebens ausmacht, ähnelt einem stillen, durch dichtes Laub erspähten fernen Gewässer in einer halluzinatorischen Landschaft von Cézanne.

Ob am Grunde des durch die Erkrankung geschädigten Teils seines Gehirns noch Reste von Erinnerungsinhalten vorhanden sind? Ob an der Peripherie der Schädigung oder in angrenzendem Gewebe noch irgendeine Form von Neurogenese, neuem Nervenwachstum stattfindet? Und – könnte sich eine Neurogenese *anregen* lassen?

Wie wenig wir nach so vielen Jahrtausenden immer noch vom menschlichen Gehirn wissen! Das Gehirn ist das einzige Organ, auf dessen Funktionsweise nur aus beobachtetem Verhalten geschlossen werden kann und dessen elementare Physiologie bis zum gegenwärtigen Zeitpunkt – das heißt 1965 – kaum verstanden worden ist. Nur die Gehirne von Tieren können am lebenden Objekt untersucht werden – hauptsächlich die Gehirne von Affen. Invasive Forschung am lebenden, normalen menschlichen Gehirn ist verboten. Die Frage beschäftigt Margot: Sind komplexe Erinnerungen über den gesamten cerebralen Cortex verteilt oder lokal begrenzt? – und wenn lokal begrenzt, wie? Über E.H.s Gehirn weiß man, dass der Hippocampus und angrenzendes Gewebe durch die Virusinfektion zerstört wurden – sind andere Teile des Gehirns aber unbeschädigt geblieben? Bevor E.H. nicht am Gehirn operiert wird oder ausgefeilte Apparate entwickelt werden, die das Gehirn durchleuchten können, wird man Genaueres über die Anatomie seines Gehirns erst nach seinem Tod wissen, wenn es obduziert werden kann.

Die Vorstellung entsetzt Margot, erregt sie aber auch. Vor ihrem geistigen Auge liegt E.H. auf einer Marmorplatte in einem Leichenschauhaus: tot, der Schädel aufgesägt. Der Pathologe entnimmt das Gehirn, das vom Neurowissenschaftler fixiert, seziert, eingefärbt, untersucht und analysiert wird.

Sie wird der Neurowissenschaftler sein.

E.H. wirft ihr einen bangen Blick zu, als ob er ihre Gedanken lesen könnte. Margot wird heiß im Gesicht wie jemand, der es gewagt hat, einen anderen intim zu berühren, und dabei ertappt wurde.

Aber ich werde Ihr Freund sein, Mr Hoopes! – Eli.

Ich werde derjenige sein, dem sie vertrauen können.

Das Geheimnis des Gedächtnisses lüften – Margot Sharpe wird zu den Ersten gehören.

Mit erhobenem Zeigefinger, um ihre Aufmerksamkeit wiederzuerlangen, blättert E.H. sein Notizbuch durch, sucht nach etwas Wichtigem. Liest mit seiner hellen, freundlichen Stimme vor:

»Es gibt keine Reise, und es gibt keinen Weg. Es gibt keine Weisheit, es gibt Leere.« Nach kurzer Pause fährt er fort: »Es gibt die Weisheit des Buddha. Aber es gibt keine Weisheit, und es gibt keinen Buddha.« Er lacht, unerklärlich gutgelaunt.

Seine Betreuer starren ihn an, können nicht mitlachen.

Das Testen geht weiter. E.H. macht abermals einen interessierten, hoffnungsvollen Eindruck.

Es ist schwer nachzuvollziehen: Für den Probanden beginnt das Abenteuer dieses Vormittags erst jetzt. Er hat vergessen, dass er müde ist.

Wie das Verlangen hängt auch die Müdigkeit vom Gedächtnis ab. Margot hätte nicht geglaubt, dass das so ist – es kommt ihr so unnatürlich vor!

Als Wissenschaftler begreift man schnell: Vieles in der Natur ist unnatürlich.

Die Hälfte ihres Programms ist abgearbeitet, als Milton Ferris geht. Er hat einen Termin, ein Mittagessen vielleicht. Der Projektleiter betraut seine Assistenten mit der Aufgabe, die von ihm entwickelten Tests ohne seine Aufsicht fortzusetzen.

Margot folgt den Anleitungen peinlich genau: Auch wenn sie weiß, was zu tun ist, wartet sie, bis Alvin Kaplan, Ferris' Günstling, sie einweist. Den Probanden zu testen ist aufwendig und monoton, aber faszinierend; es sind verschiedene Gedächtnistests, akustische und visuelle, deren Schwierigkeitsgrad schrittweise steigt.

Mit einem Experiment verfolgt man offenbar den Zweck, den Probanden zu frustrieren und zu demotivieren. E.H. wird von Kaplan angewiesen, so weit zu zählen, »wie Sie ohne Unterbrechung können«. E.H. beginnt und zählt beeindruckend lange, über siebzig

Sekunden; es geschieht methodisch, auswendig. Bei der Zahl neunundachtzig unterbricht Kaplan und lenkt E. H. damit ab, dass er ihm eine Karte mit einem kunstvollen geometrischen Muster zeigt und ihn bittet, es zu beschreiben. »Sieht aus wie drei umgekehrte Pyramiden oder vielleicht – Ananas?«

Und als Kaplan E. H. nun bittet, mit dem Zählen fortzufahren, ist der total verdutzt. Er hat keine Ahnung, wie es weitergeht.

»Zählen – was? Was habe ich denn gezählt?«

»Sie haben Zahlen gezählt, so weit Sie können – und haben angehalten, um die Karte zu beschreiben. Aber jetzt, Eli, können Sie weitermachen.«

»Weitermachen – womit?«

»Sie wissen nicht mehr, bis wohin Sie gekommen sind?«

»Bis wohin, ich …? Nein, weiß ich nicht.«

Er schaut auf die Karte mit der Abbildung, die ihn aus dem Konzept gebracht hat, und begreift jetzt, dass es ein Trick ist.

»Als ich klein war, hab ich Karten gespielt. Ich hab auch Dame und Schach gespielt.« Er blickt sich um, als suche er nach weiteren Karten oder nach Brettspielen.

Seine Finger zucken. Seine im Allgemeinen freundlich blickenden Augen funkeln vor Zorn. Er würde sie zu gern zerfetzen, diese dumme Karte mit der Abbildung von Pyramiden oder Ananas!

Als sie E. H.s Miene sieht, regt sich in Margot das schlechte Gewissen. Ist der Test letztlich nicht grausam – ein Fall von seelischer Grausamkeit? Auch wenn E. H. bis jetzt sichtlich gern im Zentrum der Aufmerksamkeit stand.

Margot denkt: *Aber gleich weiß er es nicht mehr. Er vergisst es.*

Sie denkt an die Versuchstiere vergangener Jahrzehnte, denen manchmal die Stimmbänder durchtrennt wurden, so dass ihre Schmerzens- und Schreckensschreie keinen Ausdruck fanden. Auf die Weise blieben ihre Qualen ungehört, und ihr Leiden brauchte nicht zur Kenntnis genommen zu werden: vor einer neuen und humaneren Ära der Tierversuche, Milton Ferris aber noch gut erinnerlich, da ist Margot sich sicher.

Ferris hat oft gewitzelt über diese neue, humanere Ära, über die Beschränkungen, die sie der Forschung auferlegt, über den Fanatismus terroristischer Tierschützer, die gegen Experimente der Art protestieren, wie er sie noch vor kurzem mit phantastischem Erfolg durchgeführt hat.

Margot sinniert nicht gern darüber, wie sie sich in den Laboren früherer Zeiten verhalten hätte. Hätte sie gegen das Leid der Tiere protestiert? Oder hätte sie in stummer Scham mitgemacht? – denn Einwände zu erheben hätte die Entlassung aus dem Labor des großen Mannes zur Folge gehabt und das Ende einer Karriere in der Neurowissenschaft überhaupt bedeutet.

Alle Wissenschaft ist so, sagt sie sich, eine Suche nach der Wahrheit, die schwer zu finden ist, tief verborgen.

Denn die Wahrheit liegt nicht an der Oberfläche wie verstreute Fossilien, die man zusammenlegen kann wie ein Puzzle. Die Wahrheit ist verdeckt, verborgen, ist labyrinthisch. Was andere sehen, ist nur die Oberfläche – oberflächlich. Ein Wissenschaftler *gräbt tiefer*.

E.H. sieht sich ratlos im Untersuchungszimmer um, einem Raum, den er nicht erkennt. Es ist, als sei eine Bühnendekoration abgebaut worden und als stünden nur noch karge Wände da. Das strahlende Lächeln ist von seinen Lippen verschwunden. Elihu Hoopes ist ein Gestrandeter und hat einen schmerzlichen Verlust erlitten; er strahlt kein Charisma aus, sondern Verzweiflung. »Sie waren bei neunundachtzig«, sagt Margot sanft, um den verlorenen Mann zu trösten. »Sie haben es sehr gut gemacht, bis Sie unterbrochen wurden.« Die zornigen Blicke Kaplans und der anderen, weil sie das Falsche gesagt hat, übersieht sie.

Als er Margots leise, aber bestimmte Stimme hinter sich hört, wendet E.H. sich überrascht zu ihr um. Seine Aufmerksamkeit galt

Kaplan, er hatte Margot vollkommen vergessen und ist überrascht, dass noch andere im Raum sind und Margot hinter ihm in der Ecke sitzt wie ein Schulmädchen, beobachtet und Notizen macht.

»Hal-lo! – hal-*lo*!«

Es ist klar: Er hat sie noch nie zuvor gesehen. Sie ist eine zierliche junge Frau mit ungewöhnlich heller Haut, schwarzen Augenbrauen und Wimpern und einem glänzenden schwarzen Pony, der ihre Stirn fast völlig bedeckt; ihre mandelförmigen Augen wären schön, hätte sie sie nicht beim Grübeln zu Schlitzen zusammengezogen.

Sie ist in exzentrisches Schwarz gekleidet, trägt Lagen von Schwarz wie eine Tänzerin. Mit dem Notizbuch auf dem Schoß, dem Stift in der Hand, der krausen Stirn und dem Lächeln ist sie – wohl – eine junge Ärztin? Medizinstudentin? Keine Krankenschwester. Er weiß, dass sie keine Krankenschwester ist. Trotzdem hat sie keinen weißen Laborkittel an. Sie hat kein Namensschild am Revers, und das irritiert und fasziniert ihn.

Ohne auf Kaplan und die anderen zu achten, streckt E.H. die Hand aus, um der jungen Frau die Hand zu schütteln. »Hal-*lo*! Ich glaube, wir kennen uns – wir sind zusammen zur Schule gegangen, nicht wahr? In Gladwyne?«

Die schwarzhaarige junge Frau zögert. Dann erhebt sie sich anmutig von ihrem Platz und kommt zu ihm, schiebt die Hand in seine und lächelt dazu.

»Hallo, Mr Hoopes – Eli. Ich bin Margot Sharpe, und vor heute haben Sie mich noch nie gesehen.«

Auf dem weißen Gesicht des Mädchens unter dem leicht bewegten Wasser liegen die Schatten von Libellen und Wasserläufern. Ein merkwürdiger Anblick: die Schatten der Insekten sind größer als die Insekten selbst.

Er hat sie gefunden, hier im Bach. Kein Mensch weiß davon – er ist allein hier.

Aber er sieht nicht hin, er hat das ertrunkene Mädchen (noch) nicht gesehen. Er war nicht dort, also kann er es nicht sehen. Er kann sich nicht an etwas erinnern, was er nicht gesehen hat.

Auf der Holzbrücke an dieser seltsamen Stelle so viele Jahre später wendet er sich nicht um. Er schaut nur geradeaus. Klammert sich mit beiden Händen fest an das Geländer, stemmt sich tapfer gegen den erwarteten Wind.

Kapitel zwei

»Mr Hoopes? Eli?«

»Hal-lo!«

»Mein Name ist Margot Sharpe. Ich bin Professor Ferris' Mitarbeiterin. Wir kennen uns bereits. Wir sind gekommen, weil wir heute Vormittag ein wenig von Ihrer Zeit beanspruchen wollen …«

»Ja. Guten Tag.«

Seine Augen leuchten auf. Das Aufblitzen der Hoffnung in seinen Augen!

»Guten Tag, Margot!«

Ihre Hand von seiner umschlossen, ein wiedererkennendes Halten.

Er erinnert sich an mich. Nicht bewusst – aber er erinnert sich.

Noch kann sie darüber nicht schreiben. Noch hat sie dafür keine wissenschaftlichen Belege.

Der Amnesiekranke wird Arten des Erinnerns finden. Es ist eine nichtdeklarative Erinnerung, sie kommt ganz ohne das Bewusstsein aus.

Denn es gibt ein emotionales Gedächtnis, genauso wie es ein deklaratives Gedächtnis gibt.

Es gibt ein tief im Körper wurzelndes Gedächtnis – ein Gedächtnis, das von Leidenschaft hervorgebracht wird.

Von Glück durchströmt, fühlt sich Margot Sharpe wie ein Ballon, dem das schnell einströmende Helium Auftrieb gibt.

»Mr Hoopes? Eli?«

»Hal-lo! Hal-*lo*.«

Er lächelt sie erwartungsvoll an, beugt sich vor und schüttelt ihr die Hand.

In seiner großen, kräftigen Hand Margot Sharpes kleine Hand.

»Vielleicht erinnern Sie sich nicht, wir kennen uns bereits – Margot Sharpe. Ich bin eine Kollegin aus der Forschungsgruppe von Professor Ferris. Wir arbeiten schon, nun ja, einige Zeit zusammen.«

»Mar-got Sharpe. Ja. Wir arbeiten schon … einige Zeit zusammen.« E.H. lächelt höflich, als wisse er sehr genau, wie lange sie schon zusammenarbeiten, doch als sei das ein Geheimnis zwischen ihnen.

Heute hat E.H. die größere Zeichenmappe bei sich. Er hat das Kreuzworträtsel der *New York Times* gelöst, die Zeitungsseite liegt wie üblich auf dem Fußboden.

Er hat mit einem Kohlestift gezeichnet, an einem Fenster im rückwärtigen Teil des Versuchsraums im dritten Stock. Er scheint das Fenster nicht wahrzunehmen, an dessen Scheibe dramatisch der Regen prasselt, so wenig wie er seine Klinikumgebung wahrnimmt; die Themen der Kunst, die seine Aufmerksamkeit ganz in Anspruch nehmen, liegen fast ausschließlich in seinem Innern, und darüber möchte er anderen nichts mitteilen.

Außer, manchmal, Margot Sharpe.

Allerdings weiß sie, dass sie ihn nicht fragen darf, ob sie seine Zeichnungen sehen kann, sondern warten muss, bis er sie ihr zeigen will. Das Angebot, wenn es denn kommt, wird spontan gemacht.

»Haben Sie eine Vorstellung, wie lange wir schon zusammenarbeiten, Eli?«, fragt Margot immer.

E.H.s Lächeln erlischt. Nachdenklich und ernst sagt er:

»Also, ich glaube … sechs Wochen vielleicht.«

»Sechs Wochen?«

»Vielleicht mehr, vielleicht weniger. Ich weiß schon, ich hab ein Problem mit dem, was Gedächtnis genannt wird.«

»Wie lange haben Sie dieses Problem schon, Eli?«

»Wie lange ich dieses Problem schon habe? Also, ich glaube … vielleicht seit sechs Wochen.« Er lächelt sie mit einem flehenden Ausdruck an, hält immer noch ihre Hand fest; sie muss sie ihm behutsam entziehen.

»Wissen Sie, was die Ursache für dieses Problem ist, Eli?«

»Ach, das ist neurologisch. Ich vermute, sie haben Röntgenaufnahmen gemacht. Ich meine mich zu erinnern, dass man mir den Kopf rasiert hat. Ich hab in Birmingham einen Schädelbruch gehabt, damals wusste das niemand. Ein haarfeiner Riss. Und dann hat es im Juli am See gebrannt. Ich glaube, so hat man es mir gesagt … einen Brand gegeben. Schwer zu glauben, dass ich so nachlässig war und brennende Glut im Kamin zurückgelassen hab, aber – irgendetwas muss gewesen sein.« E. H. hält inne und verzieht das Gesicht wie jemand, der etwas Unhandliches, sehr Schweres, aus einem tiefen Brunnen zieht und dafür alle Muskeln seines Körpers anspannen muss. »Ein Feuer, das mein verdammtes Hirn versengt hat.«

»Vielleicht ein Fieber?«

»Ein Fieber ist ein Feuer. Im verdammten Gehirn.«

Es ist ein windiger, bedeckter Vormittag im März 1969.

* * *

Sein Name – *Hoopes* – geradezu unheimlich, welche Vorausahnung darin liegt, denkt sie.

Denn Elihu Hoopes lebt seit viereinhalb Jahren in grenzenloser Gegenwart. In einer Zeitschleife sozusagen, einem Möbiusband, das unendlich in sich zurückläuft.

Nur dass dieses Unendliche keine siebzig Sekunden dauert.

Es gibt kein *war* in seinem Leben, nur ein *ist.*

Er wird für immer siebenunddreißig sein. Er wird für immer nicht recht wissen, wo er sich befindet und was ihm zugestoßen ist.

Ein Feuer? Ich glaube, es war ein Feuer. Oder Großvaters zweisitziges Propellerflugzeug machte eine Bruchlandung auf der Insel und ging in Flammen auf. Und im Krankenhaus hat es später auch gebrannt. Meine Sachen und meine Haare waren nass und haben geschwelt. Ich hab gerochen, dass meine Haare versengt waren. Es kann sein, dass ich etwas von dem Feuer eingeatmet und mir die Lunge verbrannt habe.

Sie haben gesagt, ich hätte hohes Fieber gehabt, aber – es war ein Feuer, ich hab es gesehen und gerochen.

Das Mädchen wurde nicht gefunden. Rettungsmannschaften haben nach ihr gesucht, in den Wäldern rings um den Lake George, auf den Inseln.

Wenn jemand sie mitgenommen hat, hat er sie womöglich auf eine der Inseln gebracht, dachten sie. Sofern er ein Boot hatte. Und es unbemerkt tun konnte.

Großvater hatte eine kleine chromgelb gestrichene Beechcraft, die aussah wie ein Riesenvogel, und mit der ist er über den See geflogen. Großvater ist viele Male drübergeflogen, man hörte das Brummen des Propellermotors, wenn er dicht über dem Hausdach drüberflog.

Großvater sagte: Komm mit, Eli! Wir suchen zusammen nach deiner verschwundenen Cousine.

Nicht das erste Mal, dass der kleine Junge mit seinem Großvater in der Maschine mitgeflogen war, aber es sollte das letzte Mal sein.

Mit seiner hellen, angenehmen Stimme liest E.H. aus seinem Notizbuch vor:

»Es gibt keine Reise, und es gibt keinen Weg. Es gibt keine Weisheit, es gibt Leere.« Nach kurzer Pause fährt er fort: »Es gibt die Weisheit des Buddha. Aber es gibt keine Weisheit, und es gibt keinen Buddha.«

Er lacht traurig.

»Es gibt keinen Test, und es gibt keine Testes.«

Und lacht wieder. Traurig.

So hat man es ihr beigebracht: um zu erkennen, muss man zerstören.

Um den Ursprung des Verhaltens im Gehirn zu finden, muss man den Großteil des Gehirns zerstören.

Affen-, Katzen- und Rattenhirne. Auf der Suche nach dem schwer fassbaren, geheimnisvollen Gedächtnis. Jahre und Jahrzehnte, Tausende Gehirne von Tieren, Hunderttausende Stunden Chirurgie. Systematisch, methodisch. Akribische Labordokumentation. Grausame Zielstrebigkeit des Forschungswissenschaftlers, für den keine lebende Spezies ein Zweck an sich, sondern nur ein mögliches Mittel zu einem größeren Zweck ist. Hunderttausende von Tieren geopfert auf der Suche nach dem Engramm – dem vorgeblichen Eintrag des Gedächtnisinhalts.

Ein Prinzip der experimentellen Neurowissenschaft.

Niemand darf ein lebendes, normales menschliches Gehirn chirurgisch untersuchen, das geht nur bei Gehirnen von Tieren. Und in all diesen Jahrzehnten sind die Ergebnisse nicht überzeugend gewesen. Margot Sharpe überträgt das berühmt-berüchtigte Fazit des großen Experimentalpsychologen Karl Lashley in ihr Amnesie-Logbuch:

»Die Versuchsreihe hat einige Hinweise darauf erbracht, was und wo die Spur der Erinnerung nicht ist. Manchmal glaube ich … wir müssen zwangsläufig feststellen, dass (Erinnerung) einfach nicht möglich ist.

Die tugendhafte Tochter. Was für ein Glück Margot Sharpe hat!

Und sie möchte es gern glauben: *Meine Karriere – mein Leben –, das liegt alles vor mir.*

1969 wird das Phänomen des Amnesiekranken »E. H.« in wissenschaftlichen Kreisen nach und nach publik.

Ein außergewöhnlicher Fall von vollständiger anterograder Amnesie. Und der Proband ansonsten bei guter Gesundheit, intelligent, kooperativ, zurechnungsfähig – eine Seltenheit in der hirnpathologischen Forschung, die es bei ihren lebenden Patienten meist mit Psychotikern, Moribunden oder schwer hirngeschädigten Alkoholikern zu tun hat.

Erste Artikel von Milton Ferris vom Neurologischen Institut in Darven Park über »E.H.« sind in namhaften neurowissenschaftlichen Fachzeitschriften erschienen; in der Regel werden seine Forschungskollegen als Co-Autoren aufgeführt, und Margot Sharpe ist eine davon. Ihren Namen gedruckt zu sehen, zusammen mit diesen anderen, erfüllt sie mit tiefer Genugtuung, zumal es überraschend schnell dazu kommt.

Mit Daten, Diagrammen, Statistiken und Zitaten angereichert, tragen die Artikel Titel wie »Verlust des Kurzzeitgedächtnisses nach Enzephalitisinfektion« – »Erhalt des deklarativen und des prozeduralen Gedächtnisses bei Amnesie. Die Geschichte von E.H.« – »Kurzfristiger Erhalt verbaler, visueller, auditorischer und olfaktorischer Reize bei Amnesie« – »Kodierung, Aufbewahrung und Abruf von Informationen bei anterograder Amnesie«. Ihre Vorbereitung ist ein langwieriger, kollektiver Arbeitsprozess, der sich über Monate oder sogar Jahre hinziehen kann und den Milton Ferris als Projektleiter überwacht. Ohne sein Imprimatur kann selbstverständlich keine Arbeit bei einer Zeitschrift eingereicht werden, ganz gleich, wer die Experimente im eigentlichen Sinne entwickelt und durchgeführt und wer den größten Teil der Literaturrecherchen und des Schreibens geleistet hat. Vor kurzem hat Ferris Margot grünes Licht für die Entwicklung eigener Experimente zu Möglichkeiten für prozedurales Lernen und Gedächtnis bei verschiedenen Sinnesreizen gegeben. Das renommierte *Journal of American Experimental Psychology* wird bald einen Artikel mit den Namen Milton Ferris und Margot Sharpe als alleinige Verfasser publizieren; es handelt sich dabei um einen vierzigseitigen Auszug aus Margots Dissertation, die den Titel »Kurzzeitgedächtnis und gefestigte Gedächtnisinhalte bei retrograder und anterograder Amnesie. Eine kurze Geschichte von E.H.« trägt. Es ist, so Ferris zu Margot, die anspruchsvollste und wissenschaftlich fundierteste Arbeit ihrer Art, die er je von einer Doktorandin – »oder überhaupt von einer Kollegin« – bekommen hat.

Ferris meint sein Lob aufrichtig, ohne jede Ironie. Wir schreiben das Jahr 1969 – und das ist keine Epoche, in der man über die Geschlechter spöttelt, zumal in wissenschaftlichen Kreisen, in die nur wenige Frauen und praktisch keine Feministinnen vorgedrungen sind. Zu ihrer Beschämung erregt es Margot, als sie hört, dass Milton Ferris das auch vor seinen Kollegen gesagt hat, die sich demonstrativ beeindruckt zeigten. Sie möchte nicht daran denken, dass das Lob ihres Mentors ein wenig getrübt ist durch die Tatsache, dass es nur zwei Professorinnen in der Psychologischen Abteilung der Universität gibt, beide Sozialpsychologinnen, die von den experimentellen Psychologen und Neurowissenschaftlern mit kaum verhohlener Geringschätzung betrachtet werden.

Dass der ausführliche Artikel nach dem Einreichen beim *Journal of American Experimental Psychology* sehr schnell angenommen wurde, hat Margot, wie sie glaubt, Ferris' Fürsprache zu verdanken. Es ist ihr nicht entgangen, dass einer der Herausgeber ein Günstling ihres Mentors aus den Vierzigern ist; Ferris selbst ist neben einer Reihe von anderen Namen im Impressum als »Wissenschaftlicher Berater« aufgeführt.

Jedenfalls hat sie sich bei Ferris bedankt.

Sie hat sich schon mehr als einmal bei ihm bedankt.

Margot weiß ganz genau, dass sie großes Glück hat. Sie will sich dieses Glück unbedingt erhalten.

Brillant zu sein genügt nicht, wenn du eine Frau bist. Du musst nachweislich brillanter sein als deine männlichen Konkurrenten – die Brillanz ist deine männliche Eigenschaft. Deshalb musst du zum Ausgleich angemessen weiblich sein, was jedoch nicht heißt, emotional labil, launisch oder irgendwie empfindlich, sondern still und aufmerksam, geistig gewandt, anpassungsfähig und zurückhaltend.

Margot denkt: *Zurückhaltung ist nicht schwer, wenn du ein Gesicht hast, das keiner ansieht.*

»Hal-*lo*!«

»Hallo, Mr Hoopes – Eli. Wie geht es Ihnen?«

»Sehr gut, danke. Und *Ihnen*?«

In seiner Nähe spürt man den Sog der Gegenwart.

In seiner Nähe hält man ängstlich Ausschau nach dem eigenen Schatten: nicht dass man ihn verloren hat!

Margot ist sehr einsam, außer wenn sie bei E. H. ist. Die anderen in Ferris' Labor wären erstaunt, wenn sie wüssten, dass die in ihrem Beisein so steife und stille Margot Sharpe manchmal höchst impulsiv mit dem Anmesieprobanden spricht und sich ihm anvertraut wie einem engen treuen Freund, wenn sie beide allein sind und niemand sie hören kann.

Sie hat sich angeboten, mit ihm im Park hinter dem Institut spazieren zu gehen, hat sich angeboten, ihn in die Cafeteria im Erdgeschoss zum Mittagessen mitzunehmen. Wenn sein Gesundheitszustand kontrolliert werden muss, bringt sie ihn gern hin.

In seiner Gesellschaft ist sie ebenso fröhlich, wie er es in ihrer ist. Sie hat vor ihm mit ihren akademischen Erfolgen renommiert, wie man es vor älteren Familienangehörigen tun würde, vor dem eigenen Vater vielleicht. Obwohl Margot Elihu Hoopes nicht für *väterlich* hält, dafür findet sie ihn als Mann viel zu anziehend. Sie hat ihm anvertraut, dass sie sich hier im Osten von Pennsylvania, wo sie keine Menschenseele kennt, manchmal sehr einsam fühlt – »Sie ausgenommen, Eli. Sie sind mein einziger Freund.« Dazu lächelt er, als sei ihr Gespräch Teil eines Tests, bei dem er aufs Stichwort antworten soll: »Ja – mein einziger Freund. Sie auch.«

Margot weiß, dass er bei einer Tante lebt, und nimmt an, dass er ab und zu wohl auch Familienangehörige sieht. Sie weiß, dass seine Verlobung einige Monate nach seiner Operation aufgelöst wurde und dass seine Verlobte ihn nicht besucht. Was ist mit seinen anderen Freunden? Haben sie sich alle von ihm abgewendet? Hat E.H. sich von *ihnen* abgewendet? Der Geschädigte wird sich lieber zurückziehen und Situationen vermeiden wollen, die bei ihm Stress und Angst vergrößern, am geborgensten fühlt er sich wahrscheinlich im Institut, wo er fast ununterbrochen im Zentrum der Aufmerksamkeit steht.

Margot überlegt, ob für den Anmesiekranken nicht alle Gespräche Teil eines Tests sind. *Ist das Leben selbst nicht ein riesiger, fortwährender Test?*

Während ihrer vertraulichen Gespräche ist zwar nicht klar, ob E.H. sich an Margots Namen erinnert – er verwechselt sie häufig mit einer Klassenkameradin aus der Kindheit –, unzweifelhaft erinnert er sich jedoch an sie.

Er weiß, dass sie bestimmte Befugnisse hat, ein Doktor oder Wissenschaftler ist. Er respektiert sie und benimmt sich ihr gegenüber auf eine Weise, wie er es nach Margots Beobachtung gegenüber den Pflegekräften nicht tut.

Ihm kann man natürlich alles sagen. Er hat es mit Sicherheit innerhalb von siebzig Sekunden wieder vergessen.

Und wie schwer das zu begreifen ist, sogar für Wissenschaftler. Was Margot E.H. gegenüber geäußert hat, wird zu einem unauslöschlichen Teil ihrer Erinnerung an ihn, nicht aber seiner Erinnerung an sie.

E.H. gesteht Margot es: Ihre Phantasie ist so entzündet, dass sie nachts kaum durchschlafen kann. Sie wacht alle zwei, drei Stunden erregt und voller Tatendrang auf. Neue Ideen! Neue Ideen für Tests! Neue Theorien über das menschliche Gehirn!

Ihm erzählt sie, dass sie Milton Ferris unbedingt zufriedenstellen möchte, Angst davor hat, den großen Mann zu enttäuschen, denn er ist oft von jungen Kollegen und Mitarbeitern enttäuscht und geht dann, heißt es, gerüchteweise, an ihnen vorbei, als wären sie gar nicht da. Sie möchte gern glauben, dass Ferris recht hat, wenn er ihr einen wissenschaftlichen Verstand bescheinigt, und nicht bloß übertreibt. Sie hat Angst, er habe sie nur in den Kreis derer aufgenommen, die er besonders fördert, weil sie eine junge Frau und *ihm* gegenüber besonders fügsam und unterwürfig ist.

Sie gesteht E.H. auch, dass sie manchmal ins Bett fällt, ohne ihre Sachen auszuziehen. »Ohne zu duschen. Ich schlafe in meinem eigenen *Geruch*.«

So dass E.H. prompt erwidert: »Aber Ihr *Geruch* ist sehr angenehm, meine Liebe!«

Sie gesteht, wie sehr es sie erschöpft, wenn sie sich zwingt, bis spätabends im Labor zu arbeiten, so als lehne sie sich selbst ab, ohne den Grund dafür zu kennen, als ertrage sie sich nur, wenn sie arbeitet. Denn sie werde nicht geliebt, wenn sie sich nicht auszeichne, und sich auszeichnen könne sie nur, indem sie arbeite und Autoritäten zufriedenstelle, Milton Ferris etwa. Aus dem Literaturkurs an der Universität von Michigan ist ihr eine albtraumhafte Geschichte erinnerlich, in der einem Verurteilten das Gesetz, das er gebrochen hat, zum Lesen in die Haut eintätowiert wird – der Name des Verfassers ist Margot entfallen, die Geschichte aber hat sie nie vergessen.

E.H. sagt im Ton gütigen Tadels: »Franz Kafkas ›In der Strafkolonie‹, das vergisst niemand.«

Er hatte die Geschichte als Student ebenfalls gelesen – in Amherst.

Margot ist überrascht und berührt. »Daran erinnern Sie sich, Eli? Das ist natürlich … das …« Es ist ganz normal und natürlich, dass er sich an eine Geschichte erinnert, die er vor seiner Erkrankung gelesen hat. Und doch hatte Margot, bei der die Lektüre noch nicht so lange zurückliegt, den Titel nicht mehr parat.

E.H. beginnt vorzutragen: »›Es ist ein eigentümlicher Apparat‹, sagte der Offizier zu dem Forschungsreisenden und überblickte mit einem gewissermaßen bewundernden Blick den ihm doch wohlbekannten Apparat. Der Reisende schien nur aus Höflichkeit der Einladung des Kommandanten gefolgt zu sein, der ihn aufgefordert hatte, der Exekution eines Soldaten beizuwohnen, der wegen Ungehorsam und Beleidigung des Vorgesetzten verurteilt worden war. … ›Die Schuld ist immer zweifellos.‹«

Seltsamerweise lacht E. H. Margot hat keine Ahnung, warum.

Irgendetwas an dem Mann ohne Schatten, der diese Zeilen vorträgt, ängstigt sie – *Ich will das nicht wissen. Oh, bitte! – Ich will es nicht wissen.*

Sie haben es ihm nie gesagt: Deine Cousine ist tot. Deine Cousine war tot, kaum dass sie verschwunden war.

Niemand hat es gesehen. Niemand weiß es.

Wach auf, Eli! Dummer Eli, es ist nur ein Traum.

So vieles hat Eli in jenem Sommer gesehen; nur ein Traum.

In einem tristen Studentenwohnheim der Universität am Rand des weitläufigen Campus mietet sie ein Zweizimmer-Apartment mit Blick auf eine felsige Schlucht. Das Neurologische Institut in Darven Park befindet sich etliche Meilen entfernt in einem noblen Vorort von Philadelphia. Sie geht ihren Nachbarn aus dem Weg, sie kommen ihr viel weniger ernst vor als sie selbst und bevorzugen laute Musik, Reden und Lachen, und vor allem geht sie verheirateten Paaren aus dem Weg; beim Gedanken an eheliche Intimität, an die Trivialität des häuslichen Lebens und die Zeit, die dabei verschwendet wird, fühlt sie sich einer Ohnmacht nahe. Sie hat keine Zeit für Freunde und schreibt ihren Freundinnen aus der Collegezeit auch nicht mehr, die kommen ihr inzwischen geschrumpft vor, wie Pygmäen. Der eine oder andere Mann aus Ferris' Labor hat ihr – glaubt sie, absolut sicher ist sie sich nicht – linkisch unangenehme sexuelle Avancen gemacht, und sie hat den Männern genauso linkisch und tief beschämt einen Korb gegeben: *Nein, ich glaub nicht … Wir sollten uns … lieber nicht außerhalb des Labors treffen* … Da sie ihre Kollegen Tag für Tag und das über Stunden aus schonungsloser Nähe sieht, kann Margot weder romantische Gefühle für die Männer noch freundschaftliche Gefühle für die anderen Frauen aufbringen; wie rivalisierende Geschwister sind sie untereinander leicht reizbar und werden schnell eifersüchtig, konkurriert jeder von ihnen doch unablässig mit dem anderen – wie ermüdend das ist! – um die Bewunderung, das Lob, die Zuneigung ihres Mentors Milton Ferris.

Die Arbeit ist ihre Sucht geworden, aber auch ihre Rettung. In menschlichen Beziehungen weiß man nie, wo man gerade steht; bei der Arbeit kann man genau angeben, welche Fortschritte man gemacht hat, und die anderen, die berühmten Vorgesetzten, nehmen die Fortschritte ebenfalls wahr.

Ein bisschen beschämend ist es für Margot schon, wie sehr sie für Milton Ferris' Lob – *Gute Arbeit, Margot!* – lebt, für ein Murmeln, als streichele er ihren Körper.

Manchmal ist sie sich sicher, dass es, stillschweigend, unausgesprochen, ein Versprechen zwischen ihr und ihm gibt, wie ein noch nicht entzündetes Streichholz.

Andere Male, wenn sie sieht, wie sein Interesse zu- und wieder abnimmt und wieder zunimmt, ist sie sich in Bezug auf gar nichts sicher.

Sie schwärmt heftig, wenn auch verbotenerweise für diesen Milton Ferris mit dem weißen Bart, der hochfahrenden Art und den scharf blitzenden Brillengläsern, mit seinem Esprit, seinem Sarkasmus und den häufig brillanten Einsichten – alle, die mit ihm arbeiten, sind von seiner Genialität überzeugt. Er ist siebenundfünfzig, eine Berühmtheit auf dem Gebiet der Neuropsychologie und schon lange Mitglied der Akademie der Wissenschaften, ist angeblich glücklich oder zumindest immer noch verheiratet, und doch: *Wir bedeuten einer dem anderem viel.*

Margot spürt, wie wehrlos und schwach sie wird, wenn Ferris unter allen im Labor sie lobt. Das Blut schießt ihr ins Gesicht, ihr Herz klopft vor lauter Freude. Margot hat das oft erlebt, denn sie war ihr ganzes Leben lang die vorbildliche, gute Schülerin: die Tochter.

Sie ist die tugendhafte Tochter. Sie ist diejenige, die dich, wenn du an sie glaubst, niemals hintergehen wird.

Dennoch glaubt Margot: *Ich bin nicht in Milton Ferris verliebt.*

Und dann: *Er darf es niemals erfahren.*

Nachts in ihrem Bett, in der seltsamen Dunkelheit ihres Betts, schlingt sie manchmal den Arm um ihre Taille – Mimikry einer Umarmung. Manchmal streichelt sie sich die Rippen, empfindet traurige Freude an einer so intimen und nicht bedrohlichen Berührung. Schließt die Augen, will den Schlaf kommen lassen. Und dann steht Elihu Hoopes vor ihr mit seinem interessierten, hoffnungsvollen Lächeln und seinem kummervollen Blick. *Margot?* Hal-*lo.*

Margot? Ich bin so einsam.

Zu Lebzeiten, das weiß Margot, wird E.H. diese Worte nie sprechen. Denn er hat sie von einer Begegnung zur nächsten vergessen.

»Es ist unser Kranker – über seine Identität muss absolutes Stillschweigen gewahrt werden.«

Milton Ferris äußert es beiläufig – in dem Wort *Kranker* soll etwas Scherzhaftes mitschwingen –, es ist aber natürlich sein voller Ernst. Jeder am Institut, der in Kontakt mit Elihu Hoopes kommt und seine Identität kennt, wird zur Geheimhaltung verpflichtet; andere erfahren seinen Namen gar nicht erst. – »Aus rechtlichen Gründen.«

Seit Ferris Ergebnisse seiner aufregenden und umstrittenen Forschung an E.H. publiziert, treten Wissenschaftler anderer Universitäten mit Anfragen zu Begutachtungen des Probanden an ihn heran. Die meisten hat er als undurchführbar abgelehnt, denn zur Zeit, so Ferris, sind er und seine Forschungsgruppe mit der Untersuchung des

Probanden beschäftigt, und ihn noch weiteren Tests zu unterziehen ist nicht möglich.

»Er ist unser Proband, und zwar *ausschließlich*. So lautet die Vereinbarung.«

Milton Ferris ist bei dem Thema in Hitze geraten. *Ausschließlich* ist, als Anspruch vorgetragen, unmissverständlich.

Professor Sharpe, haben Sie zu irgendeinem Zeitpunkt einmal in Erwägung gezogen, dass Sie und Ihre Forschungskollegen den in der wissenschaftlichen Literatur als »E. H.« bekannten Menschen ausgebeutet haben?

Nein.

Tatsächlich? Während der einunddreißig Jahre, die Sie ihn analysiert haben, haben Sie, Professor Sharpe, zu keinem Zeitpunkt in Erwägung gezogen, dass Sie sich womöglich unethisch verhalten, wenn Sie aus seinem Handicap Nutzen ziehen? Aus seiner Amnesie?

Ich sagte es bereits. Das habe ich nicht.

Und sprechen Sie damit auch für Ihre Forschungskollegen? Sprechen Sie für die Gemeinschaft der Neurowissenschaftler?

Ich spreche für mich. Die anderen können für sich selbst sprechen.

»E. H.« aber konnte nicht für sich selbst sprechen, nicht wahr? Hat »E. H.« das Wesen seiner Erkrankung jemals verstanden?

Wie gesagt, ich spreche für mich. Das ist alles.

Das ist alles, Professor Sharpe? – Nach einunddreißig Jahren?

Er wird nicht ausgebeutet, er wird vor Ausbeutung beschützt!

Margot Sharpe möchte protestieren. Mit der Zeit wird sie öffentlich protestieren.

Denn E.H. ist ein neurologisches Wunder und ganz plötzlich zu seltsamen Gedächtnisleistungen fähig, während er gleichzeitig bekannte Gesichter nicht erkennt oder nicht mehr weiß, was er zu Mittag gegessen hat und ob überhaupt. Er hat Beobachter erstaunt, als er einen Test zu auswendig Gelerntem plötzlich unterbrach und die Namen seiner Klassenkameraden aus der Grundschule von Gladwyne aufsagte, und zwar nacheinander so, wie sie 1935 in den Bänken saßen. Andere Male hat er Baseballstatistiken aus der Major League wiedergegeben, Dialoge aus seinen Lieblingsheften des Comics Dick Tracy, Terry und die Piraten, Kleine Waise Annie oder Songtexte von Oscar Hammerstein. Er kann ganze Abschnitte aus Reden von Lincoln, Roosevelt, John F. Kennedy und Martin Luther King auswendig aufsagen, kennt die gesamte amerikanische Unabhängigkeitserklärung und Teile von John Lockes *Die Rechte des Menschen*, kennt Passagen aus Thoreaus *Walden*, Whitmans *Grashalmen*, Jean Toomers *Cane*. Auf dem institutseigenen Tennisplatz spielt er mit Elan und großem Können; er spielt Klavier vom Blatt: diverse Klassiker, amerikanische Schlager und die Czerny-Übungen bis zur Klasse acht. Er besitzt ein bemerkenswertes Talent für Kreuzworträtsel, Puzzle und die kleinen Schiebekästchen aus Plastik, die in einen Handteller passen und bei denen man nummerierte Quadrate nach bestimmten Mustern ordnen kann. Margot hat die verdammten Dinger gehasst! – sie konnte die Zahlenvierecke nie so gewandt verschieben wie ihre Brüder, deren Schulnoten immer schlechter waren als ihre; wenn E. H. ihr sein Schiebekästchen zum Ausprobieren anbietet, legt sie es beiseite. Sie kann sie sich gut vorstellen, die sensationsheischenden Meldungen im Fernsehen, sollten Journalisten von E. H. Wind bekommen, die reißerischen Artikel in *People, Time* und *Newsweek*, im *Philadelphia Inquirer* und in den anderen Blättern der Lokalpresse. Nachbarn, Freunde, Mediziner und Wissenschaftler, die E. H. kennen, würden mit Interviewanfragen bestürmt werden. Zum Glück ist die Familie Hoopes nicht auf Geld angewiesen, und daher ist es wenig wahrscheinlich, dass er von seinen Angehörigen ausgebeutet wird.

Margot denkt: *Ich schwöre, ich werde Elihu Hoopes vor Ausbeutung bewahren.*

»Elihu Hoopes.«

Er hört diese Silben, laut gemurmelt. Die Geräusche scheinen aus der Luft über seinem Kopf zu kommen.

Eine absonderliche Behauptung – für eine *Tatsache* kann er sie nicht ansehen –, dass diese Laute und Silben, vier betonte, einen Namen ergeben sollen – und zwar seinen.

Sein Körper, sein Gehirn. Sein Name. Aber – wo ist *er*?

Eine komische Aussage, hat er schon als Kind gedacht, lange bevor das Fieber ihm das Gehirn versengte: Warum sollte irgendjemand sagen: *Ich bin Elihu Hoopes.*

Wieder vernimmt er die Silben, mit heiserer Stimme, ein wenig verächtlich gesprochen.

»Elihu Hoopes – der *war* einmal.«

Ist er am Lake George? Aber wo sonst? Auf keiner der Inseln, denn da gibt es keine so klar begrenzten Wanderwege wie den hier, der durch Kiefernwälder führt, über sein Blickfeld hinaus.

Es gibt am See auch keine Holzbrücke, die so ist wie die hier, seiner Erinnerung nach jedenfalls.

Wie verloren er sich fühlt! Keine Ahnung, wie alt er ist oder wo die anderen sind. Keine Ahnung, ob er Hunger hat, ob er in letzter Zeit einmal etwas gegessen hat oder schon lange nicht mehr.

Die anderen. Er weiß kaum mehr, was das bedeutet: Eltern, Großeltern, erwachsene Verwandte, jüngere und ältere Vettern und Cousinen. Ein Kind hat nur einen vagen Begriff von *anderen*. Von den Angehörigen abgesehen, kommen ihm viele Erwachsene austauschbar vor – Gesichter, Namen. Altersgruppen.

Wie viele Erwachsene man als Kind um sich hat! Kinder, die einem altersmäßig näher sind, jüngere Cousinen zum Beispiel, stehen einem mit ihren Namen klarer vor Augen.

Wo ist Gretchen? – Sie ist nicht mehr da.

Wann siehst du Gretchen wieder? – Das dauert vielleicht eine Weile.

Er überlegt, ob es war, bevor die Rettungsmannschaft in die Wälder aufbrach – aber warum sollte sie das getan haben? Warum überhaupt eine Rettungsmannschaft, wenn das Mädchen doch fortgegangen ist und die Erwachsenen traurig sind? – oder erst hinterher; ob es war, bevor Großvater darauf bestand, mit der Beechcraft loszufliegen, und auf einer Insel notlanden musste.

Er überlegt, ob das Feuer in seinem Gehirn das Feuer des Absturzes ist oder das Feuer im Krankenhaus.

Hinter dem Holzgeländer ist ein seichter Bach. Er hört das Murmeln des fließenden Wassers schon eine Weile, ohne dass es ihm klar war. Erst als er den Bach sieht und das fließende Wasser identifiziert, hört er es.

Er klammert sich mit beiden Händen an das Geländer. Steht mit gespreizten Beinen, stemmt sich gegen einen plötzlichen Windstoß. (Es weht aber kein Wind.) Vor ihm liegt ein morastiges Gelände, dicht bewachsen mit Sumpfgräsern, hohem Schilf, Weiden und Rohrkolben. Bäume, ihrer Rinde entblößt, gebeugt wie Greise, im Würgegriff von Kletterpflanzen. Ein Geruch von Feuchtem, Fauligem. Und überall blitzt in schmalen Streifen Wasser hervor wie leuchtende Warnzeichen im Dunkeln.

Unter der Brücke, deren Planken mit so breitem Abstand zusammengefügt sind, dass man hindurchsehen kann, ist der seichte Bach und fließt so langsam, dass man die Richtung kaum ausmachen kann.

Auf dem Wasser sieht er etwas Kurioses und muss schmunzeln: lachhafte kleine geflügelte Insekten – Libellen.

Bis jetzt, da er sich übers Geländer beugt, waren ihm die glitzernden Insekten noch gar nicht aufgefallen. Da sind noch andere – Wasserläufer. Woher kennt er die Namen? So mühelos wie der sich dahinschlängelnde Bach und ebenso schwer zu erkennen kamen die Wasserläufer und Libellen in seine Gedanken geschwommen.

»Wasser« ist ihm bereits bekannt – und »Läufer« auch. Es ist ein

Novum, beides zusammenzubringen: »Wasserläufer«. *Er* hat das nicht getan, denkt er. Aber irgendjemand schon.

Er lehnt sich über das Holzgeländer, blickt hinab. Sein Mund ist leicht geöffnet, er atmet hektisch und beklommen. Denn er befindet sich in unmittelbarer Nähe von etwas sehr Wichtigem, dessen Bedeutung ihm unbekannt ist – weshalb er vermutlich noch sehr jung ist. Nicht der andere, ältere Elihu – es ist noch nicht geschehen.

Was für eine Erleichterung! Ist es denn eine? Denn was geschehen wird, wird geschehen.

Das Faszinierende an den Insekten sind ihre Schatten, die sind im Bachbett, einige Zentimeter unter der Wasseroberfläche, auf der sie schwimmen, größer. Wenn man die Schatten beobachtet, die rundlich wirken und weiche Ränder haben, käme man nicht darauf, dass sie von den Insekten mit den klar begrenzten Flügeln geworfen werden.

Wenn man auf die Schatten unten achtet, sieht man die Insekten nicht. Wenn man auf die Insekten oben achtet, sieht man die Schatten nicht.

In seiner Brust macht sich eine leichte Beklemmung breit, er weiß nicht, warum.

Er sieht, dass hinter dem Sumpfgebiet niedrige Formen sind, Hügel. Obwohl es auch Theaterkulissen sein könnten, so angestrichen, dass sie Hügeln ähneln.

Er hat sich nicht umgedreht und nachgeschaut, was da ist. Das ist sehr wichtig: Er darf nicht hinter sich blicken. Deswegen umklammert er das Holzgeländer so fest und stemmt sich mit gespreizten Beinen in den Boden.

Nicht gucken. *Er hat das tote Mädchen in dem seichten Bach (noch) nicht gesehen.*

»Eli, danke schön!«

Behutsam breitet Margot E.H.s neueste Zeichnungen und Kohleskizzen auf einem Tisch aus.

Dutzende von Blättern aus seiner übergroßen Zeichenmappe.

Dunkle, verschattete Szenen, ihr Sujet ist nicht klar – sind es Interieurs? Wälder? Höhlen? Hier und da, kaum auszumachen, eine menschliche Gestalt, die im Dunkeln hockt.

In bewunderndem Schweigen betrachtet Margot die Blätter aus E.H.s Mappe. Die Bleistiftzeichnungen sind sehr akkurat ausgeführt, die Kohleskizzen leicht und luftig. Margot hat gelernt, bei ihren Reaktionen auf seine Kunst Vorsicht walten zu lassen: Die Laune des sonst umgänglichen Mannes kann in solchen Momenten schnell umschlagen. Es gibt eine Seite an E.H., die nur wenige gesehen haben: jähe Wut, ausgedrückt nur durch ein Anspannen der Gesichtsmuskeln, ein Ballen der Fäuste. Ihres Wissens sind sie, Margot Sharpe und Milton Ferris, die Einzigen, die seine Kunst sehen durften. Das ist schmeichelhaft: E.H. vertraut ihr.

Im Gegensatz zu ihren Kollegen aus dem Labor, die sich im Laufe der Monate und Jahre an den exzentrischen Probanden gewöhnt haben, bemerkt Margot häufig etwas an ihm, das ihren Respekt für ihn noch erhöht und zugleich ihr Gespür für den Abstand zwischen ihnen schärft. Sie möchte gern glauben, dass sie der Freund dieses Mannes ist, nicht nur diejenige, die den Amnesiekranken erforscht. Sie möchte gern glauben, dass zwischen ihnen ein besonderer Rapport besteht; das war schon bei ihrem Kennenlernen offensichtlich. Wenn andere ihn mit Geduld ertragen oder seinen weitschweifigen Reden nicht richtig zuhören, macht Margot genau das – ihm zuzuhören und auf ihn einzugehen – zum Prinzip; häufig bleibt sie noch und unterhält sich mit E.H., wenn die Tests für den Tag abgearbeitet und ihre Laborkollegen gegangen sind. Sie wird nie ungeduldig mit dem Probanden und langweilt sich nie bei der Durchführung der Tests, obwohl manche unnötig repetitiv sind.

Experimentelle Psychologie ist von Natur aus repetitiv und alles in allem nicht so mitreißend, wie sie zu Beginn ihres Aufbaustudiums geglaubt hatte. Zur Wahrheit gelangt man in der Wissenschaft eher in Trippelschritten als durch blitzartige Einsichten. Durch Experimentieren und das Erheben und Sammeln von Daten. Das ist die kollektive Leistung der Laborangestellten, die Protokolle erstellen, die der eigentliche Projektleiter, Milton Ferris, analysiert, bewertet und zusammenführt.

Margot ist aufgefallen, dass E.H.s Kunst aus der Zeit vor der Amnesie ein Maß an Können und Sicherheit erkennen lässt, das ihm ebenso abhandengekommen zu sein scheint wie das breite Spektrum an Sujets. Vor der Enzephalitis war Elihu Hoopes ein so guter Amateurfotograf, dass sein Werk in Philadelphia ausgestellt wurde, einmal, 1954, sogar im Rahmen einer Gruppenausstellung »Junge Fotografie in Philadelphia« im Kunstmuseum. Seine Themen waren vielfältig: Porträts und Großaufnahmen, Straßenszenen, Flusslandschaften, Bürgerrechtsmärsche und Demonstrationen, uniformierte Polizisten in Schutzausrüstung. Er war zwar nie Berufskünstler gewesen, hatte aber im Zeichnen, Skizzieren und Malen einen eigenen, unverwechselbaren Stil entwickelt. Nach der Amnesie hat er angeblich das Interesse an der Fotografie verloren, so als hätte er vergessen, dass er einmal Fotograf gewesen war oder, wie Margot glaubt, als lehne er eine Kunst ab, die technische Präzision und anhaltendes Interesse an der äußeren Welt voraussetzt. In einem Experiment, das sie sich selbst ausgedacht und von dem sie Milton Ferris nichts gesagt hat, hat Margot E.H. Abzüge seiner Fotografien aus den Fünfzigern und frühen Sechzigern gezeigt, und er hat, kurz angebunden, erwidert: »Was ist denn das? Gar nicht so übel.« Offenbar hielt er die Fotografien für eine List. »Niemand, den ich noch kenne.« Etwas mehr Interesse zeigte er an einem Fotoband, den Margot für ihn gekauft hat – Schwarzweiß-Tafeln von Ansel Adams, Walker Evans und Imogen Cunningham –, doch auch das hielt nicht lange an. Es stand zu befürchten, dass Margot das teure Buch im Untersuchungszimmer fand, einfach liegen gelassen.

Seit der Erkrankung hat sich E.H.s künstlerisches Talent abgeschwächt. Die postamnestischen Bleistiftzeichnungen sind in der Ausführung zwar voller Leidenschaft, aber amateurhaft: Der Künstler bedeckt zwanghaft jeden Zentimeter des Papiers und lässt so gut wie nichts leer, was ein Betrachter mit seiner Vorstellungskraft ausfüllen könnte; es strengt an, eine typische Zeichnung E.H.s genau zu betrachten. Man sieht, dass der Künstler sich bei den Arbeiten mit Bleistift Zeit gelassen hat – zu viel Zeit. Waren seine Zeichnungen früher leicht und in der Ausführung so kraftvoll wie sparsam, so gestaltet er jetzt pedantisch unterschiedliche Grade von Dunkelheit, als wolle er den Eindruck von Schatten innerhalb von Schatten erzeugen, greift häufig zu kreuzweisen Schraffuren, einem visuellen Klischee. Manche Zeichnungen sind so detailreich und der Bleistiftstrich so fein, dass Margot kaum ausmachen kann, was sie darstellen sollen. (Sie hat ihm einen Satz Bleistifte und einen Spitzer geschenkt, außerdem ein Spray zum Fixieren der Zeichenkohle, aber es ist nicht klar, ob er diese Dinge auch benutzt.) Die Kohlezeichnungen sind gelungener und weniger schwerfällig, ähneln mehr seinen präamnestischen Arbeiten; allerdings sind sie schlecht erhalten, mit Fingerabdrücken beschmiert, so als arbeite der Künstler wie in Trance und vergesse seine Blätter, wenn er aus ihr erwacht.

Margot reagiert stets mit Begeisterung. »Eli, so viele faszinierende Blätter! Sie waren diese Woche sehr fleißig. Sie waren beflügelt.«

Beflügelt ist nicht das rechte Wort. *Gehetzt* schon eher.

Als Margot die Zeichnungen langsam von links über den Tisch schiebt, äugt E.H. mit verblüfftem Stolz verstohlen hin. Ihr ist klar, dass er sich an das meiste von dem, was er geschaffen hat, nicht erinnert, auch wenn er sich die Überraschung nicht anmerken lassen möchte.

Auf den Kohlezeichnungen ist ein Sumpfland unter einem bedrohlich tiefliegenden Himmel dargestellt. Da sind verkrüppelte Bäume, herabgestürzte Äste, hohes Gras und ein seichter Bach, dessen Wasser sich kräuselt. Auf einem Blatt sieht man etwas, was wie eine Gestalt in dem Bach anmutet – eine blasse, nackte Gestalt, ein Kind vielleicht, mit langem, fließendem Haar und blicklos geöffneten Augen. Margot wird der Mund trocken, als sie es erkennt. E.H. macht ein ungeduldiges oder abschätziges Geräusch, schiebt Blätter hin und her, bis er das Gewollte zu fassen bekommt, zieht es mit einem Ruck herüber und legt ein anderes an seine Stelle. Die Kohle verschmiert, E.H. hat keine Fixierung aufgesprüht. Als wäre nichts geschehen, macht Margot da weiter, wo sie war, schiebt die Blätter zur anderen Tischseite … E.H. atmet schnell und flach. Margot ist sich nicht sicher, was sie gesehen hat. Die letzten Zeichnungen aus der Gruppe sind mit der ersten fast identisch: weitere Sumpflandschaften und der Bach; Insekten auf der Wasseroberfläche, die unten kleine weiche Schatten werfen. Zuletzt folgt ein riesiger See oder ein Binnenmeer, das von Kiefern umringt ist. Hier ist der Himmel tief zerklüftet, wie ein Canyon. Die Wasseroberfläche ist stark bewegt, zittrig. Über allem liegt eine Atmosphäre von Ruhe und Beschaulichkeit, die bei genauerem Hinsehen zu einer Atmosphäre des Grauens wird.

»Eli? Ist das der Lake George?«

»Kann sein.«

»Ein wunderschöner See, ich weiß! Ich war noch nie dort.«

Margot spricht immer in fröhlichem Ton mit E.H. Es ist ihr professionelles Auftreten, mit dem sie einen Schutzschirm vor sich errichtet.

»Ich kenne den Lake George nur von Bildern, von Fotografien. Einige davon haben Sie, Eli, vor Jahren selbst gemacht …« Margot sagt es behutsam, aber er reagiert nicht.

»Eli, was ist hier an dem See gewesen? Ist hier irgendetwas geschehen?«

E.H. beugt sich über die Zeichnungen und starrt darauf, als wolle er sie sich ins Gedächtnis rufen. Er spürt wohl Schmerzen hinter den Augen, sagt spontan: »Es ist noch nicht geschehen.«

»Was ist noch nicht geschehen?«

E.H. schüttelt den Kopf. Woher soll er das wissen, scheint er zu fragen, wenn es doch noch nicht geschehen ist?

Margot ist bei der letzten Zeichnung angelangt. Sie würde zu gern noch einmal etwas zurückgehen, sich die (blasse, nackte?) Gestalt in dem Bach genauer anschauen. Sie ist sich nicht einmal sicher, dass sie das überhaupt auf der Zeichnung erkannt hat, und fühlt sich unwohl, weil E.H. dicht neben ihr steht und sie seinen Atem auf der Wange spürt.

Bis auf den festen und zärtlichen Händedruck bei jeder Begrüßung hat E.H. Margot Sharpe nie berührt. Er berührt niemanden, ist ihr aufgefallen, außer zum Handgeben, und er reagiert empfindlich, wenn jemand von den medizinischen Angestellten ihn berührt. Dennoch bildet sie sich ein, dass E.H. *sie* schon oft berühren wollte.

Und das hat er doch wohl auch, oder? Er hat *sie* berührt.

Im Traum vielleicht, einem ihrer vielen Träume von Darven Park, in denen sie in der Nacht gefangen ist, die sich beim Aufwachen aber auflösen wie blasser Rauch, der nach oben steigt.

In diesen Momenten erlebt sie ein Déjà-vu. Von allen Erinnerungstäuschungen sind das die rätselhaftesten.

E.H. sagt: »Das ist noch vorher. Da ist noch alles gut.«

»Wovor, Eli?«

Er verschließt sich. Es ist, als werde schroff auf einmal ein Gitter vor einem Schaufenster herabgelassen und Margot Sharpe ausgesperrt.

»Eli? Vor *was*?«

E.H. schnappt nach den Zeichnungen und Skizzen, rafft sie grob zusammen und schiebt sie zurück in die Mappe. Er ist gehetzt, gestresst, es ist ihm egal, ob Blätter einreißen. »Oh, Eli!«, ruft Margot,

»lassen Sie mich Ihnen helfen …« Am liebsten würde sie ihm die Mappe aus der Hand nehmen und seine Kunstwerke behutsamer ordnen. Sie will Wachspapier mitbringen, das er zwischen die Kohlezeichnungen legen kann, aber heute will er von seiner Kunst nichts mehr wissen.

Er lacht derb: »Der arme Scheißkerl, der das getan hat, eine Zukunft hat der nicht mehr.«

Allein mit E.H. im Testraum. Draußen im Korridor sind Stimmen zu hören, doch die Tür ist geschlossen.

Margot denkt: *Er könnte mir weh tun. Ohne Weiteres, mit den Händen. Seine Hände sind so kräftig.*

Margot denkt: *Das ist lächerlich! Elihu Hoopes ist mein Freund, er würde mir niemals weh tun.*

Sie schämt sich. So etwas zu denken. Sie ist total perplex und entsetzt, dass sie das gedacht hat.

»Der Künstler prä- und postamnestisch: Eine Studie über E.H.«

Das ist der Titel eines Diavortrags, den Margot Sharpe – vorbehaltlich der Zustimmung ihres Projektleiters – auf dem anstehenden Kongress der amerikanischen Psychologenvereinigung im Dezember 1970 in San Francisco halten möchte. Milton Ferris hat eine erste Fassung gelesen und nur gedämpft reagiert; seine Sorge ist, dass Margot Sharpe, seine Doktorandin, vielleicht »den zweiten Schritt vor dem ersten tut«.

Margot will protestieren, das ist lächerlich! Sie hört diese Mahnung nicht zum ersten Mal, galt sie doch auch schon anderen Nachwuchswissenschaftlern, die mit Ferris zusammenarbeiten: »Sie tun den zweiten Schritt vor dem ersten.«

Doch bei einer Frau ist es offenbar noch verwerflicher, wenn sie den zweiten Schritt vor dem ersten tut.

Wie lange Margot Sharpe dafür braucht, ihre Dissertation abzuschließen! Fast fünf Jahre.

Jedes Mal, wenn sie dachte, jetzt sei sie fertig, trägt ihr Betreuer neue Kritik und Anregungen vor. Er ist stets (vorsichtig) angetan von ihrer Arbeit, es steht außer Frage, dass er sie mag und ihr vertraut, (vielleicht) zu schätzen weiß, dass sie im Labor nicht zu viele Worte macht, ihre Experimente mit Ernst und Sorgfalt durchführt und sein Urteil kaum einmal anzweifelt, was andere durchaus tun, Kaplan zum Beispiel. Zwischen Ferris und Kaplan besteht ein labiles Vater-Sohn-Verhältnis, das ihren Neid erweckt; sie weiß, dass Kaplan Ferris, mit dem er jetzt seit fast acht Jahren zusammenarbeitet, treu ergeben ist. Da Ferris der Vorsitzende der Promotionskommission ist und seit ihrer Ankunft im Labor ein onkelhaftes, wenn nicht gar väterliches Interesse an ihr zeigt, muss Margot ihn auf jede erdenkliche Weise für sich einnehmen – mehr als nur für sich einnehmen, sie muss ihn zufriedenstellen.

Eigentlich sind fünf Jahre keine allzu lange Zeit für eine Promotion bei Milton Ferris, von dem man weiß, dass er seinen ehemaligen Studenten, der handverlesenen Elite unter ihnen, ihre gesamte Karriere hindurch behilflich ist.

Der Sonderfall. »Eines Tages werden wir berühmt sein, Eli. Sie und ich.«

»Werden wir das!« E.H. lächelt Margot Sharpe freundlich, aber doch verdutzt an.

»Sie sind ein Sonderfall, das wissen Sie doch. Deswegen untersuchen wir Sie seit Jahren. Wir zweifeln an, dass komplexe Gedächtnisinhalte im gesamten zerebralen Cortex abgelegt sind – und nicht nur in einem lokal begrenzten Gebiet. Wir glauben, dass Sie, Eli, vielmehr unsere Auffassung bestätigen.«

»Gedächtnis – cere-braler Cor-tex.« E.H. spricht diese Worte, als hätte er sie noch nie gehört. Als seien es Worte in einer Fremdsprache, die er nicht versteht. Er lacht Margot mit einem kindlichen Entzücken an, das ihr Kummer bereitet, weil E.H. *seinem Wesen nach* ein viel intelligenterer Mensch ist und zu Ironie neigt, wie sie weiß.

Spielt er ein Spiel mit uns und erfindet ununterbrochen eine Persönlichkeit, die er als Schutzschild einsetzt?

Eine Persönlichkeit, mit der man nicht aneckt. Die das Mitgefühl anspricht, nicht die Grausamkeit.

So als könne er Margots Gedanken lesen, runzelt E.H. die Stirn und sagt zwinkernd: »Wenn Sie meinen, Frau Doktor … freue ich mich für Sie. Und für die Zukunft der Neurowissenschaft.«

Natürlich ist es nicht ratsam, mit Probanden über den Inhalt der Experimente zu sprechen, die mit ihnen durchgeführt werden. Bei solchen Wortwechseln denkt Margot gleich voller Unbehagen an Hirnoperationen: Der Schädel aufgesägt, das lebende Gehirn freigelegt, aber da es ohne Schmerzen abgeht (*warum ohne Schmerzen?* – da wundert man sich doch), kann der Patient bei Bewusstsein bleiben, und der Chirurg kann während der Operation mit ihm sprechen.

Margot überlegt, wie die Verhaltensmaßregeln für solche Hirnoperationen lauten mögen. *Plaudern* der Chirurg und seine Assistenten mit dem bewegungsunfähig gestellten Patienten über dies und das, oder ist das Thema ihres Gesprächs gehoben und ernst? Ein Patient, der so selbstkritisch ist wie Elihu Hoopes, würde vielleicht mit komischen Monologen unterhalten wollen oder mit Imitationen von Jimmy Durante, Jack Benny und Rochester, Sid Caesar und Imogene Coca, wie er es kürzlich in den Pausen zwischen Tests getan hat …

Margot beschließt, über E.H.s rätselhafte Bemerkung zu lachen, und berührt ihn dabei am Ärmel seines gestreiften Anzughemds, ganz sacht. Es ist nur der Hauch einer Berührung, die bestimmt niemand kommentiert, der Proband nicht und auch kein Zufallsbeobachter der Szene.

»Eli, Sie sind sehr witzig!«

Höflich, wie er ist, registriert Elihu Hoopes die Berührung sicher, reagiert jedoch nicht darauf – auch das die Geste eines höflichen Mannes.

Und binnen siebzig Sekunden, lange bevor man ihn in seine Wohnung in den Vorort von Philadelphia zurückgebracht hat, wo er bei seiner verwitweten Tante lebt, hat E.H. ihre Unterhaltung und die leise Berührung wieder vergessen, wie Margot weiß.

Winter/Frühjahr 1974, eine neue Testreihe.

Dabei bekommt E.H. verschieden lange Listen von Nonsenswörtern genannt, die er sich einprägen soll. Stufenweise werden die Listen verlängert. Alles in allem bewegt sich seine Leistung im Normalbereich, und dafür wird er von Margots Laborkollegen gebührend gelobt.

Bis hierhin ist der Test mehr oder weniger Routine. E.H. wird gesagt, er mache seine Sache gut, was er oft zu hören bekommt. Mit einem Augenzwinkern fragt er zurück: »Gibt es auch einen Test für Testes? Ist der vielleicht ein bisschen kitzlig?«

Margot und die anderen lachen verlegen. Simuliert E.H. eine Demenz, gedacht als Parodie seiner Hirnschädigung?

So wie jemand, der hinkt, sein Hinken übertreibt, um Gelächter zu erzeugen und Mitleid einen Riegel vorzuschieben?

Die Experimente gehen weiter. E.H.s Leistung ist gut.

Dann wird er mitten in der Wiedergabe von etwas, was er sich einprägen sollte, unterbrochen, und eine neue Liste wird angesagt. Sie ist kurz, besteht nur aus drei Elementen, aber als E.H. gebeten wird, zur ersten Liste zurückzukehren, ist er hoffnungslos überfordert. Binnen weniger Sekunden ist seine fragile Erinnerung ausgelöscht – nicht nur, dass er die drei letzten Elemente nicht mehr nennen kann, er weiß auch nicht mehr, dass diesem Test schon ein anderer vorausging.

Margot denkt: Es ist, als hätte ein stoisches Maultier einen wackeligen Karren mit sperriger Ladung einen steilen, holprigen Berg hinaufgezogen – der Karren kippt um, und die Ladung fällt herab.

»Eli, versuchen wir es noch einmal. Tief einatmen. Entspannen Sie sich …«

Der Unterbrechungstest wird mehrere Male wiederholt. Jedes Mal ist seine Leistung sehr schwach. Trotz seiner Erinnerungsspanne von nur siebzig Sekunden wird bei jedem Durchgang deutlich, dass er zunehmend frustriert und entmutigt ist. Die Testleiter stellen fest, dass der Amnesiekranke sich an eine ihn verstörende Emotion erinnert, allerdings nicht an deren genauen Ursprung.

Am Schluss der langen Testreihe ist E.H.s Gesicht aschfahl und ernst. Sein Lächeln ist längst verschwunden.

Dieser Test ist ein Muster an sadistischer Raffinesse. Margot Sharpe hat ihn mitentwickelt, und heiße Scham steigt in ihr auf.

»Eli? Mr Hoopes?«

»Ja? Hal-*lo* …«

»Sie haben heute sehr, sehr gut gearbeitet. Ganz hervorragend. Ich danke Ihnen!«

Verständnislos blickt er Margot an, die dafür ausersehen ist, dem Amnesiekranken mitzuteilen, dass er trotz einer über Stunden sich hinziehenden Demonstration eines *massiven Gedächtnisverlusts* seine Sache sehr gut gemacht hat.

Mit mattem Lächeln reibt sich E.H. das Kinn, das nicht ganz so glatt rasiert ist wie bei seiner Ankunft im Institut. »Nun – ich danke *Ihnen.*« Er blickt Margot flehentlich an, als habe er ihr noch mehr zu sagen, müsse sie um etwas bitten, aber er verliert den Mut und fragt nicht.

Der derbe Händedruck. Punkt halb elf betritt Alvin Kaplan den Testraum. Margot Sharpe, die mit dem Probanden den größten Teil des Vormittags an einer Reihe von Tests mit visuellen Reizen gearbeitet hat, stellt ihm den Kollegen vor. Aus geringer Entfernung filmt ein Student das Zusammentreffen unauffällig mit einer Kamera.

»Eli, ich möchte Ihnen meinen Kollegen Alvin Kaplan vorstellen. Er ist Professor für Neuropsychologie an der Universität und ein Mitarbeiter in Milton Ferris' Labor.«

E.H. erhebt sich von seinem Platz. Lächelt strahlend. Der hoffnungsvolle Blick des Mannes!, er bewegt Margot noch immer.

Forsch streckt E.H. die Hand aus. »Hallo, Herr Professor!«

»Hallo, Mr Hoopes.«

Natürlich ist E.H. Alvin Kaplan schon oft begegnet – fünfzigmal bestimmt, wenn Margot eine Schätzung riskieren soll –, hat aber keine Erinnerung an den Mann.

Die Begrüßung wäre ansonsten unauffällig, nur drückt Kaplan dem Probanden, als der ihm die Hand reicht, die Finger zusammen: fest. E.H. reagiert mit Überraschung und Schmerz und zieht seine Hand weg.

Kaplan jedoch lässt weder durch Gestik oder Mimik erkennen, dass er E.H. absichtlich Schmerz zugefügt hat und seine Reaktion auch nur zur Kenntnis nimmt. Bis jetzt würde man annehmen, Kaplan habe E.H. ganz normal die Hand gereicht – E.H. habe jedoch unnormal reagiert.

Der arme E.H. ist so gut erzogen, so darauf bedacht, als normal zu gelten, dass er seinen eigenen Schmerz verbirgt und bagatellisiert. Da er sich an Kaplan und Margot orientiert (sein Freund im Testraum, wie er glaubt), versteht er es fälschlicherweise so, dass der aggressive junge Kaplan ihm nichts zuleide tun wollte und nicht merkt, dass er ihm etwas zuleide getan hat. Kaplan tut nach dem Händedruck ganz normal, spricht mit E.H., als wäre alles in bester Ordnung; Margot, die beide Männer anlächelt, signalisiert ebenfalls nicht, dass sie irgendetwas bemerkt hat.

Wie kann ich Eli das antun! Das ist ein schlimmer Verrat.

E.H. erholt sich ziemlich schnell von dem überraschend derben Händedruck. Wenn ihm die Finger weh tun, weiß er wenige Sekunden später den Grund dafür schon nicht mehr; und da er den Grund nicht weiß, lässt der Schmerz in seinen Fingern bald nach.

Im ursprünglichen, klassischen Experiment hatte der französische Neuropsychologe Édouard Claparède eine Nadel zwischen den Fingern stecken, als er seinem Amnesiekranken die Hand schüttelte – der Experimentator wollte also zweifelsfrei Schmerz zufügen. Margot und Kaplan aber haben eine raffiniertere, womöglich grausamere Variation ersonnen, die ein Quantum an sozialer Interaktion einschließt, das für sich ebenso interessant ist wie die Schmerzerinnerung.

Nach kaum mehr als einer Minute lacht und scherzt der Proband mit seinen beiden Testern. Solange beide in seiner Nähe sind, nimmt E.H. sie bewusst wahr. Faszinierend für Margot, dass das Siebzig-Sekunden-Limit des Kurzzeitgedächtnisses des Kranken auf die Weise ausgedehnt werden kann, so als fließe Wasser in Wasser – ohne Grenze, unsichtbar. Doch als ein paar Minuten später ein anderer Laborkollege kommt und den Probanden ablenkt, schlüpft Kaplan unauffällig hinaus – und verschwindet aus E.H.s Bewusstsein.

Margot sagt freundlich: »Sollen wir fortfahren, Eli? Sie haben das richtig gut gemacht.«

»Hab ich das! Danke, dass Sie das sagen – ist es Mar-gr't?«

»Margot. Mein Name ist Margot.«

»Mar-*got*. Verstanden!«

Er zwinkert Margot zu. Wenn sie allein im Raum sind, wirft er ihr manchmal einen Blick zu, als ob sie einander sehr gut kennen würden, und fährt sich auf eine Art, die Margot erschreckt und bestürzt, mit der Zunge über die Lippen.

Ist das eine sexuelle Anspielung? Oder nur peinliche Komik?

Man nimmt an, dass die Hirnverletzung seinen Sexualtrieb stark gedämpft hat. Generell wurde bei dem Probanden ein »Abflachen« des Affekts beobachtet, als ob der seinem Wesen nach feinfühlige und schlagfertige Kranke die Welt nur durch einen Vorhang oder durch eine Maske mit ausgefransten Augenlöchern sehen könne. Er bemüht sich, Normalität vorzuspielen, allerdings nicht immer sonderlich geschickt. Augenzeugen haben geschildert, dass E.H. jungem weiblichen Personal und Labormitarbeitern auf eine Weise gegenübertritt, die als emotional freundlich, ja herzlich und väterlich bezeichnet werden kann, aber niemand hat von offenen sexuellen Avancen berichtet, erst recht nicht von aggressiven.

Zum Wesen des Mannes gehört etwas Zurückhaltendes, etwas emotional Wohltuendes, meint Margot.

Das kann sie allerdings nicht in ihren Notizen festhalten – leider!

Siebzig Minuten später, nach Abschluss der Testreihe, ruht sich E.H. auf einem Stuhl am Fenster aus und macht gewissenhaft seine handschriftlichen Notizen im Tagebuch. Als es an der Tür klopft und Margot Sharpe öffnen geht, kommt Alvin Kaplan herein.

»Eli, ich möchte Ihnen meinen Kollegen Alvin Kaplan vorstellen. Er ist Professor für Neuropsychologie an der Universität und ein Mitarbeiter in Milton Ferris' Labor.«

E.H. steht auf. Lächelt strahlend und legt das Tagebuch zur Seite. Der hoffnungsvolle Blick in den Augen des Mannes! Es gibt Margot einen Stich vor banger Erwartung.

Forsch streckt E.H. die Hand aus. »Hallo, Herr Professor!«

»Hallo, Mr Hoopes.«

Als Margot Alvin Kaplan 1965 kennenlernte, war sie Studentin im ersten Jahr des Aufbaustudiums und er Hochschulassistent im Fachbereich Psychologie der Universität; jung und noch ohne Festanstellung, gehörte er bereits zu den von Milton Ferris Geadelten, war schon Empfänger eines begehrten Forschungsstipendiums der amerikanischen Wissenschaftsstiftung. In der Zwischenzeit ist Kaplan im Fachbereich aufgestiegen und fest angestellt; er ist immer noch drahtig und neigt zur Ironie, obwohl er fünfzehn Pfund zugelegt hat, wirkt allerdings nicht mehr so selbstsicher, seit er geheiratet hat, Vater geworden ist und umfangreich publiziert. Margot gibt Alvin Kaplan niemals Kontra, sie hält ihn für sehr klug und scharfsinnig und vermutet, dass er sie als Rivalin betrachtet, eine weitere von Milton

Ferris protegierte Nachwuchswissenschaftlerin, im Labor jedoch die einzige ernsthafte Konkurrenz um die Bewunderung, Bevorzugung und Zuneigung des Älteren. Doch Margot ist in Kaplans Beisein zurückhaltend und tut sich nicht schwer damit, ihn zu bewundern und zu loben, er hat ja tatsächlich sehr gute Ideen. Ihn zu verärgern wäre ein grober Fehler.

E. H. hat schon oft mit Kaplan gearbeitet, erinnert sich jedoch wie üblich nicht an ihn.

Oder erinnert er sich doch? Als Kaplan E. H. zur Begrüßung die Hand hinhält, zögert E. H., wie er es bisher nie getan hat; er ist erkennbar skeptisch, dem Fremden die Hand zu reichen, schätzt die Situation ein und beschließt stoisch: Ja, er wird Kaplan die Hand schütteln – und wieder drückt der ihm die Hand unnatürlich fest, und E. H. reagiert mit Überraschung und Schmerz, mit stummem Zucken, und zieht seine Hand rasch fort.

Doch auch dieses Mal lässt Kaplan durch nichts erkennen, dass er E. H. absichtlich Schmerz zugefügt hat oder dessen Reaktion auch nur bemerkt. Bis hierhin würde man annehmen, Kaplan habe E. H. ganz normal die Hand geschüttelt – E. H. habe jedoch unnormal reagiert.

Kurz darauf endet die Begegnung mit einer Bemerkung Kaplans, einem Hinweis für den Studenten, der gefilmt hat.

»Sehr erfreut, Sie kennengelernt zu haben, Mr Hoopes! Ich habe schon viel von Ihnen gehört.«

E. H. lächelt zaghaft. Will aber nicht wissen, was der Besucher gehört hat.

Kaplan und Margot wechseln einen raschen Blick. Tatsache ist, dass der Amnesiekranke nicht jedes Mal identisch auf den Händedruck reagiert hat. Sein Verhalten hat sich durch den »derben Händedruck« teilweise verändert, auch wenn er die besonderen Bedingungen dieses Händedrucks vergessen hat.

Auf der Damentoilette, zu der sie flieht, sobald sie kann, zittert

Margot vor Aufregung über diesen Befund. Eine wichtige Entdeckung!

Der Amnesiekranke erinnert sich – irgendwie.

Wie ein scheinbar Blinder sehen kann – irgendwie.

Ein Teil des Gehirns funktioniert wie das Gedächtnis. Das widerspricht den gängigen Annahmen, *ist aber so.*

Mit einem Mal wird Margot übel. Vor bloßer Aufregung über ihre Entdeckung wird ihr schlecht.

Am Waschbecken beugt sie sich nach vorn und würgt. Erbricht sich aber nicht.

Die Empfindung kehrt noch mehrere Male wieder. Sie muss würgen, erbricht sich aber nicht. Sagt zu dem Gesicht im Spiegel: »Oh, Gott. Was tun wir ihm an. Was tue ich ihm an. Eli! Möge Gott mir verzeihen.«

Wie geplant betritt Kaplan den Testraum. Es ist 11.08 am folgenden Mittwoch, eine Woche nach dem letzten Zusammentreffen.

Margot Sharpe und zwei andere Kollegen arbeiten schon den längsten Teil des Vormittags mit E.H. Sie haben verschiedene Variationen des Ablenkungstests mit ihm durchgeführt, bei dem der Proband durch visuelle, akustische und olfaktorische Reize unterbrochen wird. Margot ist fast die ganze Zeit mit ihm im Raum gewesen, und sie hat er anscheinend nicht vergessen, doch als sie einmal hinausschlüpft und kurz darauf von der Toilette zurückkehrt, rechnet sie halb damit, dass der Proband nur so tut, als er sei er überrascht, sie zu sehen, eine Fremde ganz in seiner Nähe, die ihm zulächelt, als ob sie ihn kenne.

Er hat gelernt, sich mit dem Mysterium abzufinden, das ihn umgibt. Überraschendes kommt beim Amnesiekranken nicht mehr als Überraschung an.

Solche Beobachtungen und Epiphanien trägt Margot in ihr Logbuch ein, das sie noch immer führt. Eines Tages werden ihre Notizen in den Anhang von *Die Biologie des Gedächtnisses* überführt, dasjenige unter ihren Werken, das die größte öffentliche Anerkennung erfährt.

»Sind wir uns schon einmal begegnet, Mr Hoopes?«, fragt Kaplan.

Der Angesprochene schüttelt den Kopf: *nein*. Er sieht Margot Sharpe an, seinen Freund im Labor, und sie sagt stockend: »Ich glaube nicht, Herr Professor. Ich glaube nicht, dass Sie und Mr Hoopes sich bereits kennen.«

Kaplan wirft ihr einen Blick von der Seite zu. »Mr Hoopes und ich sind einander *nicht begegnet*. Hier geht es nicht darum, was Sie glauben, Miss Sharpe, sondern was ich weiß.«

Es ist, als habe Kaplan Margot mit dem Handrücken ins Gesicht geschlagen. Mit einem Mal packte sie die Wut. *Erzähl deine Lügen selber, du Mistkerl. Gefühlloser kalter Rohling.*

Natürlich haben sie den *derben Händedruck* vorher abgesprochen. Es ist kein besonders schwieriges Experiment, falls es überhaupt ein Experiment ist – Margot weiß, wie sie sich verhalten sollte.

Aber was macht es letzten Endes? E.H. wird es binnen Sekunden vergessen.

»Eli, ich möchte Ihnen meinen Kollegen Professor Kaplan vorstellen …«

Doch als Kaplan mit seinem gewohnten Lächeln auf ihn zugeht, bleibt der Amnesiekranke ganz still stehen und erstarrt sichtlich. Er setzt ein breites, gezwungenes Lächeln auf, doch seine Augen blitzen.

Dann streckt er tapfer die Hand zur Begrüßung aus – doch bevor Kaplan bei E.H.s Hand fest zudrücken kann, drückt der bei Kaplans Hand fest zu.

Kaplan zuckt zusammen und reißt seine Hand zurück. Ist für einen Moment so überrascht, dass er kein Wort herausbringt.

Mit rotem Gesicht und tränenfeuchten Augen bringt er es dann fertig zu lachen. Wirft Margot Sharpe einen Blick von der Seite zu; sie ist ebenfalls erstaunt.

»Mr Hoopes, Sie haben eine kräftige Hand. Mein lieber Scholli, das hat *weh getan.*«

Kaplan ist von der unerwarteten Reaktion des Kranken so verblüfft, dass er in eine Sprechweise verfällt, die nicht seine eigene ist, sondern an Studentensprache gemahnt. Margot lacht nervös.

Kühl lässt E.H. sich nicht anmerken, dass er für ihn untypisch gehandelt hat. Sein Lächeln ist weniger forciert, man könnte es sogar triumphierend nennen, wenngleich sehr verhalten.

Verhalten fällt auch sein ironischer Kommentar aus: »Einer von uns beiden ist Tennisspieler, Professor. Da bekommt man eine kräftige Hand.«

Margot und Kaplan sind von E.H.s letzter Reaktion auf den Händedruck beeindruckt. Es hat den Anschein, als habe der Kranke ohne bewusste Erinnerung etwas gelernt; er hat reflexhaft reagiert. *Proband erinnert sich an Schmerz. Verhalten ein Indiz für prozedurales Gedächtnis.*

»*Prozedurales Gedächtnis bei Amnesie. Der Fall E.H.*« wird ihr gemeinsamer Artikel. Doch das Experiment ist längst nicht abgeschlossen.

Als der Besucher eine Woche später wiederkommt und E.H. die Hand schütteln will, verhält sich der Proband so, als habe er Vertrauen, reicht stoisch die Hand zur Begrüßung und erträgt den schmerzhaften Händedruck, ohne mit der Wimper zu zucken.

Margot betrachtet es als Indiz dafür, dass E.H. eine Erinnerung bewahrt hat; Kaplan ist nicht dieser Ansicht.

Zu ihrer Überraschung äußert sich ihr Kollege abschätzig über den Probanden. Er hat bei seiner Reaktion praktisch keinen der feinen Unterschiede wahrgenommen, die Margot zweifelsfrei bemerkt und in ihren akribisch geführten Aufzeichnungen festgehalten hat. Zu ihrer Bestürzung sind die feinen Unterschiede auf dem körnigen Film, den der Student ihr aushändigt, nicht zu erkennen.

»Der Proband agiert mechanisch«, sagt Kaplan rundheraus. »Seine Reaktionen sind automatisiert. Er zeigt jedes Mal ein fast exakt gleiches Verhalten. Nur wenn wir die Intervalle auf vierundzwanzig Stunden verkürzen, erinnert er sich an etwas. Ansonsten feuern die Neuronen in seinem Gehirn wohl immer auf genau dieselbe Weise. Er ist ein Zombie – schlimmer, ein Roboter. Er kann nicht anders.«

Margot ist entsetzt über die Einschätzung, und es drängt sie, Einwände zu erheben. »Vielleicht zügelt sich Eli in seinen Reaktionen aus Respekt für die Situation. Aus einem Gespür dafür, was das Institut ist, und dafür, dass Sie ein Professor sind. Am liebsten würde er Sie beschimpfen, Sie schlagen, Ihnen zumindest aus Rache die Hand so zusammenquetschen wie beim letzten Mal, wagt es aber nicht. Er erduldet die schmerzhaft fest gedrückte Hand schweigend, weil er ein gut erzogener Mensch ist. In der Bürgerrechtsbewegung hat er Gewaltlosigkeit gelernt. Er ist darauf konditioniert, höflich zu sein.«

»Blödsinn! Der arme Kerl ist ein Roboter. Er hat einen Schlüssel im Rücken, und den müssen wir aufziehen. Länger als ein, zwei Tage kann er sich nicht daran erinnern, dass ihm weh getan wurde. Und sogar dann ist es keine echte Erinnerung.«

»Er hat eine ungute Vorahnung. Und das ist eine Art Erinnerung.«

»Eine ungute Vorahnung, was soll das sein? Für Vorahnungen fehlen jegliche neurologische Grundlagen.«

»Ich meine Vorahnung auch nicht im *buchstäblichen* Sinne. Das wissen Sie.«

Margot hebt die Hand, als wolle sie Kaplan ins Gesicht schlagen. Augenblicklich weicht er zurück und hebt den Arm, um sich zu schützen. Margot schreit triumphierend auf. »Sehen Sie? Was haben Sie gerade getan? Sie haben sich geschützt – ein Reflex. Und genau dasselbe hat E. H. getan – sich geschützt. Vor *Ihnen*.«

Kaplan ist etwas schockiert über Margot Sharpe. Ja, er wird niemals ganz vergessen, dass die im Rang unter ihm stehende Frau zur

Demonstration des Phänomens der unwillkürlichen Reflexe tatsächlich die Hand gegen ihn erhoben hat.

»Schauen Sie, der Proband hat ein geschädigtes Gehirn. Wir experimentieren, weil wir feststellen wollen, ob es bei Amnesie noch andere Formen der Erinnerungsbildung gibt. Warum gebärden Sie sich als Beschützerin des armen Kerls? Sind Sie in ihn verliebt?«

Kaplan lacht, als könne nichts lächerlicher und unpassender sein.

Doch Margot Sharpe hat bereits kehrtgemacht und geht davon.

Scher dich zum Teufel. Wir hassen dich. Von uns aus könntest du sterben.

In einem Zug leert Margot das Whiskeyglas, das ihr Liebhaber ihr eingeschenkt hat.

Im Nu steht ihre Kehle in Flammen. Ihre Brust schwillt vor Hochgefühl – dem Kitzel der Verzweiflung.

Ich habe mich vor diesem Mann erniedrigt. Meine Schande kann größer nicht sein.

Und trotzdem lächelt sie. Ihr Liebhaber will sie immer noch, sie sieht es in seinem Blick – in den Augen dieses Mannes, des zweiunddreißig Jahre älteren, ist sie eine junge Frau.

Die Zeit, die sie zusammen verbringen, rast, als ob die Uhren zu schnell gingen. Er erzählt ihr von seinen Anfängen als Wissenschaftler, als er zu kämpfen hatte, erzählt von seiner Ungeduld mit den Begrenztheiten des Behaviorismus, seinem Kleinkrieg mit den Kollegen in Harvard (auch dem großen B.F. Skinner selbst), seinen späteren Durchbrüchen. Von den Kollegen, die seine Mentoren, und den anderen, die seine Kritiker waren und seine Karriere hintertreiben wollten (darunter der »tyrannische« Skinner). Von seinen ersten großen Entdeckungen in der Neuropsychologie, seinem akademischen Aufstieg, seinen Forschungsstipendien, seinen Auszeichnungen und der Wahl in die Nationalakademie mit zweiunddreißig – eines der jüngsten Mitglieder, die jemals dort gewählt wurden. Er spricht von den Fähigkeiten seiner Kinder und seiner Ehefrau, einer guten, liebenswürdigen, anständigen Frau, einer »mustergültigen«, der er dennoch weh getan habe und noch immer weh tue. Er sagt Margot, dass er sie liebt und *ihr* nicht weh tun will.

Ist das ein Versprechen? Ein Schwur? Stimmt es überhaupt?

Noch einen Whiskey? – Eilfertig schenkt ihr Liebhaber ein, ohne sie zu fragen, und Margot sagt nicht nein.

Kapitel drei

»Hal-*lo*!«

»Eli, hallo.«

Erinnert er sich an sie? Margot glaubt allmählich, ja, der Amnesiekranke erinnert sich definitiv an sie.

»Wir haben heute ein paar sehr interessante Tests vor, Eli. Die werden Ihnen bestimmt gefallen.«

»Tests, ja. Ich bin gut in Tests, wie es aussieht.«

E.H. reibt sich die Hände. Sein Lächeln ist bemüht gewinnend und hoffnungsvoll.

Es stimmt, er ist sehr gut in Tests! Und wenn er bei einem scheitert, ist es manches Mal im Hinblick auf den Test fast ebenso aussagekräftig, wie wenn er nicht gescheitert wäre.

Bevor sie anfangen, besteht E.H. jedoch darauf, dass sie sein Lieblingspuzzle ausprobiert, das, nur handtellergroß, aus bunten Quadraten aus Plastik besteht, die Ziffern tragen und mit dem Daumen verschoben werden, bis Farben und Ziffern optimale Reihen bilden. Bei diesem Puzzle ist E.H. so etwas wie das Institutswunder, denn kein einziger Mitarbeiter, nicht einmal aus der männlichen Jugend, löst es annähernd so schnell wie er; die anderen, darunter die Frauen und Margot Sharpe allemal, kommen überhaupt nicht damit zu Rande und kommen sich idiotisch vor, wenn sie verzweifelt mit dem Daumen Quadrate hin- und herschieben, bis E.H. ihnen das Spiel abnimmt und mit amüsiertem Glucksen sagt: »Entschuldigung – so geht das.«

Und binnen Sekunden hat er die Quadrate in eine perfekte Ordnung gebracht.

Margot bettelt ihn an, nein, bitte, sie möchte dieses nervtötende kleine Ding nicht ausprobieren, sie weiß, da ist ein Trick dabei – offensichtlich: aber was ist der Trick? –, und sie hat für so ein albernes Spiel keine Zeit; E.H. lässt wie ein eifriges Kind aber nicht locker, und so nimmt Margot ihm das handtellergroße Plastikding ab und schiebt die Vierecke mit dem Daumen herum, probiert, probiert und *probiert*, und es geht und geht nicht, bis ihre Augen sich mit Tränen füllen, so ärgert sie das blöde Ding, und E.H. es ihr mit amüsiertem Kichern abnimmt: »Entschuldigung. So geht das.«

Und binnen Sekunden hat er die Quadrate in eine perfekte Ordnung gebracht.

Sein Lächeln ist das eines triumphierenden, leicht spöttischen Halbwüchsigen.

»Hal-*lo*!«

»Eli, hallo.«

Erinnert er sich an sie? Margot ist sich sicher: ja, irgendwie.

Er weiß, dass er eine Versuchsperson ist. Er ist Material. Er denkt …

Aber was denkt E.H.? Sogar vor sich selbst gibt Margot es nur widerstrebend zu: *Der arme Mann denkt, er wäre wie wir.*

E.H. hat viele Male zu hören bekommen, er sei ein wichtiger Mensch. Er glaubt, dass diese Tatsache, wenn es denn eine ist, auf die Zeit vor seiner Erkrankung zurückgeht, als er in verantwortungsvoller Position in der Investmentfirma seiner Familie tätig und überdies Aktivist der Bürgerrechtsbewegung war, und zugleich etwas mit seiner Krankheit zu tun hat, wenn es denn eine ist und nicht vielmehr eine körperliche Verfassung, ist sich aber nicht sicher, was darauf folgt.

Der alte Elihu Hoopes, ein Mann, dessen Intelligenz, Leistungsvermögen und Selbstbewusstsein deutlich über dem Durchschnitt lagen, kohabitiert prekär mit dem neuen Elihu Hoopes, der seine Unzulänglichkeiten deutlich spürt, ohne sie begreifen zu können.

»Nur gut, dass wir unsere Jagdgewehre und Schrotflinten am See aufbewahren«, hat er mit listigem Zwinkern zu Margot Sharpe gesagt. »Und nur gut, dass solche Waffen nicht *geladen* aufbewahrt werden.«

Was soll das heißen? Margot erschauert vor Schreck.

Der Amnesiekranke hat diese rätselhafte Bemerkung ihr gegenüber schon mehrmals gemacht, aber wenn sie ihn um genauere Erklärungen bittet, lächelt er nur und schüttelt den Kopf: »Sie sind der Doktor, Frau Doktor. Sagen Sie es mir.«

Margot berichtet Milton Ferris: »Ich glaube, dass E. H. sich – manchmal, unvermittelt, bruchstückhaft – doch an etwas erinnert, wozu er unseres Wissens aber nicht in der Lage sein sollte. Vorige Woche zum Beispiel haben wir uns einen Kurzfilm über Spanien angesehen, und obwohl er vergessen hat, dass er den Film sah, und auch mich vergessen hat, erinnert er sich an Teile des Films. Er habe an Spanien gedacht, sagte er plötzlich zu mir. Und ich glaube, er erinnert sich an Teile der spanischen Musik aus dem Film, ich habe ihn summen hören, als wir zusammen gearbeitet haben. Außerdem hat er Zeichnungen gemacht, die anders sind als seine üblichen Blätter – ›Das kommt mir eben so ein, Frau Doktor. Wissen Sie, was das ist?‹ –, und die Landschaften, die er zeichnet, sehen irgendwie spanisch aus, ein fremdartiges Gebäude zum Beispiel oder ein Tempel, der Ähnlichkeit mit der Alhambra hat …«

Mit Milton Ferris zu sprechen gleicht einem Tanz auf dem Seil.

Zum einen wegen des Inhalts von Margots Worten, zum anderen wegen der Anspannung, mit *ihm* zu sprechen.

»Sehr gut, Margot. Gute Arbeit. Machen Sie weiter Notizen, wir werden sehen, was sich entwickelt.«

Legt dabei die Hand leicht auf Margots Schulter, um ihr zu danken und sie zugleich zu entlassen. Denn Milton Ferris ist ein vielbeschäftigter Mann und oft mit den Gedanken woanders.

Margot verstummt und hat ein Gefühl, als fließe Strom durch ihren Körper. Sie muss fest schlucken, ihr Mund ist so trocken.

Ein Moment des Kontakts – sexuell aufgeladen und bemäntelt.

Kurz darauf hat E.H. Spanien jedoch wieder vergessen: eine Enttäuschung. Er summt keine spanisch anmutenden Melodien mehr, wenn Margot in seiner Nähe ist, und nimmt seine bekannten Zeichenmotive wieder auf. Als Margot langsam »Spanien«, »spanisch«, »Alhambra« sagt, sieht E.H. sie mit höflichem Lächeln fragend an, ohne dass die Worte ihm etwas sagen, und als sie ihm Fotografien spanischer Landschaften zeigt, sagt er: »Entweder Spanien oder ein Land in Südamerika, aber ich schätze, das wird die Alhambra sein.«

»Können Sie sich an einen Besuch der Alhambra erinnern, Eli?«

»Also, ich kann ja schlecht sagen, dass ich mich an einen Besuch der Alhambra *nicht* erinnern kann.«

Er lacht freundlich. Margot sieht die Unsicherheit in seinem Blick.

In Wirklichkeit, weiß Margot, hat er Spanien nie besucht. Für einen Mann von seiner Herkunft, Bildung und künstlerischen Interessen ungewöhnlich, hat E.H. das Ausland nicht ausgiebig bereist; als junger Erwachsener konzentrierte sich sein Interesse auf bestimmte Gegenden in Amerika.

»Waren wir zusammen dort? Sind das Fotografien, die wir zusammen gemacht haben?« Es ist eine verblüffende Bemerkung, schwer zu deuten: kokett, aggressiv, ironisch, spielerisch?

Der Amnesiekranke will die plausible Antwort auf eine Frage dadurch herausfinden, dass er dem Fragenden selber eine Frage stellt; das leuchtet Margot ein. In solchen Momenten verfällt er in einen fast kindlichen, pseudo-arglosen Ton, als wisse er sehr wohl, vermutet sie, dass man seine List zwar durchschaut, aus Sympathie aber trotzdem mitspielt.

»Ja, Eli. Wir waren zusammen dort, du und ich. Die drei Wochen in Spanien, als …«

Es ist falsch, dass Margot so etwas sagt, und das weiß sie auch. Doch die Worte entschlüpfen ihr und lassen sich nicht zurückholen.

»Wirklich! Und waren noch andere Reisende mit dabei, oder …?«

E. H. schaut sie flehentlich an, sehnsüchtig.

Margot bereut ihre spontane Äußerung und ist dankbar, dass niemand in der Nähe ist und sie hört.

»… warst du meine Verlobte, waren wir deshalb zusammen dort?«

»Ja, Eli. Deshalb.«

»Oder war es unsere Hochzeitsreise? War es das?«

»Ja. Unsere Hochzeitsreise.«

»Waren wir glücklich?«

»Oh, sehr glücklich!« Margot Augen werden von Tränen überschwemmt.

»Sind wir jetzt verheiratet? Bist du gekommen, um mich nach Hause mitzunehmen?«

»Bald, Eli. Wenn du aus dieser … Klinik … entlassen wirst … Natürlich nehme ich dich mit nach Hause.«

»Liebst du mich? Liebe ich *dich*?«

Margot zittert vor Aufregung, vor Verwegenheit. Sie ist zu weit gegangen. Sie hat keine Ahnung, warum sie solche Sachen sagt.

Es ist ein Skinner'sches Experiment, denkt sie: Stimulus / Reaktion. Verhalten / Belohnung / Verstärkung.

Ein Skinner'sches Experiment, bei dem sie die Versuchsperson ist.

Es ist klar, und sie sollte es verhindern: Wenn E. H. sie auf eine Art anlächelt, die sexuelles Verlangen erkennen lässt, erfasst eine Welle der Erregung ihren Körper, spürt sie den Kitzel des Glücks und kann sich kaum bremsen, ihn ebenfalls anzulächeln.

Instinktiv – unbewusst – konditioniert der Proband sie, die Neuropsychologin, zu einem Ansprechen auf sein Gefühl für sie, und da Margot darauf anspricht, konditioniert sie wiederum ihn.

Sie bemerkt neuerdings ein Ziehen vor Aufregung und Sehnsucht in ihrer Herzregion, wenn sie an die Peripherie seiner Wahrnehmung gerät. Er sieht nicht Margot Sharpe, deren Namen er nicht mehr weiß, aber sieht *sie*: eine junge Frau, deren Gesicht er anziehend findet, weil es ihn teilweise oder ganz an ein Gesicht aus seiner Kindheit erinnert, und das tröstet ihn in der entsetzlichen Isolation der Amnesie. Er sieht Margot mit so viel Sehnsucht an, dass man meinen könnte, er sei ihr Liebhaber oder sei es einmal gewesen.

»Liebst du mich? Liebe ich *dich*?« Eine unverstellte Frage.

Schuldgefühle steigen in Margot auf. Und Angst – denn was, wenn Milton Ferris von ihrem unprofessionellen Verhalten erfährt, von ihrer Schwäche.

Sie muss die Übertragung aufheben, den Bann. Rasch ruft sie eine Schwesternschülerin herbei, die auf E.H. aufpassen soll, während sie zur Toilette geht. Bei ihrer Rückkehr führen die zwei ein lebhaftes Gespräch, und die junge Helferin lacht über die witzigen Bemerkungen des attraktiven Kranken, als hätte sie so etwas Lustiges noch nie gehört.

Natürlich hat E.H. Margot Sharpe komplett vergessen.

Als sie sich nähert, sieht er sie mit einem prompt aufgesetzten artigen Lächeln an wie jemand, der sich inzwischen daran gewöhnt hat, im Mittelpunkt der Aufmerksamkeit zu stehen, ohne nach dem Grund zu fragen. Dass ihm die Unterbrechung missfällt, sieht man nur an seiner Mimik. »Hallo! Hal-*lo*!«

»Hal-*lo*!«

»Eli, hallo.«

Erinnert er sich an *sie*? Für Margot Sharpe ist es verführerisch, das zu glauben.

Obwohl sie es natürlich besser weiß. Als Hirnforscherin weiß sie, dass dieser schwer geschädigte Mann sich nicht wirklich an sie erinnern kann.

Es ist ein Tag, an dem Margot Sharpe allein ins Institut gekommen ist. Sie ist mit dem eigenen Auto gefahren, einem Volvo, nicht wie sonst zusammen mit anderen Laborkollegen; nach einer Nacht verstörender Träume ist sie noch ein bisschen aufgedreht und ist dankbar, dass sie mit niemandem sprechen muss und für sich sein kann.

Der Laborplan sieht vor, dass sie heute allein mit dem Kranken arbeitet. Dafür ist sie besonders dankbar. Denn bei dem Probanden zu sein, wenn der seine endlosen Tests absolviert, ist nicht, wie mit einem anderen Menschen zusammen zu sein, und auch nicht, wie mit sich allein zu sein.

Es ist kein glücklicher Tag in ihrem Leben. Es ist bisher keine glückliche Woche in ihrem Leben gewesen und auch kein glücklicher Monat. Aber sie gehört nicht zu denen, die in ihrem beruflichen Bereich über persönliche Probleme sprechen.

In den letzten Jahren hat sich Milton Ferris immer öfter von Margot Sharpe beim *Projekt E. H.* vertreten lassen. Er vertraue ihr uneingeschränkt, hat er ihr gesagt – sehr schmeichelhaft für sie –, und verhält sich so, als wäre nun sie sein bevorzugter Schützling an der Universität. Durch ihn hat sie, zwar vorläufig noch befristet und auf Probe, eine Stelle im Fachbereich Psychologie bekommen und das mit einem guten Gehalt. Es hat den Anschein, als sei unter den zahlreichen jüngeren Kollegen Margot Sharpe diejenige, der Milton Ferris nach Alvin Kaplans Abgang am meisten zutraut.

Für das Gedächtnislabor der Universität gibt es gute Neuigkeiten: eine Erneuerung und Aufstockung des Forschungszuschusses aus Bundesmitteln, für deren aufwendige Beantragung Margot Sharpe den Löwenanteil der Arbeit geleistet hat. Und nun ist Milton Ferris Fachberater bei einem populären Wissenschaftsmagazin des Senders PBS geworden und hat häufig am Nationalen Gesundheitsinstitut in Washington zu tun. Und da er auch häufig ins Ausland reisen muss, benötigt er jemanden wie Margot als Vertrauensperson und als seinen Stellvertreter im Labor. Derzeit absolviert Milton Ferris eine strapaziöse Vortragsreise durch China unter der Schirmherrschaft der amerikanischen Informationsagentur.

Der zuvor von Ferris protegierte Alvin Kaplan hat die Universität kürzlich verlassen. Er ist als Professor für experimentelle Psychologie an die Rockefeller Universität berufen worden, eine bemerkenswerte Position für jemanden seines Alters. Wie Margot Sharpe, die inzwischen Assistenzprofessorin für Psychologie und Neurowissenschaft ist, ist Kaplan Ko-Autor zahlreicher mit Milton Ferris publizierter Fachartikel.

Beide haben bei der letzten Konferenz der amerikanischen Vereinigung für experimentelle Psychologie in San Francisco einen Vortrag über ihre wegweisende Forschung zur Amnesie gehalten.

Ich hab deinen Namen in der Zeitung gelesen! Ab und zu ruft jemand Margot an: Familienangehörige, Verwandte, alte Freunde von der Universität von Michigan. *Klingt wirklich faszinierend, die Arbeit, die du da machst.*

Manchmal bekommt Margot einen Brief: *Warum hören wir nichts mehr von dir, Margot? Habe ich nicht die richtige Adresse?*

Einmal konnte sie nicht widerstehen und zeigte E.H. ein Heft des renommierten *Journal of American Experimental Psychology*, in dem der umfangreichste Artikel – »Ablenkung, Arbeitsgedächtnis und Gedächtniserhalt bei dem Amnesiekranken E.H.« – unter ihrem Namen erschienen war. Ihr Herz schlug schnell, als E.H. ihn staunend und mit leisem Lächeln überflog.

Hat sie sich unprofessionell verhalten? Es wäre ihr äußerst unangenehm, wenn ein Kollege Wind davon bekäme.

Als höflicher Mann reagierte E.H. mit Verwunderung, nicht mit Unmut …

»E.H., soll das ich sein? Ich wusste gar nicht, dass ich so wichtig bin.« Er fragte, ob er das Heft mit nach Hause nehmen dürfe, damit er es in Ruhe lesen und versuchen könne, zu verstehen, »was in meinem wirren Hirn vor sich geht«, und Margot sagte, natürlich. Und legte das Heft für E.H. zum Mitnehmen auf einen Tisch im Testraum.

Zuversichtlich, dass der Kranke seinen Wunsch binnen siebzig Sekunden vergessen hatte und sie die Zeitschrift einfach und von ihm unbemerkt wieder einpacken konnte.

Seitdem hat sie ihm mehrmals Fachzeitschriften mit Artikeln über »E.H.« gezeigt, teils von Milton Ferris und einem halben Dutzend Mitarbeitern seines Teams, darunter Margot Sharpe, teils nur von Milton Ferris und Margot Sharpe verfasst.

Nach und nach verbinden sich für die Fachwelt beide Namen: Zwei Wissenschaftler, die zusammenarbeiten.

Jahre sind darüber vergangen. Sind es Jahre?

Im Gedächtnislabor vergeht die Zeit auf seltsame Weise.

Es war doch gefühlt erst vor kurzem, dass Margot zum ersten Mal auf Elihu Hoopes traf, der sie, als erkenne er sie wieder, hungrig und sehnsüchtig anstarrte und ihre schmiegsame kleine Hand fest mit der seinen umschloss.

Ich kenne Sie. Wir kennen uns. Nicht wahr?

Wir waren zusammen in der Grundschule …

E.H. drückt Margot mit seinen kräftigen trockenen Fingern die Hand. Sie hat es vorausgesehen, entzieht ihm ihre Hand aber nicht mit demselben heftigen Ruck, wie sie es tut, wenn noch andere im Raum sind.

»Mr Hoopes – Eli. Ich bin so froh, Sie zu sehen.«

»Ich bin froh, *Sie* zu sehen.«

An diesem Morgen ist irgendetwas anders, denkt Margot.

Aber das kann ich nicht. Es wäre nicht richtig.

Noch immer drücken sie sich die Hand. Da sonst niemand im Testraum ist, sind sie sozialer Hemmnisse enthoben. Zwischen ihnen wirkt nur der Rest von Instinkt.

»Erinnern Sie sich an mich, Eli? Margot.«

»Oh, ja – Margot.«

»Ihre Freundin.«

»Ja, meine Freund – Mar-got.«

Gewissenhaft artikuliert er ihren Namen als *Mar-go*. Er ahmt andere so rasch nach, dass man meinen möchte, diese Fähigkeit sei so etwas wie eine Gedächtnisleistung.

»Ich glaube, ich kenne Sie aus – war es die Schule? Die Grundschule?«

»Ja. In Gladwyne.«

Wir waren die gesamte Schulzeit hindurch eng befreundet. Dann bist du nach Amherst gegangen und ich nach Ann Arbor.

Wir waren ineinander verliebt, aber … irgendetwas hat uns getrennt …

Müsste Eli nicht auffallen, dass Margot wesentlich jünger ist als er? Mindestens siebzehn Jahre?

Allerdings ist er für immer siebenunddreißig, und sie ist inzwischen vierunddreißig. Könnte er in solchen Kategorien denken, würde er glauben, die junge Frau habe auf wundersame Weise zu seinem Alter aufgeschlossen.

»Ich freue mich schon seit … vorigen Mittwoch auf heute. Die Arbeit, die wir tun, ist so wichtig, Eli …«

»Ja. Ja, ist sie, Mar-*go*.«

Diese aufregende Nähe. Sie sind unter sich. Margot spürt den Atem des Mannes auf dem Gesicht, als er sich über sie beugt.

E. H. atmet Margot regelrecht ein. Sie möchte glauben, ihr Geruch sei ihm inzwischen vertraut. Sie hat von ihr selbst entwickelte Tests zum olfaktorischen Gedächtnis mit ihm durchgeführt, die zeigen, dass, ja, der Proband Gerüche besser im Gedächtnis behält als andere Sinnesreize; seine Erinnerung an Gerüche von vor Jahrzehnten ist mehr oder weniger unbeeinträchtigt.

E. H. ist gut und gern zehn, elf Zentimeter größer als Margot, und das zwingt sie, zu ihm aufzublicken: angenehm für sie und ebenso für ihn.

Ist er mittlerweile fast siebenundvierzig? Wie schnell die Jahre vergangen sind! (Für ihn ist überhaupt keine Zeit vergangen.)

Der Haaransatz weicht jetzt von der hohen Stirn zurück, und sein rostbraunes Haar ergraut in einem wunderschönen Zinnton, und doch wirkt er noch immer jugendlich, sein Rücken bleibt gerade. Seine Stirn bekommt feine Falten vor Bestürzung oder Sorge, die jedoch rasch wieder verschwinden, wenn er einen Besucher anlächelt.

»Eli, wie ist es Ihnen ergangen?«

»Sehr gut, danke. Und Ihnen?«

Es ist eine aufrichtige Frage. Er möchte es unbedingt *wissen.*

Die ganze Welt gibt dem Kranken Rätsel auf. Wie ein Puzzle, dessen Teile überall verstreut worden sind. Mit großer Anstrengung, übermenschlicher Anstrengung, die die Fähigkeiten jedes Normalsterblichen übersteigt, ließen sich die unzähligen Stücke vielleicht wieder zu einem sinnvollen Ganzen zusammensetzen.

Geht es E. H. gut? Der arme Mann hatte diesen Winter eine Bronchitis, die sich über mehrere Wochen hinzog, wie Margot weiß. Er hatte entsetzliche Hustenanfälle, weswegen zeitweise keine Tests mit ihm durchgeführt werden konnten. In der Zeit verlor der Kranke nicht nur Inhalte seines Kurzzeitgedächtnisses, so als wäre sein Gehirn ein großmaschiges Sieb, sondern der schwere Husten schien den Gedächtnisverlust generell zu verschlimmern.

E. H.s Gesundheitszustand hat Margot in den letzten Jahren Sorge bereitet. Man versichert ihr, dass der Kranke im Institut körperlich untersucht wird, dass Blut, Blutdruck und die anderen Vitalwerte regelmäßig kontrolliert werden. (Bei sich selbst vergisst sie auch öfter, regelmäßig zum Zahnarzt, zum Gynäkologen oder zur Augenuntersuchung zu gehen – wie viel wahrscheinlicher ist es, dass ein Mann mit Gedächtnisstörungen sich vernachlässigt.)

E.H. hat seine Bronchitis und die Beschwerden vergessen, hat seine verheerende Grunderkrankung vergessen; Schmerzen und Übel des Körpers vergisst er schnell. Er mag ja launisch sein, aber auch alle Launen vergisst er schnell.

Er hat abgenommen, fünf oder gar acht Pfund, schätzt Margot. Sein Gesicht ist das eines gutaussehenden Asketen. Er hat sich die mobile Wendigkeit eines Ex-Sportlers bewahrt, ist aber jetzt ein Ex-Sportler, der mit künftigem Leid rechnet.

Heute trägt er eine akkurat gebügelte Baumwollhose, ein englisch aussehendes gestreiftes Hemd und einen dunkelgrünen Kaschmirpullover, dazu Socken in einem sehr dunklen Lila mit kleinem gelben Karomuster. Seine gesamte Kleidung wird in teuren Herrengeschäften wie J.Press, Ralph Lauren und Armani gekauft. Margot meint diese Sachen früher schon einmal gesehen zu haben, aber das ist eine Weile her. Wer geht E.H. bei seiner Garderobe zur Hand? Sorgt dafür, dass seine Sachen gewaschen und gereinigt werden? Vermutlich die wachsame und fürsorgliche Tante, seine Beschützerin, bei der er auch lebt. Sogar im Kampf mit der Amnesie legt E.H. eine anrührende männliche Eitelkeit an den Tag. Margot macht ihm stets Komplimente für seine Kleidung, und E.H. sagt jedes Mal: »Vielen Dank!« – und stockt, als habe er mehr sagen wollen, aber vergessen, was.

Margot Sharpe hat etwas getan, was kaum einer ihrer Kollegen tun oder für einen Wissenschaftler angemessen halten würde: Sie hat wie ein Enthüllungsjournalist oder Detektiv in der Vergangenheit des Amnesiekranken E.H. geforscht, hat alles in allem mehrere Tage in Philadelphia verbracht und mit früheren Weggefährten von Elihu Hoopes gesprochen, darunter führenden Köpfen unter lokalen schwarzen Bürgerrechtlern, die ihn Ende der Fünfziger und in den Sechzigern als einen von sehr wenigen Weißen kannten, die ihre Anliegen, aber auch den NAACP und Reverend Martin Luther Kings Southern Christian Leadership Conference finanziell unterstützten; sie hat erfahren, dass Elihu Hoopes in bestimmten Kreisen als Held betrachtet wird – als jemand, der sich heldenhaft verhielt und sich den Bürgerrechtsaktivisten anschloss, wenn sie vor dem Rathaus demonstrierten, gegen Polizeigewalt und -schikane in Philadelphia protestierten und sich für bessere Schulen in South Philly einsetzten, für bessere Gesundheitseinrichtungen, für die Beendigung einer diskriminierenden Einstellungspraxis bei der Stadtverwaltung. Er hatte einen Fonds für Studenten der Universität von Pennsylvania eingerichtet, dessen Mittel benachteiligten Jugendlichen zugutekommen sollten, hatte Geld an den *Philadelphia Inquirer* gegeben, eine lokale Version der Zeitschrift *Mother Jones*, die während der siebziger Jahre erschien. In einer Ausgabe, die der frühere Herausgeber Margot Sharpe überließ, erschien ein von Elihu Hoopes verfasster Bericht, eine persönliche Rechenschaft mit dem Titel »Raus aus dem Versteck. Mein Leben nach dem Seminar«, ein provokanter, an Memoiren gemahnender Text, in dem der Verfasser seine Erfahrungen im Theologischen Seminar schildert und erläutert, warum er sein Studium nach zwei Jahren vorzeitig beendete: »Ich hatte das Gefühl, in einem Kokon von Privilegien zu leben. Die Augen geöffnet hat mir ein schwarzer Christ, der mir von den Lynchmorden im Süden nach dem Zweiten Weltkrieg erzählte.«

Aus Freundlichkeit und um das Vertrauen des Amnesiekranken zu gewinnen, hat Margot E. H. mehrmals nach seinem Leben als Aktivist und seinem Leben im Theologischen Seminar gefragt; E. H. gerät rasch in große Aufregung, wenn er von diesen früheren Lebensabschnitten erzählt, von denen er offenbar weiß, dass sie vorüber sind, aber nicht weiß, wieso er das weiß und was seither geschehen ist. Er ahnt dunkel, dass er zum Beispiel den schwarzen Bürgerrechtler, mit dem Margot gesprochen hat, schon eine Weile nicht mehr gesehen hat, aber da er glaubt, siebenunddreißig Jahre alt zu sein und noch immer in Philadelphia zu leben, weiß er nicht, woran das liegt – und ob sich die Bürgerrechtskoalition von Philadelphia aufgelöst hat. Margot ist unschlüssig, ob sie ihm sagen soll, dass die Koalition sich nicht aufgelöst hat; sie befürchtet, ihm werde nicht einleuchten, warum er sich ihr nicht wieder anschließen kann. Seine Erinnerungen an das Theologische Seminar sind teils noch sehr lebhaft, teils aber verschwommen wie bei einem Film, bei dem man ganze Passagen immer wieder nur unscharf sieht, und in seiner Erinnerung an die jüngere Vergangenheit klaffen für ihn unerklärliche Lücken. Gelegentlich vergisst er inzwischen auch Eigennamen – ein Symptom, Margot stellt es ungern fest, für das unausweichliche allgemeinere Vergessen des alternden Gehirns.

Ihr Fazit bei alledem lautet, dass es am klügsten ist, den Kranken zu Betätigungen und Routineverrichtungen hinzulenken, die bei ihm keine Emotionen und keine Erinnerungen heraufbeschwören. An diesem Vormittag begleitet sie ihn durch eine erste Reihe von Tests, mit denen sein Arbeitsgedächtnis gemessen werden soll. Anfangs schneidet E.H. so gut ab wie ein aufgeweckter Zwölfjähriger; die Tests sind kompliziert und von gehöriger Raffinesse, sie hat sie selbst entwickelt, ist bei der Arbeit mit E.H. jedoch weniger beschwingt als sonst.

Sie vergisst, den Probanden zu loben, der Lob doch so sehr ersehnt, aber nicht mehr weiß, was fehlt, wenn es ausbleibt; Tränen steigen ihr in die Augen und drohen ihr über die Wangen zu laufen. Sie ist so unglücklich!

Schließlich will E.H. wissen, was sie hat.

Nichts! Alles in Ordnung, natürlich.

Margot setzt die Tests fort wie jemand, der starr nur geradeaus schaut. Jeder Blick links oder rechts ist gefährlich.

»Entschuldigen Sie. Ich sollte Ihnen das nicht sagen.«

Das hätte die Strategie sein müssen. In Margots Erinnerung wird etwas Ähnliches die Strategie gewesen sein.

Doch da Elihu Hoopes so höflich und freundlich ist und so liebevoll und ängstlich besorgt, wird Margot schwach und vertraut sich ihm an, viel mehr, als sie beabsichtigt hatte.

Sie denkt: *Der Mann wollte sich zum Geistlichen ausbilden lassen. Seine Seele ist viel größer als meine.*

Sie hört sich zu E.H. – ihrem Probanden – sagen, dass sie sehr unglücklich ist … Sie verstummt allmählich, wischt sich über die Augen.

E.H. erwidert sofort, ja, er verstehe. Es tue ihm leid für sie. Könne er ihr irgendwie helfen?

Nein. Ihr kann niemand helfen.

Sei sie sich denn sicher?

In der Abgeschiedenheit des stillen Testraums unterhalten sie sich leise. Die Tests sind für den Moment Nebensache.

Ein zufälliger Lauscher draußen vor der Tür müsste sich über ihre Unterhaltung sehr wundern.

Margot hatte ganz bestimmt nicht vor, jemandem – und schon gar nicht E.H. – von dem einzigartigen Unglück ihres Lebens zu erzählen, an dem allein sie schuld ist; sie selbst hat sich diese Misere eingebrockt. Dennoch hört sie sich gestehen – unverzeihlich –, dass sie jemanden liebt, der sie nicht liebt.

Sie liebt einen verheirateten Mann, der zweiunddreißig Jahre älter ist als sie.

Sie *schämt* sich so. Sie *kann nicht glauben, dass ihr so etwas passiert ist.*

Als sie E.H.s Miene sieht, die Überraschung, Sorge und Mitgefühl ausdrückt, muss Margot lachen. Es ist alles vollkommen … lächerlich!

Schön, sie gibt es zu, sie glaubt, dass sie diesen Mann liebt. Und hat in ihrer Unbedarftheit geglaubt, der Mann liebe *sie.*

Sie hat *Fehler gemacht* in ihrer Beziehung zu diesem Mann, hat sich *dumm benommen, unbedacht.*

Ja, es ist ein Berufskollege. Ja, er steht in jeder Hinsicht, als ihr Mentor, ihr Doktorvater, höher als sie.

Sie hat so viele Fehler gemacht, als sie sich Hals über Kopf in – würde man es so nennen? – diese *Leidenschaft* gestürzt hat. In seinem Büro an der Universität, wenn sie bis spätabends gearbeitet haben oder wenn sie unter dem Vorwand, sich mit ihm besprechen zu müssen, länger geblieben ist. Als sie sah, wie seine Augen über ihren Körper wanderten, und plötzlich schwach wurde, wehrlos, ein Gefühl, das sie beglückt und zugleich bestürzt. Denn eigentlich ist Margot Sharpe doch nie naiv gewesen, hat nie glauben wollen, sie sollte das gelegentliche männliche Interesse an ihr ernst nehmen und fördern. Im Gegenteil: Sie weiß noch, dass sie als Kind mit zwei älteren Brüdern einmal zufällig mitbekam, wie abschätzig Jungen sich über Mädchen äußern, wenn sie glauben, niemand höre sie oder zumindest niemand Wichtiges. *Weiber sind Körperteile. Weiber muss man lächerlich machen, und das so sehr, dass sie sich gegen den Mann nicht wehren können.*

Es gab auch Vorfälle an der Highschool und am College, nicht traumatisch, nicht erniedrigend, nur ein bisschen herabsetzend und beschämend – quasi-sexuelle Erfahrungen, wie alle Mädchen und jungen Frauen sie machen –, die Margots Neigung zur Vorsicht und Distanziertheit verstärkt haben.

Milton Ferris aber übte von Anfang an eine starke Anziehungskraft aus. Wenn man so eng mit ihm zusammenarbeitete wie sie, genügte es nicht, ihn so wenig wie möglich anzusehen. Allein schon seine Nähe oder seine Stimme, dieser trockene, witzige Bariton, lenkten sie ab und überwältigten sie. Und wenn sie alles im Beisein des Mannes noch erfolgreich ignorierte, so brach es über sie herein, wenn sie allein war. Alles, wofür er als Wissenschaftler von hohem Ansehen steht, alles, was er *ist*.

Natürlich kursierten Gerüchte über Milton Ferris, seine Beziehungen zu weiblichen Kollegen und Mitarbeitern. Die Naiven und

Vertrauensseligen, die nutze er aus. Diese Gerüchte ignorierte Margot standhaft.

Sie war von Anfang an in ihn verliebt. Vielleicht.

Sie ist nicht in Milton Ferris verliebt! Bestimmt nicht.

Dennoch hat sie den älteren Mann spüren lassen, dass sie sich zu ihm hingezogen fühlt. Beziehungsweise hat seinen Avancen keinen Riegel vorgeschoben.

Nachdem die Signale ausgesendet und empfangen und bestimmte Reflexe ausgelöst waren, gab es für Margot kein Zurück mehr. Eine endgültige Zusage, die Einladung ihres Doktorvaters anzunehmen und ihn zu einer neurowissenschaftlichen Konferenz in Atlanta zu begleiten – *Ihre Reisekosten werden natürlich erstattet, Margot. Sämtliche Ausgaben.*

Sie hatte ja gesagt. Hatte nicht nein gesagt, sondern *ja.*

Ja muss auch ja bleiben. Ihre Karriere wäre zerstört, wenn dieses *Ja* nicht ja bliebe.

Danach hatte er die Hand auf ihre Schulter gelegt. Keine schwere Hand, aber Margot verstand doch: *Er macht seinen Anspruch geltend.*

Sie war wie im Fieberwahn. Eine junge Frau, Aufmerksamkeiten von Männern nicht gewöhnt, vor allem nicht von Männern mit Rang und Namen, eine junge Frau, die sich in ihrer Haut nicht ganz wohl fühlt, wie konnte sie widerstehen? E.H. hört Margot zu, ohne sie zu verurteilen. Ist ungewöhnlich still. Wieder hat sie das Gefühl tiefer Zuneigung zu ihm, und ihr steigen Tränen in die Augen. Wann hat sie eigentlich das letzte Mal geweint? Bei der Beerdigung ihres Vaters, beim Begräbnis auf dem Friedhof? Bloß nicht daran denken, das wäre grauenvoll.

Es ist unüberlegt von ihr, den Namen Milton Ferris auszusprechen. Und doch hört sie sich E.H. fragen, ob er sich an Milton Ferris erinnert – was er natürlich nicht tut, wie sie weiß. Aber E.H. nickt versonnen und bestärkt sie. Sie sitzen einander gegenüber am Tisch, so weit vorgebeugt, dass ihr Rücken schon spannt.

E. H.s Hand tastet nach der ihren, tröstend.

Margot zieht ihre Hand nicht weg.

Sie erzählt E. H., dass Milton Ferris ihr Doktorvater ist, ihr Mentor, seit sie vor zehn Jahren an die Universität kam. Er hat ihr als Wissenschaftlerin geholfen – unschätzbar viel. Hat dafür gesorgt, dass sie zu Konferenzen eingeladen wird und dort Vorträge halten kann. Hat ihr zur Veröffentlichung ihrer Dissertation bei der University of Pennsylvania Press und zu einer Stelle an der Universität verholfen, der ersten mit einer Frau besetzten Stelle in der kognitiven Neuropsychologie.

Im vergangenen Jahr aber hat sich ihre Beziehung verändert. Erheblich.

Und jetzt reist Milton Ferris für sechs Wochen durch China. Anfangs wurde vage angedeutet, Margot Sharpe solle ihn begleiten, die jüngere Kollegin, die beteiligt war, als in der Forschung zur Amnesie Neuland betreten wurde, und als sie allen Mut zusammennahm und Ferris fragte, ob sie nun mitkäme, ob sie Reisevorbereitungen treffen solle, sagt er ausweichend, seine Pläne hätten sich geändert.

Was soll das heißen?, hatte sie gefragt.

Was soll das heißen, deine Pläne haben *sich geändert*.

Sie hatte nicht die Stimme erhoben. Hatte nicht geweint. Sie hatte, nun ja, etwas Krankes, Entsetzliches gefühlt, den Geschmack von Galle in der Kehle gehabt. Sie hatte die *Schmach* geschmeckt.

Sie sagt zu E. H., einen Rest von Würde habe sie noch aufbieten können.

Versichert ihm, der sie so mitleidig ansieht, noch lächerlicher habe sie sich nicht gemacht.

Und trotzdem wartet sie darauf, dass der Mann sie anruft. Ein letztes Mal sollten sie miteinander sprechen. Sich treffen.

Sie haben sich wohl zum letzten Mal geliebt. Dass muss sie akzeptieren.

Sie werden sich irgendwo treffen, auf ein Glas. Oder auch zwei.

Das süße Brennen des Whiskeys. Milton Ferris' Lieblingsgetränk, an dem Margot Sharpe im Nachhinein Geschmack gefunden hat.

Sie erzählt E.H., das Gesicht nass von Tränen, sie könne sich gar nicht genau erinnern, wie es zwischen ihr und Ferris zu Ende gegangen sei. Ihre Erinnerungen seien so verschwommen, dunkle Flecken. Als ob sie durch Schlamm gewatet sei. Ihr Körper schlammbespritzt, ihr Gesicht.

Der Geschmack von Galle in ihrem Mund. Aber ihr sei nicht schlecht gewesen, sie habe sich nicht erbrochen.

Sie sei kein schwaches Weib, sagt sie zu E.H. Sei nicht auf andere angewiesen, sei keine, die bei anderen bittet und bettelt. *So eine ist sie nicht.*

Milton Ferris, sagt sie, ist in China und hat sich seit seiner Abreise noch nicht einmal bei ihr gemeldet. Ein kurzer Anruf am Abend zuvor, und dieses letzte Gespräch verlief ungut.

Milton Ferris, sagt sie, ist nicht allein in China. Sie glaubt jedenfalls, er ist nicht allein.

Seine Frau begleitet ihn allerdings nicht, das weiß Margot.

Ein Fehler, ein entsetzlicher Fehler, ich war so dankbar für seine Beachtung, ich habe mich schrecklich aufgeführt und töricht.

Keine Schmach ist wie die Schmach der Zurückweisung.

Sie hat erwogen, sich das Leben zu nehmen, um der Schmach zu entgehen.

Das alles gesteht Margot E.H., und sie erzählt ihm: Zu Beginn des Amnesieprojekts hat Milton Ferris alle Tests und Experimente entwickelt und ihre Durchführung sorgfältig überwacht. Anfangs kam er ins Institut und arbeitete persönlich mit ihm. »Erinnern Sie sich an ihn, Eli? – Milton Ferris, weißes Haar, drahtiger weißer Bart, ein bedeutender Neurowissenschaftler, wurde schon für den Nobelpreis gehandelt …«

E.H. hat keine Ahnung, wer Milton Ferris ist, nickt aber natürlich aufmunternd. Er hält Margots Hände und lauscht ihren stockenden und nicht sonderlich klaren Worten mit einem Ausdruck tiefen Mitgefühls.

So ein Mitgefühl urteilt nicht. Margot ist sehr dankbar, dass sie *nicht beurteilt* wird.

So viel Gefühl! Ihr Gehirn kommt ihr vor wie Talg, es zerfließt.

Beschämend, aber wahr: Margot betet Milton Ferris an.

Sie ist ihm hörig.

Beschämend, aber wahr: Sogar jetzt noch, nachdem der Mann mit ihr Schluss gemacht hat, so diffus ihre heimliche Beziehung auch gewesen sein mag, von der andere aus dem Labor sicherlich wissen oder ahnen, hat Margot mit ihm nicht Schluss gemacht.

Milton Ferris ist der genialste Wissenschaftler, dem sie je begegnet ist – ganz sicher. Der genialste Mensch, der sich je wirklich für *sie* interessiert hat.

Sie hat Angst bei der Aussicht, ihn zu verlieren.

Sie erschrickt bei der Aussicht, ihn zu verlieren.

Sie ist die tugendhafte Tochter. Sie hat sich Milton Ferris nie widersetzt und kann sich gar nicht vorstellen, sich ihm zu widersetzen.

Sie schämt sich so! Ist freudig erregt und schämt sich.

Sogar jetzt, als sie davon spricht und zum ersten Mal in ihrem Leben ihr Innerstes nach außen kehrt, und das vor einem Fremden, sogar jetzt empfindet sie bei aller Scham eine freudige Erregung. Denn allein schon diese heimliche, diese demütigende Liebe zuzugeben heißt zu bestätigen, dass es, ja, doch, Liebe gab; und dass es eine sexuelle Liebe war (wenn man es so nennen will: wie Margot den Sex in ihrer Beziehung erlebt hat, ist ungewiss), und darauf ist sie stolz. Sogar jetzt noch.

E.H. hört begeistert zu. Er urteilt nicht, denn er ist freundlich und geduldig – alles, was Milton Ferris nicht ist.

Ihr Fehler war, sagt Margot, dass sie Milton Ferris zum Mittelpunkt ihres Lebens gemacht hat. Sie hat sich unprofessionell verhalten. Aus weiblicher Perspektive gesprochen, muss sie sagen: *Er hat meine Schwäche ausgenutzt. Ich bin seine Untergebene, und er wusste, welche Macht er über mich hat.*

Manches bleibt allerdings Tatsache: Sie hat sich vor dem Mann erniedrigt. Sie hätte sich entziehen können bei seinen ersten Avancen, die weder aggressiv noch nötigend waren – das muss sie zugeben –, sondern spielerisch nett und indirekt: eine Berührung des Handgelenks; das Angebot, sie bei strömendem Regen nach Hause zu fahren, zu ihrem Apartment mit dem Blick auf die tiefe Schlucht; das Angebot, sie auch noch, der riesige schwarze Regenschirm über ihnen aufgespannt wie auf einer Karikatur von Magritte, bis zu ihrer Wohnungstür zu bringen, wo sie, das Bild steht ihr noch lebhaft vor Augen, ihr bleibt fast das Herz stehen, nach ihrem Schlüssel kramt und er dicht neben ihr steht und sie seinen Atem auf dem Gesicht spürt.

Wie er ihren Namen ausspricht: »MAR-go SHARPE.«

Er schien immer ein wenig verwundert über sie zu sein. Sie hat sich gefragt, ob sie für ihn, der in einem fast sieben Jahrzehnte umspannenden Leben Liebesbeziehungen mit vielen Frauen gehabt hat, der vielen Frauen, die ihn vergötterten, auch wenn sie ihn ein wenig fürchteten, tief in die Augen geschaut hat – ob Margot Sharpe für ihn, Milton Ferris, ganz real ist.

Vergangenes Jahr. Nicht ständig, aber immer wieder Tage, an denen sie Ferris gar nicht sah und nichts von ihm hörte. Denn die Anweisung lautete, sie dürfe *ihn* unter keinen Umständen anrufen.

Es ist ihr bewusst: Sie hat ihm kein einziges Mal ernsthaft widersprochen, nur auf belanglose, töchterliche Weise. Hat sich im Labor nie gegen ihn gestellt. Wenn er sich irrt, bleibt sie stumm, lässt andere sprechen und Gefahr laufen, den großen Mann gegen sich aufzubringen. Sie fühlt sich Milton Ferris so verbunden, dass sie sich ein Leben ohne ihn nicht vorstellen kann.

»Er hat viel für mich getan, Eli! Er hat meine Karriere begründet, mich angeleitet, auf mich aufgepasst. Ohne ihn wäre ich nicht Assistenzprofessorin an der Universität, das steht fest. Und ich würde Sie natürlich nicht kennen, hätte nicht die Gelegenheit gehabt, mit E.H. zu arbeiten, wenn Milton Ferris nicht wäre. ›Die Biologie des Gedächtnisses‹ – ich verdanke ihm alles.«

Ferris hatte Margot Sharpe gelenkt, wie man mit einem sachten Fußtritt ein leichtes Wasserfahrzeug anschubst: Das kleine Boot beginnt auf dem Wasser zu schwimmen, und der Schwung trägt es eine weite Strecke.

Tatsache ist trotzdem, dass sich Milton Ferris zahlreiche im Labor entstandene Ideen, die nicht die seinen sind, angeeignet hat, ihre Ideen und ihre Experimente mit E.H., umfangreiche Versuchsreihen, die sie und ein am Institut tätiger Magisterstudent dokumentiert haben, »Olfaktorische Kompensation von Gedächtnisdefiziten«. Margot Sharpe wird natürlich als Autorin genannt, als Co-Autorin neben Milton Ferris.

Als ob sie seine Assistentin wäre. Womöglich gar seine Studentin.

Sie sagt sich selbst: *In seinen Augen ist das nur fair. Ohne ihn hätte ich den Aufsatz nicht schreiben, die Arbeit nicht tun können.*

Zu Beginn, erzählt Margot E.H., leitete Milton Ferris tatsächlich die Forschung im Labor. Er schrieb die Erstfassung der Berichte, war an allen Stadien der Arbeit beteiligt bis hin zur Einfügung von Diagrammen, Abbildungen und Fußnoten, las die Protokolle, die ihm seine Mitarbeiter zulieferten, sehr gründlich, überprüfte ihre Daten. Wochen gingen über der Vorbereitung eines einzigen Aufsatzes hin. Alle Mitarbeiter des Labors wurden als Co-Autoren aufgeführt, Milton Ferris als Forschungsleiter zuletzt genannt.

Mit der Zeit erschien er weniger häufig im Labor und arbeitete seltener mit dem Team. Er war abwesend, auf Reisen, war in New York und führte mit einem Fernsehproduzenten Gespräche zur Vorbereitung einer Dokumentation über das menschliche Gehirn, war in Washington und führte Gespräche mit dem Gremium, das den Präsidenten in Fragen der Bioethik beriet.

Alvin Kaplan, damals Ferris' zuverlässigster Mitarbeiter, verfasste den ersten Entwurf eines Artikels. Mit Korrekturen versehen, schrieb Margot Sharpe die zweite Fassung. Manchmal gab es eine dritte und vierte und fünfte, von Kaplan und Sharpe geschrieben. In gewissem Umfang waren noch andere aus dem Labor beteiligt.

Mittlerweile ist Milton Ferris' Erscheinen im Institut zur Seltenheit geworden, wie der Besuch eines Königs. Und nur noch selten ist er jetzt noch an der Vorbereitung von Aufsätzen über E.H. beteiligt, obwohl er, wie er sagt, nach wie vor alles liest, was seine jungen Mitarbeiter schriftlich vorlegen. Er liefert detaillierte Kritik, streicht, fügt an und gibt den Verfassern die Artikel zurück, versehen mit Fragen, Anregungen und Korrekturanweisungen. Erst wenn Ferris sein Placet gegeben hat, gilt ein Aufsatz als »fertig« und wird zur Publikation bei dieser oder jener Fachzeitschrift eingereicht, mit deren Herausgebern Ferris gut bekannt ist. Nur wenn er sein Placet gegeben hat, darf irgendetwas sein Labor verlassen; niemand würde es wagen, ohne seine Zustimmung irgendwo publizieren zu wollen.

Über die Jahre ist es dazu gekommen, dass die Experimente mit E.H. nicht von Milton Ferris, sondern durchweg von seinen jüngeren Kollegen konzipiert werden. Alle gewonnenen Daten und Unterlagen werden ausschließlich von den Kollegen gesammelt und zusammengeführt.

Ganz gleich aber, wer die Experimente konzipiert hat, wer Stunden dafür aufwendet, die Experimente mit E.H. auszuwerten, und ganz gleich, wer den Artikel geschrieben hat, Milton Ferris wird in der Liste der Co-Autoren weiter auf dem prominenten letzten Platz aufgeführt.

Manchmal erscheint in einem angesehenen Fachblatt auch ein Aufsatz über E.H. unter dem Namen nur eines Verfassers: Milton Ferris.

Einmal warf Alvin Kaplan ein Exemplar des *Journal of American Experimental Psychology* auf Margot Sharpes Schreibtisch in der

Universität und ging wortlos hinaus, und als sie das Heft aufschlug, fand sie einen Artikel mit der Überschrift »Erinnerungsaufbau, Erinnerungsverzerrung und Konfabulation bei Gedächtnisstörung« von Milton Ferris, ein Artikel, den eigentlich Kaplan und Sharpe verfasst hatten und der auf Experimenten beruht, die Kaplan und Sharpe konzipiert und mit dem Laborteam durchgeführt hatten.

Im Labor spricht Margot nicht über solche Dinge.

Sie ist mit keinem der dortigen Kollegen befreundet. Die junge Frau, die kurz vor Beendigung ihres Doktorats stand, als sie im Labor anfing, ist längst ausgeschieden … und hat sich auch ohne Milton Ferris' Segen eine feste Stelle gesichert, an ebenjener Purdue-Universität »irgendwo weiter westlich«, wie er lachend sagte.

Die tugendhafte Tochter betrügt den Vater nicht. Auch wenn der Vater sie betrogen hat, betrügt die tugendhafte Tochter nicht.

Bis zu diesem Augenblick hat Margot das volle Ausmaß ihrer Schmach und das Ausgeliefertsein an ihre Schmach noch gar nicht erfasst. Bis zu diesem Augenblick hat sie noch nicht begriffen, dass sie einen beruflichen Beschwerdegrund hat.

Er bestiehlt uns. Er saugt uns das Blut aus.

Er ist ein Dieb, er muss bloßgestellt werden.

Kein Wort. Die tugendhafte Tochter hat keine Worte.

Wenn sie derlei vor ihrem Mentor zur Sprache brächte, wenn sie sich nur nach einem einzigen Artikel erkundigte, den Ferris unter Vortäuschung falscher Tatsachen veröffentlicht hat, würde er seinen Ohren nicht trauen. Er würde, was sie sagt, entschieden zurückweisen. Würde sofort aufhören, sie zu lieben.

Er liebt mich doch auch jetzt nicht, oder?

Irgendwann wird er mich lieben, oder?

Der Unwille des Vaters ist eine schreckliche Sache. Ferris wäre zornig auf sie.

Alles, was zwischen ihnen war, von Margot Sharpe gehegt und gepflegt mit der Sorgfalt eines Besessenen, der in jahrelanger Arbeit ein kunstvolles Schiff in einer Flasche baut, wäre von einer Sekunde zu nächsten zunichte.

Für ihn wäre sie eine Verräterin, die ihn verratende Tochter. Noch schlimmer, für ihn wäre Margot Sharpe eine Bedrohung seines wissenschaftlichen Rufs, und er würde sie aus seinem Labor hinauswerfen.

Ferris ist ein launischer Mann. Schon mehrfach hat er ohne jeden Anlass seine junge, ihn bewundernde Kollegin kritisiert, hat sich ablehnend geäußert, sarkastisch (wie schnell Irritation in Sarkasmus umschlagen kann!) – und das völlig grundlos. Schon beim geringsten Anlass, beim leisesten Widerspruch oder Zweifel an seiner Autorität, den er wittert, gerät er in Rage. Ob Alvin Kaplan deshalb die Universität verlassen hat? Ob er sich abnabeln musste von seinem machtvollen Mentor, den er ebenfalls bewundert und ablehnt? Ferris würde abstreiten, was sie ihm vorhält, wenn sie es ihm überhaupt vorhält, er würde ihr so scharf Kontra geben, dass sie irritiert zurückwiche.

Mein Wort gegen seines. Aber ich habe keine Worte gegen Milton Ferris.

Die ganze Zeit hält E.H. Margots Hände fest in seinen. Ihre schmalen Finger, seine größeren, kräftigeren Finger: sie stecken dicht beisammen, wie Verschwörer. Margot fühlt einen leichten Schwindel, eine Mattigkeit. Denn das ist ein Mann, der sie respektiert, der ihr wahrer Freund ist, wie Milton Ferris niemals ihr Freund sein kann.

Was hatte sie denn auch gedacht? Milton Ferris konnte nie ihr Freund sein, nur ihr Mentor.

Er liebt sie nicht, auch wenn Margot Sharpe ihn liebt.

Ferris ist jemand, der verstohlen und etwas zu lässig eine sexuelle Beziehung mit Margot Sharpe unterhielt; allerdings vermittelt der doch recht primitive, enge Begriff »sexuelle Beziehung« nichts von der emotionalen Erfahrung, die, zumindest für sie, wenn auch nicht für ihn, verheerend war.

Mit einem Lachen, das ihr im Halse stecken bleibt, sagt Margot zu E. H., das eben sei nicht ernst gemeint gewesen: Sie würde sich ganz sicher *nicht umbringen*. Niemals.

Sie würde sich ganz sicher nicht für einen Mann umbringen. Schon gar nicht für diesen.

Und jetzt überrascht E. H. sie. Er hat ihr aufmerksam zugehört und fühlt stark mit ihr mit; so hat sie ihn noch nie erlebt …

»Jemand sollte ihn umbringen.«

Margot schaut in E. H.s ernstes Gesicht. Jetzt lächelt der Kranke nicht. Hat sie richtig gehört?

»Wenn dieser … Mensch … Sie angelogen und bestohlen und Sie ausgenutzt hat, wenn Sie sich seinetwegen so schlecht fühlen, sollte jemand ihn umbringen.«

Es klingt fast gelassen, wie er es sagt. Margot ist klar, dass E. H. nicht weiß, wer dieser Milton Ferris ist; er weiß nur, dass der die Ursache für ihre Verzweiflung ist und deshalb bestraft werden muss.

»Nein, Eli. Natürlich nicht – *nein*.«

Margot ist schockiert. So etwas zu sagen ist untypisch für den sonst sanftmütigen, freundlichen Elihu Hoopes!

»Eli, bitte. Ich hätte Ihnen das nicht erzählen dürfen … *Nein*.«

Mit ihren Tränen, ihrer groben Taktlosigkeit und Unbesonnenheit hat sie, zumal wenn sie so nahe vor ihm sitzt, vielleicht eine für den Kranken verstörende Erinnerung wachgerufen. Sein Gefühl für sie ist die Folge einer verdrängten Erinnerung aus der Zeit vor seiner Erkrankung, als er ein sexuell aktiver Mann in der Blüte seiner Jahre war, glaubt Margot.

E. H. lässt nicht locker: »Sagen Sie mir, wer es ist. Wo er ist. Ich werde ihn finden.«

»Eli, lieber nicht. Ich halte das für keine gute Idee.«

»Sagen Sie es mir. Ich werde ihn für Sie umbringen.«

Sie ist erstaunt. Bekommt allmählich Angst.

So viel Überzeugung bei Elihu Hoopes. So viel Sicherheit.

Die zusammengekniffenen Augen des Kranken. Nichts kindlich Liebes jetzt darin.

Ob E. H. schon einmal getötet hat? In seinem früheren Leben?

Und niemand weiß es? Und er selbst erinnert sich nur noch dunkel daran?

Aus der Vergangenheit eines Amnesiekranken steigen Inseln der Erinnerung auf, unvorhersehbar.

Inseln der Erinnerung. Ein wunderschöner Ausdruck, ihres Wissens hat Milton Ferris ihn als Erster verwendet.

Margot ist sehr erschöpft. Sie hat noch nie so lange und auf solche Weise gesprochen und ihr Innerstes vor einem anderen entblößt. Obwohl Milton Ferris ihr Geliebter ist oder gewesen ist, hat sie mit ihm praktisch über nichts gesprochen. Sie schließt die Augen und sieht im Dunkeln etwas schwimmen – Inseln, in einem Binnensee. Kleine Inseln, die in gespiegeltem Licht schwimmen. Der See selbst ist riesig, eine Uferlinie nicht auszumachen. Das Wasser ist kabbelig, gekräuselt. Und doch liegen darauf Streifen des Lichts einer unsichtbaren Sonne oder eines Mondes. Das die Inseln verbindende Gewebe ist die Erde, der Seegrund, für das Auge unsichtbar. Wenn man nicht wüsste, dass das verbindende Gewebe unterhalb der schimmernden Oberfläche da ist, käme man nicht darauf.

E. H. schließt Margot in die Arme, um sie zu trösten. Noch nie hat jemand Margot Sharpe so in den Armen gehalten.

Noch nie haben sie und er einander so innig berührt. Noch nie sind sie so lange allein zusammen gewesen. Auch wenn ihr Herz wild pocht bei dem Wissen, dass es falsch ist, was sie getan hat, was sie tut, schmiegt Margot das Gesicht an die Brust des Mannes, an die weiche Kaschmirwolle, unter der, nur Zentimeter tiefer, das warme Herz des Amnesiekranken schlägt.

Er ist ein wunderbarer Mann. Ein wunderbarer Mensch. Er ist der, den ich liebe, nicht der andere.

Was sie preisgegeben, was sie getan hat! Schändlich!

Beruflich wäre sie total blamiert. Wird es sein, wenn jemand davon erfährt.

Fast fühlt sie sich genötigt, es zu beichten. Aber wem?

»Milton, verzeih mir. Ich habe einem Fremden schreckliche Dinge über uns erzählt ...«

Sogar jetzt – demütigend, aber wahr – hofft Margot Sharpe noch, dass ihr verheirateter Geliebter zu ihr zurückkommt. Und wenn er tatsächlich nicht zu ihr zurückkommt, denn er ist ja nie *bei ihr* gewesen, wird sie sich mit einer Beziehung begnügen, wie sie war: Er meldet sich bei ihr, wenn er es möchte, sie darf sich bei ihm aber nicht melden.

Ihre Augen sind gerötet und wässrig, sehen angegriffen aus in dem weißen Gesicht.

Sie wäscht es sich auf der Damentoilette mit kaltem Wasser: Natürlich erkennt sie es als ihres.

Die extremste Form der Amnesie wäre die Prosopagnosie, die Unfähigkeit, das eigene Gesicht im Spiegel zu erkennen.

Streng genommen ist die Prosopagnosie jedoch keine Amnesie, sondern eine Störung der Wahrnehmung, nicht des Gedächtnisses.

Als sie wieder in den Testraum kommt, sitzt E.H. am Fenster und zeichnet, leicht vornübergebeugt, mit einem Stück Zeichenkohle und fliegenden Strichen in seiner Skizzenmappe. Als sie den Raum betritt, blickt er überrascht auf und klappt die Mappe hastig zu.

»Hal-*lo*!

Durch das Lächeln ist das Gesicht des Kranken vollkommen verwandelt, als trüge er als Haut eine Maske.

Margot leert das Glas Whiskey in einem Zug. Schnell, damit ihre Hand nicht zittert.

Wie Feuer, die Flüssigkeit in ihrer Kehle. Ein Brennen in der Brust, in der Herzgegend.

Ich habe mich vor zwei Männern erniedrigt. Größer kann meine Schmach nicht sein.

Jemand sollte ihn umbringen. Ja!

Dennoch lächelt sie. Ihr Mund hat sich zu einem merkwürdig schiefen Lächeln verzogen wie im Spott oder vor Verzweiflung.

Noch ein Glas Whiskey, genug, um durch die Nacht zu kommen.

Feuer in seinem Gehirn! – zuerst langsam schwelend, dann auflodernd.

Danach ist er lange krank. Sagt man ihm.

Er ist, was andere ihm sagen. Was er ist, hat sich verflüchtigt wie Rauch, der aufsteigt und abzieht.

Allerdings zeichnet er fieberhaft in eine Skizzenmappe, die ihm mitgebracht wird (von seiner Tante, der jüngeren Schwester seines Vaters; er erkennt sie am Gesicht, weiß ihren Namen aber nicht mehr), zeichnet ertrinkende Kinder, junge Mädchen und einen Jungen mit wild abstehendem Haar (kleine Schlangen, die über seinem Kopf züngeln) und einem schmalen, grüblerischen Gesicht, einem Tiergesicht und Hufen als Füßen. *Was ist das? Wer ist das, Eli?*, wird er gefragt.

Kann nicht antworten, nur heftig den Kopf schütteln.

Ihr wisst, wer es ist. Das ist Elihu Hoopes, der gestorben ist.

Das ist mal eine Überraschung: E.H. ist auf dem Tennisplatz!

Margot Sharpe hat schon mehrmals zugesehen, als der Amnesiekranke auf einem zum Institut gehörenden Platz Tennis gespielt hat. Er spielt mit Angestellten, meistens deutlich jünger als er, und schlägt sie fast immer, obwohl er auf einem Auge schlecht sieht.

»Großartiger Aufschlag, Eli!«

»Gott, Eli! Wie haben Sie *das* gemacht?«

Bei solchen Gelegenheiten ist E.H. erfüllt von Glück und Sicherheit. Er ist ein gewiefter Spieler, spielt schon seit seiner Kindheit Tennis, hat Margot erfahren. Er war schon vor dem Wechsel ans College der Beste in seiner Schulliga und stand als Student in Amherst sogar auf der amerikanischen Landesliste.

Seine muskulösen Beine tragen ihn wie von selbst flink über den Platz. Seine starke Rechte schwingt den Schläger wie von selbst. Er hat eine schnelle Rückhand. Seine Aufschläge sind unheimlich rasant. Die verminderte Sehkraft gleicht er unbewusst aus. Nur zwischen den Runden, wenn er eine Pause einlegen, nachdenken, überlegen muss, sieht man ihm die Verwirrung eines Menschen an, der unsanft aus einem Traum erwacht ist.

Wo bin ich hier? Wer ist mein Gegner?

Wie viele Punkte habe ich?

* * *

Ein schwerer Fehler: Margot hat dafür gesorgt, dass sie mit E.H. Tennis spielen kann. Seinem Beispiel folgend, sind die Sachen, die sie trägt – T-Shirt, Shorts, Tennisschuhe –, blütenweiß und züchtig.

Sie lächeln sich über das Netz hinweg zu. Gentleman, der er ist, will E.H. Margot den ersten Aufschlag überlassen, aber sie ruft ihm zu: »Bitte fangen Sie an. Machen Sie den ersten Aufschlag.«

Sie spiele vielversprechend, hat man ihr gesagt.

An der Highschool in Orion Falls, Michigan, war Margot Sharpe in keiner Sportart besser als durchschnittlich. Ihre guten Noten, ihre Altklugheit und ihr Ernst schützten sie wie ein Körperpanzer vor den Spötteleien ihrer Klassenkameraden.

Genauso bewahrten ihr flinker Verstand und ihre herausragende Intelligenz sie vor den sexuellen Anzüglichkeiten ihrer Klassenkameraden oder vielmehr vor dem Erkennen dieser Anzüglichkeiten.

E.H. gibt schnell und ohne jedes Zögern. Margot kann den ersten Aufschlag nicht returnieren.

Und natürlich kann sie auch den zweiten Aufschlag nicht returnieren. Der Ball fliegt wie eine Rakete an ihr vorbei.

E. H. lacht über sie, aber nicht unfreundlich. Margot weiß, er hat ihren Namen wieder vergessen und weiß nicht mehr, wer sie ist, ist sich aber sicher, dass er sie nicht vergessen hat. Seit der Umarmung in der vorigen Woche hat er *sie* ganz bestimmt nicht vergessen. Als Margot aufschlägt, schickt E. H. keinen Schmetterball zu ihr zurück, sondern lässt sich erweichen und returniert mit einem Volley, der als männlich-rücksichtsvoll oder als verträumt durchginge. Und als sie mehr Sicherheit gewinnt, auch wenn sie den Ball oft aufs Geratewohl schlägt, erhöht E. H. ganz instinktiv das Spieltempo. Seine unerschütterliche Konzentration auf den Ball, die Wendigkeit, mit der er sich auf dem Platz bewegt, die Lässigkeit seiner Rückhand: Er ist ein so geübter Spieler, dass er nicht nachdenken muss. Er hetzt Margot so hin und her, dass sie mal rückwärts stolpert und beim Abschlagen des Balls beinahe hinfällt und mal vorn fast ins Netz rennt. Die Fähigkeit des Tennisspielens, schon vor Jahrzehnten angeeignet, ist in seinem Gehirn so fest verankert wie die Fähigkeit des Laufens, Radfahrens, Schwimmens oder Autofahrens. Es ist aber beobachtet worden, dass E. H. sich, wenn er Aufschläge übt, strenggenommen zwar nicht an die Übungsstunden erinnert, sein Spiel aber trotzdem besser wird.

Das prozedurale Gedächtnis, denkt Margot. Sie hat über *Das prozedurale Gedächtnis bei Amnesie* bereits geschrieben und hat Ideen für weitere Experimente.

Sie beginnt zu schwitzen; unschön. Rinnsale von Schweiß kriechen ihr über den Rücken und die Seiten. Ihr dunkles Haar, das sie im Nacken zusammengenommen hat, löst sich und steht ihr in fedrigen Kringeln vom erhitzten Gesicht ab. Sie ist abgelenkt von der Erinnerung daran, wie zärtlich Elihu Hoopes sie noch vor kurzem in den Armen hielt, wie mitfühlend er ihren stockenden Worten lauschte, wie sein Herz gegen ihre Wange schlug …

Geküsst hatten sie sich nicht. Margot hatte die sexuelle Erregung gespürt, die des Mannes und ihre eigene, und sich tief beschämt aus seinen Armen gelöst.

Wenn uns jemand gesehen hätte! Ein Angestellter aus dem Institut!

Noch schlimmer, ein Kollege aus dem Labor, der es der Universität gemeldet hätte.

Und am allerschlimmsten, wenn Milton Ferris von ihrem Benehmen erfahren hätte …

Margot ist abgelenkt von diesen Gedanken, die ihr durch den Kopf schwirren wie Mücken, angelockt von der Feuchte ihres Gesichts und ihres Haars.

»Punkt!«, ruft E.H. triumphierend.

Es tut weh, wie angriffslustig der Mann auf dem Tennisplatz ist; anderswo macht sich das nicht bemerkbar.

Margot lacht kurz entschlossen auch über sich. Ruft dem weißgekleideten Mann auf der anderen Seite des Netzes, der, vornübergebeugt, den Schläger mit beiden Händen hält und sie kühl fixiert, zu: »Sie spielen brutal, Eli! Das sagen alle – Sie machen keine Gefangenen.«

Keine Gefangenen machen. Ihr Herz hämmert vor Verdruss, warum hat sie etwas so Törichtes gesagt?

Wie jemand, der die Worte des anderen nicht richtig verstanden oder den Witz des anderen nicht ganz kapiert hat, lacht E.H. schmallippig. Er beugt sich immer noch leicht vornüber, die Knie eingeknickt, die Füße weit auseinander. Jetzt starrt er sie an, sein aktuelles Gegenüber, nicht den Gegner im Spiel. Grübelt: *Wer ist diese Person? Welche Verbindung besteht zwischen ihr und mir?*

Als Margot aufschlägt, macht E.H. keine Anstalten, den Ball über das Netz zurückzuschmettern, sondern ahmt ihren Aufschlag nach: Der Ball schwebt über das Netz wie ein Ballon. Ein Volley also, wie in Zeitlupe. Und schließlich returniert E.H. den Ball gar nicht mehr, sondern bleibt stehen und sieht ihm ratlos nach, als er an der Seite über den Spielfeldrand hinausrollt.

»Stimmt irgendetwas nicht, Eli?«, ruft Margot besorgt.

In seinem blendend weißen T-Shirt, den weißen Shorts und weißen Tennisschuhen ist E.H. starr vor Verwirrung. Als ob sich ein Nebel über ihn gesenkt hätte. Sie hat den Bann gebrochen, meint Margot. Mit ihrem törichten Ansprechen und Ablenken des Mannes hat sie den Kranken aus seiner Konzentration auf das Spiel gerissen und gezwungen, auf *sie* zu achten.

Und wer ist das, diese japsende Frau, die ihn über das Netz hinweg ängstlich anschaut und die er noch nie zuvor gesehen hat?

In ihrem Logbuch verzeichnet Margot Sharpe den Vorfall nicht. In ihren Labornotizen zu diesem Tag findet sich kein Hinweis auf ein Tennismatch mit dem Amnesiekranken, nicht einmal in verschlüsselter Form.

Margot hofft, dass es niemand aus dem Institut gesehen hat. Oder falls doch, keinen Anlass für nachträgliche Gedanken hatte.

Sie denkt: *Das wird nicht wieder passieren. Darf es nicht.*

Sie trinkt einen Whiskey.

Oh! – der Kitzel in ihrer Brust, als die züngelnde Flüssigkeit hinabgleitet.

Das köstliche Brennen in der Kehle. Schlangengleich züngelnde Flammen eines sexuellen Feuers. *Das gefällt mir.*

Kapitel vier

»Eli, was für ein schöner Schlips! Sie sind immer so gut angezogen.«

An jedem Tag, den er für Versuche zum Institut gebracht wird, kleidet Elihu Hoopes sich mit der Sorgfalt von jemandem, der gute Neuigkeiten erwartet.

Das wird über drei Jahrzehnte lang so gehen. Und Margot Sharpe wird es in all diesen Jahren miterleben.

In der Regel ist E.H. frisch rasiert, und sein Haar, das mit den Jahren lichter wird und am Stirnansatz zurückweicht, ist ordentlich gekämmt und gepflegt – alle drei Wochen ein Haarschnitt. Seine Fingernägel sind sauber und ebenmäßig gefeilt, und die Fußnägel wohl ebenfalls, nimmt Margot an.

Für ein gepflegtes Äußeres, zumindest in der Öffentlichkeit, sorgt E.H. mittels eines Kalenders. Es ist ein großer Kalender, der an der Wand neben seinem Bett hängt und in dem er penibel seine Termine beim Friseur, beim Zahnarzt und bei anderen Ärzten sowie die Testtage im Institut ankreuzt; abends vor dem Zubettgehen streicht er den jeweiligen Tag aus.

Auf die Weise lebt er sein Leben, von Tag zu Tag.

(Wenn der Kranke auf vergangene Monate und Wochen zurückblicken möchte, auf die zeremoniell ausgestrichenen Tage, geht es ihm wie jedem, der über das Leben eines anderen nichts weiß und neugierig ist, wie dessen *Vergangenheit* war.)

Auch E.H.s Kleidung ist mit Bedacht zusammengestellt. Mit

Post-its in vielen Farben führt er Buch über die Sachen, die er trägt, damit er eine Kombination nicht zu oft wiederholt. *Wie hübsch Sie heute aussehen, Eli! Was für ein schöner Schlips!* E. H. weiß es zwar nicht, ahnt aber vielleicht, dass das Institut die einzige Öffentlichkeit ist, in der er sich bewegt.

Die Schuhe, von denen er in seinem begehbaren Kleiderschrank viele Paar stehen hat, wechselt er reihum. Im Institut erscheint er mal sportlich und mal leger, seltener auch mal feiner gekleidet.

Und er geht gern zum Einkaufen mit, stets in dieselben Herrenbekleidungsgeschäfte in Gladwyne, wo er unter dem Namen Elihu Hoopes eingeführt und Lucinda Mateson, seine ihn betreuende Tante, bekannt ist. Sie muss gut aufpassen, damit ihr Neffe in seinem Elan nicht Hemden, Sportmäntel und Fußbekleidung, die er bereits besitzt, ein zweites Mal kauft.

Sie ist es auch, von der Margot diese faszinierenden Details erfährt. Jede Information, die sie über ihn erhält, fesselt sie.

Vor seiner Erkrankung, erzählt Mrs Mateson Margot Sharpe, hat Eli nicht so viel Aufhebens um seine äußere Erscheinung gemacht. »Er hatte so viel anderes, was ihn beschäftigt hat, wissen Sie.«

Margot fragt nach, was Eli denn beschäftigt hat, und Mrs Mateson sagt verwirrt: »Was einen Mann wie meinen Neffen *beschäftigt* hat? Das müssen Sie schon ihn fragen.«

Dumm von ihr, Margot merkt es nun selbst. Manchmal fühlt ihr Hirn sich an wie ihre Hände in Ofenhandschuhen.

Oder sie spielt eine Rolle, nicht unähnlich der Rolle, glaubt sie halb, wie der Amnesiekranke sie häufig spielt.

Je dümmer wir sind, desto weniger bedrohlich sind wir. Dann kann man ohne Risiko freundlich zu uns sein. Kann uns Geheimnisse anvertrauen; wir vergessen sie eh wieder.

Ein andermal möchte E.H. zu Margots verschwiegener Enttäuschung nicht zusammen mit ihr und Mrs Mateson im Salon Tee trinken. Er hat dankend abgelehnt und verschwindet mit seiner Zeichenmappe unter dem Arm nach oben.

Das ist so frustrierend. Es ist wie eine Variante des Experiments mit dem *Derben Händedruck*, nur dass in diesem Falle Margot Sharpe der ahnungslose Proband ist und E.H. der Verursacher.

Denn jedes Mal, wenn Margot ihn die achtzehn Meilen nach Hause fährt und sie unterwegs angeregt plaudern, meist über Dinge aus der Zeit vor seinem Gedächtnisverlust und so, wie sie ihm in den Sinn kommen – er hat Fesselndes über die Demonstrationen und Märsche der Bürgerrechtler in Philadelphia und im Süden zu berichten, und es ist sehr amüsant, wenn er ihr den Film, den er *Schlachtschiff Potjomkin* nennt, von Anfang bis Ende nacherzählt und mit dem leidenschaftlichen Ruf »Brüder!« schließt –, verliert er prompt den Faden, sobald er sieht, dass Margot ihn zu dem gediegenen alten Tudorhaus in Gladwyne, Parkside 466, chauffiert hat, ist erst verwundert und will dann nur noch hinein.

(Findet E.H. es seltsam, dass er zu seiner Tante nach Hause gebracht wird und nicht zum Rittenhouse Square? Er äußert sich dazu nicht, und das bringt Margot zwangsläufig auf die Frage, ob er – intuitiv – doch weiß, wie stark sein Leben sich verändert hat.)

Er bittet sie stets höflich herein, damit sie seine Tante Lucinda kennenlernt, auch wenn Margot und Mrs Mateson einander bereits mehrmals vorgestellt wurden.

»Guten Tag, meine Liebe. Sehr nett, Sie kennenzulernen.«

»Guten Tag, Mrs Mateson. Sehr nett, *Sie* kennenzulernen.«

Dem Kranken zuliebe zeigen die Frauen nicht, dass sie sich bereits kennen. Wie leicht es ist, denkt Margot, in so eine Rolle zu schlüpfen: man nimmt den Behinderten hin, wie er ist, und hofft, ihn so vor Unruhe zu bewahren.

Und wie leicht das als Strategie fürs Leben wäre: alle anderen hinnehmen, wie sie sind. Margot ist sich nicht sicher, ob sie nicht sogar sich selbst unkritisch hinnimmt, wie sie ist.

Mrs Mateson ist eine imposante Frau, das hat Margot sofort begriffen. Sie ist die jüngere Schwester von Elis mittlerweile verstorbenem Vater Byron Hoopes, über den Margot nur weiß, dass er ein äußerst erfolgreicher Geschäftsmann war und konservative Politiker wie Taft, Dewey, Goldwater und Nixon unterstützte; er stichelte gern gegen seinen Sohn, den Aktivisten, und brachte ihn auf die Palme, sagte Mrs Mateson, wenn er ihn daran erinnerte, dass Reverend Martin Luther King Republikaner war und nicht Demokrat.

Ist das wahr? Margot ist selbst überrascht. Armer Eli!

Lucinda Mateson dürfte Ende fünfzig sein: wirkt ältlich, ohne alt zu sein und ist dünn wie jemand, der vor kurzem abgenommen hat und dessen Haut etwas erschlafft ist. Ihr Gesicht ist gepudert, und sie hat ein dezentes Rouge aufgelegt und sich das etwas dünner werdende blonde Haar im Nacken mit einem Schildpattkamm festgesteckt. Margot bringt ihre Sprechweise unweigerlich, vielleicht zu Unrecht, mit Reichtum in Verbindung: eine heiser-kehlige Flüsterstimme, zu der sie sich hinabbeugen muss (wie eine Dienstbotin?), um sie zu verstehen.

Einer Bemerkung Elis war zu entnehmen, dass seine Tante in sehr jungen Jahren einen wohlhabenden älteren Mann geheiratet hatte. Sie hat das Gereizte einer verblichenen Schönheit und trägt sogar unter der Woche abends zu Hause teuer aussehende Kleider mit langen Röcken, Kaschmir-Twinsets und Stoffhosen, aus feiner Wolle bei kaltem und aus Leinen bei warmem Wetter, eine Garderobe, die ihren Körper locker umspielt. Sie versäumt es nie, Margot zu bitten, doch »zum Tee« zu bleiben, so als sei »der Tee« in ihrem Haushalt Tradition und nicht vielmehr ein improvisierter kalter Imbiss, durch die Ankunft einer Fremden notwendig geworden. Jedes Mal, wenn Lucinda Mateson E.H. überreden will, mit ihnen zusammen Tee zu trinken, tritt er im Salon ein Weilchen von einem Bein aufs andere, murmelt dann mit zaghaftem Grinsen *Also – entschuldigt!* und schlüpft hinaus.

Schlaksig und langbeinig läuft er die Treppe hinauf wie ein Teenager, der vor seinen Eltern flieht. Ob er in dem Moment, überlegt Margot, vergessen hat, dass er ja eigentlich siebenunddreißig ist?

Sobald er allein ist, blättert er wahrscheinlich in seiner Zeichenmappe und dem kleinen Notizbuch und sieht nach, was er heute eingetragen hat, sieht nach, was heute mit ihm und um ihn herum geschehen ist.

Auch Margot weiß nicht immer genau, was bei ihr und um sie herum geschehen ist, bevor sie nicht ihr Logbuch für den Tag konsultiert. Sie ist oft überrascht, manchmal gerührt. Der Rapport, den sie zwischen sich und Elihu Hoopes spürt, wird noch tiefer, wenn sie darüber nachdenkt.

Mit ihrer kehligen Stimme sagt Mrs Mateson:

»Miss Sharpe, es ist sehr nett von Ihnen, Eli nach Hause zu fahren. Alle, die wir bisher im Institut kennengelernt haben, waren sehr nett zu uns. Die Familie gibt die Hoffnung nicht auf, wissen Sie, dass – nun ja, keine Heilung –, aber eine gewisse Wiederherstellung von Elis Gedächtnis doch möglich ist … Dr. Ferris hat gesagt, Eli sei ein Sonderfall, und man wolle Experimente durchführen und herausfinden, wie man ihm helfen kann … Die Verletzung liegt natürlich schon lange zurück, mindestens acht Jahre.« Mrs Mateson sagt es sinnend und doch mit einem Anflug von Tadel. Soll Margot ihr sagen, dass die Erkrankung ihres Neffen schon zehn Jahre zurückliegt und nicht acht? Aus Takt verzichtet sie darauf.

Allerdings regt sich in ihr das schlechte Gewissen: Die Familie Hoopes glaubt nach wie vor, dass die Forschung zu E.H.s Amnesie klinisch ausgerichtet ist und ihm nützt.

Sie versichert Mrs Mateson, dass E.H. im Institut in Darven Park wirklich die beste neurologische Behandlung der Welt zuteilwird.

Und fügt sofort an, was sie Mrs Mateson gegenüber bereits früher betont hat: wichtig sei, dass über Elis Identität Schweigen bewahrt wird.

»Sonst würden alle mit ihm arbeiten wollen. Alle möglichen inkompetenten Personen würden Anfragen an uns richten. Sein Leben würde zu stark in die Öffentlichkeit gezerrt – es gäbe einen richtigen Medienrummel. Das darf auf keinen Fall geschehen.«

»Medienrummel – was ist das?«

»Zu viel Publicity. Zeitungen, Radiosender, das Fernsehen – alle würden Interviews mit Elihu führen wollen.«

Mrs Mateson erschauert vor Abscheu. *Das* wäre der Familie Hoopes bestimmt nicht recht.

Der Salon, in dem sie Tee trinken, ist im viktorianischen Stil möbliert mit verschossenen Polstersofas und -stühlen, Lampen mit Fransenschirmen, Orientteppichen und Samtvorhängen, die den Großteil der hohen Buntglasfenster verdecken. Vor einem Erkerfenster steht ein großer, schön proportionierter Flügel, darauf Hefte der Czerny-Übungen, wahrscheinlich jahrzehntealte Ausgaben. Es gibt sogar einen Kronleuchter aus Kristall mit durchsichtigen Glühbirnen in Kerzenform. An den Wänden hängen steife, idealisierte Einzelporträts, wohl von Verwandten und Vorfahren dieses Haushalts, da der künstlerische Wert der Bilder nur gering ist. Striche sie in diesem Wohnzimmer über eine beliebige Fläche, schießt es Margot plötzlich durch den Kopf, hätte sie hinterher Staub am Finger.

Die Teetassen und Untertassen, mit denen Mrs Mateson gedeckt hat, sind ebenfalls leicht angestaubt. Wunderschöne, exquisite Stücke aus Wedgwood-Porzellan, die Margot bewundernd betrachtet.

»Danke, meine Liebe! Ist der Name Margaret? – Mar*got*. Das sind natürlich alles Erbstücke. Aus meiner Familie und der meines Mannes – der Matesons. Das Anwesen ist allerdings das ehemalige Wohnhaus meiner Eltern – es befindet sich seit fast zweihundert Jahren im Besitz von Hoopes. Ich bin wieder hierher gezogen, als mein Ehemann 1961 starb. Und natürlich wohnt der arme Eli bei mir, seit … wann immer es war, als er krank wurde.«

Margot lauscht fasziniert, wenn die Frau von sich und ihrer Familie erzählt; der Name Hoopes wird mit naiver Freude und Eitelkeit häufig ausgesprochen. Mrs Mateson setzt ihr auseinander, dass ihr Neffe nicht mehr allein in seinem Haus am Rittenhouse Square leben konnte und doch nirgends besser aufgehoben war als in diesem Haus, das jahrzehntelang von seinen Großeltern bewohnt wurde und in dem Eli oft zu Besuch war. »Eli hat absolut keine Schwierigkeiten, sich an das Haus zu erinnern. Oben sind die meisten Räume sowieso abgeschlossen. Und das Wohnzimmer oder das ehemalige Arbeitszimmer meines Vater nutzen wir nicht. In räumlicher Orientierung ist Eli sehr gut – er weiß, in welche Richtung es in die Stadt geht und wie er zu Fuß wieder nach Hause kommt, bei Spaziergängen im Park verläuft er sich nie. Er kann Auto fahren, wissen Sie, den Führerschein hat er noch, die Ärzte raten aber ab, und Eli musste nachgeben. Käme es zu einem Unfall, auch wenn er ihn nicht verschuldet hat, würde die Versicherung wahrscheinlich nicht zahlen – das können Gauner sein! Alles Neue verwirrt und regt ihn zwar schrecklich auf, aber was er getan hat, bevor er krank wurde, hat er parat, ohne lange überlegen zu müssen – bis auf seine Arbeit bei Hoopes & Partner. Einmal gab es den Versuch, ob er wieder in der Firma arbeiten kann, aber das ging denn doch nicht.«

Mrs Mateson spricht mit einem Ausdruck merkwürdig heiterer Ergebung. Sie lässt es sich nicht nehmen, Margot den Tee selbst einzuschenken und bietet ihr Kekse an, die auf einem Silbertablett arrangiert sind, lacht oft still in sich hinein. Margot ist fasziniert von der *Gefasstheit* der Älteren; so in sich zu ruhen ist den meisten Menschen, die Margot kennt oder in Orion Falls gekannt hat, und auch ihr nicht gegeben und beeindruckt sie deshalb sehr.

In Orion Falls waren Frauen wie Lucinda Mateson, verwitwet, allein lebend, an einem Frauenleiden erkrankt und noch vor, mitten in oder nach der Behandlung und bis aufs Skelett abgemagert – genau aus diesen Gründen vermeidet Margot es, an Orion Falls zu denken –, eher verdruckst und nicht *gefasst*.

Im Gegensatz dazu wirkt Elis Tante gesund oder jedenfalls nicht wegen ihrer Gesundheit beunruhigt. Witwe ist sie nur nominell – nicht als Person. Wenn eine Witwe Geld hat, findet Margot, hat sie eigentlich keinen Ehemann verloren.

Sie ist dankbar, dass es Lucinda Mateson in E.H.s Leben gibt. Denn was würde ohne diese großmütige Verwandte aus ihm …

Mit demonstrativem Genuss trinkt Margot den lauwarmen Tee. Knabbert an Keksen mit Schokoladenstückchen, die wie ausgebackenes Schweineschmalz mit Teersplittern schmecken. Sie muss lächeln bei dem Gedanken, dass sie nirgendwo lieber wäre als in diesem Salon und diesem Haus.

Während sie der Hausherrin lauscht, horcht sie auf das Geräusch von Schritten obendrüber oder auf der Treppe. Und denkt: *Eli kommt herunter und sagt auf Wiedersehen. Er will mich noch sehen, bevor ich gehe.*

Oder, noch besser: *Eli wird nicht wollen, dass ich gehe. Er wird meine Hand nehmen, wird darauf bestehen, dass ich noch bleibe. Und mit ihnen esse …*

Milde lächelnd, so als könne sie Margots Gedanken lesen, sagt Mrs Mateson missbilligend: »Eli ist oft eine Enttäuschung.«

Eine *Enttäuschung*? Margot schaut verblüfft.

»Ja! Über ihn hieß es: Eli bricht dir das Herz, wenn du dumm genug bist, es ihm zu schenken.«

Mrs Mateson erzählt Margot, deren Gesicht ein wenig brennt, ihr Neffe sei schon als Kind »schwer lenkbar« gewesen. Er war »idealistisch, aber schrecklich eigensinnig«. Anstand und Zurückhaltung waren für ihn Fremdwörter. »Man sieht es bei der Jugend aus den sechziger Jahren, und jetzt hat es sich über das ganze Land ausgebreitet – eine Vergröberung. Eli hatte keine Nachsicht und keine Geduld, wenn jemand nicht so dachte wie er oder im Denken nicht so fix war. Er hatte keine Antennen für die Konservativeren in der Familie – praktisch alle! Seinen Vater, meinen Bruder Byron, hat er besonders aufgebracht. Er war der Auslöser für Byrons ersten Herzanfall, das steht fest. Allein schon die Haare, die ihm bis auf die Schultern hingen, und dazu ein rotes Stirnband – unverzeihlich! ›Hell no, we won't go‹ – wo aber *ging* Eli denn hin? Nach Vietnam, um dort zu kämpfen, bestimmt nicht! Er gebärdete sich wie ein Quäker – wie ein Radikaler –, war aber kein gläubiger Mensch. Er schrieb sich am Theologischen Seminar ein, dabei glaubte er gar nicht an Gott! Einige in der Familie meinten, er habe sich dort bloß eingeschrieben, um Streit mit den Dozenten zu provozieren. Natürlich war das nicht von Dauer. Schließlich, mit fast dreißig, nahm er die ihm zugedachte Stellung im Familienunternehmen an und war auch finanziell erfolgreich, aber mit dem Herzen nicht bei der Sache. ›Geld scheffeln ist der Tod der Seele.‹« Mrs Mateson holt Luft, drückt die Hand an ihre sanft abfallende Brust. »Er hätte heiraten sollen, er war mindestens zweimal verlobt – reizende junge Frauen und aus guten Familien hier aus Philadelphia –, aber irgendetwas hat ihn immer enttäuscht. Beim letzten Mal stand der Termin in der Unitarischen Kirche in Philadelphia, einer wunderschönen alten Kirche unweit der Free Library, bereits fest, aber zu der Zeit – im Oktober 1964 – war der alte Eli für uns nicht mehr erreichbar … Oh, wir waren seinetwegen jahrelang völlig verzweifelt. Er war nicht nett und freundlich – keineswegs. Ich meine, jungen Mädchen und Frauen gegenüber. Er sah sehr gut aus, wissen Sie – das würde man heute gar nicht glauben. Er hat Herzen gebrochen – und nicht nur die junger Frauen.« Mrs Mateson lacht so atemlos, als habe sie etwas Gewagtes geäußert. Sie sieht Margot mit einem boshaften Ausdruck an, als wolle sie sagen: *Ich hoffe, Sie sind keine dieser bedauernswerten Frauen, die sich meinem Neffen an den Hals werfen.*

»Eli hat schon in den fünfziger Jahren bei den Bürgerrechtsaktivisten hier in Philadelphia mitgemacht – viel früher als manche andere. Er hat auch Geld gespendet, an den NAACP und die Southern Christian Leadership Conference, also an Reverend Martin Luther

King, der einer seiner Helden war. Mit seinem Leichtsinn hat er seinen Eltern Angst und Schrecken eingejagt – er ist ja nicht nur hier mit Negern und weißen Aktivisten mitmarschiert, sondern auch im Süden, in so entsetzlichen Gegenden wie Alabama und Mississippi. Einige seiner Mitdemonstranten wurden ermordet – Freedom Riders nannten sie sich, wurden zusammengeschlagen, Eli auch –, wie sich später herausgestellt hat. Sie hatten alle ihr Testament gemacht, bevor sie in den Süden gingen! Stellen Sie sich das vor: als junger Mensch sein Testament machen und protestieren gehen, wenn man weiß, dass man gelyncht werden kann. Eli wurde ständig verprügelt und attackiert. Seine Kamera wurde zertrümmert – von fanatischen Rassisten, hat er gesagt. In irgendeiner schrecklichen Stadt in Alabama wurde er festgenommen und kam ins Gefängnis. Wir haben Alabama nicht mal als Teil der Vereinigten Staaten betrachtet – was hatte ein Freedom Rider *dort* zu suchen? Eli rief zu Hause an – ›Ich bin noch nicht tot!‹ Für ihn war die Aufregung ein Lebenselixier. Wir hatten immer Angst, dass er heimkommt und mit einer Aktivistin verheiratet ist – mit einer Jüdin oder einer Negerin … Denn heimkommen musste er schließlich doch, er musste seinen Platz bei Hoopes Inc. einnehmen. Das wusste er auch immer. Ganz und gar verantwortungslos war er nicht. Er wollte aber nicht in Gladwyne wohnen, sondern lieber am Rittenhouse Square, im Zentrum von Philadelphia in einem wunderschönen alten Gebäude an der Nordseite des Parks, es gehörte ja der Familie. Er hat Aktivisten finanziell unterstützt, Negerkirchen, hat diese schmuddelige radikale Zeitung subventioniert – den *Philadelphia Inquirer*. Er hat an Universitäten, an der Penn und der Drexel, Stipendien für Studenten aus ›Minderheiten‹ gestiftet. Das Attentat auf John F. Kennedy hat ihn bestürzt, danach war er richtig niedergeschlagen – Gott sei Dank weiß er nicht, dass sein geliebter Reverend King ebenfalls erschossen wurde! Eigentlich weiß er es schon und erinnert sich bloß nicht mehr daran, es war ja 1969 – glaube ich. Eli war immer leichtsinnig, ist schon als Kind allein in den Adirondacks wandern und zelten gewesen, ist allein schwimmen gegangen, bei schlechtem Wetter Kanu gefahren – wissen Sie, dass der Lake George ein Binnenmeer ist? Der ist *sehr breit*. Seine Eltern hatten Angst um ihn, allein mit dem Kanu auf dem See, bei Gewitter. Wenn die Familie Anfang September wieder nach Hause fuhr, blieb er noch dort. Diese grässliche Sache, die ihm passiert ist, die Infektion – das Gehirnfieber –, wäre nicht passiert, wenn er nicht allein am Lake George gewesen wäre. Eli war immer so verdammt *stur*.«

Margot ist ganz verwirrt, weil Mrs Mateson so oft *er war* gesagt hat. Sie erschauert bei dem Gedanken, dass seine Tante wohl meint, E. H.s Leben sei vorüber.

»Eli hat immer mehrere Leben gleichzeitig geführt. Wenn man ihn aus dem einen Leben kannte, erkannte man ihn in dem anderen nicht wieder. Mein Sohn Jonathan sagte, er habe ihn einmal in der Stadt gesehen, in einer Straße unweit der Universität, zusammen mit Leuten, die einen wilden, verwahrlosten Eindruck machten, und er habe auch strähniges, wildes Haar und ein Stirnband um den Kopf gehabt wie ein Hippie, und als Jonathan langsam vorbeifuhr, weil diese Leute die halbe Straße versperrten, haben sie – und sein Vetter Eli Hoopes mit dabei! – auf die Motorhaube seines Autos gehämmert, Obszönitäten gebrüllt und auf die Windschutzscheibe gespuckt. Manchmal benimmt Eli sich uns gegenüber noch heute so. Als hätte er uns noch nie gesehen und ginge gleich mit den Fäusten auf uns los, ohne sich darum zu scheren, wie wir uns seinetwegen grämen.«

»Aber handgreiflich wird er nicht, oder? So etwas hat noch niemand bei ihm beobachtet – nirgends …

»Nein, *nein*. Eli wird nicht handgreiflich. Natürlich nicht. Ich meine, wie er uns ansieht. Oder vielmehr nicht ansieht. Sie hätten meinen armen Neffen von früher kennen müssen, um es zu verstehen.«

Die mit Edelsteinen besetzten Ringe an Mrs Matesons Händen sind Margot schon aufgefallen – faszinierend. Mrs Mateson spricht mürrisch weiter.

Margot denkt: *Bei den Hoopes einheiraten müsste ich können! Ich würde mich für den Rest seines Lebens um Eli kümmern.*

»Ich würde Sie ja gern einladen, zum Abendessen zu bleiben, Miss – ist es Sharpton? –, aber wir essen gar nicht mehr zu Abend. Meine Haushälterin, die zwanzig Jahre bei mir war, ist auf die Philippinen zurückgekehrt, und es ist mir nicht gelungen, sie zu ersetzen. Eli hat nur selten Hunger, wenn ich ihn nicht daran erinnere, und wenn er isst, will er sich nicht mit mir an den Tisch setzen, sondern sein Tablett hinauftragen und oben fernsehen. Diese verfluchten Nachrichten! Die regen ihn nur auf und machen ihn konfus, und kurz darauf weiß er nichts mehr davon und kann mir nicht erklären, warum er so zornig gewesen ist. Manchmal tun wir es zusammen – vom Tablett essen –, peinlicherweise muss ich zugeben, unser Lieblingsgericht ist die Tiefkühlpasta mit Huhn von Birds Eye, und schauen uns dazu alte Filme an, Klassiker. Wir haben *Wuthering Heights* und *Rebecca* so oft gesehen, dass Eli den ganzen Text, den Laurence Olivier spricht, auswendig kann. Es ist amüsant, wenn er unisono mit Olivier mitspricht. Und *Potjomkin*, das ist ein russischer kommunistischer Film – ich müsste den nicht öfter sehen –, aber Eli hat ihn auswendig gelernt und langweilt sich dabei nie. Ich habe mir angewöhnt, über den Tag verteilt Kleinigkeiten zu mir zu nehmen und habe abends keinen großen Appetit. Ich habe seit Harolds Tod achtzehn Pfund abgenommen.« Mrs Matesons Ton ist kummervoll, wehmütig.

Margot denkt: *Oh, Sie könnten mich trotzdem bitten, noch zu bleiben, Mrs Mateson. Wir könnten mit Eli zusammen oben fernsehen.*

Margot berichtet, dass Eli im Institut auch ans Essen erinnert werden muss.

Wie seltsam das ist! Manche Amnesiekranke vergessen zu essen, und andere vergessen, dass sie gerade gegessen haben: Bei der einen Gruppe droht Unterernährung, bei der anderen Fettleibigkeit.

Eines der erfolgreichsten Experimente im *Projekt E. H.*, von dem Margot Mrs Mateson gegenüber aber schweigt, ist die Untersuchung des Hungergefühls. Wird dem Kranken eine vollständige Mahlzeit serviert und gesagt, er habe Hunger – verzehrt er die Mahlzeit; und wird ihm eine Stunde später eine zweite, identische Mahlzeit serviert und gesagt, er habe seit Stunden nichts gegessen, verzehrt er auch die oder zumindest den größten Teil; ein Außenstehender würde nichts Auffälliges daran bemerken.

Wird E.H. umgekehrt jedoch über Stunden suggeriert, er habe gerade gegessen, zeigt er kein Hungergefühl und lehnt den Vorschlag, etwas zu sich zu nehmen, ab.

Margot begleitet ähnliche Experimente, die von ihrer Doktorandengruppe durchgeführt werden und den Durst des Kranken und seine Schmerztoleranz testen; mit ihrem zuverlässigsten Postdoc plant sie eine Versuchsreihe, bei der E.H.s Schlaf und seine Traumaktivität gemessen werden sollen.

Ein Teil der hierbei gewonnenen Erkenntnisse ist in Margots neuen Artikel für die prestigeträchtige Zeitschrift *Science* eingeflossen, der den Titel »Gedächtnisdefizit und Bedürfnisse. Der Fall E. H.« trägt; ein zweiter Artikel im *Journal of Experimental Neuropsychology* heißt »Bedürfnisse und determinierende soziale Faktoren. Der Fall E. H.« – sie erwähnt beide bei Mrs Mateson jedoch nicht, denn das könnte überheblich wirken, sondern sagt vorsichtig:

»Was den Menschen ausmacht, hängt in starkem Umfang von unseren Erinnerungen ab, wissen Sie. Vieles, was wir für Instinkte halten, die Bedürfnisse zum Beispiel, auch die sexuellen Bedürfnisse, sind es nicht ganz.«

Die Miene der Älteren drückt eine mit Widerwillen vermischte Ungläubigkeit aus, und Margot bereut, dass sie davon angefangen hat.

»Ist das nicht seltsam!«, sagt Mrs Mateson erschauernd. »Man würde doch meinen, jemand isst, wenn er Hunger hat. Ich begreife einfach nicht, wie Eli so lange durchhält, manchmal zwölf Stunden, ohne Hunger zu bekommen, behauptet er jedenfalls. Aber wenn er dann isst, isst er und isst, und ich muss aufpassen, dass ihm nicht übel wird.« Mrs Mateson zieht ein finsteres Gesicht. »Dasselbe gilt fürs Trinken – der arme Eli darf nichts zu *trinken* bekommen.«

Margot versichert Mrs Mateson, dass der Genuss von Alkohol im Institut nicht erlaubt ist. Und das Rauchen ist auf ausgewiesene Bereiche beschränkt.

In Mrs Matesons Ton klingt noch immer Missbilligung an, als sie sagt: »Wir hatten einmal Beagles, und diese lieben Hunde fressen und fressen, bis sie sich überfressen und ihnen schlecht wird. Goldfische fressen, bis sie zerplatzen. Bei der Schöpfung ist man offenbar ohne Vernunft ausgekommen.«

Margot überlegt, ob sie mit der Autorität ihres Berufs sagen soll, dass es keine Schöpfung gibt. Aber das könnte beleidigend klingen, und auf gewisse Weise ist es auch überheblich.

Sie sagt, um Humor bemüht: »In der Natur hat die Vernunft keinen großen Stellenwert, genau wie bei der Menschheit.«

Und schildert Mrs Mateson, was E.H. im Institut zu Mittag isst: immer dasselbe, Thunfischsalat auf Vollkornbrot mit Salat und Tomate und Pommes frites als Beilage.

Dabei studiert er die Speisekarte vorher gründlich, wenn die Mittagsbestellungen entgegengenommen werden. Es hat jedes Mal den Anschein, als entscheide er sich *zum ersten Mal* für den Thunfischsalat. Und er überlegt lange, welches Brot er möchte, um danach stets das Vollkornbrot zu wählen – wie *zum ersten Mal.*

Margot berichtet es mit einem Lächeln, das herzlich wirken soll, vertrauensvoll. Mrs Mateson aber verzieht das Gesicht.

»Ja. Der arme Eli ist so, natürlich – war er früher ein vollkommen unberechenbarer junger Mann, ist er jetzt vollkommen berechenbar. Oh, Gott.«

Schon bereut Margot ihre Worte. Sie hatte Mrs Mateson ein liebevolles Lächeln entlocken wollen, hatte gehofft, dass sie zusammen liebevoll lächeln, vereint in ihrer Zuneigung zu dem exzentrischen Eli, der nicht im Raum ist. Doch stattdessen hat sie die Frau traurig gemacht. Wie gedankenlos sie dahergeredet hat!

Trotzdem will sie Mrs Mateson nach den Frauen in E.H.s Leben ausfragen. Sie hat nur von einer gehört. Was ist aus ihnen geworden?

Lieben sie ihn immer noch? Oder – haben sie ihn im Stich gelassen wie alle, Sie ausgenommen?

Und erst recht will Margot Mrs Mateson nach den verstörenden Zeichnungen in E.H.s Mappe befragen, bei denen es sich um ein Kind handelt, das in einem seichten Bach ertrunken ist.

Es sind jetzt – wie lange inzwischen? – zehn Jahre? Das ergibt unzählige Wochen, in denen Margot seither mit dem Amnesiekranken E.H. gearbeitet und jede Sitzung in ihrem Logbuch protokolliert hat, selten weniger als zwei- oder dreimal die Woche. Und in diesen Wochen hat E.H. dieselbe Zeichnung Hunderte Male angefertigt.

Tausende Male?

Manchmal zeichnet er das Motiv mit Bleistift, manchmal mit Kohle. Mal ist die Figur klein, mal füllt sie das ganze Blatt aus. Margot muss an die (für ein Kind beängstigenden) Zeichnungen von Alice im Wunderland aus der Feder des viktorianischen Illustrators John Tenniel denken: Alice als Winzling, als Riesin, in einem Raum gefangen, in dem sie mit dem Kopf an die Decke stößt und den Arm zu einem winzigen Fenster hinausschieben muss …

Das Bild selbst ist praktisch stets dasselbe: ein Bachbett, sich kräuselndes Wasser, ein (nacktes) Mädchen von ungefähr elf, das unter der Wasseroberfläche liegt, der Kopf von Haar umflossen, die Augen weit geöffnet und blicklos, die Haut leichenblass.

Der Oberkörper des Mädchens befindet sich immer auf der linken Seite. Das Haar geht am linken Blattrand ins Dunkle über, und die blassen, bloßen Füße verschwinden am rechten Blattrand in Schatten.

Die Nacktheit des Mädchens wird nicht veranschaulicht, sondern nur mit Schatten angedeutet. Zwischen den Beinen des Mädchens ein tieferer Schatten.

Beim Anblick der Zeichnung ist Margot jedes Mal bestürzt – es ist keine Darstellung, an die man sich gewöhnt. Wenn sie vortäuscht, nur beiläufig interessiert zu sein, und fragt: *Eli? Was ist das?*, zieht E. H. ein finsteres Gesicht und klappt die Zeichenmappe zu.

Bei seinen anderen Zeichnungen und Skizzen wiederholt E. H. Motive ebenso zwanghaft. Meist sind sie an einem See angesiedelt und zeigen wohl den Lake George.

Es gibt viele Bildsujets mit dem See im Zwielicht oder bei Mondschein, es gibt aber auch Landschaften mit Kiefernwäldern und mit den Bergen der Adirondacks im Hintergrund, auf denen Bäume stehen; es gibt Flüsse, Bäche, Wälder mit tiefen Schatten, Sumpfgebiete, Felder und Weiden. E. H. zeichnet Segelboote auf dem See, Kanus und an Stegen vertäute Ruderboote. Es gibt eine große, direkt am Seeufer stehende Blockhütte, bei der es sich um das Sommerhaus der Familie handeln dürfte; es gibt (absichtlich verwischte oder unkenntlich gezeichnete) Porträts von Einzelpersonen, und es gibt Figuren (Erwachsene), die aus der Ferne gesehen werden. Es gibt ein kleines Propellerflugzeug, die »einmotorige Beechcraft« (von der E. H. Margot berichtet hat), sowohl auf dem Boden als auch in gefährlichem Flug; auf einigen Zeichnungen sieht man im Cockpit vorn ein Kind und dahinter einen älteren Mann, der die Maschine steuert. Manche dieser Motive gibt es öfter als das gespenstische ertrunkene Mädchen, aber nie so anschaulich gezeichnet.

Im Geiste hat Margot ein Experiment durchgespielt: sie wird E. H. (heimlich) die Zeichenmappe wegnehmen, während er mit einem Test im Institut beschäftigt ist, und wird eine Zeichnung des ertrunkenen Mädchens fotografieren; dann wird sie davon ein Negativ machen und aus diesem Negativ einen Druck und ein Diapositiv, auf denen E. H.s Bild aber seitenverkehrt zu sehen sein wird: der Kopf des Mädchens oben rechts, seine bloßen Füße unten links. Diesen Druck wird Margot dem Amnesiekranken wortlos hinlegen und schauen, wie er darauf reagiert …

Die besten Ergebnisse sollten sich erzielen lassen, wenn der Experimentator noch andere Bilder einbezieht. Das ertrunkene Mädchen müsste eines aus einer Bilderserie sein.

Eli, erkennen Sie das?

Eli, sagen Sie uns doch, was Sie darauf erkennen. Die ersten Wörter, die Ihnen in den Sinn kommen.

Mrs Mateson erklärt Margot, ihr Neffe sei nicht mit Absicht grob. »Er wird vergessen haben, dass Sie hier sind, wissen Sie. Mich vergisst er natürlich nicht – er kennt seine Tante Lucinda ja aus der Zeit vor seiner Krankheit, als er … als er noch er selbst war.«

Als er noch lebendig war. Margot fragt sich, ob Mrs Mateson in Wirklichkeit das sagen wollte.

»Mrs Mateson, Ihr Neffe ist keineswegs grob. Er ist der zuvorkommendste Mensch, dem ich je begegnet bin. Er ist freundlich, aufmerksam, rücksichtsvoll, fürsorglich – er *hört zu*. Sonst hört einem ja fast niemand wirklich zu.«

Mrs Mateson dankt Margot für diese überspannten Worte und berührt sie leicht am Handgelenk. »Margot, Sie sind so lieb. Ich wünschte, Eli hätte heute noch Freunde wie Sie – die anderen haben sich alle von ihm abgewandt. Sogar seine Brüder und seine Schwester haben sich von ihm abgewandt.«

»Ach! Das ist sehr traurig.«

»Sehr, sehr traurig. Sehr egoistisch von ihnen, aber sie sagen, es regt sie auf, zu sehen, wie er jetzt ist. Wie ein Zombie, haben sie gesagt. Sogar das Mädchen – die Frau –, die Nettere der beiden Verlobten, die Eli heiraten wollte … Zum Glück werde ich mich immer um Eli kümmern, wie es der Wunsch seiner Mutter war. Ich bin nicht mehr jung, aber jung genug, um mich noch lange um ihn zu kümmern – hoffe ich! Ich liebe Eli wie einen Sohn, dabei habe ich eigene Söhne.« Mrs Mateson lacht geheimnisvoll. »Aber jetzt habe ich noch einen Sohn dazubekommen, der mich nie verlassen wird.«

Margot lacht unsicher. Es hat ihr gefallen, dass Mrs Mateson sie in einer anscheinend spontanen Geste der Komplizenschaft am Handgelenk berührt hat.

Sie lässt sich eine zweite Tasse Earl Grey in die feine Wedgwood-Tasse einschenken und nimmt auch noch einen altbackenen Keks an. Es gibt einen Hunger, der ausschließlich von den Nerven ausgelöst wird, denkt Margot: so etwas wie einen unruhigen Hunger des Mundes.

Mrs Mateson knabbert ebenfalls an den Keksen. »Möchten Sie noch, meine Liebe? In der Küche stehen bestimmt noch welche – auf der Arbeitsplatte.«

Margot lehnt dankend ab und überlegt hinterher, ob Mrs Mateson ihr vielleicht einen Wink geben wollte: Wenn sie sich erbötig machte, noch Kekse aus der Küche zu holen, könnte sie etwas mehr vom Haus sehen. Sie hätte sich gewünscht, dass Lucinda Mateson ihr anbietet, sie durch das elegante alte Haus der Hoopes zu führen. Vor allem hätte sie zu gern E.H.s Räume im Obergeschoss gesehen.

Eli, hallo! Ich bin's, Margot – Dr. Sharpe. Ja, ich bin hier, ich mache einen Besuch bei Ihrer Tante.

Von der Parkside Avenue gesehen, überrascht das Haus der Hoopes im englischen Tudorstil inmitten der kleineren Villen, meist aus Stein und Backstein, in der Nachbarschaft. Es steht von der Straße zurückgesetzt auf einem mit Ulmen, Platanen und Immergrün bewachsenen Grundstück.

Von nahem gesehen, ist das Haus verwittert und fleckig und riecht nach feuchtem, verfaultem Holz: ein Haus, über das die Zeit hinweggegangen ist. Wucherndes Gesträuch hat schon die halbe Erdgeschossfensterhöhe erklommen und taucht die unteren Räume in ein permanentes Zwielicht.

Verändert werden darf in diesem Haus ja nichts, wird Margot klar. Sonst verlöre Eli die Orientierung und fände sich nicht mehr zurecht.

Aus Furcht vor dem Augenblick, an dem erwartet wird, dass sie geht – an dem sie aus Elis Haushalt *vertrieben* wird –, erkundigt Margot sich nach den Porträts im Salon, die sie bereits bewundert hat. Wie die matronenhafte Aufseherin eines kleinen Museums gibt Mrs Mateson ihr mit Freuden Erläuterungen zu den Abgebildeten, allesamt Vorfahren der Hoopes und allesamt Männer: der Älteste, der Patriarch, ist Erasmus Hoopes, ein prominenter Quäker und Gegner der Sklaverei, der in der Zeit vor dem amerikanischen Bürgerkrieg lebte und dessen Schicksal es war, in einem Handgemenge mit negerfeindlichen Antikriegsdemonstranten im Jahre 1864 zum »Märtyrer« zu werden; Erasmus' ältester Sohn ist Benjamin, der mit seinem jüngeren Bruder in den siebziger Jahren des neunzehnten Jahrhunderts die Firma Hoopes Emporium in der Broad Street in Philadelphia gründete, eines der ersten »sehr großen« Warenhäuser in den Vereinigten Staaten. Margot hört interessiert zu: Wie stark Elihu Hoopes' Familiengeschichte sich von der ihren unterscheidet! Und die ganze Familiengeschichte ist im Gedächtnis des Amnesiekranken noch präsent. Er hat nur wenig von seiner ererbten Identität verloren.

»Sehr interessant, Mrs Mateson – die Porträts zeigen nur Männer. Gab es keine herausragenden Frauen in Ihrer Familie?« Margot stellt diese riskante Frage in einem leichten Konversationston, nicht konfrontativ, sondern fast kokett. Mrs Mateson jedoch verzieht das Gesicht und lächelt, als ob Margot etwas Originelles gesagt hätte oder originell sein wollte. Als höflicher Mensch lässt man sich in so einer Situation nicht anmerken, dass man die Bemerkung gehört hat.

Eine Porzellanuhr auf dem Kaminsims schlägt: es ist 18:00 Uhr. »Tja!«, seufzt Mrs Mateson. Als wolle sie signalisieren: *Die Teestunde ist vorüber.*

Margot sucht nach ihrer schweren Schultertasche, die sie auf einem Sofa abgestellt hat. Wie ungern sie dieses Haus verlässt, wenn Eli oben ist. Wie ungern sie zu ihrem Auto zurückgeht und mit Kopfschmerzen zu sich nach Hause fährt, wo sie nur sich zur Gesellschaft hat.

Wenn sie allein ist, spricht Margot manchmal mit E.H. Da sie bei fast allem weiß, wie er antwortet, ist es nicht ganz so, als ob sie *allein* wäre.

»Mrs Mateson, bitte entschuldigen Sie, dass ich frage, aber … hat es in Ihrer Familie einmal einen nichtnatürlichen Todesfall gegeben? Den Tod eines jungen Mädchens, am Lake George, zu einer Zeit, bevor Eli krank wurde?« Die Worte entfahren Margot ganz spontan. Sie ist erschrocken über ihre Dreistigkeit, kann jetzt aber nicht mehr zurück.

»Vielleicht ist es lange her, als Eli selbst noch Kind war.«

Mrs Mateson starrt sie an, als ob sie nicht verstünde. Margot bereut ihr ungebührliches Fragen sofort und spricht hastig weiter: »Ich … ich meine, Eli quält sich anscheinend mit einer Figur herum, die aussieht wie ein ertrunkenes Kind …« Als Mrs Mateson nichts erwidert und sie nur weiter anstarrt, jetzt mit mühsam verhohlener Entrüstung, kann Margot nur zerknirscht sagen: »Eli hat die Szene viele Male gezeichnet. Er ist offenbar davon … fasziniert … Und da habe ich mich gefragt, ob …«

Ob Sie wissen, wer das ertrunkene Mädchen ist.

»Ich kann Eli zu der Zeichnung oder dem Mädchen nicht befragen. Das beunruhigt ihn zu sehr. Und ich kann nicht riskieren, sein Vertrauen zu verlieren.«

»Und ich kann Ihnen leider nicht helfen, Frau Doktor.«

Mit einem höflichen Ausdruck von Ratlosigkeit und Abneigung

schüttelt Mrs Mateson den Kopf. So mag man einen Dienstboten hinausschicken.

In dem beklemmenden Moment kann Margot auf die Schnelle nicht entscheiden, ob die Frau ihr sagt: *nein*, von einem ertrunkenen Mädchen weiß sie nichts, oder *nein*, von Mrs Mateson wird sie nichts über das ertrunkene Mädchen in Erfahrung bringen.

In der peinlichen Stille kann Margot nur wiederholen, dass sie Eli nicht beunruhigen wollte. »Er ist bei seinen Kunstwerken sehr heikel, und ich fühle mich bereits geehrt, dass er mir hin und wieder Arbeiten zeigt. Ich würde sein Vertrauen niemals missbrauchen.«

Und dann, Margot glaubt schon, ihr bleibe nichts anderes übrig, als zu gehen, beginnt Mrs Mateson zu sprechen, als wolle sie Margots Frage mit einem Wortschwall fortspülen, und ihr Ton wird vertraulich.

»Eli hat immer viel … gegrübelt. In der Beziehung kommt er nach seinem Vater, meinem älteren Bruder. ›Furcht und Zittern‹ – was immer das ist. Wie Eli wirklich war, hätte ein Außenstehender nicht ahnen können. Wenn ihm danach war, konnte er so umgänglich sein wie … Bing Cosby in einem Musikfilm. Und ein andermal, wenn ihm danach war, eigenbrötlerisch und stur. Die Männer in unserer Familie waren alle auf diesen Lake George fixiert. Nicht auf krankhafte Weise, nein, das versteht sich. Der Lake George ist herrlich. Das alte Haus, es wurde 1926 gebaut, ist wunderschön – wenn man die Blockhausarchitektur der Adirondacks mag. Diese Landschaft wächst einem ans Herz, habe ich gehört. Manchmal glaubt man, so hat mein Bruder Byron es einmal ausgedrückt, dort befände sich ein Friedhof, und dort wären unsere Vorfahren begraben und nicht hier, in Gladwyne … Jedenfalls hätte Eli als Erwachsener nicht so viel Zeit allein da verbringen dürfen; kein Wunder, dass er krank wurde. Er hätte seine arme Verlobte nicht verlassen dürfen und sich in Gefühle hineinsteigern und hysterisch werden. Und als er krank wurde, hat er den Gang zum Arzt hinausgezögert. Ist vier Tage gewandert und hat im Wald campiert – ich kann mir nicht vorstellen, wer sich so etwas antut, ganz allein sein. Er hat gesagt, er hätte fotografiert und gemalt, aber muss man dafür allein sein? Und er hätte das meiste von dem, was er gemacht hat, angeekelt weggeworfen. Für mich ist Perfektionismus eine Trotzreaktion – man kann sich nicht damit abfinden, dass das eigene Talent ist, wie es eben ist, von Gott gegeben, und mehr nicht. In all den Jahren ist Eli wie früher nach dem Labor Day an den Lake George gefahren. Er und seine Verlobte, die arme Amber, wollten im Oktober 1964 heiraten – das weiß ich noch genau! –, aber aus irgendeinem Grund ist Eli allein an den See gefahren. Niemand wusste, worüber er und seine Verlobte sich gestritten hatten oder ob sie sich überhaupt gestritten hatten. Eli war ein ritterlicher Mensch, er hätte es so aussehen lassen, als ob Amber die Beziehung zu ihm abgebrochen hätte, nicht umgekehrt – darauf hereingefallen wäre freilich niemand. Ihr Name war – ist – Amber McPherson.«

Amber McPherson. Schon der Name klingt romantisch, geheimnisvoll.

Margot fragt, was aus Amber McPherson geworden ist.

Mrs Mateson lächelt sonderbar. Es ist ein trauriges Lächeln, jedoch nicht frei von einer gewissen Befriedigung.

»Das kann ich Ihnen wirklich nicht sagen, meine Liebe. Unsere Familien stehen nicht in enger Verbindung.«

Margot erlebt einen Moment der Genugtuung, auch weil Amber McPherson Eli Hoopes nicht geheiratet hat und jetzt nicht seine Ehefrau ist.

Dann schämt sie sich. Nur jemand, dessen Seele verkümmert ist, weidet sich am Unglück anderer.

Sie ist eine sehr gute Wissenschaftlerin, sie hat keinen Grund, auf sonst wen eifersüchtig zu sein. Schon gar nicht auf eine »Verlobte«, der ein heute Amnesiekranker einst den Laufpass gegeben hat.

Sie sollte Elihu Hoopes zumindest wünschen, dass er glücklich ist. Wäre er vor seiner Erkrankung bereits verheiratet gewesen, wäre sein

Leben jetzt vollkommen anders: Er hätte eine Frau, hätte sicher Kinder, die bereits erwachsen sind, und nicht diese Frau ihr gegenüber umsorgte und liebte ihn.

Um von Elihu Hoopes geliebt zu werden, hätte Margot Sharpe ihn vor seiner Erkrankung kennenlernen müssen – nach diesem Zeitpunkt ist dem Betroffenen Liebe nicht mehr möglich.

Mrs Mateson sagt mit einem Seufzer, in dem Gereiztheit und Bewunderung mitschwingen: »Vielleicht lief Elis Leben schon immer darauf hinaus, wie es heute ist, ich meine, vielleicht war ihm ein einsames, tragisches Leben vorherbestimmt. So unähnlich ist er den Quäkern unter seinen Vorfahren schließlich nicht; das Zusammenleben mit ihnen wird nicht einfach gewesen sein! Märtyrer für eine gerechte Sache sein – das ist leichter, als ein normales Leben zu führen, mit einer Familie und Verpflichtungen. Miss Sharpton, Sie würden es heute nicht glauben, aber niemand, absolut niemand, hatte mehr Freunde als Eli: in der Schule, am College und in den Jahren danach – für ihn war das aber zu einfach. Wenn Frauen einen Mann über alles lieben, kann er doch gar nicht anders, als sich dieser Liebe zu ergeben. Eli hatte etwas Wahnsinniges in sich, das ihn von uns fortgetrieben hat, erst an das Theologische Seminar und von dort dann auch wieder weg. Er suche Gott, hat er gesagt. Ach, der gute Eli! Manchmal glaube ich – es gibt ja grausame Menschen unter den Hoopes, die gesagt haben: ›Gott hat Eli ja gefunden, am Lake George. Jetzt mag er mit Gott leben.‹«

Mrs Mateson hatte verhalten gesprochen wie jemand, der seine Worte wägen muss. Jetzt beugt sie sich zu Margot herüber und sagt, als fürchte sie unerbetene Zuhörer: »Bitte, sagen Sie es mir ganz offen, meine Liebe: hat sein neurologischer Zustand sich gebessert? Kann er sich überhaupt bessern? Die Experimente, die Sie und Ihre Kollegen seit Jahren mit ihm durchführen, haben die sein Gedächtnis überhaupt gestärkt, was meinen Sie? Wird er jemals wieder normal oder fast normal sein?«

Er hat einen Teil seiner Hirnfunktion verloren! Wonach Sie fragen, ist unmöglich.

Margot überlegt, was sie antworten soll. Sie ist keine Klinikerin, sie hat es nicht mit Patienten und deren Angehörigen zu tun und daher wenig Übung in der Fähigkeit oder der Kunst, scheinbar das eine zu vermitteln, mit dem Vokabular der Medizin aber etwas ganz anderes zu sagen. Eine *Lüge* würde Margot Sharpes persönliche Integrität beschädigen, doch es gibt gewiss Situationen, in denen eine *Lüge* oder eine professionelle Ausrede erforderlich sind.

Und deshalb erwidert Margot, in mancher Hinsicht sei Elis Gedächtnis gestärkt worden. Es ist ja nicht unwahr, dass er einige Aufgaben ausführen kann, ohne sie sich bewusst ins Gedächtnis zu rufen, und auf dem Tennisplatz etwa hat sich gezeigt, dass er seine Leistung auch ohne an die Erinnerung an seine Trainingsstunden verbessern kann. Nach dem Üben am Klavier spielt er auch versierter – möchte allerdings nur die Stücke spielen, die er bereits gelernt hat, deren Melodien tief im (unbeschädigten) Teil seines Gehirns verankert sind und ihm ohne bewusste Anstrengung in die Finger fließen.

Margot hat derlei mehrfach beobachtet und in ihrem Logbuch dokumentiert und sich vor kurzem ein von Grund auf neues Experiment ausgedacht, mit dem sich das Phänomen des prozeduralen Gedächtnisses bei Amnesie weiter ergründen lässt.

»Aber wird Eli je wieder normal sein, meine Liebe? Oder wäre das zu viel verlangt?«

»Das können wir nicht mit Bestimmtheit sagen, Mrs Mateson. Jeden Tag gewinnen wir neue Erkenntnisse über das Gehirn. Und bald werden wir es auch fotografieren, was wir heute noch nicht können.«

Margot spricht langsam und beruhigend. Das ist Professor Sharpes Stil in der Öffentlichkeit, wenn sie auf einem Podium steht und höflich auf eine aus dem Publikum gestellte Frage antwortet.

»Das Gehirn fotografieren!« Die Aussicht scheint Mrs Mateson zu treffen. »Sie meinen – wie beim Röntgen?«

»Ungefähr wie beim Röntgen, aber nicht ganz.«

»Und die Seele, was ist damit? Werden wir die Seele dann sehen können?« Mrs Mateson ist tapfer und nachdenklich zugleich.

Margot ist verdutzt. Was antwortet man auf so eine naive Frage!

Sie möchte die Ältere bei den Händen fassen. Möchte Mrs Mateson trösten und auf die Weise auch sich selbst.

Behutsam sagt sie: »Mrs Mateson, vielleicht – irgendwann.«

Die Keramikuhr auf dem Kaminsims schlägt wieder – zart und unmissverständlich. Die Teestunde ist vorüber.

Margot bleibt noch einen Moment bei ihrem Auto am Bordstein stehen und blickt zur Villa zurück. Sie ist ein wenig benommen, ist müde und erregt – erfreut. Sie wird die ausführliche Unterhaltung mit Mrs Mateson noch unzählige Male in Gedanken durchgehen und erst spät merken, dass sie ihre Frage nach dem ertrunkenen Mädchen, dem Todesfall in der Familie, eigentlich nicht beantwortet hat.

Es tut ihr weh, überrascht sie im Grunde aber nicht, dass Elihu Hoopes nicht heruntergekommen ist und sich von ihr verabschiedet hat.

Natürlich, er hatte ihre Existenz ja fast sofort wieder vergessen.

Den Autoschlüssel in ihrer Hand, wann hat sie den hervorgezogen? Sie hat keine Erinnerung daran.

Sie muss fahren, etwas anderes bleibt ihr nicht übrig …

Nächste Woche wird sie es so einrichten, dass sie E. H. wenigstens einmal abends nach Hause fahren kann. Wenn es sich machen lässt, ohne Verdacht zu erregen.

Milton würde das bestimmt nicht gutheißen. Ihre Kollegen aus dem Labor würden es auf keinen Fall gutheißen.

Was stellt Margot da mit E. H. an? Testet sie ihn heimlich?

Sie wird sich doch nicht in den Probanden verliebt haben – oder?

Margot erschauert, hört im Geiste grausames Lachen. Sie hat sich das Gesicht eines Mannes am Fenster im Obergeschoss eingebildet: E. H., der zu ihr herunterschaut. Sieht aber – natürlich – niemanden.

Das alte Haus, dessen Fassade unten aus Fachwerk ist, ist breit und gibt nichts preis. Niemanden, an keinem Fenster. Auf dem Schieferdach liegt ein feiner grüner Schimmer, dort wächst stellenweise Moos. Den mattweißen Stuck durchziehen feine Risse wie zum Halten gekommene Blitze.

Kapitel fünf

Um Ihre Frage zu beantworten, die ich nicht als unhöflich und provozierend abtun will, denn sie wird tatsächlich oft gestellt und durchaus unhöflich und provozierend, zum Verrücktwerden oft, und sie lässt ein tiefes Unverständnis für das erkennen, was Wissenschaft ist und was sie leistet – nein. Wir haben den Amnesiekranken E. H. in über dreißig Jahren unserer Zusammenarbeit mit ihm nicht ausgebeutet.

Der Amnesiekranke lebte in der Gegenwart, und in der Gegenwart, die wir mit ihm gemeinsam verbrachten, war er glücklich und voller Hoffnung. Er ließ sich gern testen und ermüdete nicht. Als Proband in unserem Labor war er überragend, wie er es offensichtlich auch als Kind und Heranwachsender gewesen war, als er das Lob seiner Lehrer fand und beste Noten erzielte. Experimente, wie wir sie durchführen, sind oft die einzige Möglichkeit zu geistiger Beschäftigung, die Hirngeschädigte haben, und insofern profitierten von unserer Arbeit mit E. H., wie ihm ausführlich erläutert wurde, zahllose ihm wie uns unbekannte Menschen: Opfer von Schlaganfällen, von Alzheimer und Demenz, von Hirntumoren und -läsionen. Für Menschen mit einer Hirnschädigung, die früher vielfältig aktiv waren und nun behindert sind, ist es tief befriedigend, dass sie an solchen Unternehmungen beteiligt sind, und so verhielt es sich auch bei Elihu Hoopes – dessen Name nun preisgegeben werden kann.

Ja. Die Welt ist leerer ohne ihn – ohne Elihu Hoopes.

Sogar seine Fehlschläge waren wertvoll für uns – für die Wissenschaft. Alles, was er im Unterschied zu normalen Menschen nicht leisten konnte, war für uns erhellend. Unser Forschungsleiter Milton Ferris nahm an, dass der Gedächtnisverlust des Amnesiekranken als Folge einer Schädigung der Hirnregion eingetreten war, die Hippocampus genannt wird – in diesen frühen Jahren gab es noch keine MRTs, mit denen man das Gehirn scannen konnte.

Wir stützten unsere Hypothese auf die in anderen neuropsychologischen und neurowissenschaftlichen Laboren bereits durchgeführte Gedächtnisarbeit, teils mit Experimenten, bei denen Gehirnen von Primaten Läsionen beigebracht wurden, und gelangten zu der mehr oder weniger festen Überzeugung, dass E. H.s Hippocampus durch eine Enzephalitis geschädigt worden war, konnten das aber weder zweifelsfrei feststellen noch in Erfahrung bringen, ob auch angrenzende Gehirnareale in Mitleidenschaft gezogen worden waren und, falls ja, in welchem Umfang – das wussten wir erst 1993 nach einem Hirnscan per MRT.

Ich werde das oft gefragt, es ist eine der törichten, provozierenden Fragen, die Wissenschaftlern von unkundigen Interviewern gestellt wird, will aber dennoch höflicher darauf antworten, als es die meisten meiner männlichen – de facto alle – Kollegen tun würden: Nein. E. H. ließ keine sexuellen Neigungen erkennen – unseres Wissens jedenfalls nicht. Bedenken Sie, dass wir ihn nur unter klinischen Bedingungen erlebt haben und auch nur für einen verhältnismäßig kleinen Teil seiner Zeit. Bis auf die anekdotischen Auskünfte, die wir rein zufällig und nur selten von seiner Betreuerin Mrs Lucinda Mateson erhielten, hatten wir keine Kenntnis von seinem häuslichen Verhalten. Unsere durch das MRT erhärtete Vermutung war, dass E. H.s Amygdala, der Teil des Gehirns, der im Zusammenhang mit der emotionalen und der sexuellen Aktivität steht, durch die Enzephalitis geschädigt wurde.

Vielleicht lag es an dieser Schädigung, dass E. H. sich wie ein Gentleman aus einer versunkenen Epoche verhielt. Er erhob nie die Stimme. War nie streitsüchtig. War höflich und zuvorkommend. Seine Ausdrucksweise war niemals aggressiv oder grob. Als er älter wurde, bezeichnete er Frauen zumeist als »Damen«, weibliche medizinische Angestellte als »die Damen vom Personal«. Wir nahmen an, er ahmte ältere männliche Vorfahren nach, als er selbst älter wurde.

Und jetzt kommt das Entscheidende: Ohne das Projekt E. H. hätte der Kranke, von der Außenwelt abgeschnitten, von seinem achtunddreißigsten Lebensjahr an bis zu seinem Tode ein einsames Leben geführt.

Und daher lautet meine abschließende Antwort: Nein, wir haben Elihu Hoopes nicht ausgebeutet.

Und ich, Margot Sharpe, empfinde keinerlei Bedauern, keine Reue und keine Schuld, weil ich einunddreißig Jahre lang mit diesem bemerkenswerten Menschen gearbeitet habe. Ich empfinde vielmehr eine große Dankbarkeit.

Und alle anderen Gefühle, die ich Elihu Hoopes gegenüber hege oder nicht hege, bleiben für immer meine Privatangelegenheit.

»Ich bin kein eifersüchtiger Mensch. Ich betreibe Forschung.«

Ihr Verhalten ist riskant. Sie ertappt sich bei Dingen, die sie von Professor Margot Sharpe früher nicht erwartet hätte, denn die ist eine methodisch vorgehende Wissenschaftlerin alter Schule und ein methodisch handelnder Mensch.

Nur jetzt nicht, als sie an die Ex-Verlobte von Elihu Hoopes herantritt.

Die Frau, die er ohne Erklärung verlassen hat. Die Frau, die sich abgelehnt gefühlt haben muss. Und nicht wusste, ob ihre Verlobung gelöst worden war – da Eli Hoopes sie im Ungewissen gelassen hatte.

Das ist aufregend. Ist auf gemeine, schmutzige Weise aufregend – und Professor Sharpe eigentlich zuwider.

Eine Frau, die geliebt hat und gedemütigt worden ist. Von Elihu Hoopes.

Nach Margots Kenntnis war Eli allein in die Adirondacks gefahren. Möglich, dass er es seiner Verlobten mitgeteilt – oder seine Schwester es ihr mitgeteilt hat, aber er hat sie nicht zum Mitkommen aufgefordert und auch telefonisch nicht Kontakt zu ihr gehalten.

Wie also stand Amber McPherson diese Peinlichkeit und Schande durch? Die quasi öffentliche Demütigung: eine Frau, von einem Mann abgewiesen, von einem Mann so grob behandelt, wie hielt die Verlobte das aus, wie überwand sie es, welche Geschichte erzählt diese Frau sich selbst über ein Jahrzehnt später – das möchte Professor Sharpe zu gern wissen.

Auf Papier mit dem Briefkopf der Universität tippt die Professorin einen Brief an Amber McPherson, jetzt Mrs Prescott Adams, wohnhaft Balmoral Drive 28 in Bryn Mawr, Pennsylvania. Als sie keine Antwort erhält, verfasst sie eine Woche später einen zweiten Brief und noch eine Woche später einen dritten, stellt sich als Neuropsychologin vor, die seit mehreren Jahren am Neurologischen Institut der Universität in Darven Park mit Elihu Hoopes arbeitet: Wäre es Mrs Adams möglich, mit ihr zu sprechen?

Ich komme sehr gern mit dem Wagen zu Ihnen nach Bryn Mawr. Unser Gespräch würde nicht länger als eine Stunde dauern.

Sie überlegt, wie sie die Briefe unterschreiben soll, mit Professor Margot Sharpe oder lieber mit Professor M. Sharpe?

Und entscheidet sich dann für Margot; es hätte keine Vorteile, Amber McPherson auf eine unangenehme Art zu überraschen, die wie eine geplante Irreführung aussehen könnte. Keine gute Strategie, wenn Professor Sharpe das Vertrauen dieser Frau gewinnen möchte.

Trotzdem hat Margot Amber McPherson in ihrem wohlformulierten Schreiben nicht mitgeteilt, dass sie keine Klinikerin, sondern eine in der Forschung tätige Wissenschaftlerin ist. Bei manchen Gelegenheiten mag man sie als Frau Doktor ansprechen, aber sie ist kein Doktor der Medizin. Sie hat Amber McPherson nicht gesagt, dass Elihu Hoopes nicht ihr Patient, sondern ihr Forschungsobjekt ist. Und sie korrigiert Ambers McPhersons dahingehende Annahme nicht, auch wenn sich ihr Gewissen – oh, nur leise – regt.

»Dr. Sharpe, wie geht es Eli? Hat er Fortschritte gemacht? Ich fühle mich so … ganz schrecklich, ich hoffe, seine Familie glaubt nicht, dass ich ihn im Stich gelassen habe …«

Amber McPherson ringt buchstäblich die Hände, wunderschöne, ringgeschmückte Hände. Sie spricht mit schwachem Stimmchen, atemlos. Es ist eine Stimme, die in den fünfziger Jahren als Stimme erlesener Weiblichkeit galt, woran Margot sich aus ihrer Kindheit noch ebenso gut erinnert wie, mit erheblichem Widerwillen, an ihren ärgerlichen Neid auf solche blonde Schönheit und Gelassenheit.

Mit mitfühlendem Kopfnicken signalisiert Margot: *nein*. Amber McPherson kann nicht wissen, dass Margot es weiß: Eli Hoopes hat *ihr* den Laufpass gegeben; und niemand würde eine Verlobte verurteilen, die ihrerseits im Stich gelassen wurde.

»Es ist so seltsam, wenn ich mir vorstelle, dass Eli noch … lebt … Nach so vielen Jahren … Geht es ihm gut? Ich meine, den Umständen entsprechend?«

Mit mitfühlendem Kopfnicken signalisiert Margot: *ja*. Elihu Hoopes geht es gut, den Umständen entsprechend.

»Es war, als würde – als wäre – ich Witwe. Nur dass Eli und ich nie verheiratet waren.«

Auch das ist eine erstaunliche Äußerung, bei der sich in Margot Sharpe Mitgefühl regt, aber auch der Neid, so dass sie den Kopf neigt: *Ja. Oh, ja.*

Für Margot, die nur selten von den exakt geplanten Abläufen ihres beruflichen Alltags abweicht und schon körperlich unruhig wird, wenn sie am frühen Vormittag noch nicht ernsthaft arbeitet, ist es ein Sieg, grenzt an Leichtsinn, wenn sie nachmittags unter der Woche in das grüne Bryn Mawr, Pennsylvania, und zu der riesigen grauen Steinvilla am Balmoral Drive fährt.

Bei dem Haus und der vornehmen Wohngegend muss sie gleich an Mrs Matesons englisches Tudorhaus in Gladwyne denken. *Die Welt, aus der er ausbrechen wollte – vergebens.*

Die frühere Amber McPherson, jetzt Mrs Prescott Adams, spricht stockend, aber tapfer. Sie hat sich zweifellos auf den Besuch vorbereitet. Auf einem Tisch mit Glasplatte liegen kleine Häufchen von Schnappschüssen und Fotografien, zusammengesucht für den Fall, dass Margot sie ansehen möchte. So viele! Margot wird ein bisschen schwindlig.

Es verblüfft sie jedes Mal, wenn sie sieht, in welcher Nähe zu anderen andere ihr Leben verbringen. Wie ist das möglich? Ob ihr, Margot, das auch noch möglich sein wird?

Amber McPherson ist eine elegante Frau, leicht übergewichtig, aber immer noch schön, auch wenn das Blond verblasst. Ihr Haar ist schick und füllig, ihre Kleidung – Wollhose, Kaschmirpullover – ist teuer. Besonders gern hat sie Margot Sharpe wohl nicht empfangen und spricht sie auf eine Weise, die man als ehrerbietig bezeichnen könnte, mit »Dr. Sharpe« an; sie selbst ist, vermutet Margot, die Frau eines wohlhabenden Mannes und stammt sicher aus wohlhabender Familie. Wenn sie sich beim Sprechen über die Augen wischt, blinken und blitzen die teuren Ringe, als wollten sie ihr tiefes Bedauern unterstreichen.

»Es tut mir so leid! Wirklich, es tut mir leid. Ich weiß, ich habe mich schlecht benommen, egoistisch. Es wurde erwartet, auch von einigen in meiner Familie, dass ich Eli heirate und mich um ihn kümmere; man nahm immer an, dass er sich wieder erholt, gesund wird, aber ich wusste, das kann nicht sein, und mir hat auch die Kraft dafür gefehlt oder der Mut. Eli liebte mich nicht, das war Tatsache. Zum Zeitpunkt seiner Erkrankung hatte er mich mehr oder weniger verlassen. Es wusste ja niemand, oder nur wenige wussten es, enge Freunde oder vielleicht seine Schwester, dass er mich nur der Familie zuliebe geheiratet hätte, seiner und meiner, aber als es ernst wurde, hat er die Verlobung gelöst und wollte die Hochzeit abblasen. Und wenn er es doch getan hätte, wenn wir ein Kind bekommen hätten oder Kinder, wäre er schließlich irgendwann gegangen. Ich wusste es. Weiß es. Ich habe nie aufgehört, Eli zu lieben, aber diese

Liebe konnte nur scheitern, schon bevor er krank wurde. Und deshalb …«

Und deshalb, denkt Margot, wurde aus der Verlobten von Eli Hoopes die matronenhafte Mrs Prescott Adams vom Balmoral Drive in Bryn Mawr, die Ehefrau eines anderen Mannes und Mutter hübscher und geliebter Kinder: ein Leben, das sie nicht frei gewählt hat, sondern dass sich zufällig ergeben hat wie das Wetter, nachdem der Verlobte im Sommer 1964 abtrünnig geworden war.

»Es ist lange her, dass ich mit jemandem über … Eli gesprochen habe. Obwohl ich seinen Namen manchmal laut vor mich hinsage. Sagten Sie, Frau Doktor, es geht ihm gut, den Umständen entsprechend?« Der Ton ihrer Frage ist flehentlich, das doch schöne Gesicht voller Bangnis und Angst.

Margot beruhigt die Frau: Elis Zustand hat sich nicht verschlechtert.

Mrs Adams hat Margot Sharpe hereingebeten, ist selbst zum Öffnen an die Tür gekommen, obwohl Margot im Hintergrund eine Haushälterin oder ein Dienstmädchen sieht. Zwar von Margot überrascht (hat sie mit jemand Älterem gerechnet, dessen Aussehen eher einschüchtert? Mit einem Kliniker?), hat Mrs Adams sie in einen eleganten Raum geführt, der mit den deckenhohen Bücherschränken aus Kirsche, dem wuchtigen, sehr männlichen Mahagoni-Schreibtisch, den Orientteppichen und dem erlesenen Deckenstuck als Bibliothek durchgehen dürfte und an ein üppig möbliertes Wohnzimmer von Ballsaalformat angrenzt; nervös hat sie Margot Kaffee, Tee oder Saft angeboten, was Margot höflich abgelehnt hat; sie hat Margot Fotografien ihres verlorenen Lebens als jüngere Frau gezeigt, die sich törichterweise in Elihu Hoopes verliebt hatte. (Margot schätzt Amber McPherson mindestens zehn Jahre jünger als Eli, ein Umstand, der ihr zu schaffen macht, denn sie, vierzehn Jahre jünger als er, hat glauben wollen, ihre Stellung im Liebesleben und in der erotischen Biographie des Amnesiekranken sei einzigartig).

Auf einem Kaminsims steht eine chinesische Vase, gefüllt mit Blumen. Frisch geschnittenen, sicher sehr teuren Blumen. (An einem gewöhnlichen Werktag im Haus der Adams? Oder *ihret*wegen?) Ein wunderschön arrangierter Strauß, in dem Gardenien, Nelken und Taglilien dominieren, deren schwerer Duft den ganzen Raum durchzieht.

»Dr. Sharpe, ich weiß, dass ich mich schlecht benommen habe, gewissenlos. Ich wollte ja weiter Teil von Elis Leben bleiben, als er krank geworden war, aber … es tat so weh. Anfangs habe ich ihn täglich besucht, aber das hat nicht geklappt. Ich habe ihn bei seiner Schwester Rosalyn besucht, mit der ich damals eng befreundet war. Eli hat sich natürlich an mich erinnert, aber es war, als erinnerte sich ein Fremder, der so tut, als sei er Eli Hoopes. Als verkörpere Eli sich selbst, allerdings unbeholfen. Es wirkte fast höhnisch. Er machte sich gleich steif, wenn ich ihn berühren oder küssen wollte, zwang sich zu einer natürlichen Reaktion. Er scherzte, gab sich immer Mühe, seine Besucher zu unterhalten – wenn nur eine Person bei ihm zu Besuch war, fühlte er sich unwohl. Ich erkannte diesen Eli zwar wieder, aber es war, als wäre seine Seele geschrumpft. Er hatte schon immer einen sarkastischen, kleinlichen Zug und sagte Dinge, die verletzen sollten, aber jetzt sahen wir nur noch diesen Eli. Ich vermute, er trieb uns von sich fort …

Es war eine richtige Tragödie! Wie klein sein Leben geworden war, wie eintönig und fade … ein deprimierender Anblick für andere, die ihn gut kannten. Eli hatte sich immer für das eingesetzt, was er soziale Gerechtigkeit nannte, und konnte bei seinen Angehörigen äußerst kritisch sein, bei seiner Familie oder bei mir, die wir uns seinen Idealen nicht ebenso stark verpflichtet fühlten. Er leistete viel in der Firma seiner Familie, lehnte die Arbeit aber als verächtliches Geldscheffeln ab. Wir meinten damals alle, er hätte das Theologische Seminar nicht verlassen sollen – aus ihm wäre ein wunderbarer Geistlicher geworden. Kein herkömmlicher Pfarrer mit einer Gemeinde, sondern jemand wie die Berrigans, die für ihre Überzeugung ins Gefängnis gingen. Eli hätte die Berrigans bewundert, allerdings kamen sie für ihn zu spät. Als katholische Priester waren die Berrigans und andere Aktivisten aber nicht so durch Frauen und Familie eingeschränkt, das war wohl der Unterschied …«

Amber McPherson hat sich in Rage geredet. In der körperlich kompakten Frau mittleren Alters steckt ein kleines Mädchen, dem man weh getan hat, dem seine Liebe vor die Füße geworfen worden ist und das nie verstanden hat, warum.

»Es drehte sich immer alles nur um Eli. Er war der geborene Anführer, schon immer. Auf andere hat er nicht sonderlich geachtet, und andere haben ihn auch nur interessiert, wenn er ihnen helfen konnte, Neger und Arme zum Beispiel. Er brauchte es, *verehrt* zu werden – ich glaube, das war sein Geheimnis. Das hob ihn natürlich auch über andere hinaus. Mit Menschen wie mir oder mit seiner Familie, seinen Schwestern, Brüdern, Vettern, hatte er wenig Geduld, weil wir waren, wie wir eben waren.«

Wachsweiße Gardenien – stark riechend. Von dem Duft wird Margot innerlich ganz flau.

Sie verstehe, versichert sie Amber McPherson. Selbstverständlich.

Sie kämpft gegen die heftige Eifersucht auf diese Frau an, die Elihu Hoopes zu einer Zeit in seinem Leben, als er noch nicht behindert und geschwächt war, als Geliebte, zumindest aber als mögliche Ehefrau gewählt hat. Damals, dass muss Margot sich eingestehen, hätte er *sie* wohl nicht gewählt.

Sie ist schließlich kein sexuelles Wesen. Im Vergleich zu dieser Frau mit dem üppigen Körper und dem wehrlos lieben Gesicht.

»Jedenfalls, Frau Doktor, vielleicht wissen Sie es ja von seiner Familie, habe ich Eli nach zehn Monaten nicht mehr besucht. Ich hielt es einfach nicht aus. Als er aus dem Krankenhaus entlassen worden war und sein Zustand sich stabilisiert hatte, als klar war, dass er nie wieder sein würde wie früher, hatte ich selbst einen kleinen Zusammenbruch. Ich war sehr niedergeschlagen, riss mir die Haare aus und aß nichts mehr … Offen gestanden war es mir gleichgültig, ob ich lebte oder tot war. Noch heute träume ich von dieser schlimmen Zeit. Mir wurde zugetragen, Eli hätte sich oft nach mir erkundigt oder von Amber gesprochen und sei überzeugt, dass ich gestorben wäre, dass ich Fieber und eine Enzephalitis bekommen hätte und daran gestorben wäre …«

Amber McPhersons betrübte Stimme verstummt allmählich. Sie zupft am weichen Bett des Daumennagels, als wolle sie die Haut einreißen.

Margot denkt: *Sie wollte seinetwegen sterben. Aus Liebe.*

Auch das weckt in Margot Sharpe Eifersucht. Und Neid.

Nach respektvoller Pause fragt Margot, in welcher Hinsicht Elihu Hoopes sich nach seiner Erkrankung verändert hatte. Was war auffällig anders? Konnte Amber das erklären?

»In welcher Hinsicht er sich verändert hatte, Frau Doktor?«

Amber McPherson starrt Margot an, als ob die eine besonders törichte Frage gestellt hätte.

»In *welcher* Hinsicht? In jeder.«

»Aber Sie sagten, er hätte gewusst, wer Sie sind. Hätte Sie erkannt, sich an Sie erinnert …«

»Oh, ja, Eli wusste, wer wir sind. Bei seinen Verwandten, seinen Freunden. Und zugleich war es, als wisse er es gar nicht – als wären wir für ihn Fremde. Er gab sich den Anschein, uns zu kennen, wie ein Schauspieler vielleicht. Aber es war, als hätte sich jede Zelle in seinem Körper verändert … Er sah nicht einmal mehr aus wie früher.«

Margot hat einen Teil der Fotografien durchgesehen, die Amber auf dem Tisch ausgebreitet hat. Faszinierend, diese Zeugnisse aus dem früheren Leben ihres Probanden! In gewissem Sinne ist es wahr, dass Eli Hoopes in mittleren Jahren nicht mehr ganz so aussieht wie dieser junge, sehr sportliche, vitale Mann mit dem Schopf dichten

Haars aus den fünfziger und sechziger Jahren; die noch größere Veränderung aber hat bei Amber McPherson stattgefunden.

Margot betrachtet Polaroids der schlanken jungen Frau mit dem schulterlangen hellblonden Haar neben ihrem attraktiven großen männlichen Begleiter, während Amber nervös weiterplappert. Als klinische Psychologin, denkt Margot, wäre es für mich ein hartes Stück Arbeit, mich um jemanden zu kümmern, der so übermäßig viel spricht; viel lieber hätte sie eine zurückhaltende Patientin, die mit Worten geizt, aber Dinge von Belang sagt. Wer viel redet, redet wahllos daher; die Auswahl obliegt dem Psychologen.

»Wir waren sehr glücklich miteinander, ich meine, es hatte den Anschein. Ich zumindest war es wohl … Wenn so etwas passiert, wenn du abgewiesen wirst, schaust du zurück und möchtest verstehen, was eigentlich vorgefallen ist. Aber nur der andere, in dem Falle Eli, weiß, was vorgefallen war – ich nicht.«

Polaroids, Schnappschüsse, Fotografien des Paares, das auf einem üppig grünen Rasen abgelichtet ist, in einem prächtigen Garten, am Ufer eines Flusses oder auf einem Tennisplatz, jeder mit einem Schläger in der Hand und in makellosem, blendend weißem Dress, oder in einem langen, schwer aussehenden Kanu, auf einem Wanderweg unter hohen Kiefern, an einem weißen Strand. In der Karibik? Auf einigen Bildern ist Eli Hoopes dunkel gebräunt und hat eine Seglermütze auf, auf anderen trägt er das Haar lang, fast wie ein Hippie, und dazu ein rotes Stirnband. Eli und Amber tragen Shorts oder schicke sportliche Kleidung oder elegante Abendkleidung. Eli hat den Arm um Ambers Schultern gelegt und zieht sie an sich, oder Amber stakst auf hochhackigen Sandalen und hat erkennbar Mühe, das Gleichgewicht zu halten. Sie lächeln glücklich in die Kamera, sind demonstrativ »verliebt« – jedenfalls legen die fotografischen Zeugnisse es nahe.

Auf einigen Bildern blickt Eli allerdings mit zusammengekniffenen Augen und etwas verdrossen in die Ferne, ein Ausdruck, den

Margot am Institut bei ihm auch schon gesehen hat. Mitten in intensiven Testphasen entzieht sich der Proband plötzlich dem Gegenüber. Man blickt zu ihm auf, und er ist weg – einfach so.

Eli? Mr Hoopes? Hallo …

Auf den meisten Fotos steht er wie ein Beschützer neben der blonden Verlobten.

»Sie sehen ja – viele Bilder … Welchen Sinn die ergeben, weiß ich allerdings nicht genau.« Amber McPherson lacht traurig.

Trotzdem ist sie stolz auf die Aufnahmen. Es wird, denkt Margot, in ihrem heutigen Leben als Mrs Prescott Adams nichts geben, was ihr so viel Aufmerksamkeit, Schuldgefühl und Bedauern abnötigt.

»Wie hübsch Sie auf den Fotos aussehen!«, ruft Margot naiv aus. Zum Glück hat sie nicht versehentlich *aussahen* gesagt.

Als sie jünger war, in den Zwanzigern, hat Amber McPherson sich das Haar geflochten; auf diversen Schnappschüssen trägt sie eine sehr auffällige einzelne geflochtene Strähne, die ihr links über das Gesicht fällt – entzückend. Es muss eine Mode dieser Zeit gewesen sein – unter dem Einfluss der Schwarzen. Anstelle vieler über den ganzen Kopf verteilter Cornrows fällt nur eine dünne Flechte von der Stirn bis zur Schulter. Ob Amber mit dieser Nachahmung eines sexuell aufgeladenen schwarzen Frisurenstils Eli Hoopes betören wollte? Oder kam die Anregung dazu gar von Eli selbst, und falls ja, fand er die eine feine blonde Haarflechte verführerisch?

Etliche Schnappschüsse sind offenbar am Lake George gemacht worden – man sieht einen Wanderweg am felsigen Ufer, Gestalten in einem Kanu, eine riesige Wasserfläche, die einen graugetönten Himmel spiegelt. Am Ende eines Anlegers posiert das weißgekleidete Paar neben einem Segelboot mit weißen Segeln. Margot fragt, ob Amber McPherson viel Zeit in dem Haus der Hoopes am See verbracht hat. Ob sie viel über die Sommer wisse, die Eli dort in seiner Kindheit verlebt hat. Die Gegend bedeutet ihm offenbar viel.

Amber McPherson wischt sich über die Augen. Ja, sie hat Zeit dort verbracht, im Sommer. Die Blockhütte am Lake George war – ist – ein großes Familienanwesen mit vielen Zimmern, da herrschte ein ständiges Kommen und Gehen, von Hoopes selbst und von Verwandten und Freunden. Sie war ein gutes Dutzend Mal dort bei Eli zu Gast. Eli hatte eine besondere Beziehung zum Lake George. Für das Haus seiner Familie in Gladwyne, in dem er aufgewachsen war, hegte er keine solchen Gefühle, doch die wunderschöne Lodge am See, aus behandeltem Kiefernholz und Feldsteinen erbaut und mit diversen Veranden und Nebengebäuden, bedeutete ihm viel. »Eli hat mal gesagt, im Traum sei er immer dort. Auch wenn er nicht deutlich erkennen konnte, wo ein Traum spielte, wusste er immer, dass es am See war.«

»Hat er dort am See einmal irgendetwas Besonderes erlebt?«

»Erlebt …? Ich glaub schon, vieles … im Lauf der Jahre. Nach Bolton Landing – so heißt die kleine Ortschaft – kam er schon seit frühester Kindheit.«

»Was glauben Sie, erinnern Sie sich, dass dort einmal irgendetwas Besonderes vorgefallen ist, bei ihm? Oder – in der Familie, ein Unfall? Ein Todesfall, jemand, der ertrunken ist …?«

Widerstrebend sagt Amber McPherson ja, sie erinnere sich – irgendetwas war einmal.

Aber nicht klar, was. Ein Todesfall in der Familie, meint sie.

»Eli hat nie darüber gesprochen, aber Rosalyn hat mir erzählt, eine Cousine, schon etwas älter, sei im Wald verschwunden, man habe die Leiche in einem seichten Bach gefunden – oder vielleicht auch nicht gefunden … Rosalyn war zu der Zeit noch sehr klein oder vielleicht noch gar nicht auf der Welt und hat nur später davon gehört.«

»Eli hat nie darüber gesprochen?«

»Nein.«

Amber McPherson verzieht das Gesicht. Das Gebiet, auf das diese Fragen zusteuern, bereitet ihr Unbehagen, glaubt Margot, weil die Aufmerksamkeit von ihr und Eli abgezogen und in eine andere

Richtung gelenkt wird. Sie will die von den Fotografien bebilderte Geschichte erzählen – die ihr liebe persönliche Geschichte mit Eli Hoopes. Eine darüber hinausgehende frühere Geschichte interessiert sie nicht.

Jede Frau möchte glauben: *Seine emotionale Geschichte beginnt mit mir.*

Amber McPherson sagt vorwurfsvoll: »Eli setzte sein Leben leichtsinnig aufs Spiel. Wir dachten alle, er würde mal bei einem Bürgerrechtsprotest umkommen oder schwer verletzt werden, glaubten fast, er rechnete selber damit. Und – nun ist Eli etwas anderes zugestoßen, das auf seine Art auch eine Katastrophe ist.« Sie spricht jetzt nicht atemlos, sondern tiefernst, grüblerisch. »Von uns, die Eli liebten, dachten manche, für ihn wäre es besser gewesen, er wäre ... gestorben ...«

Ein Schnappschuss voller Sonnensprenkel zeigt das lächelnde junge Paar in T-Shirts und Shorts am Geländer einer Veranda, im Hintergrund ein schimmernder See – vermutlich der Lake George.

Auf der Rückseite des Fotos sieht Margot das hastig hingekritzelte Datum: *Juli 1963*.

Zu diesem Zeitpunkt hatte er nur noch ein Jahr seines Lebens als Eli Hoopes vor sich. Der gebräunte gutaussehende junge Mann auf dem Foto, dessen Gesicht eine Sonnenbrille zum Teil verdeckt und der seiner lächelnden jungen Verlobten den Arm um die Schulter gelegt hat, weiß nichts von der kommenden Katastrophe und lächelt deshalb so zuversichtlich.

Erst mit Verzögerung hört Margot Amber McPhersons schockierende Bemerkung. Sie hört sie, möchte aber nicht urteilen: *Besser, er wäre gestorben.*

Das ist nicht wahr. Sie möchte protestieren: Es ist *nicht wahr*.

Die abgewiesene Verlobte liebt Eli Hoopes immer noch. Den Mann, den sie gekannt hat. Das ist ihr Geheimnis.

Amber sagt sorgenvoll: »Sie finden mich bestimmt schrecklich,

Frau Doktor. Solche Dinge zu sagen. Aber wenn Sie Eli gekannt hätten …«

»Natürlich. Ich verstehe das.«

Margot ist Amber McPherson für ihre Großzügigkeit dankbar und ist nicht hier, um über sie zu urteilen. Auch wenn sie dennoch entsetzt ist – *Besser für ihn, wenn er gestorben wäre? Besser für Sie und für seine Familie vielleicht. Aber nicht für Eli – und nicht für mich.*

»Vielen Dank, Mrs Adams. Das war sehr liebenswürdig von Ihnen, Sie haben mir sehr geholfen.«

»Ja, Frau Doktor? Ich wüsste nicht, inwiefern …«

»Es ist immer hilfreich, mit Menschen zu sprechen, die einen Patienten schon *vorher* gekannt haben.«

Halb bewusst hat Margot das Wort *Patient* verwendet. Auf die Weise lässt sie Amber McPherson glauben, sie wäre tatsächlich Eli Hoopes' Ärztin.

Ist es eine absichtliche Irreführung? Ist es unethisch? Wären ihre Kollegen überrascht und zweifelten an ihren Motiven? Margot möchte nicht darüber nachdenken.

Amber McPherson kann Margot Sharpe nicht gehen lassen, solange die noch ihre unverblümte verzweifelte Äußerung im Ohr hat, und benutzt die letzten Minuten des Besuchs deshalb dafür, Margot zu beteuern, wie großartig und erfüllend ihr Leben als Ehefrau und Mutter und wie anspruchsvoll und lohnend ihre Tätigkeit als Co-Vorsitzende der Historischen Gesellschaft von Bryn Mawr ist. Als Gegengewicht zu den Fotos ihres jüngeren Ichs mit Eli Hoopes zeigt sie Margot Bilder ihrer Kinder: »Todd, Emily und Stuart. Sind sie nicht prachtvoll!« Sie lacht und zeigt zum ersten Mal ihre strahlend weißen perfekten Zähne.

Margot stimmt zu, ja, die Kinder sind prachtvoll. Sie betrachtet die Züge des Ältesten, des Sohnes Todd, und würde gern einen geisterhaften Widerschein von Eli Hoopes darin entdecken, aber nein: es gibt keinen.

Als sie das Haus verlässt, sieht Margot, die zu der schweren Eingangstür begleitet wird, im Foyer eine über zwei Meter hohe Standuhr aus glänzendem alten Edelholz. Das hinter dem schablonierten Glas gemessen schwingende Pendel ist wie ein freiliegendes Herz.

Amber McPherson, liebenswürdig von Natur und durch Übung, kann ihren Gast, die Frau Doktor, nicht gehen lassen, ohne zu sagen, sie hoffe auf ein Wiedersehen: »Schon bald, irgendwann.« Es ist offenbar ganz aufrichtig gemeint, denn Margot wird zu ihrer Überraschung umarmt.

Leicht benommen geht sie zum Auto zurück. Spürt beim Davonfahren den weichen Abdruck, den der Körper der anderen Frau auf ihrem eigenen hinterlassen hat, und hat betäubend starken Gardenienduft in der Nase. Erst als sie schon die halbe Strecke hinter sich hat, fällt ihr auf, dass Amber McPherson ihr keine Grüße an Elihu Hoopes aufgetragen hat.

Sie glaubt, er ist tot. Der, der noch lebt, ist nicht er.

Er ist gestürzt, ist auf dem Rücken gelandet, so hart, dass es ihm den Atem nimmt.

Grobe Finger packen ihn an den Füßen und schleifen ihn in den Schmutz. Er keucht, wimmert. (Wo sind seine Brüder? Warum kommen sie ihm nicht zu Hilfe?) Höhnisch schrilles Gelächter, als ihm das Verandastuhlkissen aufs Gesicht gedrückt wird: fest.

Er bekommt keine Luft und kann nicht schreien. Bekommt keine Luft. Das Kissen wird noch fester niedergedrückt, der Angreifer stemmt sich mit seinem ganzen Gewicht auf das Kissen auf Elis Gesicht.

Später wird es heißen: Ach, Axel will niemandem weh tun, er ist bloß zu wild.

Später wird es heißen: Eli ist so zaghaft. Er muss dazu ermuntert werden, mit anderen spielen und schwimmen zu gehen. Diesen Sommer muss er schwimmen lernen.

Unter der Veranda, wo er sich versteckt, sieht er die Beine der Mädchen, sieht ihre zarten Körper in Shorts und rückenfreien Tops. Eins der Mädchen ist seine Cousine Gretchen.

Gretchen legt die Hände um den Mund und ruft: Eli, wo steckst du? E-li …

Er hört ihre Stimme … Eli? E-li … *wie ein Echo in seinem Kopf.*

Eli? Ach, E-li …

Wie es erklären. Es ist eine Aufgabe wie die des Sisyphus, der seinen Stein den Berg hinaufrollt, wieder und wieder.

Anfangs glaubt er, die junge Frau sei eine Verwandte, denn sie kommt ihm bekannt vor. Dann glaubt er, die junge Frau sei ein Mädchen, das er von der Grundschule kannte. Oder später, an der Highschool.

Seine Verlobte ist sie nicht. Die blonde Verlobte nicht, und die andere auch nicht.

Sie gehört wohl zum medizinischen Personal. Ist aber keine Ärztin, denn sie hat einen weißen Laborkittel an, und an ihrem schwarzen Jackett steckt auch kein Plastikschildchen.

Sie hat sich ihm vorgestellt, und er hat ihr die Hand gereicht. An die Wärme des Händedrucks erinnert er sich, den Namen aber hat er vergessen.

»Ich glaube, ich habe Schwierigkeiten mit dem Gedächtnis.«

»Ja, Eli? Was für Schwierigkeiten?«

»Ich … es ist … ich weiß auch nicht … Es ist wie Nebel oder wie ein Sumpf, und wenn ich hineingehe, fließt es … auseinander …« Er lacht verlegen. Er möchte der jungen Frau gern begreiflich machen, dass es nicht Eli Hoopes' Art ist, Aufhebens um seine Gesundheit zu machen. Nicht seine Art ist, so lange über sich selbst zu sprechen, als gäbe es nicht unzählige andere, wesentlich wichtigere Dinge, über die man sprechen könnte.

»Ich glaube, das geht schon eine Weile, das mit meinem verlorenen Gedächtnis.«

»Was meinen Sie, wie lange geht das schon, Eli?«

»Na, ein halbes Jahr mindestens. Vielleicht habe ich einen Unfall gehabt und mir den Kopf angeschlagen, oder jemand hat mir absichtlich auf den Kopf geschlagen, und als ich im Krankenhaus war, habe ich eine Infektion bekommen, und in meinem Gehirn hat es gebrannt.«

»Vor ungefähr einem halben Jahr?«

»Es könnte auch länger her sein, ich bin mir nicht sicher.« E.H. lacht trocken, doch seine Augen sind voller Schmerz. »Aus dem Grund werde ich wohl hier im Krankenhaus sein oder – ist das eine Klinik? Ich sehe Leute in Labormänteln, und ich sehe Schwestern, aber keine Betten – vielleicht bin ich ambulanter Patient.«

»Ja, Sie sind ambulanter Patient. Sie sind heute Morgen hier angekommen und fahren in einigen Stunden nach Hause. Sie werden nur hergebracht, Mr Hoopes – Sie sind nicht ins Krankenhaus *eingeliefert*.«

»Na, das sind gute Neuigkeiten! Vor einer Weile dachte ich schon langsam, ich wäre nicht nur *eingeliefert*, sondern *tot*.«

Margot Sharpe lacht matt. Sie ist darauf getrimmt, Folge zu leisten, wenn jemand mit einer Bemerkung Gelächter erzeugen will; sich dem zu entziehen ist nicht leicht.

Sie würde E.H. gern sagen, dass er nicht akut krank ist, sondern an chronischen neurologischen Beschwerden leidet, möchte ihn aber nicht noch mehr verwirren, denn er kommt ihr weniger zugänglich und entspannt vor als sonst. Er hat gerade eine Reihe von Tests absolviert, die er vor einigen Jahren schon einmal durchlaufen hat, so dass die Ergebnisse nun verglichen werden und Veränderungen graphisch dargestellt werden können. Daran erinnert sich der Proband natürlich nicht, und sein heutiges Abschneiden bedeutet auch nicht, dass er etwas von den Tests im Gedächtnis behalten hat. Ein flüchtiger Blick auf die alten Zahlen zeigt Margot, dass E.H. heute verblüffenderweise fast genauso abgeschnitten hat wie in vergangenen Jahren.

»Ist das bei Ihnen auch so – Mar-g'ret?«

(Margot ist gerührt. E.H. erinnert sich an ihren Namen – fast.)

»Dass ich ambulant behandelt werde?«

»Ich bin Niemand! Wer bist du? / Noch ein Niemand dazu?«

E.H. spricht diese Zeilen mit einer Fröhlichkeit, die frösteln macht. Es sind bestimmt Zeilen eines Gedichts, wahrscheinlich von Emily Dickinson …

»Ich bin eigentlich kein ambulanter Patient, Eli. Ich bin Professorin an der Universität.«

Sinnlos, dieser Hinweis auf die Universität, da E.H. ebenso wenig ahnt, was für eine Universität das sein könnte, wie er weiß, dass sie sich im Institut in Darven Park befinden.

»Sie sind normal, Frau Professor, wie?«

»Na ja, vermutlich.«

»Aber kein Durchschnitt, ja?«

Margot lächelt, sinnt dem nach. Bei diesem Geschäker bleibt ihr die Luft weg. E.H. steht oft dicht neben ihr, als wolle er ihren Duft einatmen (unbewusst und eine Angewohnheit, da ist sie sich sicher, die ihm hilft, sie zu identifizieren); dadurch atmet Margot zwangsläufig auch seinen Geruch ein, der trotz der schärferen Klinikgerüche noch als ausgeprägter Männergeruch wahrnehmbar ist, ein herbes Kölnischwasser, eine Rasiercreme, ein Haaröl oder eine gute Seife … Und E.H. trägt feinste Gürtel und Schuhe aus weichem italienischen Kalbsleder, wie Margot von seiner Tante Lucinda erfahren hat, ihrer Freundin (wie Margot glauben möchte).

Mit so viel Sorgfalt und Geschmack wie er kleidet sich keiner der anderen ambulanten Patienten, die sie in der Neuropsychologie sonst zu sehen bekommt: Heute trägt er einen malvenfarbenen Kaschmirpullover über einem weißen Hemd, eine dunkle Kordhose und Mokassins. Am linken Handgelenk eine hübsche Uhr. (Keine digitale selbstverständlich, E.H. findet sie hässlich, und man tut ihm etwas Gutes, wenn man ihn vor dem Anblick bewahrt.) Sein ergrauendes

Haar ist vor kurzem frisch geschnitten worden. Seine Zähne sehen unnatürlich weiß aus. Er ist inzwischen – wie alt? Margot kann es nicht ausrechnen, denn dann dächte sie zwangsläufig auch an ihr eigenes Alter, und das will sie nicht.

Bald! Es wird dazu kommen; schon bald.

Worauf ich warte.

Sie muss sich extra ins Gedächtnis rufen, dass E.H. Gegenstand wissenschaftlicher Forschungen ist und eigentlich kein ebenbürtiges Gegenüber.

»Schwierigkeiten mit dem Gedächtnis hat jeder, Eli.«

»Ach so! Beziehungsweise – *Sie* auch?« E.H. lacht skeptisch.

Es ist eine seltsame Bemerkung, so als wüsste E.H. von einem Vorfall in Margot Sharpes Leben, der sich erst neulich ereignet hat – einem unangenehmen Erlebnis.

Soll sie E.H. davon erzählen oder nicht? Margot zweifelt, denn dann könnte er schlecht von ihr denken. Bei aller gutmütigen Witzelei und scheinbarer Naivität hat er ein starkes Moralempfinden, bei seiner Abkunft von Quäkern und seiner Vergangenheit als Bürgerrechtler durchaus denkbar und tief im Gedächtnis verankert, aus der Zeit vor der Zerstörung herrührend, einen Rechtschaffenheitsdünkel. Selbst wenn er vergessen wird, was Margot ihm sagt, befürchtet sie, dass Erinnerungsreste bleiben und wie ein Schmierfleck auf seine Gefühle für sie abfärben. Sie möchte unbedingt, dass der Mann gut von ihr denkt.

Behutsam sagt sie: »Wenn wir ein hohes Alter erreichen, Eli, haben wir alle Lücken im Kurzzeitgedächtnis und erinnern uns an die frühe Kindheit trotzdem bis ans Ende unseres Lebens. Und das finde ich gut.«

»Warum soll das gut sein, Frau Professor? Meinen Sie, die Kindheit, an die wir uns erinnern, war immer nur glücklich?«

Margot ist verblüfft, denn es klang doch ein wenig spitz.

Und warum sagt er Frau Professor? Er kennt doch ihren Namen.

Als er ihre Miene sieht, von der Margot selbst nichts weiß, lenkt E.H. ein: »Doch, ich finde es auch gut. So wollen wir unsere Kindheitserinnerungen sehen.«

Er sagt es schicksalsergeben wie jemand, der am Rande eines Abgrunds steht.

Und hat dabei nach ihrer Hand getastet, die er jetzt fest umklammert, als wolle er, dass Margot bleibt, wo sie ist.

Margot denkt: *Seine Hand erinnert sich an eine andere Hand. Meine Hand kann diese Hand werden.*

Amber McPhersons Hand? Eher nicht.

Dafür war Amber McPherson nicht lange genug Teil von Eli Hoopes' Leben. Kein Wunder, dass er der jungen Frau den Laufpass gegeben hat.

»Lieber Eli! Ich bin immer glücklich, wenn ich bei *Ihnen* bin.«

Und dann zieht Margot vorsichtig ihre Hand unter Elis Hand hervor, bevor jemand sie sehen kann.

Geschehen ist Folgendes. Es ist so ungerecht!

Margot wurde gefühllos und dumm herabgesetzt – wurde verkannt.

Sie wird es E.H. nicht erzählen. Sie will es gar niemandem erzählen, obwohl es in Margot Sharpes Leben außer E.H. ja niemanden gibt, dem sie es erzählen könnte.

Von der Universität nach Hause gekommen, hört sie im Halbdunkel ihrer Küche einen Anruf ihres älteren Bruders Ned ab, der ihr Vorwürfe macht und kein Ende findet. *Margot, verdammt, warum rufst du nicht zurück, ich ruf dich seit Montag dauernd an und hab dir schon fünf- oder sechsmal aufs Band gesprochen, bist du nie zu Hause?* – und ist so schockiert über Neds wütenden Ton, dass sie die Nachricht gleich löscht und prompt nicht mehr weiß, was er gesagt hat.

Hinterher stellt sie fest, dass sie bereits frühere Anrufe von Ned und anderen Verwandten auf Band hat – *Margot, wo steckst du? Wir warten auf dich – deine Mutter wartet auf dich –, stimmt irgendetwas nicht? Ist etwas passiert? Bitte ruf zurück, wir machen uns hier schreckliche Sorgen, deine arme Mutter wollte dich erreichen, aber du rufst nie zurück – Margot?*

Margot, die wie Espenlaub zittert, ruft ihren Bruder nicht an, vor dem sie sich immer gefürchtet hat und den sie nicht leiden konnte: ein brutaler Mensch, sondern ihre Tante Edie, die jüngere Schwester ihrer Mutter und Margots Lieblingstante, und hofft, dass die nicht an den Apparat kommt und sie eine Nachricht hinterlassen kann, aber Edie nimmt praktisch schon beim ersten Läuten ab. »Margot! Gott sei Dank.«

Sie hört erschrocken, dass es ihrer Mutter nicht gutgeht – ihre Mutter hat gefragt, wo sie ist, hat erwartet, dass Margot sie im Krankenhaus besucht. »Margot, du hast vorige Woche gesagt, du würdest versuchen zu kommen. Das hast du gesagt, und wir haben mit dir gerechnet.«

Margot ist jetzt nicht nur erschrocken, sondern auch erstaunt, und will erklären, dass sie sicher niemandem in Orion Falls versprochen hat, vorige Woche oder überhaupt in nächster Zeit zu kommen. Es hat sie niemand angerufen oder wenn, ist es Wochen her, und damals ging es Mom gut – nach der Operation. *Was Ned sagt, ist einfach nicht wahr, diese Vorwürfe. Es ist nicht wahr und nicht fair.*

Margots Stimme zittert, ihr steigen vor Unruhe und Empörung Tränen in die Augen.

»Ich – ihm gesagt? *Dir*? Das kann nicht sein, Tante Edie, das muss ein schreckliches Missverständnis sein, ich kann niemandem gesagt haben, dass ich mich ins Flugzeug setzen und nach Hause kommen kann, denn ich habe zu viel zu tun, viel zu viel, als dass ich mir auch nur ein paar Tage für persönliche Angelegenheiten freinehmen könnte – vielleicht habe ich dir nicht erklärt, dass ich jetzt ein sehr wichtiges Projekt am Neurologischen Institut der Universität in Darven Park leite, auch ein Notfall, wenn man so will, wir arbeiten mit einem Mann, der eine schwere Hirnverletzung erlitten hat, und meine … meine Anwesenheit ist … ist unverzichtbar …«

Margot sagt es noch einmal, nein, sie hat keinen Besuch versprochen. Ein derartiges Versprechen ist ihr nicht erinnerlich, nicht einmal dass sie mit ihrem Bruder Ned telefoniert hat – das hat sie seit Monaten nicht. Sie erinnert sich vage – ja, aber nur sehr vage – an ein Gespräch mit ihrer Tante, bei dem es um die Tests ging, die bei ihrer Mutter gemacht wurden, um die Diagnose, die sie bekam, um die Operation und den Zeitplan für die Chemotherapie und die Bestrahlung; sie erinnert sich, dass man ihr sagte, ihrer Mutter gehe es gut – den Umständen entsprechend. Weitere Gespräche sind ihr aber nicht erinnerlich, und ganz bestimmt nicht ein von ihr gegebenes Versprechen, dass sie bald nach Hause kommt. »Das ist schlicht unmöglich, Tante Edie. Bitte erklär du es Mom, ja? Bitte.«

So ein unerfreuliches Gespräch! Margot staunt, dass ihre Tante nicht locker lässt, nicht zugeben will, dass sie – oder sonst jemand – etwas falsch aufgefasst haben muss: kein Zweifel, die Sharpes haben sich gegen sie verbündet. Besonders schmerzlich ist das Gespräch, weil Margot weiß, dass sie recht hat: Sie hat niemandem in Orion Falls etwas versprochen, nicht einmal halb bewusst, denn wenn doch, würde sie sich erinnern, und sie *erinnert sich nicht.*

Schmerzlich ist das Gespräch auch, weil Margot Sharpe kein Kind mehr ist. Sie ist kein Teenager, den man belehren, ausschimpfen und vorsätzlich missverstehen kann; sie ist eine erwachsene Frau von fast vierzig, eine berufstätige Frau, die es gewöhnt ist, dass man ihr beipflichtet und sie versöhnlich stimmt; Widerspruch begegnet ihr kaum noch, denn sie ist an der Universität als Professorin auf einen Lehrstuhl für Neuropsychologie berufen worden und leitet inzwischen das *Projekt E. H.* (ernannt von dem berühmten Milton Ferris persönlich), eines der großen Forschungsprojekte in der Geschichte der Neurowissenschaften. Margot Sharpe wird an der Universität und im Institut geachtet. Ihre Studenten und Doktoranden, ihre Laborassistenten, ihre Fachbereichskollegen, die Institutsangestellten, sie alle achten und bewundern sie, und daher ist es verblüffend – empörend –, dass ihre eigenen Verwandten in Orion Falls, Michigan, so gar keine Vorstellung von ihren Erfolgen haben und sie so wenig respektieren. Margot kann fast nicht mehr klar formulieren, so ungerecht findet sie, wie sie in die Enge getrieben wird und sich verteidigen muss. »Du kannst mir vorwerfen, was du willst, du sagst mit deinen Worten praktisch dasselbe wie Ned, Tante Edie – in Darven Park ist im Moment so viel los, ich kann mir nicht freinehmen. Mir wäre auch lieber, ich könnte, natürlich, aber wenn du sagst, dass Mom im Krankenhaus ist und nicht im Hospiz – und das hast du –, kann es eigentlich kein Notfall sein. Mom wird es verstehen, erklär es ihr einfach. Du weißt, wie wichtig mir meine Arbeit ist, die nehme ich nicht auf die leichte Schulter. In der Weihnachtspause …«

»Du warst seit Weihnachten vor zwei Jahren nicht zu Hause. Und du rufst nie an und schreibst auch nicht.«

»Doch, *tue* ich. Ich rufe Mom an, und ich schreibe auch.«

»Margot, was redest du? Das ist einfach nicht wahr. Deine Mutter ist todunglücklich, und wir sind alle entsetzt. Wir haben dir bei den Kosten fürs College geholfen, das wirst du doch wohl nicht vergessen haben, oder?«

»Du redest Ned nach dem Munde. Du und Ned, ihr redet das gleiche unwahre dumme Zeug. Du wirfst mir etwas vor, was ich nicht getan habe, *ich brauche mir das nicht anzuhören, ich lege auf.*« Margot ist außer Atem, schluchzt fast, so gekränkt ist sie, so empört und verärgert. Sie sind immer eifersüchtig gewesen auf ihren Erfolg, wollten ursprünglich gar nicht, dass sie an die Universität geht; das ist ein altes, schmerzliches Thema zwischen Margot und den Sharpes.

Und damit knallt sie den Hörer auf die Gabel. Und ist sehr erleichtert, als niemand zurückruft.

Margot erzählt E.H. auch nicht von einem zweiten, noch schockierenderen Anruf, den sie Monate später in der ersten Januarwoche 1984 überraschend erhält.

Margot, ich muss vertraulich mit Ihnen sprechen.

Es hat mit dem Projekt E.H. *zu tun.*

Der Leiter des Fachbereichs Psychologie hat Margot angerufen. Sie wird zu einem »vertraulichen Gespräch« mit ihm gebeten.

Gefasst geht Professor Sharpe durch das Vorzimmer in sein Büro und nimmt vor dem Schreibtisch des Mannes Platz. Wie Milton Ferris ist auch der Fachbereichsleiter ein angesehener Wissenschaftler; er und Margot arbeiten allerdings nicht eng zusammen, da sein Gebiet nicht die Neuropsychologie, sondern die klinische Psychologie ist.

Margot hat Angst. Sie denkt: *Jemand hat gemeldet, dass ich E.H. nach Hause fahre. Gemeldet, dass ich allein Zeit mit E.H. verbringe. Da ist jemand eifersüchtig und hasst mich.*

Durch das panische Summen in ihrem Ohr überhört Margot fast, dass der Fachbereichsleiter ihr im Flüsterton etwas Erstaunliches und Unerwartetes mitteilt: Mehrere Personen haben offiziell und in Schriftform, per Einschreiben ihm als dem Leiter des Fachbereichs, dem Dekan der Fakultät und dem Kanzler der Universität zugestellt, Beschwerde eingereicht, aber nicht über Professor Sharpes regelwidrigen Umgang mit dem Amnesiekranken, sondern über – Professor Milton Ferris' »fortgesetztes und wiederholtes Fehlverhalten als Leiter des Gedächtnislabors«.

Der Fachbereichsleiter fragt Margot, ob sie, streng vertraulich, in der Beziehung etwas über Milton Ferris zu sagen habe.

»Bitte sprechen Sie ganz offen. Ich weiß, es ist ein Schock, aber … das hätten wir wohl kommen sehen müssen …«

Margot ist perplex. Ihr Herz rast. Sie war sich so sicher, selbst angegriffen zu werden, dass sie nicht weiß, ob sie ihr Gegenüber überhaupt richtig verstanden hat.

Sie muss sich an den Armlehnen des Stuhls festhalten, damit sie nicht auf den Boden rutscht. Sie wird kreidebleich.

»Möchten Sie ein Glas Wasser? Es tut mir wirklich leid, dass ich Sie so … aufgeregt habe …«

Harry Mills ist Margot gegenüber nicht wohlwollend, aber auch nicht missgünstig. Wie andere im Fachbereich hat er im Laufe der Jahre hier und da Kritik an dem üppig ausgestatteten und hoch gehandelten *Projekt E. H.* geäußert, wohl auch Kritik an seinem berühmten Kollegen Milton Ferris, über den man sagt – und nicht boshaft, sondern schlicht zutreffend –, er habe in den letzten zwanzig Jahren keine Studenten mehr zu Gesicht bekommen, betrachte die von ihm betreuten Doktoranden als persönliche Lakaien und Sklaven und dulde, dass manchmal acht Jahre bis zum Abschluss ihrer Dissertationen ins Land gehen und dass die Betreffenden als willige kostenlose Arbeitskräfte des Professors im Kollegium verweilen. Es ist moniert worden, dass Ferris' Gedächtnislabor im Fachbereich »Kronjuwelenstatus« genießt und die interessante Arbeit anderer, nicht minder verdienstvoller Forscher in den Hintergrund drängt, dass Milton Ferris zudem seinen Einfluss dazu benutzt, seine Schützlinge in begehrten akademischen Positionen und in führenden Fachzeitschriften unterzubringen, wie ein Renaissancefürst Privilegien verlieh. Seit fünfzehn Jahren, heißt es, sei Milton Ferris der »erste Anwärter« auf einen Nobelpreis in seinem Bereich – vermutlich wegen seiner Pionierarbeit zum Gedächtnis.

Mills fragt Margot noch einmal nach ihrem Befinden. Ob sie ein Glas Wasser möchte. Oder ein Taschentuch …

(Hat sie zu weinen begonnen? Ihr brennen die Wangen salzig feucht.)

Sie schüttelt schwerfällig den Kopf. Ihr Herz schlägt nun langsam und fest. Sie wird nicht in Ohnmacht fallen, obwohl sie als Erwachsene noch keine solche Überraschung erlebt hat.

Sie bringt höflich heraus, ja, es geht ihr gut. Sie braucht kein Wasser.

Mills ist ein bisschen kleinlaut. Mit einer so extremen Reaktion hat er bei Margot Sharpe nicht gerechnet.

»Ich habe angenommen, Margot, völlig zu Unrecht, wie ich jetzt sehe, dass Sie von diesen Anschuldigungen wussten, zumal sie von früheren Laborkollegen vorgebracht wurden, die Sie kennen.« Mills stockt. Hat er sich verplappert? Die Identität der Kläger sollte ja wohl nicht offengelegt werden? Rasch, bevor Margot antworten kann, fährt Mills fort und sagt, er höre schon seit Jahren Gerüchte über Miltons unorthodoxe Forschungsmethoden. »Und da Sie so eng mit ihm zusammengearbeitet haben, müssten Sie etwas darüber wissen.«

»Nein. Ich muss darüber nichts wissen.«

Margot stockt kurz und wiederholt: »Nein. Ich habe keine Ahnung …«

Auch wenn Mills die Identität derer nicht preisgibt, die Beschwerde gegen Milton Ferris eingereicht haben, geht er so weit, Margot mitzuteilen, dass es sich um ehemalige Postdocs handelt, die in den letzten zwölf bis fünfzehn Jahren mit Ferris zusammengearbeitet haben; nach den Jahren in seinem Labor sind sie an Lehrstühle gegangen, die meisten in Festanstellung.

Margot denkt: *Kaplan? Kann das sein?*

Der privilegierte Sohn übt Verrat am Vater. Das kann nicht sein.

Der Fachbereichsleiter fordert Margot in gesetztem Ton auf, sich offen und ausführlich zu dem Thema zu äußern. Was sie sagt, wird vertraulich behandelt, versichert er; niemand erlangt Kenntnis von ihrer Aussage, auch Ferris nicht, zu keinem Zeitpunkt, es sei denn, sie selbst ergreift die Initiative dazu; ihr Name erscheint auf keinem Dokument, es sei denn, sie gibt die Erlaubnis dafür.

»Harry – wird das hier aufgezeichnet? Unser Gespräch?«

»Natürlich nicht, Margot! Ich zeichne nichts auf, es sei denn, Sie genehmigen es.«

Mills ist sichtlich beleidigt und gekränkt. Margot denkt, was auch

Milton Ferris gedacht haben mag: *Aber kann ich dir glauben? Wie kann ich dir auch nur ein Wort glauben?*

»Wenn Sie lieber ein andermal darüber sprechen möchten, Margot, ist mir das auch recht. Aber – denken Sie daran – unser Gespräch muss vertraulich bleiben.« Mills hält taktvoll inne. »Milton Ferris darf nichts davon erfahren, das versteht sich von selbst.«

»Noch nicht, meinen Sie. Milton darf – noch – nichts davon erfahren.«

»Das ist richtig. Solange die Anschuldigungen nicht durch Belege erhärtet sind, wird Milton überhaupt nichts erfahren. Diese Untersuchung ist privat und vertraulich, auch wer die Mitglieder der Untersuchungskommission sind, wird nicht bekanntgegeben.«

»Wissen Sie, wer sie sind – die Mitglieder dieser Kommission?«

»N-nein …«

Mills hat kaum merklich gezögert. Margot vermutet, dass er lügt.

Oder vielmehr nicht ganz die Wahrheit sagt,

(Kann sein, Mills weiß sehr wohl, wer um Mitarbeit in der Kommission gebeten wurde, weiß allerdings noch nicht, wer auch zugesagt hat. Genau genommen hat er seine Kollegin Margot Sharpe dann nicht angelogen.)

»Wie lautete der Vorwurf? – ›fortgesetztes und wiederholtes wissenschaftliches Fehlverhalten‹? Was heißt das genau?«

»Es heißt nicht, dass Ferris in seinen publizierten Arbeiten Daten gefälscht hat. So eine Anschuldigung erhebt niemand gegen ihn, bis jetzt zumindest nicht. Die Beschwerden konzentrieren sich darauf, dass Ferris sich jahrelang die Arbeit der jüngeren Kollegen und der Doktoranden aus seinem Labor ›angeeignet‹ hat. Er hat unter eigenem Namen Artikel veröffentlicht, die nicht auf von ihm selbst geleisteter Arbeit beruhen, und er hat regelmäßig Mitarbeiter schon für leiseste Kritik an ihm ›abgestraft‹. Einer seiner früheren Postdocs hat die Jahre bei Ferris als ›Schreckensherrschaft‹ bezeichnet. ›Aus

Furcht vor Vergeltung wagte niemand, sich zu beklagen oder anderer Meinung zu sein als er.‹«

Sie landen irgendwann in Sibirien. Oder irgendwo weiter westlich von hier, zum Beispiel an der Purdue.

Margot ist noch immer ein bisschen wacklig und benommen. Sie überlegt, ob der Leiter des Fachbereichs – in geheimer Absprache mit dem Dekan der Fakultät – etwas gegen *sie* ausheckt.

Kann es sein, dass die Anschuldigungen gegen Milton Ferris ein Trick sind? Oder – wird es zusätzlich zu den Anschuldigungen gegen ihren Mentor Milton Ferris auch welche gegen Margot Sharpe geben?

Der Ausdruck, mit dem Harry Mills sie anstarrt, die Form seines Mundes, als halte er ein Höhnen zurück, beunruhigt Margot. Sie hat den Faden des Gesprächs verloren und hat vergessen, wie die Anschuldigung lautete.

Es hat nichts Unangemessenes zwischen Elihu Hoopes und mir stattgefunden.

Es stimmt, zwischen uns besteht ein besonderer Rapport – das haben (vermutlich) auch andere beobachtet. Aber es ist nichts Unethisches in meiner Beziehung zu dem Probanden, und ich fordere jeden auf, das Gegenteil zu beweisen.

Als sie wieder klar denken kann, sagt Margot, sie weiß »absolut nichts« über ein Fehlverhalten von Milton Ferris. Sie hat bis zum jetzigen Zeitpunkt noch nie von solchen Anschuldigungen gehört und ist verstört und erstaunt darüber.

»Milton Ferris hat sich in den vielen Jahren, die ich seine Assistentin war, von mir nie etwas ›angeeignet‹. Als ich hier anfing, wurde ich gleich aufgefordert, beim *Projekt E. H.* mitzuarbeiten – eine Chance, wie man sie nur einmal im Leben erhält. Damals war mir nicht einmal klar, was für eine Chance – was für ein Privileg – es war. Ich war gerade mal dreiundzwanzig.«

Margot drückt sich vorsichtig aus, spricht ruhig. Spricht so deutlich, als ob sie glaube, das Gespräch werde doch aufgezeichnet. Betont mehrmals, Milton Ferris habe sich nie etwas von ihrer Arbeit angeeignet, auch nicht von der Arbeit anderer im Labor – sie ist sich sicher. »Mit Alvin Kaplan habe ich schon früh die Abläufe im Labor überwacht. Wir haben eng mit den anderen Angestellten zusammengearbeitet, haben Daten abgeglichen, haben uns abgestimmt. Milton war immer Forschungsleiter in jedem Sinne des Begriffs. Er hat Experimente entwickelt, hat geholfen, sie durchzuführen, geholfen, Daten zu sammeln – den größten Teil der Zeit. Natürlich war er manchmal auf Reisen, nahm oft an Konferenzen teil und hielt wichtige Vorträge über unser Projekt. Und ich habe in achtzehn Jahren – ich glaube, es sind achtzehn – kein einziges Mal erlebt, dass Milton in irgendeiner Weise unethisch oder unprofessionell vorgegangen wäre. Milton war weit entfernt von wissenschaftlichem Fehlverhalten, sondern im Gegenteil ein Vorbild für den höchsten Standard *wissenschaftlichen Verhaltens*.« Außer Atem gekommen, verstummt sie. Ihr Puls rast. Es fühlt sich an, als seien ihre Pupillen erweitert.

»Harry, ich bin unglücklich über diese Anschuldigungen. Ich bin – entrüstet! Das muss ein persönlicher Feldzug gegen Milton Ferris sein. Eifersucht unter Berufskollegen gibt es ja zur Genüge, vor allem seit Milton so häufig im Fernsehen auftritt – niemand wird mehr beneidet und abgelehnt als einer, der erfolgreich popularisieren kann. Sie sollten sich bemühen, das Ansehen Ihres hervorragenden Kollegen zu schützen, und nicht, es zu untergraben. Wenn Milton davon erfährt, könnten das Gründe für … für eine gerichtliche Klage sein …«

Dr. Mills versichert Margot prompt, er wolle tatsächlich genau das tun – Milton Ferris' Ansehen schützen. Deswegen leiten er und der Dekan eine Untersuchung ein, die sich derzeit erst in Vorbereitung befindet.

»Sie dürfen Milton aber nichts davon sagen, wissen Sie. Das wäre ein Verstoß gegen die Ethik, Margot.«

»Natürlich sage ich Milton nichts. Ich werde diese Anschuldigungen nicht dadurch würdigen, dass ich sie wiederhole, erst recht nicht gegenüber Milton. Er wäre am Boden zerstört und würde sehr zornig werden. Und würde Klage wegen Beleidigung und Verleumdung einreichen wollen.«

Eine so heftige Reaktion hat Mills von Margot Sharpe nicht erwartet. Wenn er von ihrer Beziehung zu ihrem Mentor weiß oder etwas ahnt, sollte er auch wissen, dass zwischen Margot Sharpe und Milton Ferris keine intime Beziehung mehr besteht; Margot hätte keinen Grund, Ferris zu verteidigen, und dürfte sogar Rachegefühle gegen ihn hegen. Aber davon ist nichts spürbar, und das beeindruckt den Fachbereichsleiter stark.

»Ich glaube … ich glaube, ich möchte jetzt gehen. Für mich ist das Thema beendet.«

Margot erhebt sich. Sie bewegt sich steif, wie eine viel ältere Frau. Als sie beinahe stolpert, springt Mills auf, um ihr zu helfen.

Während sie wie eine Schlafwandlerin in ihr eigenes Büro zurückkehrt, denkt Margot: *Ich gehe zu Milton. Ich warne ihn! Dann weiß er, wie sehr ich ihn liebe. Und liebt mich auch wieder.*

Sie ruft Milton Ferris nicht an.

Wird ihn auch nicht anrufen.

Die Überraschung in der Stimme, den untrüglichen Abfall des Tons, die fehlende Begeisterung, kaschiert durch forcierte Freundlichkeit mit einem Beiklang von schlechtem Gewissen, sie will das Risiko nicht eingehen, das hören zu müssen: *Oh, ja, Margot. Hallo …*

Denn es ist schon einige Zeit her, dass Margot privat mit Milton Ferris gesprochen hat, lange. Sie hat ihn aus Stolz nicht anrufen wollen, und noch länger hat Milton sie nicht angerufen.

Stattdessen ruft sie am Abend Alvin Kaplan an. Ein kleiner Whiskey, um sich Mut zu machen, und dann – der Anruf.

Kaplan vernimmt kaum ihre Stimme, da kennt er auch schon den Grund ihres Anrufs.

»Alvin, wie konntest du nur! Mein Gott.«

Ihr Gespräch verläuft stockend und peinvoll. Wie ein schuldbewusstes Kind will Kaplan den Eindruck erwecken, er gehöre nicht zu denen, die offiziell Beschwerde gegen Milton Ferris eingereicht haben, aber Margot lässt nicht locker: sie ist sich sicher. Dann geht Kaplan in die Defensive: »Der Mistkerl, er hat uns alle bestohlen, sogar Doktoranden! Herrgott, Margot, er hat dich bestohlen und ausgenutzt, von Anfang an …«

Solange Kaplan in diesem beleidigten Ton spricht, hält Margot den Telefonhörer ein Stück vom Ohr weg. Sie erträgt es nicht! Denkt: *Natürlich wussten sie, dass ich in ihn verliebt war. Sie wussten es alle. Sie haben über mich gelacht, mich aber bedauert. Haben mich nicht gehasst.*

Sie weist Kaplan darauf hin, dass sie ohne Milton Ferris beruflich alle nicht vorangekommen wären.

»Margot, wie kannst du so etwas sagen! Das ist lächerlich. Du und ich sind erstklassige Wissenschaftler – entschuldige, wenn das eitel klingt, aber es trifft für uns beide zu. Wir hätten auch bei anderen studiert und gearbeitet. Wären vielleicht an andere Universitäten gegangen und nicht bei E.H. gelandet, aber es kann sein, kann sehr gut sein, dass wir beruflich genauso viel geleistet hätten.«

»Das glaubst du doch selbst nicht, Alvin. Wie kannst du das sagen? Milton hat uns alles beigebracht, was wir wissen.«

»Stimmt, Milton hat uns vieles beigebracht, Milton ist, oder war, ein glänzender Wissenschaftler. Aber er hatte das Interesse an der Forschung verloren, das war nicht zu übersehen. Das Interesse an der *Arbeit*. Und deshalb hat er sich einfach unsere Arbeit unter den Nagel gerissen und als seine ausgegeben. Mit Eli Hoopes saß er auf einer Goldgrube. Im Zusammenhang mit unserem Kranken hat sich alles ausgezahlt – für Milton. E.H. ist ein neurowissenschaftlicher Einzelfall, und Milton hat ihn an sich gerissen. Und wir haben nie gewagt, Milton in die Parade zu fahren. Und die es doch taten …«

»Ich weiß nicht, wovon du sprichst. Ich kenne niemanden, der gegen Milton vorgegangen wäre. Wer soll das sein? Wer reicht Beschwerden gegen ihn ein?«

Kaplan nennt einen ehemaligen Assistenzprofessor der Universität, der jetzt beim Nationalen Gesundheitsinstitut in Washington arbeitet. Margot, die diese Person recht gut kennt, ist erstaunt und skeptisch.

»Ich rufe ihn an. Das kann nicht sein Ernst sein.«

»Du wirst ihn *nicht* anrufen, Margot. Bitte.«

»Was soll das heißen, bitte? Ich kann doch nicht tatenlos zusehen, wenn Milton zu Unrecht des Fehlverhaltens beschuldigt wird. Er wird tief getroffen sein, gedemütigt. Sein guter Ruf ist dann zerstört. Er ist siebzig Jahre alt …«

»Er hat sich über zehn Jahre unethisch verhalten. Er hat den Ruf mehrerer Wissenschaftler zerstört – und ihr Leben. Das Leben junger Frauen.«

»Das ist doch lächerlich! Und *nicht wahr*.«

»Du bist blind gewesen. Du wolltest es nicht sehen.« Nach kurzer Pause sagt Kaplan grausam: »Er hat die anderen nicht behandelt wie dich, Margot. Er hat *dich* immer bevorzugt – die anderen Frauen hat er einfach benutzt. Du lässt dich von deiner Eitelkeit leiten, nicht von deiner beruflichen Urteilskraft.«

Margot verschlägt es die Sprache. Kaplan kann es zwar nicht sehen, aber ihr steigt eine hektische Röte ins Gesicht, die teils Beschämung und teils freudige Erregung ist. *Dich immer bevorzugt* – das wird sie sich merken.

Stammelnd sagt sie: »Aber … wir dürfen Milton nicht schaden. Mag ja sein, er war – gelegentlich – gewissenlos, aber wir haben ein Gewissen, wir dürfen einem alten Mann nicht das Herz brechen.«

Dürfen einem alten Mann nicht das Herz brechen. Worte wie aus einem TV-Rührstück der Sorte, die Margot sich nie ansieht. Und doch ist das ihre aufrichtige Ansicht; sie zittert, und Tränen laufen ihr über das erhitzte Gesicht.

Kaplan sagt gehässig: »Er hat dich zur Leiterin des Projekts ernannt. Natürlich bist du ihm dankbar und willst nichts auf ihn kommen lassen.«

»Er hat dir die Stelle an der Rockefeller besorgt! Und hätte dich zum Leiter des Projekts ernannt, aber du wolltest ja wechseln.«

»Ich wollte nicht wechseln – ich wurde zum Wechseln genötigt. Von Milton.«

»Ach so? Und warum?«

»Damit er dich befördern konnte, warum denn sonst? Er hat *dich* immer bevorzugt.«

Gehässig wie unter Geschwistern. Die Kränkung, Margot spürt sie, genau wie die noch tiefer liegende Wut.

»Aber Tatsache ist doch, Alvin, dass du deine Stelle an der Rockefeller nicht hättest und die vielen Fördergelder nicht hättest einstreichen können, wenn Milton sich nicht für dich eingesetzt hätte.«

»Das ist eine Beleidigung. Das ist deiner nicht würdig, Margot.«

»Das Ganze ist *deiner nicht würdig*, Alvin.«

Allmählich tritt Kaplan jedoch den Rückzug an. Schuld- und Schamgefühle machen ihm sehr zu schaffen, wie Margot weiß. Den Mann zu hintergehen, dem sie ihre berufliche Laufbahn und ihr Leben verdanken, der ihr gemeinsamer Vater ist.

Kaplan spricht von einem halben Dutzend anderer, die fest entschlossen sind, Milton Ferris bloßzustellen, weil sie empört sind über seinen makellosen Ruf und über die Macht, die er in der Fachwissenschaft immer noch ausübt. Es sind Personen darunter, die Margot kennt, wenngleich nicht gut. (Ja, eine ist die ehemalige Kollegin, die jetzt an der Purdue unterrichtet. Das war Margot bekannt.) Kaplan berichtet ihr von anderen Beispielen für fragwürdiges wissenschaftliches Verhalten von Seiten Miltons, darunter das Ausnutzen weiblicher Mitarbeiter; bei diesem delikaten Teil ist Kaplan diplomatisch und demütigt Margot nicht dadurch, dass er die anderen Frauen namentlich aufzählt. Er gibt ihr jedoch zu verstehen, dass

Ferris als jemand verrufen ist, der sich die Naivität junger Wissenschaftlerinnen sexuell und beruflich zunutze macht; das sei allgemein bekannt. »Natürlich«, räumt er ein, »ist Milton auch sehr nett – oder kann es sein. Er ist großzügig, charmant, er hat alles an Preisen und Förderungen bekommen, worum er sich je beworben hat. Er ist der Vorsitzende der Mitgliederkommission der Nationalakademie. Wenn er davon erfährt und wir die Sache mit unseren Beschwerden nicht bis zu Ende durchfechten, damit er wenigstens aus dieser mächtigen Kommission entfernt wird, wirft er uns bis ans Ende seines Lebens Knüppel zwischen die Beine.«

»Was soll das heißen – wenn er davon erfährt? Ich habe keine Anschuldigung gegen Milton erhoben – ich habe ihn verteidigt. Ich war gerade bei Mills im Büro und habe ihn verteidigt, und ich lege meine Aussage auch noch schriftlich nieder, da kannst du Gift drauf nehmen.«

»Du kannst diese Untersuchung nicht sabotieren, Margot. Du weißt ganz genau, dass Milton Ferris dazu gebracht werden muss, seinen Abschied zu nehmen.«

»Ich habe es dir bereits gesagt: das ist *nicht wahr*. Ich werde nicht bezeugen, *dass es wahr ist*, niemals.«

Ihr jedenfalls, sagt Margot erregt, sei es egal, ob sie in die Nationalakademie oder eine andere berufsständische Organisation gewählt werde. Sie sei *Wissenschaftlerin*, keine *Aufsteigerin*.

Kaplan erwidert, das sei Blödsinn. Natürlich sei es ihr nicht egal, und das sollte es auch nicht. *Ihm* sei es das nicht.

Margot wiederholt: Sie kann Milton Ferris nicht hintergehen und wird es auch nicht – niemals.

»Er geht sowieso bald in den Ruhestand. Es ist doch sinnlos, ihn jetzt zu zerstören.«

Nach einer kräftezehrenden Stunde am Telefon gibt Kaplan nach. Oder gibt scheinbar nach. Margot dankt ihm mit einer Stimme, die vor Rührung zittert. Sie legen auf, beide gereizt und erregt.

Bald darauf hört Margot von Harry Mills, dass das Verfahren gegen Milton Ferris vorläufig ausgesetzt ist. Ihre Bemerkungen werden aus der Akte gestrichen, wenn sie es wünscht.

»Ja, streichen Sie alles. Auch dieses Gespräch. Gute Nacht.«

Erschöpft und triumphierend denkt Margot: *So etwas würde ich dir nie antun, Milton. Wir haben uns so sehr geliebt.*

* * *

Es war Milton Ferris, der ihr das Trinken beigebracht hat. Sie dazu gebracht hat, seinen Lieblingswhiskey – Johnnie Walker Black Label – allen anderen vorzuziehen.

Brennend heiß gleitet er ihr durch die Kehle und schickt sein Feuer durch ihren ganzen Körper, und sie stolpert in ihr verdunkeltes Schlafzimmer und fällt halbbekleidet auf das Bett. Gleitet in einen süßen, köstlichen Schlaf, aus dem zu erwachen ihr von Mal zu Mal schwerer fällt.

Kapitel sechs

Eli? Eli!

Er steht auf einer Holzbrücke in einer Sumpfniederung, wappnet sich mit leicht gespreizten Beinen und fest in den Boden gestemmten Fersen gegen den plötzlichen Windstoß.

Er steht auf einer Holzbrücke an diesem Ort, der ihm unbekannt ist und außerordentlich schön. Denkt, das muss der Lake George sein, ist sich aber nicht sicher. Die Stelle hat er noch nie gesehen, das weiß er genau. Er weiß, dass er sich wappnen muss, klammert sich mit beiden Händen fest an das Geländer.

Dieses Fleckchen ist ihm unbekannt, aber wunderschön, und trotzdem hat er Angst, dass er, wenn er sich umdreht, in dem seichten Bach unter der Brücke hinter sich das ertrunkene Mädchen sieht.

… nackt, ungefähr elf Jahre alt, ein Kind. Die Augen offen und blicklos, im Wasser schimmernd. Sich kräuselndes Wasser, in dem das Gesicht des Mädchens zu erschauern scheint. Ihr schmaler weißer Leib, zitternde lange, weiße Beine und bloße Füße. Sonnenkleckse, Wasserläufer, ihre Schatten auf dem Gesicht des Mädchens vergrößert.

Sie haben ihn fest geschüttelt, haben gesagt: *Eli, du hast nichts gesehen. Du hast deine Cousine nicht im Wald gesehen. Du hast Gretchen an dem Tag gar nicht gesehen, du irrst dich.*

Sie rüttelten und schüttelten ihn immer fester. Sagten nein: *Um Gottes willen, du hast einen schlimmen Albtraum, Eli. Du kannst Albträumen nicht nachgeben, du treibst uns alle in den Wahnsinn.*

»Mr Hoopes?«

Er wendet sich um. Sieht verblüfft, dass hinter ihm leise jemand aufgetaucht ist oder schon einige Zeit dort steht und er absolut nichts gemerkt hat.

»Wir sollten jetzt wieder zurückgehen, Mr Hoopes. Sie haben um ein Uhr einen Termin, wissen Sie.«

»Ja! Stimmt.«

Er sagt es leichthin. Lächelt.

Es bringt ihn durcheinander, dass die junge Frau plötzlich da ist. Es ist nicht die, an die er gedacht hat – nicht die, die er *gesehen* hat. Die hier ist viel älter, in den Zwanzigern. Hat karamellbraune Haut und dunkles, straff geflochtenes Haar, das in einer komplizierten Anordnung über den Kopf verteilt ist. Sie trägt einen hellgrünen Baumwollkittel über einer dunkelgrünen Baumwollhose, an den Füßen weiße Schuhe mit Kreppsohlen und am linken Revers ein weißes Namensschildchen. Wahrscheinlich medizinisches Personal. Eine Hilfsschwester oder Wärterin. Er kneift sein gutes Auge zusammen und liest ihren Namen: YOLANDA.

Ist verwirrt. Will seine Unruhe verbergen. Hinter ihm (er weiß es) ist etwas, was er aber nicht anschauen darf, hinter dem Geländer der Holzbrücke fließt unten der seichte Bach. Er hat große Angst, nachzusehen, was es ist, aber Yolanda lächelt ihn weiter so an, als wäre alles in bester Ordnung. Sie kennt ihn: »Mr Hoopes.« Sie ist weder überrascht noch bestürzt. *Sie weiß nichts von dem Kind im Bach.*

»Hat es Ihnen Freude gemacht, ein bisschen an der frischen Luft spazieren zu gehen, Mr Hoopes? Ist schön hier, nicht? Mein Lieblingsplatz hier draußen.«

»Ja. Meiner auch.«

Seine Stimme ist die eines erwachsenen Mannes. Er spürt diese Stimme als tiefen Bariton in der Kehle und begreift, dass er kein Kind ist: Er ist nicht fünf Jahre alt, sondern viel älter. Sein Körper hängt an ihm wie ein zu großer Mantel.

Und was immer da geschehen ist, ist zu einer anderen Zeit geschehen. Und an einem anderen Ort.

»Mr Hoopes? Nicht vergessen ... Ihr Zeichenbuch ...«

Die karamellbraune Frau zeigt auf eine Künstlerzeichenmappe, die ans Brückengeländer gelehnt ist, als habe jemand sie aus Verwirrtheit dort abgestellt. Die Mappe ist zugeklappt, und er hat auch keine Zeichenkohle und keinen Bleistift in der Hand, allerdings die angenehme Erinnerung daran, dass seine Finger etwas hielten – tatsächlich, er hat ein Stück Zeichenkohle in der Jackentasche. Offensichtlich hat er die üppige Sumpflandschaft weit hinter der Brücke gezeichnet, wo ganze Schwärme von Rotschulterstärlingen und Staren sitzen.

»Danke! Das würde ich ungern vergessen.«

»Das ist richtig, Mr Hoopes. Letztes Mal, als Sie die Mappe vergessen hatten, musste ich ganz schön suchen.«

»Yo-landa, gehen Sie auch gern hier spazieren? Wohnen Sie in der Nähe?«

»Nein, Mr Hoopes. In der Nähe, das kann man nicht behaupten.«

Die junge Frau lacht, kleine weiße Zähne kommen zum Vorschein. Ihr Akzent ist samtig weich. Bei so einem Akzent wird sie von den Inseln kommen, aus der Dominikanischen Republik.

»Bin ich zu spät dran, Yolanda? Ich hoffe nicht.«

»Nein, Mr Hoopes! Deshalb bin ich ja da, ich passe auf, dass Sie nicht zu spät kommen.«

»Komme ich denn manchmal zu spät? Laufen Sie deswegen hinter mir her?«

Die junge Frau lacht, als habe Elihu Hoopes sie gekitzelt. »Ich laufe nicht hinter Ihnen her, Mr Hoopes, ich gehe mit Ihnen spazieren.«

»Damit ich nicht verschüttgehe.«

»Genau, Sie gehen nicht verschütt.«

»Ich hoffe, Sie werden auskömmlich bezahlt, wenn Sie aufpassen, dass solche wie ich nicht verschüttgehen.«

Solche wie ich ist eine Rückfrage. Durch die Antwort der jungen Frau möchte Elihu Hoopes feststellen, ob es tatsächlich *solche wie ich* gibt oder ob er ein *Einzelfall* ist.

Ein *Einzelfall* zu sein ist ein grausames Schicksal. Er hat Angst davor, dass es so ist.

Yolanda geht jedoch vor ihm her, und es nicht klar, ob sie ihm wirklich zuhört. Mit Fremden zu sprechen ist wie das Volley beim Tennis: wenn es gelingt, das Volleyspiel aufrechtzuerhalten, entsteht eine Verbindung, eine intensive und aufregende Verbindung, aber wenn sie reißt, drischt man mit dem Schläger sinnlos in die Luft.

Er hat die Holzbrücke vergessen, den Bach darunter, das sich kräuselnde schimmernde Wasser in den Schatten, auf das er nicht schauen sollte, hat die Mahnung, nicht hinzusehen, vergessen. Und dreht sich um.

Aber er hat sich umgedreht, und da ist nichts. Wovor hatte er solche Angst? Sein Herzschlag beruhigt sich, die Gefahr ist vorüber.

Er reibt sich die Hände, verteilt den kühlen Schweiß.

Er merkt, er steht jetzt an einem Weg, der mit Holzschnitzeln bestreut ist. Er ist nicht in den Adirondacks oder irgendwo in der freien Natur, sondern in einer Parklandschaft. Weiter vorn, durch eine Baumgruppe hindurch teilweise zu erkennen, steht ein Gebäude aus matt schimmerndem Glas.

Ein Bau in der Welt des Überflusses, ihn verlässt der Mut. Überfluss ist Künstlichkeit, der die Seele verkümmern lässt.

Hinter ihm liegt ein sumpfiges Gelände mit dichtem Schilf und Rohrkolben, mit Wasserlachen, glitzernd wie die Scherben eines zerbrochenen Spiegels. Monarchen, Rotschulterstärlinge. Und auf dem sich kräuselnden Wasser das ausgelassene dauernde Hin und Her von Wasserinsekten wie feuernde Neuronen.

Hinter ihm, in Vergessenheit absinkend, die Holzbrücke und der seichte Bach.

Hier sind Wanderwege markiert, aber sie sind alle mit Holzschnitzeln bestreut und führen vermutlich nach einer Viertelmeile alle wieder zu einem anderen zurück wie in einem Labyrinth. Er ist enttäuscht, dass er nicht am Lake George ist – nicht mal in der Nähe, das ist offensichtlich –, sondern in diesem Gelände mit sorgfältig instand gehaltenen Wegen, Steinbänken, die nach verstorbenen Stiftern benannt sind, und Beeten voller bunter Herbstblumen: Zinnien, Ringelblumen, Astern.

Der Sumpf ist wohl eine natürliche Landschaft. Jemand hatte die Idee, daran angrenzend einen Park anzulegen. Der Überfluss schwappt in die Natur über und verändert sie nach seinem Bilde.

Seltsam, dass er die Richtung zu kennen scheint, in die sie gehen, obwohl er hier noch nie gewesen ist. Als sich der Weg mit den Holzschnitzeln gabelt, biegen die Frau mit der Karamellhaut und Elihu Hoopes, ohne zu überlegen, nach links ab.

Die Frau, deren Name ihm entfallen ist – er weiß, es ist ein schöner, ein fremdländischer Name –, geht vor ihm. Getüpfeltes Sonnenlicht fällt ihnen wie Münzen über den Kopf. Es verlangt ihn danach, die Hand nach ihr auszustrecken, sie anzufassen: die schmale Schulter in dem hellgrünen Kittel, das Haar an ihrem Hinterkopf, das so straff zu Zöpfchen geflochten ist. Aber er weiß: *Das geht nicht. Das darfst du nicht. Nie wieder.*

Er ist nicht erregt. Nicht sexuell erregt. Sehnt sich aber danach, sie anzufassen, er ist so einsam.

Das darfst du nicht. Nie wieder.

Als ob sie seine bangen Gedanken lesen könne, schaut die Frau zu ihm zurück und sagt lächelnd: »Mr Hoopes, sagen Sie mir noch mal, was das für Vögel sind? Ich bring die dauernd durcheinander.«

Sie stehen am Rand eines großen, von Weiden gesäumten Teichs, auf dem Wasservögel schwimmen: Stockenten, Gänse, majestätische weiße Schwäne. Am Ufer picken kleinere Vögel aufgeregt nach Körnern, die jemand für sie hingeschüttet hat.

Er zeigt auf die Enten: »Blauflügelente« – »Stockente« – »Nordamerikanische Pfeifente«; zeigt auf die Gänse: »Kanadagans« – »Schneegans«; zeigt auf die Schwäne: »Pfeifschwan«. Die kleineren Vögel heißen: »Rotkardinal« – »Winterammer« – »Abendammer« – »Singammer« und »Feldammer«. Die Namen kommen ganz von selbst, als ob sein Zeigefinger und die Vögel gemeinsam zauberten, und das Mädchen lacht vor Entzücken, als habe er ihr gerade ein tolles Kunststück gezeigt.

»Allerdings«, sagt Elihu Hoopes, »wissen die Vögel nicht, wie sie heißen. Die Namen kennen nur wir, denn wir haben sie ihnen gegeben.«

Die Frau mit der Karamellhaut lacht unsicher. Sie betrachtet ihn mit der Skepsis und Scheu, mit der sie im Institut jeden männlichen Patienten mittleren Alters betrachtet, dessen Krankheit in seinem Kopf verborgen ist.

»Und was für Wolken sind das, Mr Hoopes?«

Sein Blick schwingt aufwärts. Der Himmel ist eine Überraschung mit den Wolkengebirgen und tiefen Tälern, die aussehen, als könne man tief in sie hinabstürzen. Und dahinter das blasse Blau von Glas, das der Regen abgewaschen hat.

»Das meiste ist Zirrokumulus – Schäfchenwolken. Am Horizont Stratokumulus – Regenwolken.«

Auch diese Namen fallen ihm einfach so ein. Er spürt, dass die Frau ihn das schon einmal gefragt hat, denn seine Antworten überraschen sie nicht sonderlich; sie wird sie sich auch nicht merken, denn im Grunde interessieren Wolken sie nicht.

Er möchte gern zu der wunderschönen Frau mit der Karamellhaut sagen: *Ich sage dir diese Dinge, weil ich dich liebe. Wer immer du auch bist.*

Lächelt in sich hinein. Sie wäre total baff, wenn sie das wüsste.

»Mr Hoopes, sind Sie … Lehrer? Professor?«

»Leider nein.«

»Anwalt?«

»Nein. Glaub nicht.«

»Dann irgendwas in der Wirtschaft.

»Irgendwas in der Wirtschaft, ja.«

Doch wenn er sich ins Gedächtnis zurückrufen will, als was er gearbeitet hat, am Schreibtisch, im Büro, am Telefon, mit Zahlenkolonnen und Kalkulationen, sich ins Gedächtnis zurückrufen will, dass sein Vater wegen irgendetwas mit der Firma Hoopes, Inc. so eindringlich auf ihn eingeredet hat, macht es in seinem Gehirn knacks. Wie Eis, das bricht. Und ihm fällt einfach nicht ein, worum es dabei geht. Oder ging. Das alles ist vorüber.

»Ein sehr schöner Park, den das Institut hier hat, nicht, Mr Hoopes?«

»Ja?«

»Sie finden das *nicht*?«

»Für mich zu lahm, Yolanda.«

Er sieht (wieder), dass die Frau Yolanda heißt. Sagt den Namen aber besonders beiläufig, als habe er ihn von Anfang an gewusst.

Er hat feine Antennen für die Erwartungen anderer entwickelt und erkennt inzwischen schon an minimalen, fast unsichtbaren Muskelbewegungen im Gesicht eines Gegenübers, ob eine Äußerung, die er getan hat, einleuchtend und vernünftig oder sinnlos und irrational ist und dem Zuhörer signalisiert, dass *mit dieser Person irgendetwas nicht stimmt*.

Yolanda aber lacht, als habe er etwas Unerhörtes gesagt.

»Zu *lahm*? Wie hätten Sie es denn lieber, Mr Hoopes – *wild*?«

»Ja, Yolanda. Wild.«

Elihu sagt es voller Sehnsucht. Yolanda schaut schmerzlich berührt. Sie hat, wird ihm klar, *Mr Hoopes* so sorgfältig artikuliert, dass er gleich überlegen muss, ob der Name ihr etwas sagt, ob sie aus Philadelphia stammt und ihm früher schon begegnet ist, in gehobenen Kreisen sozusagen, oder, doch wohl eher, ob es für sie bloß ein Name ist, ein komischer Name, so komisch wie der Mensch Elihu Hoopes, einer von denen, die *nicht ganz richtig im Kopf* sind.

Er sieht an sich herab: ordentlich gebügelte Baumwollhose, Leinenhemd, Ochsenblut-Mokassins. Eli trägt keine Krankenhauskleidung, ergo ist er kein »Patient«.

Er könnte allerdings ambulanter Patient sein.

(Körperlich fühlt er sich gar nicht übel. Seine Schmerzwahrnehmung – taktil, innerlich – ist abgestumpft, wie betäubt. Als seien Teile seines Körpers eingeschlafen.)

Er würde Yolanda gern fragen, wo sie hier sind und warum, findet aber nicht den passenden leichten Plauderton.

»Wir gehen jetzt da rauf, auf die Minute pünktlich, Mr Hoopes«, versichert Yolanda ihm, als ob sie seine Gedanken lesen könne.

Sie verlassen den privaten Park. Folgen einem Kiesweg zum Hintereingang des Gebäudes, das, zählt er rasch, acht Geschosse hat.

Ein Krankenhaus? Ein Ärztehaus?

Der Zwang, schnell alles zu zählen, was sich auf Zahlen zurückführen lässt, nützt ihm allerdings nichts, wenn ihm eine x-beliebige Zahl in den Sinn kommt – das weiß er, versteht aber nicht, warum –, die ihm kurz danach schon wieder entfallen ist.

Er wendet den Blick ab, damit er nicht gleich wieder blöde Autos auf dem Parkplatz zählt nach der Methode: wie viele Autos pro Reihe, wie viele Reihen, multiplizieren.

»Da sind Sie ja, Mr Hoopes! Hatten Sie einen schönen Spaziergang?«

»Hallo, Eli. Yolanda hat gut auf Sie aufgepasst, ja?«

Lächelnde Fremde tauchen aus dem Nichts auf. Zwei Frauen und ein Mann, auch einheitlich in hellgrünen Kitteln, dunkelgrünen Hosen und weißen Schuhen mit Kreppsohlen. Offenbar kennen sie ihn und mögen und respektieren ihn – das ist positiv. Er versucht gar nicht erst, die Namensschildchen zu lesen, denn (das spürt er) er soll ihre Namen nicht wissen.

Es ist positiv, wenn man gemocht und respektiert wird, dann wird einem wahrscheinlich nicht weh getan.

Er ist mal geschlagen worden. Mehr als einmal. Wenn er die Augen schließt, erinnert er sich an das Staunen, mit Fäusten geschlagen, geboxt, getreten und angebrüllt zu werden – *Niggerfreund! Scheißjude!* Es kam so plötzlich, dass er zu Boden ging, und wenn man erst mal zusammengeschlagen auf dem Boden liegt, ist man wehrlos. Versucht den Kopf zu schützen, das Gesicht, den Bauch. Er erinnert sich an die Angst, als er glaubte, er würde sterben, aber auch an die merkwürdige Stille in der Angst, so als hätte sich ein Teil von ihm, seine Seele vielleicht, aus Selbstschutz ganz klein gemacht und wäre in Vergessenheit geraten.

Wie Inseln, die aus einem dunklen Sumpf auftauchen, steigen diese Erinnerungen auf. Er klammert sich aber nicht daran fest, er hat gelernt, diese Erinnerungen kommen zu lassen und wieder dem Vergessen anheimzugeben, denn er hat gelernt, sich nicht aufzureiben bei den Anstrengungen, die außer Zahlen nichts Sinnvolles erbringen. Was ihm in den Sinn kommt, kommt ihm ohne sein Zutun in den Sinn. Und ganz gleich, wie sehr er sich anstrengt, es löst sich wieder auf und entschwindet.

Er ist sich nicht sicher, ob er sich an Schmerz erinnert oder ob es der Schmerz eines anderen war, an den er sich erinnert. Eines Körpers, getreten und über das Pflaster geschleift, der schreit und stöhnt, das unerträgliche leise Geräusch eines Körpers, auf den mit einem Stiefel eingetreten wird, aber (vermutlich) wohl nicht seiner.

»Hallo, Eli! Herrlicher Tag heute, nicht?« Noch ein lächelnder Fremder geht an ihm vorbei. Der hier hat einen weißen Laborkittel an, muss ein Arzt sein.

»Ein herrlicher Tag, ja, wenn man am Leben ist.«

Seltsam, dass er den Weg zu den Fahrstühlen kennt, obwohl er keine Ahnung hat, wohin er gebracht wird. Sie steigen in einen ein, die Frau mit der Karamellhaut drückt auf einen Knopf, Eli sieht es und hat es im nächsten Augenblick vergessen. Auf einer Etage steigt jemand in den Fahrstuhl zu und berührt ihn an der Schulter, er dreht sich um. Ein lächelndes, maskenhaftes Gesicht, das manchmal verrutscht, wenn er den Kopf zu schnell dreht und der Betreffende die Panik in seinem Blick sieht.

»Eli? Wie geht's?«

»Sehr gut, danke. Und Ihnen?«

»Sehr gut.«

Die Frau mit der Karamellhaut steigt im dritten Stock mit ihm aus dem Fahrstuhl aus. Das wird er sich merken: Ziffer drei.

Drei ist üblicherweise gelb. Kein leuchtendes Gelb wie das bei dem kleinen Flugzeug seines Großvaters, sondern eher ein gedämpftes Gelb.

Ergo: wenn er sich *gelb* merkt, merkt er sich auch *drei*.

»Hier entlang! Sie sind auf die Minute pünktlich.«

Jetzt geht er mit einem energischen jüngeren Mann.

Freundlich und bestimmt spricht der mit Elihu Hoopes, als kenne er ihn. Die aus dem Fahrstuhl, wer immer es war, ist nicht mehr da. Er würde sich umdrehen und sehnsüchtig nach ihr Ausschau halten, weiß aber, dass das sinnlos ist; sie ist wie weggefegt.

Jemand, den er liebt. Geliebt hat. Weg.

Durch eine Schwingtür: LABOR NEUROPSYCHOLOGIE.

Weiße Wände, steinfarbene Bodenfliesen, Neonlicht – hier ist er noch nie gewesen, aber irgendwie kommt es ihm bekannt vor und ist dadurch beruhigend.

Jetzt gehen zwei Männer, beide in weißen Mänteln, neben ihm her. Einer rechts, einer links. Der panische Gedanke kommt wieder: *Das sind ein Neurologe und ein Neurochirurg. Die bohren mir ein Loch in den Kopf, ich rieche den herben Rauch.*

Hier in der *Neuropsychologie* ist er öfter »Eli« als »Mr Hoopes«. Seine Sinne arbeiten schneller, er nähert sich dem Kern des Geheimnisses.

Seltsam, dass er zum zweiten Mal wie instinktiv durch eine offene Tür zu einem Raum abbiegt, obwohl er hier noch nie gewesen ist.

Wenn er das rechte Auge zumacht, fällt manchmal die Hälfte seines Gesichtsfelds aus. Und wenn er das rechte Auge aufmacht, ist alles wieder wie vorher, nur dass (manchmal) jemand bei ihm ist, den er vorher nicht bemerkt hat: aus dem Nichts aufgetaucht. Jetzt darf er auf keinen Fall Überraschung oder Verwirrtheit zeigen.

In einem sonnenhellen Raum sitzen mehrere Personen. Warten die auf ihn? Aber warum auf ihn? – ihm wird bange. Eine Frau sieht ihn mit einem Ausdruck furchtsamer Erwartung an, steht aber gleich auf und ruft mit hoher Stimme: »Eli! Ach, Eli.«

Sein Anblick scheint sie zu verstören, zu ängstigen. Unbeholfen will sie ihn in die Arme schließen oder sich von ihm umarmen lassen, aber er bleibt einfach steif stehen und rührt sich nicht. »Eli, wie geht es dir? Ich bin's, Rosalyn …«

Rosalyn ist Elis jüngere Schwester. Aber diese Frau ist nicht Rosalyn.

»Du kennst mich, Eli – nicht? Guten Tag …« Die Frau verstummt traurig.

Es ist unangenehm, wie dicht die Frau vor Eli Hoopes steht. Sie fasst ihn an Arm, sieht ihn flehentlich an. In ihren Augen schimmern Tränen der Bestürzung und des Tadels.

»Eli, bitte sag etwas. Man hat uns mitgeteilt, jetzt wäre eine gute Zeit, dich zu besuchen …«

Diskret legt er etwas mehr Abstand zwischen sich und die ungestüme Frau.

»Hal-*lo*. Schön, Sie zu sehen.«

Seine Stimme klingt ihm platt und automatenhaft in den Ohren wie eine Bandansage. Er fürchtet, nicht sonderlich überzeugend zu sein: Es ist nicht leicht, so zu tun, als freue man sich, jemanden zu sehen, wenn sich nichts für diesen Menschen in einem regt und man nicht weiß, wer es ist.

Als spiele man mit verstauchtem Knöchel Tennis. Es ist knapp zu schaffen, aber nur mit übermenschlicher Willenskraft. Schweiß tritt einem auf die Stirn, so extrem ist der Schmerz.

»Oh, und es ist schön, *dich* zu sehen, Eli! – du siehst ausgeruhter aus als beim letzten Mal … Hast du gezeichnet? Zeigst du uns, was du gemacht hast?«

Die Stimme der Frau klingt ängstlich und drängend. Sie bittet ihn inständig, mit dem Mut der Verzweiflung. Wie soll er reagieren? Wie lautet seine Antwort? Hinter der Tür ist er gleich wie angewurzelt stehen geblieben, als wäre er in Trance, die Arme eng neben sich. Dicht neben ihm haben zwei Männer sich erhoben und lächeln ihm mit demselben Ausdruck banger Erwartung unsicher an.

Der Name meiner Schwester, aber sie ist nicht meine Schwester.

Die Gesichter meiner Brüder, aber nicht meine Brüder.

»Erkennst du mich denn nicht, Eli? Deine Schwester Rosalyn – Rosie. Oh, bitte.«

»Rosalyn. Rosie.« Eli spricht die Namen leise aus, probeweise.

Stimmt schon, das angespannte Gesicht der Frau kommt ihm bekannt vor wie bei einem nervtötenden Déjà-vu. Dieses Gesicht hier ist älter, voller, weniger hübsch als das Gesicht seiner jüngeren Schwester, wie er es in Erinnerung hat; er bringt es nicht über sich, das zuzugeben. Die Augen, engstehend und vorwurfsvoll mit ihren Tränen, sind nicht Rosalyns Augen. Der mit Lippenstift bemalte Mund ist unschön verschmiert, als sie ihn küssen wollte, aber nur seine Wangen streifte.

»Du musst mich doch erkennen, Eli. Ich habe dieselbe Frisur wie … bevor du krank wurdest. Und der Pullover, an den erinnerst du dich doch sicher …«

Tut Eli auch. Er erinnert sich an den Pullover. An die weiche violette Wolle, an die Holzknöpfe.

An die Frisur erinnert er sich nicht. An das Gesicht auch nicht.

Er fühlt sich eingeengt, die manipulieren so grob. Legen Fährten aus (wie den Pullover mit den Holzknöpfen) und stoßen ihn mit der

Nase drauf, um ihn zu verwirren: *Wieso legen wir dich denn herein, wenn wir zugeben, dass wir dich hereinlegen?*

»Bitte sag mir guten Tag, Eli. Sag es einfach: Guten Tag, Rosie.«

»Guten Tag, Rosie.«

»Bedeute ich dir denn gar nichts? Ich bin deine Schwester, ich liebe dich doch.«

»Ich bin deine Schwester, ich liebe dich doch.«

Eli wiederholt diese außergewöhnlichen Worte, die er nicht zu entschlüsseln vermag, da die Frau, die sie spricht, seinem Verständnis nach nicht seine Schwester ist, jedoch nicht klar ist, ob die Frau ebenfalls weiß, dass sie nicht seine Schwester ist, oder ob sie selbst verwirrt ist und sich täuscht.

»Empfindest du denn gar nichts für *mich*?«

»Empfindest du denn gar nichts für *mich*?«

Mit einem Mal möchte er alle besänftigen. Wer immer die Frau ist, wer immer die Männer sind, die mit einem Lächeln (einem vorsichtigen, wachsamen, denn das Lächeln glücklichen Wiedererkennens ist es nicht) auf ihn zukommen und deren Gesichter ihm auf diese anrüchige Art des Déjà-vu ebenfalls bekannt vorkommen.

Klug, wie er ist, spürt er, dass er einen großen Fehler gemacht und diese Blender hat merken lassen, dass er weiß, dass sie Blender sind. Das könnte gefährlich sein. Mit seiner Autarkie und Unnachgiebigkeit hat er sich in seinem verlorenen alten Leben oft bei anderen unbeliebt gemacht, jetzt ist er in der schwächeren Position und muss vorsichtig vorgehen.

Sein Gruß fällt kräftig aus: »Hal-*lo*!«

Seine Brüder, das weiß er, heißen Averill und Harry und sind älter als er: Averill zwei Jahre, Harry fünf. Deshalb ist es für ihn nicht leicht, zu entscheiden, welcher von den beiden Blendern welcher Bruder sein soll, denn es ist nicht klar (und anstarren möchte er sie nicht, auf keinen Fall), welcher von den beiden der Ältere und welcher der Jüngere ist.

Überraschend für sie, sein plötzlicher Überschwang. Er schüttelt ihnen die Hand: »Averill!« – »Harry!« Ergreift aufs Geratewohl die Hand des einen Bruders und aufs Geratewohl die des anderen. Sollen sie ihn berichtigen, wenn er sich geirrt hat.

Der andere Blender, seine Schwester, steht dicht daneben. Alle drei sagen etwas, wollen etwas sagen. Eli, im Zentrum des Tumults, ist still.

So eine Konfrontation ist wie das Paddeln im Kanu, denkt er. In einem langen Kanu, aus passgenau zusammengefügten Holzstreifen gefertigt. Schwer, wunderschön. Aber gefährlich, denn bei stürmischem Wetter kann ein Kanu kentern.

Sie paddeln in einem Kanu durch kabbeliges Wasser, und jeder von ihnen hat ein Paddel. Aber sie sind nicht koordiniert. Nur Eli Hoopes ist ein guter Kanufahrer, die anderen sind ungeschickt, stochern herum. Sie sind Blender und geraten in eine Abwehrhaltung.

»Eli, du weißt, wer wir sind – ich glaube schon.«

»Wenn wir heute hier wegfahren, Eli, kommen wir nicht wieder. Das ist das letzte Mal.«

Das letzte Mal. Doch Eli weiß, es hat keine vorigen Male gegeben, denn an diese windigen Gestalten würde er sich erinnern, und das tut er nicht.

Eli sagt, leise stammelnd: »Aber ich kenne euch ja. Ich hab's doch gesagt. Averill – Harry. Und Rosie.«

Der Ältere der Brüder, getarnt als Harry, erwidert mürrisch: »Ja, du kennst uns. Aber du spielst uns vor, dass es anders wäre.«

»Ich spiele nichts vor. Ich gebe mir große Mühe, euch davon zu überzeugen, dass ich *nichts vorspiele.*«

Der andere, getarnt als Averill, sagt: »Das ist ausgemachter Blödsinn.«

Die Frau, getarnt als Rosalyn, sagt mit einem kurzen Aufschrei gekränkt: »Aber – Eli ist nicht gesund! Seine Gedächtnis ist beschädigt.«

»Er kennt uns, sieh ihn dir an. Er ist schon immer ein arroganter Mistkerl gewesen.«

Ganz sicher sind sich die Blender aber nicht. Erkennt Eli sie und streitet es ab, oder hat Eli Hoopes sie tatsächlich nicht erkannt und hofft, er kann ihnen weismachen, dass er sie erkannt hat?

In dem Moment sieht Eli, dass eine Bühne aufgebaut worden ist. Er und die Blender-Geschwister werden gebeten, sich doch zu setzen, miteinander zu sprechen – eine Beziehung aufzubauen. Eine Sitzecke in einem Krankenhaus oder einer Klinik bildet den Rahmen dafür; es ist kein natürlicher Rahmen, denkt Eli, mit Sicherheit nicht in einem Privathaus. Er setzt sich, die anderen – Rosalyn, Averill und Harry – nehmen ihm gegenüber Platz. Ein paar Schritte entfernt ist eine Kamera, bedient von einem jungen Menschen, auf sie gerichtet.

Das Thema ist: diese Personen, die Fremden, die Eli Hoopes nicht kennt.

Er wird sich bemühen, sie zu besänftigen, denn er will keinen Ärger. (Seine Zeichenmappe hat er fest umklammert. Die darf er nicht aus der Hand geben, denn sonst wird sie ihm weggenommen.) Tatsache ist aber: Er kennt diese Leute nicht. Sie schlagen zwar einen aufreizend vertraulichen Ton an, wie bei einem Bruder, der eines rätselhaften Schwindels verdächtigt wird, er aber kann diesen Ton nicht anschlagen. Er kann einfach nicht.

Die Anweisung lautet: *Bitte achten Sie nicht auf die Kamera. Schauen Sie nicht in die Kamera, sondern sehen Sie sich an wie bei einer normalen Unterhaltung.*

Aber es ist keine normale Unterhaltung. Da ist die verfluchte Kamera, es sind Fremde im Raum, die sie beobachten, es ist keine natürliche Situation.

»Eli, sieh uns an. Du weichst uns aus …«

»Du erkennst doch unsere Stimmen, nicht?«

»Es ist hoffnungslos, er kennt uns nicht …«

»Natürlich kennt er uns – er erinnert sich bloß nicht.«

»Er kennt uns! Herrgott.«

»Und warum tut er dann so, als ob nicht?«

»Herrje! Frag ihn.«

Er hört es mit wachsender Empörung: Wie können sie es wagen, über ihn zu sprechen, als ob er gar nicht da wäre? Als ob er irgendein Untermensch wäre?

»Verflucht! Ihr könnt mich mal!« Zu ihrem Erstaunen stürzt er plötzlich auf sie zu, die Fäuste drohend gehoben.

Die Blender-Brüder weichen vor ihm zurück. Die Blender-Schwester stößt an einen Stuhl und fällt beinahe hin vor Angst, ja bloß seinem Zorn zu entkommen.

Er schreit sie an. Schreit wie ein Esel, brüllt.

Es sind Raubtiere, und er ist ihre Beute. Nur dass die Beute jetzt auf die Angreifer losgeht.

Einer der Blender-Brüder will ihn beruhigen und berührt ihn am Arm. Er schlägt dem erstaunten Mann die Faust ins Gesicht, so fest, dass er befriedigt das *Knacken* eines Knochens hört.

Er zuckt zusammen vor Schmerz, und der Blender-Bruder hält sich das Gesicht und stößt beim Rückwärtstaumeln an einen Tisch.

»Eli! Mr Hoopes! Nein.«

Jetzt herrscht ein großes Durcheinander. Beobachter-Fremdlinge tauchen auf, sind erschrocken.

Sie umringen ihn. Sie haben ihn eingekreist. (Die Blender-Brüder und die Blender-Schwester sind gegangen; binnen Sekunden hat er sie vergessen.) Er saugt an den Knöcheln seiner rechten Hand, die sich anfühlt, als seien die Knochen gebrochen. Fragt sich, wer ihm weh getan hat – oder vielmehr, wem er weh getan hat. Sein Herz klopft stark, aber es ist ein gutes Gefühl.

»Eli? Kommen Sie mit uns …«

»Mr Hoopes, wir sind Ihre Freunde. Sie kennen uns.«

Das ist nicht wahr. Er hat keine Freunde, ist aber klug genug zu wissen, dass man Freundschaft vortäuschen muss, wenn man überleben will. Daher lässt er zu, dass er in eine Ecke gezwängt wird. Lässt zu, dass er in den Augen Fremder *beruhigt* wird.

Er tastet nach etwas in seiner Tasche, dem kleinen Notizbuch. Blättert instinktiv darin. Eigentlich braucht er es nicht nachzulesen, weiß es auswendig:

»Es gibt keine Reise, und es gibt keinen Weg. Es gibt keine Weisheit, es gibt Leere.« Hält kurz inne und fährt fort: »Es gibt die Weisheit des Buddha. Aber es gibt keine Weisheit, und es gibt keinen Buddha.« Lacht, unerklärlich gut gelaunt.

Das kleine Boot. Er macht die Augen fest zu. Denkt daran, wie seine Eltern sich von ihm verabschiedeten. Er war in einem kleinen Boot, aber keinem, das er aus dem Besitz der Familie kannte, die waren ja alle in ihrem Bootshaus am Lake George festgemacht. Er war allein in dem Boot, das war seltsam, denn er war in seinem ganzen Leben noch nie allein mit einem Boot gefahren. Und sein kleines Boot wurde vom Ufer abgestoßen, und seine Eltern winkten ihm zum Abschied. Seine Mutter – so jung! Auch sein Vater – so jung! War es ein Versehen, dass sie ihn zu früh fortschickten? Er schrie zu ihnen hinüber, er wollte nicht ganz allein in dem Boot fortgeschickt werden; das Grauenhafte war, das Boot hatte keine Ruder. Das Grauenhafte war, im Heck des Boots stand dunkles, schmutziges Wasser. Er war sehr unsicher in dem Boot, saß da, die Knie zur Brust hochgezogen und die Arme um die Knie geschlungen. Mit beängstigender Unausweichlichkeit glitt das Boot feierlich hinaus in den Strom, wo eine schnelle Strömung es davontrug, denn es war gar nicht der Lake George, sondern ein Fluss, ein breiter Fluss, dessen fernes Ufer er kaum ausmachen konnte. Seine Eltern gingen mit schnellem Schritt am Ufer entlang, konnten anfangs noch mit ihm mithalten, fielen aber zurück, als die Strömung sich beschleunigte.

Schon jetzt war das Wasser zu tief, als dass er hätte hineinsteigen und ans Ufer zurückwaten können. Vor einem Schwimmversuch hatte er Angst.

Eli, auf Wiedersehen!

Eli Schatz! Mach's gut.

Streit unter Liebenden: »Mr Hoopes – Eli –, hallo. Wie geht es Ihnen heute Morgen?«

»Sehr gut. Wie geht es *Ihnen*?«

»Sehr gut, Eli. Erinnern Sie sich an mich?

»Ja, ich erinnere mich an *Sie*.«

(Stimmt das? Er ist sich nicht sicher, aber er ist ein Gentleman und weiß, was man sagen muss.)

»Mein Name ist« – dezente kurze Pause, wie um Elihu Hoopes zu ermuntern, ihren Namen selbst beizusteuern, während sie mit einem Lächeln zugleich ein eventuelles Unbehagen des Kranken verringert und das Vertrauen und Wohlwollen betont, die zwischen ihnen bestehen, schon seit langem, und den Namen bereits selbst nennt – »Margot Sharpe.«

»Ja! Mar-go Sharpe, hal-*lo*.«

Er reicht ihr die Hand. Umschließt ihre schmalen Finger mit den seinen. Beugt sich vor und atmet den Geruch ihres glänzenden schwarzen Haars ein, das von feinen silbernen Strähnen durchzogen ist.

Ist sie Ärztin? In diesem Krankenhaus oder dieser Klinik? Allerdings hat sie keinen weißen Laborkittel an und auch kein laminiertes Namensschild am Revers.

Er hat die Frau noch nie zuvor gesehen, meint er. Sie hat so ein mattes Leuchten im Gesicht, er erkennt sie nicht deutlich. *Wir bedeuten einer dem anderen etwas. Wir sind verbunden, irgendwie.*

Er hat ihren Namen vergessen, und sie sagt ihn noch einmal. »Margot Sharpe.«

»Ja. Mar-go Sharpe.«

»Ich glaube aber, ich ähnele einer Klassenkameradin von Ihnen aus der Grundschule – Margo Madden? oder Margaret …«

Sie lacht, und Elihu Hoopes lacht mit, obwohl er total perplex ist.

»Wenn Sie sagen, dass Sie Margo Madden – oder Margaret – ähneln, heißt das genau genommen nicht, dass Sie *nicht sie* sind. Denn wenn Sie meine alte Klassenkameradin sind, ähneln Sie ihr auch. Ist das richtig?«

»Ja, Mr Hoopes. Das ist richtig. Aber ich bin nicht Ihre alte Klassenkameradin von der Gladwyne, und ich weiß auch nichts über sie. Meine Name ist …«

»Entschuldigung, ich weiß genau, wie Sie heißen: Mar-go Sharpe.«

Eli findet diese Art zu flirten komisch. Er ist verwirrt und fasziniert zugleich. Vor ihm steht eine Frau, die ihm bisher unbekannt war – er ist sich sicher –, ihn aber zu kennen scheint und die er in gewisser Weise ebenfalls kennt, auch wenn er sie noch nie gesehen hat und das genau weiß. Aber selbst wenn sie seine (Kranken-?) Akte einsehen darf, kann sie doch nicht von der kleinen Madden wissen, die Eli Hoopes schon wie lange? – es könnte ein Vierteljahrhundert sein – nicht mehr gesehen hat.

Ernster im Ton stellt die Frau sich ihm jetzt als Neuropsychologin an der Universität vor: Sie arbeitet seit mehreren Jahren mit ihm.

Neuropsychologin! Seit mehreren Jahren! Er ist verblüfft. Das glaubt er nicht.

Er lacht abschätzig. »Das kann nicht sein, Frau Professor.«

»Sie erinnern sich nicht an mich, Eli?«

»Nein. Vielleicht. Ich habe Schwierigkeiten mit dem Gedächtnis …«

»Wie lange haben Sie die schon, Eli?«

Er mag diese Professorin nicht und traut ihr nicht. *Neuropsychologin* – was soll das sein? *Neuro* – das hat er zur Genüge gehabt. Er würde gern mal an etwas anderes denken als an *Neuro* …

»Weiß ich nicht genau. Wie gesagt, ich habe Schwierigkeiten mit dem Gedächtnis, manchmal. Seit … sechs Wochen vielleicht.«

»Sechs Wochen?«

»Sechs Monaten. Vielleicht kommt das eher hin.«

»Und wie ist es zu diesen Schwierigkeiten gekommen, gibt es einen Grund dafür?«

»Ich glaube, ich war krank. Ich hatte Fieber, eine Entzündung. Ich glaube, ich bin bei einem Flugzeugabsturz verletzt worden, aber wann genau das war, weiß ich nicht. Ich glaube … ich erinnere mich, dass ein Krankenwagen mich hierher ins Krankenhaus gebracht hat, vom Lake George. Aber wann das war, weiß ich nicht mehr.«

»Wie alt waren Sie, als Sie krank wurden, wissen Sie das noch?«

»Siebenunddreißig.«

»Und wie alt sind Sie jetzt, Mr Hoopes?«

»Wie alt? Na, siebenunddreißig. So lange ist das nicht her, wie gesagt, sechs Wochen.« Er lacht verärgert, wird langsam ungeduldig.

Die Frau, merkt er jetzt, sieht ihn mit einem Ausdruck von tiefer Zuneigung an. Ihre Haut ist so weiß, als wäre sie nicht ganz gesund, ihre Frisur mit dem bis zu den Augenbrauen reichenden schnurgeraden Pony, das Haar schwarz glänzend wie bei Asiaten, ist ein bisschen zu jung für ihr Alter. Sie sieht aus wie Anfang vierzig, älter als er, trägt einen langärmeligen schwarzen Pullover und eine schwarze Hose oder Gymnastikhose. (Wie eine Tänzerin. *Ist* sie Tänzerin?) Der Mund ist rot, die Augenbrauen dunkel nachgezeichnet. Eine sexuell anziehende Frau, findet er. Eine wissbegierige Frau, freundlich, willensstark. Eine Frau, über die man schon nach flüchtigem Blick weiß: *berufstätig, unverheiratet, hart zu sich und zu anderen, von Kollegen und Untergebenen respektiert, allerdings widerwillig.*

Sie hat ihn nach seinem Alter gefragt, und er hat ihr geantwortet. Er ist sich sicher, siebenunddreißig Jahre alt zu sein; jünger nicht, sonst wäre er noch nicht unter diesem unerklärlichen Fieber zusammengebrochen und so ausgetrocknet, dass er, schwankend und phantasierend, gerade noch per Telefon um Hilfe bitten konnte. Das passierte, als er siebenunddreißig war. Älter kann er auch nicht sein, das wüsste er.

Verwundert fragt er die Frau mit den vielen Fragen, deren Name ihm entfallen ist: »Was glauben Sie denn, wie alt ich bin?« Das *Sie* mit leichter Anmaßung betont.

Die Frau mit dem glänzenden schwarzen Haar betrachtet ihn einen Moment schweigend. Ihre Augen sind wunderschön, der Blick hat aber etwas Stechendes. Die Iris sind so dunkel, dass sie sich von den Pupillen praktisch nicht unterscheiden. Mit stockender Stimme sagt die Frau: »Ich glaube, ich kann es nicht schätzen, Mr Hoopes – Eli. Wir sind doch so jung, wie wir uns fühlen.«

Er lacht verblüfft. Warum führen sie dieses seltsame Gespräch, in dem es so beunruhigend vom Banalen zum Unerklärlichen geht? Ist noch jemand im Raum, der sie beobachtet? (Ist das Kameraauge auf sie gerichtet? Aber warum sollte jemand *ihn* filmen?)

»Und wo leben Sie jetzt, Mr Hoopes?«

»Wo ich jetzt *lebe*?«

Die Frage kommt unerwartet, wie ein Vorschlaghammer an den Kopf. Die trifft ihn vollkommen unvorbereitet. Wo *lebt* er jetzt, oder wenn er jetzt lebt, *wo lebt er*?«

Seine Examinatorin merkt, dass sie den Probanden verunsichert hat und bedauert ihre Frage. Wieder berührt sie ihn mit den Fingerspitzen leicht am Handgelenk. Das soll wohl heißen: *Ich kümmere mich um Sie. Ich tröste Sie. Ich bin Ihr Freund, bitte vertrauen Sie mir, Eli!*

Doch Eli überrascht sie mit der kalt gegebenen Auskunft: »Ich lebe in Philadelphia. Rittenhouse Square vierundvierzig. Da wohne ich seit 1959, und ich habe immer allein dort gelebt. Und jetzt will ich nach Hause gehen, wenn Sie nichts dagegen haben.«

»Aber, Eli – Mr Hoopes –, wir haben doch gerade erst angefangen.«

»Nein. Wir sind fertig.«

Er ist aufgestanden, ragt über ihr. Jetzt hat er sie überrascht und ihr Angst eingejagt! Nicht viel, und er könnte ihren schmalen weißen Hals mit den Händen umschließen, nicht um sie zu würgen, nicht einmal, um ihr Schmerzen zu bereiten, sondern um der Frau zu sagen, dass mit ihm, Elihu Hoopes, nicht zu spaßen ist.

»Aber, Mr Hoopes, warten Sie …«

»Bin ich hier eingewiesen? Werde ich hier festgehalten?«

»Natürlich nicht, Eli …«

»Bin ich festgenommen?«

»Natürlich nicht!«

»Dann auf Wiedersehen.«

»Bitte warten Sie …«

Er wartet nicht. Er braucht nicht zu warten. Er ist hier nicht eingewiesen, ist nicht festgenommen. Ohne förmlichen Haftbefehl kann man ihn von Rechts wegen nicht festhalten, und es ist niemand da, der ihn festnehmen könnte. Niemand hier weiß von seiner jungen Cousine Gretchen und davon, dass er sie hätte retten können, aber nicht gerettet hat, dass er sie im Stich gelassen und eines schrecklichen Todes hat sterben lassen. Das alles ist ausgelöscht und vergessen.

Hinter sich hört er die Frauenstimme, die ihn bittet: »Eli! Mr Hoopes! Bitte kommen Sie zurück …«

»Schert euch zum Teufel, alle. *Ihr könnt mich mal.*«

Er stürmt durch eine Schwingtür. Schaut nicht zurück. Ein Glücksgefühl durchströmt ihn, so tief und erfüllend, dass er regelrecht zittert.

Als er aus der Abteilung Neuropsychologie hinaus und mit dem Fahrstuhl im Erdgeschoss angelangt ist, beginnt seine Entschlossenheit bereits zu bröckeln. Er hat keine Ahnung, wo er ist. Dieses Puzzlestück fehlt in seinem Kopf, er fühlt es deutlich. Die Menschen um ihn herum sind ihm fremd, achten nicht auf ihn. Manche tragen die Kleidung medizinischen Personals, manche Straßenkleidung, andere wiederum weiße Laborkittel über Anzughosen, Hemden und Schlipsen – das sind die Ärzte. Auf einem Schild vor dem schimmernden neuen Gebäude liest er NEUROLOGISCHES INSTITUT DER UNIVERSITÄT DARVEN PARK, und ihm fällt ein, dass Darven Park ein Vorort von Philadelphia ist, ungefähr zwanzig Meilen entfernt von Gladwyne, wo seine Eltern und seine Großeltern wohnen oder gewohnt haben. Er selbst wohnt ja nun am … ist es am Rittenhouse Square im Zentrum von Philadelphia? Aber warum ist er hier in einer medizinischen Einrichtung in Darven Park, wer hat ihn hierher gebracht? Ist er selbst gefahren? Daran kann er sich aber nicht erinnern, und er weiß nicht, mit was für einem Auto oder welchem Verkehrsmittel er sonst gekommen sein könnte.

Er denkt nach: Er hat das Gebäude durch eine Drehtür verlassen, die ihn einzusaugen und hinauszuschleudern schien. Ihm ist klar, er sollte auf dem Parkplatz nach seinem Auto Ausschau halten, aber die Vorstellung, den riesigen Parkplatz danach abzusuchen ist ihm so unerträglich wie die nicht enden wollenden, qualvollen Träume, die ihn vollkommen auslaugen und dennoch zu nichts führen.

Autoschlüssel hat er keine in der Tasche. Und er vermisst noch etwas – was?

Etwas, das er immer bei sich hat und das zu groß für eine Hosentasche ist.

Seine Finger zucken. Er fühlt sich unwohl.

Ein Gefühl, als krabbelten ihm massenhaft kleine Ameisen über den Unterleib.

Er findet sich auf einem Kiesweg wieder, der von dem Gebäude weg und in einen landschaftlich gestalteten Park führt. Hier gibt es einen großen Teich, umstanden von wunderschönen Trauerweiden und Platanen; auf dem sich kräuselnden Wasser schwimmen Schwäne und Stockenten, Kanadagänse und Schneegänse.

Er ist versucht zu glauben – gibt der Versuchung aber nicht nach! –, er habe irgendwie den Weg zum Lake George und in eine andere Zeit gefunden. Folgt dem Verlauf eines Wanderpfads, beschleunigt seinen Schritt, jetzt ist niemand mehr da, der ihn beobachten könnte. Und nun ist er in einem Sumpfgebiet, folgt einem erhöhten Plankenweg zu einer Holzbrücke, wo er am Geländer steht und in den Sumpf hinausschaut. Hier ist Wildnis, ist das an der Küste von Bolton Landing? Ein seichter Bach fließt unter der Brücke hindurch, aber so langsam, dass man nicht erkennen kann, in welche Richtung. Er ist erleichtert, denn vielleicht ist es noch nicht geschehen.

Seine Cousine Gretchen lebt noch. Die Erwachsenen haben noch nicht getuschelt, und seine Tante hat noch nicht aufgeschrien. Man hat ihn noch nicht eilig weggeschickt.

Wasserinsekten spielen auf dem Wasser des flachen Bachs, werfen faszinierende blasse Schatten auf das Bachbett.

Wenn er das zeichnen könnte! Es ginge ihm so viel besser, wenn das möglich wäre. Doch seine zuckenden Finger sind leer.

Keine Zeichenkohle und kein Bleistift. Kein Skizzenblock.

Hier ist überall üppiges Leben: Monarchen und Libellen, Rotschulterstärlinge, Ammern und Krähen. Hohes Schilf und Rohrkolben. Sogar die leblosen Bäume haben in ihrer Schroffheit etwas merkwürdig Schönes. Und trotzdem ist ihm bang. Irgendetwas ist nicht, wie es sein sollte oder wird gleich so werden. Mit beiden Händen umklammert er das Geländer, als erwarte er einen heftigen Windstoß. Aber es weht kein Wind, es ist sehr still und friedlich. Zeigt sie, dass etwas nicht ist, wie es sein soll – diese auffällige Stille? Ein warmer Tag, der Himmel bedeckt und grau. Das ist das Grauenvolle: Alles, was er sieht, verliert nach und nach seine Farbe – die Monarchen sind zu Geistermotten geworden.

Tiefste Verzweiflung überkommt ihn, steigt wie eine Lähmung von seinen Beinen nach oben. Wie im biblischen Fluch ist er zu Stein erstarrt.

Sich die Zukunft vorstellen. Kann er nicht.

Margot Sharpe will ergründen, warum. Warum kann sich der Amnesiekranke die Zukunft nicht vorstellen? Ist es, weil er die Vergangenheit verloren hat?

Die Untersuchung: »Mr Hoopes, sitzen Sie bequem?«

Von der Art und Weise, in der er getestet wird, bekommt er Herzrasen. Das Gefühl gefällt ihm nicht, und trotzdem sehnt er es herbei.

Ihm gegenüber sitzen vier Personen, eine davon schon älter, daneben drei jüngere Assistenten, Doktoranden vielleicht. Ein weiterer junger Assistent filmt das Ganze. Eli hat die Namen gesagt bekommen, sich aber nicht gemerkt.

Die Ältere, eine gutaussehende, auffällig blasse Frau mit glänzendem, von feinem Grau durchzogenem schwarzen Haar, zeigt ihm eine Reihe von Fotografien, die er identifizieren soll. Für Eli ist sie eine beeindruckende Erscheinung, zwar unbestimmten Alters, aber nicht *jung*, eine reife Frau, schwarz gekleidet, feingliedrig und angespannt. Ihre Stimme ist fein moduliert und doch hart und entschlossen. Sie hat Fotografien auf dem Tisch ausgebreitet: sehr kleine Mädchen, Kinder von unter zehn, darunter ein Mädchen mit fülligem Haar, das große Augen macht: seine jüngere Schwester Rosalyn im Alter von vielleicht fünf. Sie erkennt Eli natürlich sofort. »Das müsste etwa 1930 sein.«

Zwischen den Fotografien der Mädchen, von denen die meisten Fremde für ihn sind, zieht Eli weitere Aufnahmen hervor, die Rosalyn in späterem Alter zeigen, mit elf, fünfzehn und achtzehn. Tut es ohne Zögern, erkennt Rosalyn sofort, seine hübsche Schwester, die er liebt und schon eine ganze Weile, wie er glaubt, nicht mehr gesehen hat.

»Das ist unser Sommerhaus am Lake George. Unser Bootssteg.«

Oh, Gott. Eli ist tief ergriffen.

Die Prüfer nehmen es zur Kenntnis. Sein Abschneiden wird schriftlich festgehalten. Das soll ihm Erfolgserlebnisse verschaffen.

Sie sprechen ihn mit *Mr Hoopes* an. Nur die Frau mit dem glänzenden schwarzen Haar, die alles koordiniert, sagt manchmal *Eli*.

Aus einer anderen Mappe folgen Fotos von kleinen Jungen. Wieder kennt Eli die meisten Kinder nicht, es sind aber etliche Fotos seines Bruders Averill und seines Bruders Harold – Harry – darunter.

Auch sie erkennt er sofort. Das ungefähre Alter ist acht, elf, dreizehn und siebzehn. Der lange Rasen hinter dem Haus ihrer Eltern in Gladwyne. Die Abschlussfeier an der Academy – der Teenager Averill als Absolvent, breit in die Kamera grinsend. Weihnachten im Haus ihrer Großeltern in der Parkside Avenue, eine große, wunderschön geschmückte Tanne im Hintergrund, die Brüder Averill, Harry und Elihu im Vordergrund.

Er ist zum zweiten Mal bis ins Herz hinein ergriffen. Seine Brüder und *er*.

Wie lange das schon her ist! Er und sie haben sich entfremdet, politisch und persönlich.

»Und die hier?«

Die Prüfungsleiterin hat ein Dutzend verschiedene Fotografien auf dem Tisch ausgebreitet, Familienschnappschüsse von Erwachsenen und Kindern, in zwangloser Haltung, unvorbereitet geknipst. Auf den ersten Blick kommen ihm die Leute alle fremd vor, dann entdeckt Eli Angehörige: Mutter, Vater, Großeltern, Tanten und Onkel. Wann wurden die Aufnahmen gemacht? Vor Jahrzehnten? Auf anderen Fotos erkennt er niemanden, da ist Eli sich sicher – aber warum zeigt man ihm die? Er erinnert sich nicht.

Er identifiziert so viele Gesichter, wie er kann. Diesmal ist es kein Erfolgserlebnis.

»Stimmt etwas nicht, Mr Hoopes? Möchten Sie sich ein bisschen ausruhen, bevor wir weitermachen?«

»Nein! Ich bin nur ... nur so ...«

Erschöpft. Leer. Ausgehöhlt. Nicht da.

Die Prüfung geht weiter. Immer mehr Fotos zeigen Fremde, die ihn im ersten Moment quälend an Hoopes-Verwandte und Freunde der Familie erinnern, dann vollkommen Unbekannte. Eli betrachtet sie finster, will verstehen, warum man ihm diese Gesichter zeigt. Inzwischen ist so viel Zeit vergangen, dass sich ihm die Logik des Ganzen nicht mehr erschließt; nur noch vage erinnert er sich, obwohl das auch einer seiner schlechten Träume gewesen sein kann, an die Sehtests nach der Hirnoperation, in der Zeit, als er (oder jemand, der Elihu Hoopes ähnelte) weder zusammenhängend sprechen noch die einfachsten Handbewegungen ausführen konnte und beim Gehen ständig taumelte.

Bitte seien Sie nicht traurig, Eli. Bitte weinen Sie nicht.

Wir sind hier, um Ihnen zu helfen. Und wir helfen Ihnen.

»Von denen niemand, Eli? Sind Sie sich sicher?«

Gesichter erwachsener Männer, Fremder. Er ist sich sicher.

Auf einigen Fotos sind Männer allein, die lächeln oder in die Kamera schauen. Auf anderen sind auch Frauen und Kinder zu sehen. Familien.

Es gibt ihm einen Stich vor Neid, der sich wie Wut anfühlt.

»Meine Familie ist fort.«

»Eli, was? Was haben Sie gesagt?«

Er schüttelt gereizt den Kopf. Laut hatte er das nicht sagen wollen.

Die Kamera zeichnet jede Silbe auf.

Die Frau mit dem sehr weißen Gesicht, dem bis zu den Brauen herabhängenden Pony und den mandelförmigen Augen – sie ist Ärztin oder Psychologin oder so etwas – hat eine Reihe neuer Fotografien auf dem Tisch ausgebreitet, die der Amnesiekranke identifizieren soll.

Aufnahmen von Berühmtheiten und von scheinbar Unbekannten sind bunt gemischt. Die Berühmten identifiziert er auf Anhieb: Dwight Eisenhower, Carmen Miranda, Edgar Allan Poe, Richard Nixon, Booker T. Washington, Herman Melville, Abbott und Costello, Marlon Brando, Elizabeth Taylor, Lyndon Johnson, Reverend Martin Luther King, Jacqueline Kennedy, Edward R. Murrow, Ernest Hemingway, Joe Louis, »Gorgeous« George, den Lone Ranger und Tonto, Tom und Jerry, Mickey und Minnie Mouse; andere Gesichter, deren Züge so markant und individuell sind, dass es Personen der Zeitgeschichte sein könnten, erkennt er allerdings nicht. Denkt aber: *Das ist ein Trick. Ich kenne diese Leute, und sie kennen mich.*

»Aus dieser Gruppe niemand, Eli? Bestimmt?«

»Ja! Bestimmt.«

Verärgert schiebt er die Fotografien zur Seite. Seine Prüfer mustern ihn, die Koordinatorin, die Assistenten. Ihn fröstelt bei dem Gedanken, dass sie sein Gehirn untersuchen, es in gewisser Weise sezieren. Keine Möglichkeit, in sein Gehirn hineinzukommen als auf solchen labyrinthischen Umwegen – bis Elihu Hoopes stirbt und sein Gehirn obduziert werden kann.

Besonders eine Reihe von Fotos ist unheimlich und beunruhigend. Warum genau, kann Eli nicht angeben. Er starrt auf fremde Gesichter, die für sein Auge *unnatürlich* aussehen.

»Und warum ist das so, Eli? Können Sie es erklären?«

Nein. Kann er nicht.

»Schauen Sie genau hin. Vielleicht erkennen Sie es.«

Er tut es. Denkt: *die sind spiegelverkehrt.*

Aber woher weiß er das, wenn die Gesichter ihm doch fremd vorkommen?

Er beginnt zu schwitzen. Schweiß rinnt ihm an der Seite übers Gesicht.

Offensichtlich haben die in den Test Tricks eingebaut. Es ist ein Experiment, und er ist die Versuchsperson, der Dumme. Ihm werden wieder Fotografien von Verwandten gezeigt – geht es darum? Von Familienangehörigen, die älter geworden sind, über die Zeit hinaus, in die das Gedächtnis des Probanden reicht.

»Der hier! Der sieht aus wie mein Bruder Harold.«

»Wie Ihr Bruder Harold? Was meinen Sie damit? Dass es Ihr Bruder ist oder dass er wie Ihr Bruder aussieht?«

»Beides.«

So sicher ist Eli sich aber nicht. Eigentlich ist er sich gar nicht sicher.

»Nein. Es wird wohl doch mein Onkel Nils Mateson sein. Und die Frau hier – meine Tante Lucinda.«

Abermals ist Eli sich nicht sicher. Er schiebt die Fotos zur Seite, ihm ist übel.

»Möchten Sie sich kurz ausruhen, Eli? Wir können zehn Minuten Pause machen, wenn Sie möchten.«

Die vielen Gesichter! Das ist das größte Rätsel: warum ein Mensch ein *Gesicht* haben muss und warum die Identität eines Menschen so mit dem *Gesicht* verbunden ist. Eli staunt über diese Ungerechtigkeit. Warum haben Menschen nicht durchgängig mehr Ähnlichkeit miteinander, so wie bei vielen Tieren; welchen evolutionären Vorteil bietet diese Detailliertheit der Identität? Wenn die Menschen einander stärker ähnelten, wären die Unterschiede zwischen einzelnen Personen und Charakter geringer. Eine bestimmte Form von verzweifelter Sehnsucht und Leid würde verschwinden.

Er hat ihren Namen vergessen. Den der Frau mit den schwarzen Haaren und den gütigen Augen.

Wenn sie nicht wäre, wäre Eli verloren.

Sie zeigt ihm neue Fotos, aus einer anderen Mappe gezogen. Abgebildet sind erwachsene Männer, Fremde. Alles Weiße mittleren Alters. Dem äußeren Anschein nach sind sie gebildet, gutgekleidet, gutaussehend; die meisten lächeln in die Kamera, nicht aggressiv, sondern so freundlich, dass an den Augenwinkeln Falten entstehen.

Komisch, dass bei allen das rostbraune Haar an der Stirn tief zurückweicht und dass sie ziemlich lange und gleich geformte Ohren haben. Eli betrachtet die Bilder, als wären sie besonders rätselhaft. Achselzuckend sagt er: »Die haben an derselben Universität studiert. Und waren in derselben Studentenverbindung.«

»Noch etwas?«

»Sie sind – verwandt. Vielleicht wissen sie es nicht.«

»Sehen Sie genau hin, Eli.«

Natürlich ist ein Trick dabei. Aber worin besteht er?

Dann erkennt er es: auf allen Fotos ist dieselbe Person abgebildet, jeweils in anderer Umgebung und bei anderen Lichtverhältnissen aufgenommen. Eli Hoopes kennt den Mann zwar nicht, überlegt aber beklommen, ob es vielleicht jemand aus Philadelphia ist, der ihn kennt.

Als sie merkt, wie verärgert Eli die Fotos anschaut, sagt die Frau mit den glänzenden Haaren: »Das sind Sie, Eli. Die Fotos wurden in den letzten beiden Jahren aufgenommen.«

Eli lacht erstaunt. Dann ist er sehr still.

Sieht sich die Aufnahmen eine ganze Weile an, immer eine nach der anderen. *Er selbst – er?* Ihm wird übel, so stark spürt er den Verlust körperlich.

»Das ist – Elihu Hoopes?«

»Ja, Eli. Sie.«

Der Verlorene. Sie sieht ihn, auf der Holzbrücke.

Er ist in das Sumpfgebiet hinter dem Institut geflohen, über den mit Planken belegten Weg. Und steht jetzt auf der Holzbrücke und starrt wie gelähmt in den Sumpf.

Sie möchte ihn nicht erschrecken. »Mr Hoopes?«, ruft sie leise.

Er sieht nach hinten. Macht einen verzweifelten und doch auch erleichterten Eindruck.

Er kennt mich. Er hat keine Angst vor mir.

»Eli! Ich hab mich gefragt, wo Sie hin sind.«

Er hat Angst. Verbirgt er instinktiv aber.

Eine dünne, schwarzhaarige Frau, die er noch nie gesehen hat, lächelt ihm zu. Berührt ihn leicht am Handgelenk, als kenne sie ihn.

Sie ist eine Autoritätsperson, das sieht er. Eine schöne Frau mit weißer Haut und sanften freundlichen Augen.

»Hal-*lo*!«

Krankenpflege. »Mr Hoopes – Eli? Haben Sie sich verletzt?«

»Verletzt, wer? Wo?«

»Das sieht aus wie ein blauer Fleck.

»Das sieht aus wie eine Zwergfledermaus.«

Er ist gutgelaunt. Nicht Margots Lieblingsverfassung.

Lacht und zieht den Hemdsärmel herunter. (Sein Hemd ist sehr schön, ein helles Lavendelblau, ägyptische Baumwolle mit dem Monogramm *EMH*. Elihu Michael Hoopes.) Margot hat eigenartige dunkelblaue Flecken an den Armen des Probanden bemerkt. Wenn er auf dem Tennisplatz Shorts anhat, fallen ihr an seinen muskulösen Beinen auch oft blaue Flecken auf.

Das medizinische Personal am Institut hat ihr versichert, dass er regelmäßig untersucht wird. Da er an einer schweren Gedächtnisstörung leidet, muss sein Gesundheitszustand von anderen überwacht werden. Und sein körperlicher Gesamtzustand ist gut, sagt man ihr – zumindest ziemlich gut. Margot hat verlangt, Einblick in seine Krankenakte nehmen zu dürfen, obwohl sie mit Elihu Hoopes nicht blutsverwandt und auch nicht seine gesetzliche Vertreterin ist; das musste sie umständlich begründen und ging nicht ohne Konfrontation mit den Medizinern ab. Letztlich hat sie ihren Willen aber durchgesetzt, schließlich ist sie, wie sie den Medizinern immer wieder unter die Nase reibt, diejenige, die das *Projekt E. H.* leitet: »Diejenige, die jederzeit über den Gesundheitszustand dieses Mannes informiert sein muss«.

Tatsache ist, dass sich bei Elihu Hoopes mit inzwischen sechsundfünfzig Bluthochdruck und Arthritis in beiden Beinen einstellen. Und seit einer schweren Bronchitis, die er vor einigen Jahren durchgemacht hat, ist er anfällig für Atemwegserkrankungen.

Sehr oft aber schneidet er sich beim Rasieren, und er rasiert sich mit Sicherheit jeden Morgen.

Die dünnen Schnitte bluten stark. E. H.s Blut gerinnt nur langsam. Dann schneidet er sich schon wieder. An Armen, Schienbeinen und Oberschenkeln hat er blaue Flecken, ein Rätsel – er erinnert sich nicht, warum. Als er Margots bestürzte Miene seht, lacht er: »Sieht so aus, als wäre da jemand vom Pech verfolgt, was, Frau Doktor? Wenn der arme Kerl auf den Kopf fiele, käme er vielleicht gleich ans Ziel.«

Er brüstet sich damit, nicht besonders schmerzempfindlich zu sein. Einen vereiterten Zahn hat er kaum gespürt, bis die Vereiterung bei einer Routinekontrolle entdeckt und ihm eine umgehende Wurzelbehandlung verschrieben wurde. Blutergüsse an Armen, Unter- und Oberschenkeln: E. H. lacht, so unwichtig ist ihm das. Als Dr. Flint, E. H.s Neurologe, bei Mrs Lucinda Mateson, seinem gesetzlichen Vertreter, Rücksprache hält, teilt Mrs Mateson ihm kurzerhand mit, ihr Neffe Elihu habe keinerlei Beschwerden und sei kerngesund.

Im Institut wird Elihu Hoopes routinemäßig körperlich untersucht. Zumindest hat man es Margot so gesagt.

Sie besteht darauf, E. H. die Ärmel aufzurollen und sich den Zwergfledermaus-Fleck genauer anzusehen.

Sie findet in dem recht blassen Fleisch des Mannes noch weitere Blutergüsse, dunkelblau. Streicht mit den Fingern über die Quetschungen, bei denen sie an die Arme ihres Großvaters denken muss, als sie noch klein war. Die blauen Flecken in seinem Fleisch hatten eine ganz ähnliche Form, entstanden aus dem Nichts und verblassten innerhalb weniger Tage wieder.

Sie hat ihren Großvater innig geliebt und große Angst um ihn gehabt. Auch wenn er die Blutergüsse nicht als schmerzhaft wahrnahm und seine kleine Pflegerin auslachte … Aber Margot blendet die Erinnerung aus; sie ist ihr im Moment nicht dienlich.

Sie kommt mit einer Tube *Arnica montana* wieder und trägt die ölige Flüssigkeit auf E.H.s blaue Flecken auf, massiert sie in die Haut ein. E.H. nimmt Margots Zuwendung gerührt und verlegen hin. Umfasst ihre Hand mit beiden Händen. Verschränkt seine Finger mit ihren. Fest.

»Frau Doktor! Ich liebe Sie.«

Mit Hilfe eines Spiegels lernt er, geometrische Figuren nachzuzeichnen.

Sie hat sich ein raffiniertes Experiment ausgedacht, bei dem der Amnesiekranke eine Fertigkeit durch Wiederholung erwirbt: Er verfolgt im Spiegel, wie seine Hand einen Stift ergreift und lernt durch den Blick in den Spiegel, den Stift so zu führen, dass die Form eines Oktagons entsteht.

Anfangs ist E.H. frustriert und gereizt. »Verflucht! Ich krieg das einfach nicht hin.«

»Bitte lassen Sie sich Zeit, Eli. Wir haben alle Zeit der Welt.«

»Ach ja!«

Margot fällt auf: Der Kranke fragt nicht nach dem *Warum*.

Warum tue ich das. Warum quälen Sie mich.

Ist das mein Leben, das eine, das ich nur habe? Erfahre ich so, dass ich existiere – indem ich mich bemühe, Sie zufriedenzustellen, die ich nicht mal kenne und von der ich nichts zu erwarten habe?

Aber er ist kein Spielverderber. Man merkt, dass er früher einmal Sportler war: Ein Sportler *gibt nicht auf.*

Und so gibt E.H. sich tapfer Mühe, probiert es wieder und schafft es nicht; probiert es noch einmal und schafft etwas und probiert es weiter, bis ihm schließlich in einem Zug ein fehlerloses Oktagon gelingt, weil er seiner Hand im Spiegel zusieht. Er zeichnet gleich noch ein paar und macht danach zwanzig Minuten Pause, in denen er alles wieder vergisst, doch als er das Oktagon unter Margots Anleitung noch einmal zeichnet, gelingt es ihm erstaunlich gut, und nach einigen weiteren Versuchen wird sein Ergebnis schnell besser.

E.H. lacht verlegen. »Das ist ja komisch, ich weiß, wie man das blöde Ding im Spiegel zeichnet. Ist da ein Trick dabei?«

Margot versichert ihm: nein, kein Trick. Fügt hinzu, sie sei kein Doktor – sie ist Neuropsychologin.

Sie ist hochzufrieden mit den Ergebnissen. In der kommenden Woche will sie diesen Test wiederholen und in der Woche darauf noch einmal. Sie wird dabei feststellen, dass der Amnesiekranke sich an eine komplexe Tätigkeit erinnert, obwohl er sie wissentlich vergessen hat.

Hinterher ist E.H. sehr stolz auf sich, obwohl er nicht genau weiß, warum. Ein Oktagon gezeichnet, indem er seiner Hand im Spiegel zugesehen hat? Ist das ihr Ernst?

Er möchte lachen, er, der früher in Philadelphia für die Firma seiner Familie die Börsengeschäfte geleitet hat. Er, der einmal mit summa cum laude vom Amherst College abgegangen ist …

Margot Sharpe wird ihre Erkenntnisse in einem Artikel im *Journal of Experimental Neuropsychology* publizieren, betitelt »Alternativen für die Bildung von Gedächtnisinhalten bei Amnesie«.

Die Schlagzeile springt sie an, erstaunlich …

Milton Ferris, 73 …

In der ersten Schrecksekunde glaubt sie, ihr Mentor wäre gestorben und das wäre sein Nachruf, und sie hätte nichts davon gewusst.

Nobelpreis für Physiologie/Medizin geht an …

Milton Ferris hat den Nobelpreis bekommen! Neben der einspaltigen Schlagzeile auf der Titelseite des *Philadelphia Inquirer* prangt ein Foto des Wissenschaftlers als stattlicher, gutgelaunter Mann mittleren Alters mit wehendem weißen Haar und kurz rasiertem weißen Bart, aufgenommen vor mindestens zwanzig Jahren.

Margot ist so erstaunt, dass ihre Augen verschwimmen, als sie den Artikel zweimal nacheinander liest. Überraschenderweise – oder vielleicht doch nicht – wird Milton Ferris vom Nobelpreiskomitee für Arbeiten geehrt, die er vor seinem fünfundvierzigsten Lebensjahr abgeschlossen hat. Er teilt sich das Preisgeld von über sechshunderttausend Dollar mit zwei anderen Neuropsychologen von der Universität Berkeley, mit denen er in den fünfziger Jahren zur Sinneswahrnehmung, zum logischen Schlussfolgern, zum Gedächtnis und zum Problemlösen im menschlichen Gehirn geforscht hat.

Als Margot den frappierenden Artikel, der auf einer Innenseite fortgesetzt wird, zum dritten Mal gelesen hat, ist sie schon gefasster. Der anfängliche Schreck wirkt aber noch in ihr nach, als sie dachte, ihr Liebhaber wäre gestorben.

Als ihr Vater gestorben war, was sie erst nachträglich erfuhr – sie hatte ihren Anrufbeantworter anderthalb Tage nicht abgehört –, war sie ähnlich schockiert und erschüttert gewesen. Sie hatte nach einem Stuhl tasten und sich setzen müssen, weil ihr Kopf offenbar nicht mehr fest auf den Schultern ruhte. Hatte gedacht: *Von nun an ist mein Leben sinnlos. Jetzt bin ich allein.*

Bald darauf hatte sie diesen spontanen Gedanken wieder vergessen. Und so wird sie auch den Schock vergessen, den der Anblick von Milton Ferris' jugendlichem Foto auf der Titelseite der Zeitung ihr bereitet hat, und die ähnliche Überzeugung, dass ihr Leben als Frau und Tochter vorbei ist.

Als sie sich etwas gefangen hat, taumelt Margot zum Telefon. Sie ruft ihren früheren Geliebten an; sie hat ja nie aufgehört, ihn zu lieben, und wählt die Nummer, ohne zu zögern, obwohl sie Milton seit Jahren nicht angerufen hat. Eine Bandstimme ertönt, die ziemlich barsch und kühl klingt, nicht Miltons Stimme, sondern die eines Automaten. Margot hinterlässt einen gestammelten Glückwunsch.

Ich freue mich so für dich, Milton!

Niemand hat es mehr verdient als du.

Sie kann nicht weitersprechen, so eng wird es ihr in der Kehle, und muss weinen, ein vernichtender Schmerz, der sie schier zerreißt.

Sie sagt nicht: *Wir hätten zusammen so glücklich sein können, Milton.*

Wir hätten zusammen arbeiten und uns lieben können.

Meine Liebe zu dir hätte für zwei gereicht.

Aufgewühlt, wie sie ist, kann sie nicht widerstehen und ruft Dr. Mills an.

Ein vorsichtiger Mills nimmt ab. Er erkennt Margots Stimme sofort. Seit die Vergabe des Preises an Ferris am frühen Morgen von Reuters gemeldet und von Associated Press übernommen worden ist, berichtet er ihr, wird der Fachbereich mit Anrufen bestürmt.

Margot sagt: »Sie sind doch bestimmt froh, dass Sie Milton nicht verfolgt haben? Und erleichtert, dass es so ausgegangen ist?« Sie spricht erregt, aggressiv, merkt selber gar nicht, wie sie sich anhört, so schnell schlägt ihr Herz.

»Ja, Margot. Wir sind alle sehr erleichtert, dass es so ausgegangen ist.«

»Hat Milton mal davon erfahren? Von den Anschuldigungen?«

»Nein, das glaube ich nicht.« Mills hält demonstrativ inne. »Vermutlich weiß er es nicht, es sei denn, Margot, Sie haben es ihm gesagt.«

»Dann weiß er es nicht. Ich habe nichts gesagt.«

»Dafür danke ich Ihnen, Margot. Zumindest dafür.«

»Ich danke *Ihnen*.«

Hitzig knallt Margot den Hörer auf. Sie hat keine Ahnung, warum sie so aufgebracht ist, warum ihr Puls rast.

Sie feiert Miltons Preis allein. Es ist ja auch niemand da, mit dem sie es tun könnte. Ein kleiner Whiskey oder zwei.

Du brauchst mich nicht zu bedauern. Es tut mir nicht leid, dass ich dich geliebt habe.

Ich bin nicht traurig darüber, dass du mich benutzt und entsorgt hast.

Ich liebe jetzt einen anderen.

Der, den ich jetzt liebe, ist die Liebe meines Lebens, und er wird mich niemals betrügen.

Kapitel sieben

Die Liebenden. Er sagt, er erinnere sich daran, wie es war, verheiratet zu sein. Sagt, er erinnere sich daran, wie es war, mit *ihr* verheiratet zu sein.

»Du warst meine Ehefrau, ja? Bevor ich krank wurde.«

Klug, wie sie ist, hat Margot Sharpe sich eine neue Frisur zugelegt, hat das glänzende dunkle, von Silberfäden durchzogene Haar aus der Stirn genommen und nach hinten gekämmt und auf der linken Seite eine einzelne Strähne zu einem feinen Zopf geflochten, der ihr bis unters Kinn fällt. An der Universität und am Institut hat sie mit diesem straff geflochtenen Zopf bewundernde Blicke auf sich gezogen – das jedenfalls möchte sie glauben.

E.H. gehört zu den Bewunderern. Er starrt Margot und den Zopf schon an, seit er sie am Morgen das erste Mal sah.

»Hübsch!« Er hat an der geflochtenen Strähne gezupft, ist zum Spielen aufgelegt oder – vielleicht auch nicht.

In jähem Glücksgefühl betastet Margot ihr Gesicht. Es ist schon lange her, dass jemand sie mit so spielerischer Innigkeit berührt hat. Und es ist schon sehr lange her, dass jemand an ihrem Haar gezupft hat.

»Gehen wir an unseren Lieblingsplatz, Liebes?«

»Ja, Eli. Ja.«

Margot hat festgestellt, dass E.H. ruhiger wird und ernster mit ihr spricht, wenn sie mit ihm ins Freie geht, in die Natur, und einen

Spaziergang durch den Park neben dem Institut macht. Dann verliert sich sein permanentes Plänkeln, und sein Blick wandert gierig über ihren Körper.

»Meine Liebe! Es war falsch von mir, dich zu verlassen, und ich habe meine Strafe bekommen. Einer hat mir mit dem Baseballschläger auf den Kopf geschlagen – ich hab gemerkt, wie es am Schädel knack gemacht hat. Niggerfreund …«

In solchen Momenten, hat Margot festgestellt, wird E. H. unruhig und greift nach ihrer Hand. Umklammert sie fest und zieht sie näher zu sich.

Die Spaziergänge ins Grüne, hat Margot ebenfalls festgestellt, gefallen ihr sehr. Die kleinen Wanderungen mit E. H. ragen wie schwimmende Inseln aus Licht über ihr Alltagsleben in halbdunklen Innenräumen hinaus.

Margot hat sich E. H. nicht ausdrücklich als, jawohl, seine ehemalige Frau ausgegeben, hat nicht behauptet, jetzt seine Frau zu sein. Aber sie hat E. H. auch nicht von dem Glauben abgebracht, dass sie einmal Mann und Frau waren.

Er redet sanft und eindringlich auf sie ein. Er denkt laut, anders kann Margot es beim besten Willen nicht deuten.

»Ich versuche mich zu erinnern, wie es war, verheiratet zu sein. Es wird wohl ein Gefühl von Sicherheit und Wärme gewesen sein, wie jetzt. Man hat jemanden bei sich, immer. Man schläft mit ihr, und sie ist da und hält einem die Hand. Und nimmt einen in den Arm, wenn man sich einsam fühlt und Angst hat. Ich glaube, daran erinnere ich mich.« E. H. spricht wie ein Mann, der mit offenen Augen und voller Vertrauen zu träumen beginnt. Er umfasst Margots Hand noch fester. »Eine Ehefrau, die ist immer da. Aber ich habe meine durch Unachtsamkeit verloren. Ich habe sie enttäuscht, und sie ist an einem hohen Fieber gestorben. Das Fieber war für mich *gedacht*. Sind Sie deshalb mit mir hier, Frau Doktor?«

Margot ist gekränkt. E. H. hat vergessen, dass *sie seine Frau ist*.

Wie unzählige Male schon korrigiert sie ihn auch jetzt wieder. »Eli, ich bin keine Medizinerin. Ich habe einen akademischen Doktortitel. Theoretisch bin ich ein Doktor, aber nicht von der Art, die Sie meinen. Ich bin Professorin, forsche als Neuropsychologin der Universität und arbeite auch am Neurologischen Institut in Darven Park, wo wir uns gerade befinden.«

»Ach so!«

»Wir machen einen Spaziergang durch den Park hinter dem Institut, wie wir es oft tun. Wir nennen das ambulante Tests.« Margot muss lachen, denn das ist mal ein schöner Einfall.

»Was immer Sie sagen, Frau Doktor. Sie sind der Doktor.«

Sie lachen beide ausgelassen. Das Lachen perlt in Margots Kehle wie Champagner.

Allerdings möchte sie nicht von Kollegen aus dem Institut, die sie kennen, gesehen werden. Sie passt auf und überlässt E. H. ihre Hand erst, wenn sie schon ein ganzes Stück vom Institut entfernt sind, im stillen Inneren der Kiefernwälder und in den Sümpfen, in denen es bis weit in den Herbst vor üppigem Leben wimmelt.

Die Gefühle und der Reiz des Verbotenen lassen Margots Herz schneller schlagen. Sie täuscht ja nicht mit Absicht, wie sie meint. Führt E.H. nicht in die Irre, denn Margot Sharpe liebt Elihu Hoopes von ganzem Herzen und wahrhaftig; und wenn sie im strengen Wortsinne nicht verheiratet waren, ist das bloß Zufall. »Ein Zufall, der eines Tages behoben werden kann.«

Sie verlassen den Kiesweg und gehen jetzt den Weg mit den Holzschnitzeln entlang. Sind auf einem Plankenweg, der erhöht durch sumpfiges Gelände führt, gehen Hand in Hand auf die kleine Holzbrücke zu, an der E. H. jedes Mal stehen bleiben will. Von hier schaut er gebannt in die Sümpfe, klappt seine Zeichenmappe auf und beginnt selbstvergessen zu zeichnen. Und Margot beobachtet ihn und sieht, wie vertieft er ist. Bis er zuletzt auch sie vergessen hat, wie sie weiß.

Wenn sie spürt, dass er sich verloren vorkommt und hilflos umherschaut, berührt sie ihn leicht am Handgelenk und stellt sich vor. Dann sieht er sie verwundert an. Er erkennt sie nicht, aber Margot ist sich sicher, dass ein Teil seines Gehirns eine Vertrautheit bemerkt. Sie hat dieses Phänomen bei dem Kranken genau untersucht: Bei Sehtests beispielsweise kann er nur wenige Gegenstände identifizieren, benennt Gegenstände, die er bereits gesehen hat, unter anderen, die ihm ganz neu sind, jedoch unfehlbar als bekannt.

Margot entwickelt für E. H. fortwährend neue Tests. Es kommt ihr so vor, als nähme sie ihn damit in Besitz, als liebe sie ihn. Wenn E. H. nach ihrer Hand fasst und ihre Finger zärtlich drückt und auf seine übliche umständliche Art mit ihr spricht, sinnt Margots Hirn unablässig über neue Tests und Versuche nach, mit denen sich genauer bestimmen lässt, wer dieser bemerkenswerte Mann ist; sie hört ihm zugleich aber auch genau zu. Wenn sie die Äußerungen des Kranken auf Band aufzeichnet, tut sie das nicht für das Labor, sondern für ihre eigenen privaten Zwecke, und hört die Bänder ab, wenn sie allein ist. Davon, was E. H. nur in ihrem Beisein sagt, wird nichts Eingang in einen Fachartikel finden. Margot schwört es sich.

Sie hat nur wenige Liebesbeziehungen gehabt. Sie hatte ein paar Männer zu Freunden, mit denen sich eine Liebesbeziehung hätte entwickeln können, wenn sie die Männer ermutigt hätte. (Statt sie mit ihrer Intelligenz und ihrem Ehrgeiz einzuschüchtern.)

E. H.s Worte sind ihr kostbar. Niemand hat je so zu Margot Sharpe gesprochen, wie er es tut.

Milton Ferris bestimmt nicht. Denn Milton sprach meistens von sich selbst und klagte manchmal sogar bitterlich über seine komplizierten Gefühle für sie, denn er ist einer jener Männer, die Angst vor ihrer eigenen Verwundbarkeit haben und sich emotionale Abhängigkeit von anderen verübeln. Milton hat nie ein Wort über die Dinge verloren, über die E. H. so bereitwillig spricht, über tiefe Innigkeit und Vertrauen.

»Warst du meine Frau, Frau Doktor? Du siehst aus wie sie, glaub ich. Bevor du alt geworden bist … *älter.*«

»Was soll das heißen – *älter*?« Margot lacht gekränkt auf. »Ich bin nicht mal so *alt* wie du, Eli.«

»Natürlich, natürlich – ich weiß. Wir sind beide auf dieselbe Art alt – *älter.*«

Ohne jeden äußeren Anlass äußert der hirngeschädigte Kranke die merkwürdigsten Dinge. Welcher Teil seines Gehirns durch das Fieber auch geschädigt worden sein mag, ein Teil des Areals, das die Hemmungen steuert, ist ebenfalls betroffen. E.H. ist zwar meist zuvorkommend und höflich, äußert sich manchmal aber auch so schelmisch und respektlos wie Groucho Marx unter Trübsinnigen. (Groucho ist einer seiner Leinwandlieblinge: Es sind Glanzstücke, wie er den Komiker nachahmt, mit den Augenbrauen und dem unsichtbaren Schnurrbart zuckt und dazu Grouchos unverschämten Dialog spricht.)

Genau genommen ist Margot vierzehn Jahre jünger als Elihu Hoopes, der jetzt fast sechzig ist, dessen Erinnerung aber bei siebenunddreißig verharrt. Wenn er sich im Spiegel sieht, vermutet Margot, sieht er wohl den jüngeren Mann.

Genauso sieht Margot, wenn sie in den Spiegel blickt und die Augen zusammenkneift, eine noch immer junge Frau, deren schwarzes, in strengem Schick frisiertes Haar noch nicht von Silber durchzogen ist; sie sieht auch die Fältchen nicht, die sich an den Augenwinkeln und um den Mund in die weiße Haut eingegraben haben. *Ein Prinzip der Wahrnehmung: wir sehen, worauf wir vorbereitet sind, es zu sehen, nicht das, was da ist. Ganz gleich, was wir anschauen, wir sehen nur, was wir sehen sollen.*

Mit seiner unachtsamen Bemerkung hat E.H. ihre Eitelkeit getroffen. Sie hätte sich selbst zwar als in ihrer Weiblichkeit vollkommen uneitel bezeichnet, doch sie ist verletzt und sogar beunruhigt.

Alt. Sie will nicht zulassen, *alt* zu sein, bevor sie nicht darauf vorbereitet ist.

»Ich halte deine Hand so gern, Eli. Sie ist stark und … männlich …«

Ihre eigene Hand: weich und *weiblich*.

Es ist ihr fester Wille, dass E.H. sich in ihrer Gegenwart geborgen fühlt. Von der ersten Stunde ihres Kennenlernens an hat sie ihn dazu konditioniert, ihr zu vertrauen.

Einen anderen zu konditionieren ist gar nicht so schwer. Erst recht nicht, wenn der andere nicht ahnt, was man tut.

»Du weißt doch, deine Mutter hat deine Hand auch gehalten, als du klein warst, Eli. Es gab bei uns viele, die dich geliebt haben … Du sollst dich nie einsam fühlen.«

»Frau Doktor, ich liebe Sie.«

Ist es falsch von Margot Sharpe, dem Kranken auf diese Weise Hoffnungen zu machen? Sie möchte nicht glauben (gestattet es sich nicht), dass ihr Alleinsein mit E.H. von (engstirnigen, eifersüchtigen) Beobachtern als wissenschaftliches Fehlverhalten betrachtet werden könnte, denn E.H. ist bei ihr empfänglich und beeinflussbar wie ein Kind. (Bei anderen Examinatoren, vor allem männlichen, kann er schroff und abweisend sein. Er ist längst nicht mehr so freundlich gegenüber jedermann und so naiv wie zu Beginn von *Projekt E.H.*)

E.H. ist stehen geblieben, hält noch immer Margots Hand, die Finger so fest mit ihren verschränkt, dass sie sich vor Schmerz fast windet, und rezitiert:

»Ah, Liebste, lass uns treu
Einander sein! Denn die hier vor uns liegt,
Die Welt, und uns in süße Träume wiegt,
So mannigfach, so wunderschön, so neu –
Lässt uns nicht Glück, noch Licht, noch Frieden sehen,
Noch gibt's vor Schmerzen irgendeine Flucht.
Wir sind hier wie in einer dunklen Bucht,

Wo – von Alarmen, die sie nicht verstehen,
Gehetzt – bei Nacht sich schlagen zwei Armeen.«

Margot lauscht gefesselt diesem Vortrag. E.H. spricht mit leiser, bebender Stimme. Es ist nicht ungewöhnlich, dass er Verse spricht, aber ungewöhnlich, dass er es mit so viel innerer Bewegung tut. Es ist das erste Mal, dass irgendjemand für *sie* ein Liebesgedicht gesprochen hat.

Um Worte verlegen, ruft Margot töricht aus: »Oh, Eli! Das ist wunderschön. Ist das – Shakespeare?«, noch während sie vermutet, dass es nicht Shakespeare sein kann, weil die Sprache modern ist.

E.H. zuckt die Achseln. Nicht Shakespeare.

(Hat Margot ihn enttäuscht? Seine Finger erschlaffen.)

»Vielleicht ist es ja von mir. Wärst du beeindruckt?«

»Ja. Das wäre ich.« Sie lacht, denn er macht bestimmt einen Scherz. Der Ton seines Scherzes jedoch ist – schwermütig? Ironisch? Oder einfach spielerisch?

Margot spürt, dass ihr etwas entgangen ist. Sie hat es vermasselt, denkt, und nicht zum ersten Mal, dass sie Elihu Hoopes nicht ebenbürtig ist. Seine Seele ist weiter als ihre, sofern man mit dem Begriff Seele etwas anfangen kann.

Die Hände weniger fest verschlungen, setzen sie ihren Spaziergang fort, und E.H. kommt auf eins seiner Lieblingsthemen zu sprechen – die Spieltheorie. Sein Ton ist nicht mehr zärtlich und innig, sondern forsch, ein bisschen verächtlich. Seine Ansicht zu dem Thema steht unverrückbar fest, und wenn Margot ihm eine Frage stellen will, geht er nicht darauf ein. In Doktorandenseminaren am Fachbereich Psychologie hat sie etwas über die Spieltheorie gelernt, aber nur an der Oberfläche gekratzt, denn im Wesentlichen ist Spieltheorie Mathematik und für ihre Teildisziplin der Psychologie nicht maßgeblich. Es ist, wenn E.H. von seinem Lieblingsthema anfängt, auch nicht klar, ob er selbst ein starker Befürworter oder ein Skeptiker ist oder ob er eine eigene Theorie hat, mit der er anderen widersprechen möchte.

Vermutlich hat sie ihn mit ihrer schwachen Reaktion auf das Liebesgedicht enttäuscht, wenn es denn eines war, kann jetzt aber nicht darauf zurückkommen, denn er wird inzwischen vergessen haben, dass er es rezitiert hat, und sie entsinnt sich auch selbst nur an die unverstellte Bitte: »Ah, Liebste, laß uns treu einander sein!«

Sie wird Elihu Hoopes treu sein. Auch wenn keiner, er selbst eingeschlossen, es wissen wird.

In die Verwicklungen der Spieltheorie vertieft, muss E.H. öfter lachen und entblößt dabei feuchtes Zahnfleisch. Er ist wieder in den öffentlichkeitstauglichen Scherzmodus verfallen, mit dem er andere auf Abstand hält; doch Margot glaubt fest daran, dass sie für ihn nicht wie jeder andere ist – *ihr* gegenüber sollte er sich das eigentlich verkneifen.

Sie sind weit in den Park vorgedrungen. Zwischen den dicht stehenden Bäumen ist es ruhig, wie an einem abgelegenen Ort. So unaufdringlich, wie sie kann, schlägt Margot E.H. vor, eine Weile hierzubleiben und ein bisschen zu zeichnen. »Du hast deine Zeichenmappe ja mitgenommen, Eli, siehst du?«

E.H. hat die Mappe unter dem Arm getragen und auch Stifte und Zeichenkohle eingesteckt, es aber vergessen, und freut sich, als Margot es ihm in Erinnerung ruft.

In der nächsten halben Stunde arbeitet er mit Bleistiften und Kohle eifrig in seiner Zeichenmappe. Margot hat in der Nähe ein Plätzchen gefunden, an dem sie sich setzen kann, aber nicht so nahe, dass sie den Künstler ablenkt.

Sie macht unterdessen Aufzeichnungen in ihrem Notizbuch, das sie in ihrer Schultertasche immer bei sich hat. Es ist nicht das Laborbuch, sondern ein privates Notizbuch. Sie datiert den Eintrag und notiert den Ort. Trägt alles ein, was sie von E.H.s Äußerungen behalten hat. (Sie nimmt sich vor, das Gedicht ausfindig zu machen, und wird erfahren, dass es aus dem neunzehnten Jahrhundert stammt, von Matthew Arnold geschrieben wurde und den Titel »Am

Strand von Dover« trägt. Sie vermutet, dass es Elihu Hoopes vom College Amherst aus einem seiner Literaturkurse im Gedächtnis geblieben ist, und spekuliert in ihren privaten Aufzeichnungen nicht darüber, ob er die Zeilen daraus speziell für *sie* gesprochen hat.)

Wenn es etwas Wichtiges gibt, das sie unbedingt festhalten möchte und das Rückschlüsse auf die enge Verbindung zwischen ihr und dem Amnesiekranken zulässt, sucht sie nach Möglichkeiten, es zu notieren, ohne übermäßig deutlich zu werden. Manchmal kürzt sie entscheidende Wörter ab, verwendet Chiffren.

So stolz es sie macht, dass man aus ihren Einträgen etwas über die zwischen ihr und E.H. bestehende Vertrautheit herauslesen kann, ganz wohl ist ihr nicht dabei, denn was, wenn ihr Buch jemandem am Institut oder, schlimmer noch, an der Universität in die Hände fällt? Was, wenn ein Konkurrent es findet? Was, wenn sie – quält sie sich unsinnigerweise – plötzlich stirbt und der Leiter ihres Fachbereichs ihre sämtlichen Unterlagen, Daten und Notizbücher, ihr geheimes, verborgenes Ich in Beschlag nimmt?

Was, wenn Margot Sharpe eines Tages bloßgestellt wird als jemand, der unethisch, sogar unmoralisch gehandelt hat; was, wenn sie posthum wegen wissenschaftlichen Fehlverhaltens bei ihrem eigenen Probanden getadelt wird?

Dennoch – sie kann ihre Gefühle für E.H. nicht ausschalten. Niemand aus ihrem begrenzten Lebenskreis bedeutet ihr so viel.

Während sie E.H. zusieht, murmelt sie laut: »Ah, Liebste, lass uns treu einander sein!« Den Rest des Gedichts, die traurige Schönheit der Sprache, kann sie nicht wiedergeben.

Doch E.H. ist angerührt von den Worten, die er, bereits vergessen, vor noch nicht mal einer Stunde selbst gesprochen hat; es zieht ihn zu Margot, und er streichelt ihr zärtlich die Wange: »Mein liebes Herz, lass uns treu einander sein – *ja.*«

Dann kehrt er zu seiner Arbeit zurück. Verliert aber schon bald die Konzentration und wird unruhig. Vielleicht hat er zu hektisch gezeichnet, und jetzt tun ihm die Finger weh; er beugt und streckt sie und dehnt den Arm. Klappt die Zeichenmappe unvermittelt zu und lehnt sie gegen das Geländer. Woran denkt er? Was ist in seinem Kopf aufgetaucht wie ein sich zeigendes Licht? *Ist* Denken dem Licht vergleichbar, ein Fließen der Neuronen? Wie bei elektrischem Strom? Wo hat das Denken seinen Sitz, und aus welchen wortlosen Regionen taucht es auf? Margot fühlt eine starke Liebe zu diesem mutigen Mann, der allein dasteht wie am Rand eines Abgrunds. Sie sieht, wie er das Geländer der Holzbrücke umklammert, wie um sich gegen den Wind zu wappnen – aber es geht keiner. Er blickt in das Sumpfgebiet hinaus, verzieht das Gesicht. Wenn sie jetzt zu ihm ginge und seine Einsamkeit durchbräche, würde sie wohl ein angespanntes, ängstliches Gesicht vor sich haben und begreifen, er ist ihr völlig unbekannt.

Margot ist für den Kranken vom Rand seines Blickfelds verschwunden. Es ist traurig und zugleich schwindelerregend süß, zu spüren, dass sie seinem Bewusstsein entgleitet. Wie ein Mond bei Mondfinsternis! Doch obwohl Margot ausgelöscht ist, hört sie ja nicht auf zu existieren. Sie befindet sich vielmehr in einem Schwebezustand, bis der Mann sie sieht.

»Mr Hoopes? Eli? Hallo.«

E.H. blickt auf. Er ist verblüfft, für einen Moment vielleicht verwundert oder erschrocken, aber gleich darauf lächelt er beflissen und voller Hoffnung.

»Hal-*lo*.«

Sie hat ihm ein Geschenk mitgebracht.

Sie hat ihm ein Geschenk mitgebracht, das *unser Geheimnis* bleiben muss.

Als sie weit vom Institut entfernt sind, auf der Holzbrücke, und Margot sich überzeugt hat, dass niemand in Sichtweite ist, zieht sie aus ihrer Schultertasche zwei kleine Schmuckstücke hervor: zwei Ringe.

Eheringe, aus Silber. Nicht teuer, aber geschmackvoll und hübsch. Ein keltisches Muster, hat der Silberschmied ihr erklärt.

»Für dich, lieber Eli. Und für mich.«

Sie hat seinen Finger gemessen und daher einen Ring gekauft, der perfekt passt, so perfekt wie ihr Gegenstück. Sie schiebt ihm den Ring auf den Finger, den dritten Finger der linken Hand, und Eli nimmt den anderen Ring von ihr entgegen und schiebt ihn auf den dritten Finger von ihrer linken Hand.

Er küsst Margots Handinnenseite. Bebt vor Gefühl und vor Verlangen. Margot küsst seine Handfläche und seinen Handrücken; die Knöchel sind mit hellbraunen Härchen bedeckt.

»Frau Doktor, du bist so wunderschön! Ich liebe dich! Sind wir jetzt verheiratet?«

»Ja, Eli. Jetzt sind wir verheiratet.«

Sie zieht an seiner Hand, die ihre so fest hält. Küsst ihn auf den Mund, der ihren Kuss gierig erwidert. Der Mann zerrt und reißt schon grob an ihren Kleidern. Stößt ein gequältes Wimmern aus, er ist sehr erregt. Margot fühlt tief im Innern ihres Leibs den Kitzel des Verlangens, eine kleine Flamme, die jeden Moment in höchster Lust auflodern kann. Blindlings führt sie den Mann tiefer in den Wald hinein, obwohl der Boden unter ihren Füßen sumpfig ist. Findet unter einer riesigen Weißeiche eine Stelle, wo sie sich mit unbeholfener Hast auf einem sonnenbeschienenen Fleckchen niederlegen können.

Danach vergessen sie sich für lange Zeit. Margot hört sich aufschreien, ein heiseres kehliges Geräusch, kaum als menschlich erkennbar. Der Schrei des Mannes ist leiser, ein gehauchter Seufzer. Dieser Laut, das leise Zittern des Atems, ist wie das Aushauchen der Seele. Ein Schatten zieht über Margots Hirn hinweg, ihr Hirn wird zerhauen, ausgelöscht. Sie kann nicht sprechen. Ihr Gesicht ist tränennass. Ihr Unterleib ist entflammt von sexuellen Gefühlen, ihre

Beine sind wacklig, geben nach. Sie muss E.H.s zerdrückte Kleidung glattstreichen und ihre eigene auch. Sie muss sein Haar glätten und ihre eigenes auch. Ihrer beider Hände fallen über den Körper des anderen her wie gefräßige Tiere. Als sie aus ihrem Versteck auftauchen, sind sie atemlos, als seien sie um ihr Leben gerannt. Das Lachen bleibt ihnen in der Kehle stecken wie Schluchzer.

Oh, was haben wir getan. Was ist mit uns geschehen.

Niemand hat Schuld daran, es wird nicht wieder vorkommen.

Natürlich wird es wieder vorkommen – und wieder und wieder …

E.H. ist ganz verloren vor Liebe zu ihr, deren Namen er vergessen hat. Es muss entsetzlich für den Mann sein, denkt Margot, jemanden zu lieben, für den er keinen Namen hat.

»Warte. Bitte warte. Komm zurück. *Bitte.*«

»Nein, Eli. Das können wir nicht.«

»Warum denn nicht? Du bist doch meine Frau?«

»Nur insgeheim, Eli. Das darf niemand wissen.«

»Aha! Na dann.« Mit einem Mal ist er gleichgültig, stoisch. Er wehrt sich nicht, als Margot ihm den Ehering vom Finger zieht und ihn mit ihrem eigenen in ein Fach in ihrer Schultertasche steckt und den Reißverschluss zumacht.

»Nein, Eli. Wir müssen jetzt zurück.«

»Ja. Müssen jetzt zurück.«

Margot hat ihm die Kleider glattgestrichen und das dünner werdende glatte Haar gekämmt. Früher, sagt sie scherzend, war sein Haar viel länger. »Du warst ein Hippie, Liebling, bist mit einem roten Stirnband herumgelaufen und hast leichtfertig dein Leben aufs Spiel gesetzt.« Sie hat die unzähligen blauen Flecken an seinen Armen und auf seiner Brust geküsst. Sie hat eine Tube *Arnica montana* mitgebracht, mit der sie die blauen Flecken einreibt.

Sich selbst hat sie das Haar mit einer kleinen Bürste aus ihrer Tasche gekämmt. Die geflochtene eine Strähne fällt ihr gegen das Auge und sticht. Sie hat Kletten an den Sachen und ja, verflucht!, auch im

Haar. Sie wird noch viel bürsten und mit einem feinen Kamm nacharbeiten müssen, um die wieder herauszubekommen.

Margot lotst E.H. zurück zur Holzbrücke und zu dem Weg mit den Holzschnitzeln. Schnell, denn auf einmal ist es später Nachmittag, und die Kollegen am Institut werden sich schon fragen, wo sie sind. (Margot hat angegeben, sie teste E.H. in einer anderen Etage, in einem Labor für Rehabilitanden, das für ihre Zwecke geeignet ist. Hat aber nichts Genaueres gesagt und hofft, dass niemand nachfragt.)

»Eli, beeil dich. Wir müssen zurück.«

»Zurück – wohin? Wohnen wir jetzt in Philadelphia? Am Rittenhouse Square?«

»Nein, Eli. Nicht am Rittenhouse Square.«

»Waren wir dort verheiratet? Ist das unser gemeinsames Zuhause?«

E.H. gerät in Verwirrung, wird unruhig. Margot liebt den Mann heiß und innig, hat aber Angst, dass ihr Geheimnis offenbar wird. Sie denkt: *Ich nehme ihn mit zu mir nach Hause, irgendwann. Dann sind wir wirklich verheiratet, und was ich eben getan habe, wird wiedergutgemacht.*

Mit E.H. allein im Fahrstuhl in den dritten Stock geht Margot das Wagnis ein, ihn ein letztes Mal zu küssen, und schiebt zärtlich die Zunge in seinen Mund, doch als er sie fest in die Arme nimmt, schiebt sie ihn von sich fort. »Nein. Wir dürfen nicht, Eli. Sie erwischen uns und nehmen dich mir weg.« Seine verstörte Miene weckt ihr Mitleid, sie umfasst seine Hände und zieht sie, schon ganz schwach, an ihre Taille und ihre Brust.

Gleich sind sie da. Binnen Sekunden geht die Fahrstuhltür auf.

»Bist du meine Ehefrau, Frau Doktor? Ich liebe dich.«

»Eli, ich liebe *dich*.«

Still sich lieben. Ohne Sprache, ohne Gedächtnis.

Und hinterher darf sie nicht vergessen, ihnen die Ringe abzuziehen.

Was zwischen uns vorgeht, wird nicht aufgezeichnet. Es wird in keines Menschen Gedächtnis bewahrt.

Trotzdem kommt es vor, dass Margot nicht anders kann und sich doch jemandem anvertraut.

»Ich glaube, ich bin wieder verliebt, endlich ...«

Ihm muss sie es sagen. Damit er nicht glaubt, er müsse ihretwegen immer noch ein schlechtes Gewissen haben und ihr aus dem Weg gehen.

»Tatsächlich, Margot! Das ist eine gute Neuigkeit.«

Er klingt überrascht. Und gar nicht so erleichtert, wie Margot angenommen hat.

»Ist es jemand, den ich kenne? An der Universität? Doch hoffentlich nicht im Fachbereich?«

Sie lachen beide. Fachbereichsklatsch, teils unterhaltsam, teils ärgerlich oder beinahe skandalös, gehört auch zu ihrer gemeinsamen Geschichte.

In dem kurzen Intermezzo ihrer Liebesbeziehung hatte Milton Ferris seine Freude daran, die wesentlich jüngere Margot Sharpe mit Geschichten über berühmte ältere Kollegen in Erstaunen zu versetzen, Histörchen, erzählt aus der Perspektive von Milton Ferris als junger Mann, der selbst noch neu am Fachbereich war. Der Vater belehrt die tugendhafte Tochter über die Geschichte ihres gemeinsamen Terrains, die der tugendhaften Tochter bisher weitgehend unbekannt gewesen ist.

»Und, Margot, wirst du – heiraten?«

(Milton hat verstohlen nach ihrer linken Hand geschaut. Es steckt aber kein Ring am Finger.)

»Wir haben es vor, ja. Bald, hoffe ich.«

»Bald? Wie bald? Werde ich noch da sein, um dir beim Feiern zu helfen?«

Verunsichert lächelnd, starrt Margot Milton an. *Noch da sein*? Für einen Augenblick glaubt sie, Milton spräche über sein Alter, über die

Endlichkeit seines Lebens. Dann geht ihr auf, dass er etwas weniger Extremes meint, und darf sich ihre Bestürzung nicht anmerken lassen.

»Leider nein, Milton. Ich glaube, du gehst zu bald …«

Noch im Nobelpreis-Ruhm schwelgend, ist Milton Ferris unter großem Applaus aus der Universität ausgeschieden. Er hat Interviews gegeben, in denen er davon spricht, sein angesehenes Gedächtnislabor an jüngere Kollegen übergeben zu haben; manchmal nennt er Margot Sharpe namentlich als seine »Nachfolgerin« an der Universität, was sie mit tiefer Befriedigung und mit übersteigerter Angst erfüllt. In der Festschrift für Milton wurde gescherzt – freundschaftlich, aber doch nicht ohne Hintersinn –, Milton Ferris sei der Dschingis Khan der Neuropsychologie, der die Welt der Wissenschaft mit seiner DNA, seinen Nachkommen, bevölkere.

Die Karriere des großen Wissenschaftlers neigt sich ihrem Ende zu. Milton hat zwar eine Position am Nationalen Gesundheitsinstitut in Washington angenommen, die einen Teil seiner Zeit ausfüllen wird, und es wird gemunkelt, der Präsident werde ihn demnächst in einen renommierten nationalen Wissenschaftsbeirat berufen. Gemunkelt wird auch, er werde künftig zwischen seinem Stadthaus in Georgetown, D.C., und seiner Eigentumswohnung mit Meerblick in Boca Raton, Florida, pendeln, wo seine in die Jahre gekommene, kränkelnde Ehefrau in der Nähe der verheirateten gemeinsamen Tochter und ihrer Familie lebt.

Milton Ferris emeritiert – die Vorstellung schmerzt Margot Sharpe. Sie sieht nicht ein, dass die Karriere ihres Mentors sich ihrem Ende zuneigen soll. Auch wenn Nachwuchswissenschaftler, die früher mit ihm zusammengearbeitet hätten, heute mit ihr zusammenarbeiten, die als Milton Ferris' Ziehtochter gilt.

Sie fühlt sich manchmal so schuldig. Und hat keine Ahnung, warum.

Sie hat Milton gegen die abwegige Anschuldigung wissenschaftlichen Fehlverhaltens verteidigt, vielleicht aber nicht eisern genug. Und hatte nicht den Mut, es *ihm* zu sagen.

Er wäre sehr wütend gewesen! Und tief getroffen, irreparabel verletzt. *Das konnte ich ihm nicht antun, auch wenn ich ihn nicht mehr liebte.*

Sie hat nie erfahren, ob Milton von den Anschuldigungen seiner ehemaligen Studenten und Kollegen weiß, denen er vertraut und bei ihrem beruflichen Fortkommen geholfen hat; so gut vernetzt, wie Milton Ferris ist, muss er aber etwas gewusst oder geahnt haben. In der Zeit nach dem Nobelpreis, der einen Empfänger gleichsam mit einem schützenden Panzer umgibt, hat irgendjemand ihm sicher davon erzählt – ein früherer Student, der sich bei Milton Ferris anbiedern und Rivalen ausstechen wollte –, Margot Sharpe aber, die ihm einmal so nahestand und ihm treu ergeben war, hat es trotzdem nicht fertiggebracht, ihn einzuweihen. Und Alvin Kaplan, der ihn geliebt und ihn betrogen hat, kann es ihm nicht erzählt haben.

Letztlich waren die Anschuldigungen wohl doch nicht stichhaltig genug. Nicht nur Margot, sondern auch eine andere ehemalige Studentin von Ferris, heute Psychologin an der Harvard Universität, wollte Fehlverhalten vonseiten Ferris' nicht bestätigen und drohte, mit Widerklagen an die Öffentlichkeit zu gehen, falls die Untersuchung fortgesetzt wurde. Margot weiß, wer die Betreffende ist, und ist beeindruckt und beunruhigt zugleich von der Loyalität der Frau. Sie quält sich zwar mit dem Gedanken, dass Milton mit dieser Frau auch eine Affäre gehabt haben dürfte, und das nur ein oder zwei Jahre vor seiner Affäre mit Margot, ist an Details aber nicht interessiert.

Ebenso wenig möchte sie, dass Milton Ferris Details über ihre neue Liebe erfährt.

Über ihre leidenschaftliche und verhängnisvolle gestörte Liebe zu Elihu Hoopes.

Denn Liebe ist ja immer eine Störung des Verstands, oder es ist keine, sondern bloß ein Gefühl.

Margot lächelt. Sie hat ein feines Summen im Ohr. Während Milton Ferris sie fragend anschaut.

Er ist gealtert, sieht sie. Ein leichter Tremor der linken Hand, ein fast unmerkliches Zucken der Lider. Vielsagende dunkle Altersflecken an den Händen, Anzeichen für die Einnahme von Blutverdünnern.

Oh, stark gealtert ist er aber nicht. Sie ist erleichtert!

»Es ist wohl – kein Wissenschaftler?«

»Nein. Kein Wissenschaftler.«

Margot sagt es ruhig. Die tugendhafte Tochter spricht leise.

»Tatsächlich! Du überraschst mich, Margot.«

Ist das gut oder eher nicht so gut? Ihr gealterter Mentor verzieht das Gesicht. Sein weißes Haar wird lichter, erhebt sich in feinen Wellen über die rosa Kopfhaut; seine Zähne sind von einem unnatürlichen Weiß, keramisch perfekt.

Auf der breiten Stirn erscheinen missbilligende Falten. Das herzliche Geplänkel hört auf. Doch, ja, denkt Margot unwillkürlich, sie hat Milton Ferris enttäuscht, ist bei ihm durchgefallen, denn im Leben einer Wissenschaftlerin muss etwas schrecklich schiefgegangen sein, wenn sie sich mit einem Gefährten zufriedengeben muss, der nicht auch Wissenschaftler ist.

Margot denkt: *Du kannst mich mal, ich entschuldige mich nicht dafür, E. H. zu lieben!*

»Ich hoffe, du wirst glücklich, Margot. Du bist eine hochintelligente und integre Frau – eine entzückende Frau, und es tut mir sehr leid, dass mir die Phantasie gefehlt hat, dich glücklich zu machen.«

Milton Ferris spricht in ernstem Ton wie jemand, der gleich einen Segen spendet, es sich aber noch einmal anders überlegt. Seine Worte können nicht aufrichtig gemeint sein, und doch schaut er so reumütig drein, dass man ihm fast glauben könnte.

Gerüchteweise hat Margot von gesundheitlichen Problemen Miltons gehört; noch am Tag vor der Nobelpreisverkündung hatte er am Universitätskrankenhaus einen Termin für ein MRT. Sein alter Überschwang ist zu schimmerndem Wohlwollen abgeflaut; sogar sein drahtiger weißer Bart wirkt schütterer und lässt das volle Kinn und den roten Hals durchscheinen. Und den Tremor seiner Hand – den sieht Margot einfach nicht.

Ich habe dich geliebt, weißt du.

Ich werde dich immer lieben.

Versteht Milton Ferris das? Anzunehmen, denn jemandem, der bedeutende Arbeiten über metalinguistische Psychologie veröffentlicht hat, dürfte es nicht schwerfallen, Margot Sharpe zu verstehen.

Zeit zu gehen, nicht? Es gibt Margot einen Stich vor Schreck.

Bevor Milton sich verabschiedet, gratuliert sie ihm schnell noch einmal zum Nobelpreis, wie es andere auch unzählige Male getan haben. Ein betäubender Chor. Es muss einen doch fast beängstigen, so viele Gratulationen für den einen großen, großartigen Preis, gegen den alle anderen Ehrungen in den Hintergrund treten, als hätte es die bedeutende und einflussreiche sonstige Arbeit nicht gegeben und als wäre der Nobelpreis so etwas wie eine posthume Anerkennung. Aus einem bloß dem Nobelpreiskomitee bekannten Grund bekam Milton Ferris den Preis ja für »originelle, wegweisende Forschung«, die er mindestens dreißig Jahre früher gemeinsam mit anderen, jetzt ebenfalls älteren Wissenschaftlern geleistet hat.

»Tja, liebe Margot! Eines Tages vielleicht für deine bemerkenswerte Arbeit zu E. H. – *du.*«

Es ist ein ritterlicher Wunsch. Das Flattern beider Augenlider gibt Milton Ferris den Ausdruck eines listigen Fuchses.

Beim Verabschieden sind sie plötzlich scheu. (Sieht jemand ihnen zu? Sie befinden sich sozusagen in der Öffentlichkeit.) Doch wenn sie töricht zurückweicht, wird sie es bedauern, das weiß Margot, und Milton geht es wohl ebenso, denn er umfasst ihre Hand mit beiden Händen, beugt sich vor und streicht ihr mit überraschend kühlen Lippen über die Wange.

»Leb wohl, liebe Margot. Und Glückwunsch zu dem, was immer es ist, das so verdient in dein Leben getreten ist.«

Weiß er Bescheid? Natürlich nicht. Kann er es erraten? Niemals.

E. H. – *sein* Amnesiekranker!

Milton Ferris kann nicht wissen, dass Margot Sharpe Elihu Hoopes liebt, aber dass sie ihn noch liebt, weiß er.

Margot lächelt, als sie darüber nachsinnt. Sie bereut nichts, denn was gäbe es zu bereuen? Sie hat *ihr* Leben vor sich.

Sie trinkt so lange kleine Schlucke Whiskey, bis ihr die Augenlider zufallen und es Zeit ist, schlafen zu gehen.

Die Sexualität des Amnesiekranken E. H. Von den unzähligen Anfragen, die von forschenden Psychologen konkurrierender Institute an Milton Ferris gerichtet wurden, empörte Margot Sharpe am meisten die eines klinischen Psychologen von einer angesehenen Ivy-League-Universität, der um die Gelegenheit bat, den »Sexualtrieb«, die »sexuellen Phantasien« und die »sexuelle Potenz« des Hirngeschädigten zu testen und zu messen. Als ein nachdenklicher Ferris das Anschreiben im Labor vorlas, war Margot Sharpe, damals dreißig Jahre alt, besonders aufgebracht: »Das wäre eine entsetzliche Ausbeutung des Probanden. Er vertraut uns, seine Familie vertraut uns. Er ist ein Mensch und kein Versuchstier.«

Milton Ferris war überrascht von der heftigen Reaktion seiner jungen Kollegin, die in seiner Gegenwart sonst sehr still und bescheiden auftrat, aber beeindruckt von ihrer Integrität und Leidenschaft. Das sagte er ihr später einmal in der kurzen Zeit ihrer Beziehung.

Damals hatte er über die entrüstete junge Kollegin herzlich gelacht. Das ganze Labor hatte gelacht. *Er* würde einen Konkurrenten bestimmt nicht einladen, *unseren Kranken* zu untersuchen – keine Bange.

Jetzt, da Milton Ferris emeritiert ist, Margot Sharpe das *Projekt E.H.* leitet und »E.H.« in neuropsychologischen Fachkreisen berühmter ist denn je, wird Margot mit Anfragen überschüttet, die nicht weniger abstoßend sind als die damalige oder noch abstoßender. Es graut ihr davor, was E.H. widerfahren könnte, würde sie ihn nicht abschirmen; fürchtet, dass seine betagte Tante Lucinda und die anderen Hoopes-Verwandten sich in der komplizierten und (zuweilen) unaufrichtigen Welt der stark umkämpften wissenschaftlichen Forschung nicht gut genug auskennen und womöglich unbeabsichtigt den falschen Personen Zugang zu E.H. geben. Ohne ihre ständige Wachsamkeit wäre seine Identität inzwischen bestimmt bekannt, und unerwünschte, skrupellose Sensationslustige würden in Scharen zum Institut in Darven Park oder, noch schlimmer, zu dem strengen Tudor-Haus in Gladwyne in Pennsylvania strömen. Der Kranke mit einem Kurzzeitgedächtnis von maximal siebzig Sekunden würde sich ja an keinen Übergriff auf ihn erinnern, wenn er ihn nicht in seinem Notizbuch oder seiner Zeichenmappe festhielte.

Von seinem väterlichen Gebaren gerührt, vertraute Margot in einem Moment der Schwäche Ferris einmal an, sie zerbreche sich manchmal den Kopf darüber, ob ihr Tun nicht von Grund auf moralisch falsch sei: Experimente mit einem Hirngeschädigten durchzuführen, der keine genaue Vorstellung davon hatte, was mit ihm geschah und dessen Einwilligung zweifelhaft war.

»Dieselbe Frage stelle ich mir manchmal sogar in Bezug auf Tierversuche. Primaten haben doch eine ausgeprägte Individualität … Wenn man sich genauer mit ihnen befasst.«

»Liebe Margot, dann befass dich nicht genauer mit ihnen.«

Ihr Liebhaber, der Satyr mit dem weißen Bart, küsste sie auf den Mund und lachte unschön. Wenn es einen spöttischen, herablassenden Kuss gibt, war das einer.

Und doch erinnert sich Margot mit einem Glücksgefühl daran.

Wie einfach ihr Leben damals war. Sie war Milton Ferris' hochintel-

ligente und vielversprechende junge Kollegin und hatte noch nicht seinen Platz eingenommen.

Die Kollegen halten sie für überempfindlich. Und bei E.H. für überfürsorglich.

Einige lachen hinter ihrem Rücken über sie. Sogar junge Kollegen, Labormitarbeiter und die von ihr betreuten Doktoranden. Wieder andere lächeln ihr ins Gesicht.

Tatsache ist, Professor Sharpe hält an ihren Prinzipien fest und rückt nicht davon ab. Mit zunehmendem Alter und steigendem Renommee in dem schnell wachsenden Gebiet der Gedächtnisforschung wird sie unduldsamer gegen die Schwächen anderer. Deren Ehrgeiz versetzt sie in Wut, ist stets und ständig »primitiv« und »schamlos«. Wie früher ihr Mentor verachtet sie die »faule Wissenschaft«, die »schlechte Wissenschaft«, die »Pseudowissenschaft«. In ihrem Fachbereich gehört sie zu den drei bestbezahlten Lehrkräften; sie wird mit Stipendien überschüttet, denn jede Forschungsgemeinschaft möchte Forschung zum Gedächtnis und zu Hirnläsionen finanzieren, und der rätselhafte E.H. ist der berühmteste einschlägige Proband. Margot Sharpe publiziert heute in renommierten Fachzeitschriften ebenso oft wie einst Milton Ferris. Sie ist bekannt für ihre unvoreingenommenen und scharfsinnigen, aus der Geschichte der Psychologie schöpfenden Besprechungen, ist praktisch tätige Wissenschaftlerin und Historiographin der Neuropsychologie zugleich. In der Begründung für einen Preis, der ihr von der Amerikanischen Gesellschaft für experimentelle Psychologie verliehen wurde, heißt es über Margot Sharpe, ihre Artikel und Rezensionen fußten auf einer »atemberaubenden Kenntnis der Fachliteratur, während die meisten Wissenschaftler über die Geschichte ihres Fachgebiets nur wenig wissen«.

Im mittleren Alter ist sie selbst zu einer legendären Gestalt geworden: in ihrer äußerlichen Erscheinung nach wie vor jugendlich, ja sogar mädchenhaft, mit glänzendem schwarzen Haar, das ihr gerade bis zur Schulter fällt oder elegant im Nacken zu einem Knoten gebunden ist, der gerade Pony bis zu den Augenbrauen reichend. Trotz der silbernen Fäden im Haar und der feinen Fältchen an den Augenwinkeln trägt Margot Sharpe wie ein Ballettmädchen enge schwarze Jersey-Oberteile und Jacketts, schwarze Hosen oder Leggins und schwarze Ballerinas. Sie ist entwaffnend und hinterhältig. Ist gewitzt und flink und bewegt sich graziös wie eine Tänzerin. (*Ist* sie Tänzerin?, fragt man sich.) Bei Fachkonferenzen sticht sie stets heraus; hinter ihrem Rücken wurde ehrfurchtsvoll geflüstert: *Das ist Margot Sharpe! Gott, wie jung sie aussieht!*

Mit Anfang vierzig hat Margot ihre besten ehemaligen Studenten um sich geschart, die es auf ihrem umkämpften Gebiet zu einer Festanstellung an der Universität und zu Ansehen gebracht haben, eine dritte Generation nach dem Nobelpreisträger Milton Ferris als Großvater und Margot Sharpe als Mutter. Falls nötig, beschützt Margot ihre Jungen so, wie es alle Eltern tun würden.

In ihrer Sorge für E.H. lässt sie nicht nach. Schon mit der Anregung zu einem Experiment, das ihren Probanden beunruhigen könnte, weckt man Margot Sharpes Zorn. Ihr wird der geistreiche Ausspruch zugeschrieben: »Eli Hoopes ist der einzige Gentleman in der Neurowissenschaft.«

Es wird auch kolportiert, dass sie von zehn Anfragen zur Arbeit mit E.H., die Kollegen an sie richten, im Durchschnitt zehn ablehnt.

Doch so berüchtigt Margot für ihre ablehnende Haltung gegenüber Kollegen von außerhalb ihres Fachbereichs ist, so diplomatisch ist sie bei Kollegen ihrer Universität. Die Anfragen von Professor Karl Peirce etwa, einem Neurophysiologen, der insbesondere über den Hippocampus und die Amygdala forscht, die Teile des Gehirns, die durch die Enzephalitis bei E.H. als geschädigt gelten, kann Margot vernünftigerweise nicht ablehnen. Ihre Taktik ist das möglichst lange Hinauszögern, erst beim Fällen der Entscheidung, dann beim

Zusammentreffen mit dem Kollegen und schließlich beim Zusammentreffen des Kollegen mit dem Probanden.

»Herrgott, E.H. ist doch nicht Margot Sharpes Eigentum! Sie ist nicht sein Vormund.«

Ihre (vorgesetzten, männlichen) Kollegen stecken die Köpfe zusammen. Sie klagen scherzhaft und bitterernst über sie.

Dass eine kollektive Abneigung gegen Margot Sharpe besteht, ist ihr klar, auch wenn ihrer Arbeit und ihrer Verlässlichkeit widerwillig Anerkennung gezollt wird. Wie heißt es abschätzig so schön: *Sharpe ist mit der Arbeit verheiratet – sie ist seine Frau.*

So müde! Man hat ihm ein Loch in den Schädel gebohrt und ein Stück Knochen entnommen wie einen Lego-Baustein, hat dabei durch die zarte Hirnhaut gestochen. Er entsinnt sich nicht, warum diese entsetzliche Operation an seinem Gehirn gemacht wurde.

Fremde haben Hand an das Gehirn eines Menschen gelegt. Haben noch die letzten Winkel seiner Seele ausgeleuchtet. Haben sein Inneres nach außen gekehrt wie bei einem Gummihandschuh und dann weggeworfen.

Er kneift die Augen fest zu. Das tote Mädchen ist eben erst gefunden worden – seine Cousine Gretchen. (Aber du darfst ihren Namen nie wieder laut sagen. Niemand darf es hören.) Er hatte sich unter den Brettern der Veranda versteckt, um ihren Blicken zu entgehen. Und jetzt sieht sein Vater ihn mit einem Ausdruck an, in dem sich Scham und Verachtung mischen.

Du hast nichts gesehen, Eli. Du hast geträumt.

Geh wieder ins Bett, Junge. Das ist nichts für dich.

»Mr Hoopes? Meinen Sie, Sie könnten aufstehen? Wenn Sie kräftig genug sind, schwingen Sie die Beine hier zur Seite …«

Ihm wird auf die Beine geholfen. Er war rücklings in einen schmalen Metallsarg geschnallt gewesen, und jetzt wird ihm auf die Beine geholfen.

Er hat weiche Knie, sein Kopf kommt ihm vor, als hätte man ihn mit Luft aufgepumpt, immer mehr Luft, immer größerer Druck.

Nicht gucken. Du hast nichts gesehen.

Es gibt nichts zu sehen.

Wenn Margot nicht bei Elihu Hoopes ist, fällt ihr nie auf, wie vereinsamt sie in ihrem Leben ist und wie *allein*.

Sie ist grimmig, so eine Einsamkeit. Ist ein eiskalter Wind, ein sehr trockener Wind, der einem das Mark aus den Knochen saugt. Doch in der Geschäftigkeit ihres Lebens, das einem tosenden Wildwasser gleicht, auf dem sie endlos vorangetrieben wird, nimmt sie das kaum wahr. Wenn sie interviewt wird, sagt sie mit glockenheller Fröhlichkeit: *Das Leben eines Wissenschaftlers ist ein ständiges Abenteuer. Ständig neue Entdeckungen. Sogar unser Scheitern ist ein Abenteuer.*

Sie sagt: *Ob ich bedaure, kein Privatleben zu haben?* – und verkündet fröhlich lachend: *Aber das ist mein Privatleben! Mein Beruf, meine Arbeit, meine Wissenschaft, mein Leben.*

Er glaubt weiter felsenfest, dass er siebenunddreißig Jahre alt ist.

Obwohl er im Spiegel – denn wie könnte es anders sein – einen wesentlich älteren Mann sieht.

»Wie erklären Sie sich das, Mr Hoopes?«

»Erklären – was denn?«

»Das Gesicht im Spiegel ist nicht das Gesicht eines Siebenunddreißigjährigen, finden Sie nicht?«

Nicht Margot Sharpe stellt diese Fragen. Sie beaufsichtigt nur die Befragung des Amnesiekranken E.H. durch einen jüngeren Kollegen. Sie würde nicht so plump formulieren, wie der junge Mann es tut, mischt sich aber nicht ein; Margot Sharpe äußert Kritik an jüngeren Kollegen und Mitarbeitern aus Prinzip nicht so schnell wie Milton Ferris, und sie sagt sie ihnen nicht ins Gesicht.

Zuletzt wurde Milton Ferris von vielen abgelehnt. *Ein Großer* ist einer, der seiner *Größe* wegen abgelehnt wird.

Margot hält sich selbst für eine gute, vielleicht sehr gute, allerdings keine große Wissenschaftlerin. Bescheidenes Sichabfinden ist das ihr Gemäße; sie konkurriert nicht mit Größe. Es war schon ein großes Glück, die Goldgrube – um Alvin Kaplans Ausdruck zu verwenden – E.H. zu erben. Ihre einzige Hoffnung ist, dass die Größe sie mit umfassen und schützen wird.

Widerstrebend schaut E.H. in den Spiegel. Es ist eigentlich keine natürliche Handlung, das eigene Gesicht vor Zeugen unter die Lupe zu nehmen. Wenn überhaupt, tut man das allein, ein äußerst intimer Akt.

Margot denkt mitfühlend: *Er sieht sich sein Gesicht nicht an, wenn er es vermeiden kann. Es ist nicht mehr sein Gesicht.*

Etwas großspurig wendet E.H. sich an den jungen Professor: »Wo ist das Problem, Herr Doktor? Das ist mein Spiegelbild – genau genommen bin das nicht *ich*.«

»Ihr Gesicht kommt Ihnen also bekannt vor, es überrascht Sie nicht, Ihr Gesicht zu sehen.«

Das ist sehr ungeschickt formuliert, weder als Frage noch als Feststellung. Doch Margot mischt sich nicht ein, aber nur knapp nicht.

Der junge Kollege sagt: »Ihr Spiegelbild kommt Ihnen also *bekannt* vor, ja? Auch wenn es, wie Sie sagen, genau genommen nicht Sie ist.«

»Ist Ihr Spiegelbild Sie, Herr Doktor?«

Der junge Mann ist überrumpelt und hat keine Antwort parat. Er wirft Margot einen zweifelnden Blick zu.

»Mein Spiegelbild ist das Spiegelbild … meines Äußeren. Natürlich ist es nicht *ich*.«

»Und bei mir genauso, was?« E.H. lacht und streicht sich übers Kinn. »Komisches Thema, was wir da haben, Herr Doktor, hä?« E.H.

stellt sich neuerdings immer ein bisschen dumm, wenn er Scherze macht, ist Margot aufgefallen. Sie fragt sich, woher das kommt.

Gleich darauf sagt E.H., als wolle er den finster dreinschauenden jungen Mann besänftigen: »Das ist schon ein Ding mit den Spiegeln hier, was?«

»Mit den Spiegeln? Hier, am Institut?«

»Ja. Am In-sti-tut.«

E.H. zuckt die Achseln, immer noch großspurig. Wirft Margot einen Blick von der Seite zu, als hoffe er, die Beobachterin werde ihm Schützenhilfe geben.

Auch wenn E.H. Margot Sharpe vergessen hat, in dem Sinne, dass er weder ihren Namen weiß noch den Grund, weswegen sie ihn beobachtet, weiß er wohl noch, dass etwas an ihr tröstlich und beruhigend ist; dafür ist Margot dankbar.

»Komische Spiegel haben die hier. Wie unterseeisch, in einer Höhle. Niemand ist, wie er tatsächlich ist. Deshalb testen die mich, sie wollen wissen, ob sie mich hereingelegt haben.« E.H. lächelt herablassend. »Manchmal lasse ich sie in dem Glauben, klar. An anderen Tagen sage ich ihnen, das ist alles Blödsinn.«

»Mr Hoopes, wer ist die?«

»Die Ärzte, die Sie auch operiert haben.«

»Und was für eine Operation habe ich Ihrer Meinung nach gehabt?«

»Lobotomie. Mit einem Eispickel.«

Als er die bestürzte Miene des jungen Mannes seht, bricht E.H. in höhnisches Gelächter aus.

Hochinteressant, denkt Margot. Woher weißt E.H., dass einige der frühesten Lobotomien in den Vereinigten Staaten, Ende der vierziger und Anfang der fünfziger Jahre, tatsächlich mit gewöhnlichen Eispickeln durchgeführt wurden, grob und ohne viel Federlesens? Wenn er erst vor kurzem etwas über die Geschichte der Neurochirurgie gelesen hat, kann er diese Fakten nicht behalten; wenn er dieses düstere Kapitel bereits kannte, muss er vor seiner Erkrankung etwas darüber gelesen oder davon gehört haben. Und es sich mit dem unverletzten Teil seines Gehirns gemerkt haben – aber warum, grübelt Margot. Warum sollte Elihu Hoopes so etwas im Gedächtnis behalten?

* * *

Es ist ein aussagekräftiger Test, der Amnesiekranke und das Ich im Spiegel.

Klar ist, dass der Kranke im Spiegel sein Spiegelbild sieht und zugleich nicht sieht, oder, genauer, dass er im Spiegel ein Spiegelbild sieht, sich davon jedoch distanziert und es nicht als seines erkennt.

Auf die Weise bleibt Eli Hoopes siebenunddreißig Jahre alt, während seine Zeitgenossen neben ihm altern.

Während Margot Sharpe neben ihm altert.

E. H. weigert sich auch hartnäckig, die Zukunft in den Blick zu nehmen.

Als ein Kollege ihm einen Kalender vorlegt und ihn bittet, einmal zu überlegen, was er an einem bestimmten Tag in einer Woche, zwölf Tagen, einem Monat tun wird, klinkt E. H. sich aus.

Mittwochs zum Beispiel wird er häufig für einen ganzen Tag zu Versuchen ins Institut gebracht. Fragt man ihn allerdings, was er aller Voraussicht nach am ersten Mittwoch des nächsten Monats tun wird, schirmt er die Augen, damit er den Kalender nicht zu sehen braucht. Und gibt mürrisch und vage zur Antwort: »Was dann halt zu tun ist, schätze ich.«

»Können Sie das genauer ausführen, Eli?«

»Ich tu … was … mit mir angestellt wird, das tu ich. Oder mit mir getan wird.«

Margot trägt in ihr Notizbuch ein: *Proband ist passiv-angespannt. Was mit ihm getan wird, nicht was er tut. Warum?*

»Bitte versuchen Sie das genauer auszuführen, Eli.

Der Testleiter spornt ihn an, aber E.H. fällt nichts ein. Wie kann man etwas *genauer ausführen*, was noch nicht eingetreten ist?

»Oder sagen Sie uns, was Sie an dem Tag gern tun würden.«

E.H. vermittelt den Eindruck geradezu körperlicher Anstrengung beim Überlegen, als wolle er einen Faden durch das Labyrinth seines Gehirns ziehen.

»Ich … ich glaube … ich würde gern …«

Margot wird klar, dass die Vorstellung des *Werdens* E.H. Schwierigkeiten bereitet. Sie greift diskret ein. Den Versuchsleiter, ein junger Kollege aus dem Fachbereich Psychologie, verlässt der Mut, er gerät ins Schwimmen. Sie bittet E.H., doch daran zu denken, dass er heute in drei Wochen vermutlich einiges von dem tun wird, was er regelmäßig tut und bereits kennt. Er wird bestimmt mehrere Mahlzeiten zu sich nehmen, wird etwas in sein Notizbuch eintragen und/oder in seiner Mappe zeichnen; am Abend wird er sicher müde werden und zur gewohnten Zeit ins Bett gehen – »Um halb zwölf, nicht, nach den Spätnachrichten? In Ihrem Haus in Gladwyne, in der Park Avenue.«

»J-Ja.«

Doch E.H. zögert, ist desorientiert. Margot fragt sich, warum das so ist.

In Gesprächen äußern sich (normale, geistig gesunde) Personen ständig ganz beiläufig zu ihren Absichten und Plänen: Die Zukunft ist für sie etwas Elastisches und ist fraglos da. Sie existiert zwar noch nicht, wird aber besprochen, als sei sie tatsächlich vorhanden, und das Eintreten in sie bereitet keinerlei Unruhe oder Besorgnis. Ebenso beiläufig spricht man vom »Himmelreich«, ohne im Geringsten an die Existenz eines Himmelreichs zu glauben. Für den Amnesiekranken ist die Zukunft jedoch etwas, was er sich nicht vorstellen, gedanklich nicht fassen kann.

Sie sind anscheinend in eine Sackgasse geraten. Ganz gleich, wie die Frage formuliert wird, E.H. weiß nichts zu sagen. Der sonst redegewandte Mann stammelt fast. Margot vermutet, der Kranke kann die Zukunft nicht ins Auge fassen, weil der bei ihm geschädigte Teil des Gehirns zu dem fürs Planen zuständigen Areal gehört. Für Zukunftsbetrachtungen benötigt ein normaler Mensch einen gewissen Grundstock an Erinnerungen; man kann die Zukunft nicht antizipieren, wenn man sich nicht an die Vergangenheit erinnert, denn im Alltagsleben verläuft vieles in Zyklen, ist repetitiv. Die einzige Vergangenheit, an die E. H. sich erinnert, liegt jetzt Jahrzehnte zurück, und er kann sie offenbar nicht als Stimulus für Gedanken an Künftiges nutzen.

Ein gemeinsamer Hirnkreislauf für beide geistigen Funktionen – der bei E. H. beschädigt worden ist?

Margot ist ganz aufgeregt. Ist begeistert wie jemand, der doch noch das Zipfelchen eines Traums zu fassen bekommt und ihn schließlich ins Bewusstsein ziehen kann.

Die Erforschung dieser Theorie wird natürlich viel Zeit beanspruchen: monatelange Tests und sorgfältiges Experimentieren mit dem Kranken und mit Personen aus Kontrollgruppen, darunter auch solchen, deren Amnesie weniger stark ausgeprägt ist als bei E. H. Zum Glück sind einige solche Kranke vorläufig oder dauerhaft in der Demenz- und der Alzheimer-Abteilung des Instituts untergebracht.

Margot Sharpe wird ihren bahnbrechenden Aufsatz »Simulation zukünftiger Identität und episodischer Rückruf von Gedächtnisinhalten bei Amnesie« nennen. Sie wird ihn an die renommierteste neue Fachzeitschrift schicken, das *Journal of Neuropsychology and Neurophysiology*. Jahrzehntelang wird Professor Sharpes Artikel zu denen gehören, die auf ihrem Gebiet am häufigsten zitiert werden.

In erweiterter Form wird er ein zentrales Kapitel in ihrem vielbewunderten Buch *Die Biologie des Gedächtnisses* bilden.

Alle diese zukünftigen Leistungen, diesen zukünftigen Erfolg, sieht Margot Sharpe bereits so vor sich, wie man hinter dahinziehenden Wolken einmal kurz den Berggipfel sehen mag. Denn sie kann problemlos in ihre Zukunft springen, sofern sie nicht zu weit nach vorn springt.

Jetzt möchte sie E. H. am liebsten die Hand streicheln und ihn trösten. Denn ihren lieben Freund, der in der Gegenwart gefangen ist, plagt große Angst. Seine Nackenmuskeln sind angespannt.

Werden ist ja auch wirklich ein seltsames, metaphysisches Wort. Wie soll jemand begreifen, was er einmal machen *wird*, wenn die Zeit für dieses Tun noch nicht existiert? Es ist ein existentielles Rätsel. Kein normaler Mensch würde auch nur einen Gedanken darauf verschwenden. Freud hätte vielleicht gesagt, auch nur einen Gedanken auf so ein Rätsel zu verschwenden heißt, sich als unnormal zu erkennen zu geben – als neurotisch.

Mit ihrer leisen bestimmten Stimme verkündet Margot Sharpe: »Sehr gut! Ich danke Ihnen allen. Mr Hoopes war sehr geduldig mit uns und hat vorläufig genug Belastung gehabt.«

Und sagt schnell noch, bevor jemand anders sich dafür anbieten kann oder die Schwester mit der karamellbraunen Haut und dem listigen Katzengesicht nach vorn tritt, dass Elihu Hoopes jetzt an die frische Luft muss. Sie wird an diesem windigen spätherbstlichen Tag einen ordentlichen Spaziergang mit ihm machen. »Zu seiner Lieblingsstelle, den Sümpfen hinter dem Park.«

»Ich liebe dich.«

»Und ich liebe *dich*.«

Zwischen ihnen brennt ein hoffnungsloses Flämmchen, angefacht von Einsamkeit.

Bei solchen Gelegenheiten ist Margot jedes Mal beeindruckt von der *Körperlichkeit* des anderen. Des Mannes, der der andere ist.

Es ist kein abstrakter Begriff, keine wissenschaftliche Theorie – die Liebe und ihr Vollzug. Es ist ein *körperlicher Akt*, oder es ist nichts.

Sie sieht in Elihu Hoopes' Gesicht einen nackten, unverstellten

Hunger. Das Gesicht ist nicht mehr faltenfrei und jugendlich, aber es ist *sein Gesicht*.

Wie sollte Margot diesen Hunger leugnen können? Das kann sie nicht.

Es ist falsch – natürlich. Ist ein Verstoß gegen die Ethik.

Ist ein – klassischer! – Fall von wissenschaftlichem Fehlverhalten.

Sie wird die Bloßstellung riskieren, die Blamage als Wissenschaftlerin, meint sie. Wird sie für ihn riskieren.

Beide geraten schnell in Erregung, schwindelerregend schnell. Als sie im Inneren des Parks angelangt sind, im dichtesten Teil des Waldes, ist ihnen die Sprache abhandengekommen.

Margot klammert sich an den Mann, der sich in sie rammt, das erhitzte Gesicht an ihrem Hals verborgen. Sie sind halbbekleidet; es ist so schnell gegangen, unaufhaltsam. Die *Körperlichkeit* des Akts, sie schockiert Margot jedes Mals aufs Neue, denn für sie wird es sicher nicht ohne Schmerz abgehen, nicht ohne körperliche Missempfindungen, *so groß und kraftvoll* ist der Mann.

Margot fühlt sich zerteilt, ziemlich brutal sogar. Und doch ist da Zärtlichkeit in der Umarmung des Mannes, seinen ängstlichen Küssen. Es ist diese Zärtlichkeit, nach der sie sich sehnt, von der sich ihre Seele nährt, an die sie in ihrem Alltagsleben mit Absicht nicht denkt.

Aus der Zweiteilung ein Empfinden von Ganzheit. Von Glück. Das Wissen, dass sie dem Mann ein starkes Lustgefühl geschenkt hat, so dass er nicht allein war und sie nicht allein war bei diesem fieberhaften Liebesakt.

Als sie wieder zu sich kommt, überfällt sie ein unerwarteter Gedanke: *Werde ich ein Kind von ihm bekommen? Wird es auf die Weise geschehen?*

Nach der Liebe ist sie töricht, orientierungslos. Sie hat nichts von einer Wissenschaftlerin, kann nicht klar denken. Gefühle überschwemmen sie wie Ströme von warmem Wasser.

Sie drückt den schwitzenden Mann fest an sich. Er hält sie ebenfalls in den Armen, doch ihre Umarmung ist ebenso heftig wie seine, eine Überraschung für sie, die sich nie für einen körperlichen, geschweige denn für einen sinnlichen Menschen gehalten hat.

Es ist der neue Mensch, der ich geworden bin. Aber nur hier, nur jetzt.

Nur bei Eli.

Nach und nach kommt ihr beschleunigter Atem zur Ruhe. Nach und nach dringen äußere Geräusche wieder durch.

Ein Flugzeug, hoch oben am Himmel. In kurzer Entfernung das hässliche kreischende Geräusch einer Kettensäge.

»Eli! Ich liebe dich …«

»… Liebling, ich liebe *dich*.«

Er hat ihren Namen vergessen, kein Zweifel. Und bevor er nicht ein Stück zurückgetreten ist, ist ihm vermutlich auch ihr Gesicht nicht mehr präsent.

Sie fragt sich auch, ob er sich daran erinnert, dass sie sich schon früher geliebt haben – nicht ganz so, aber doch: so. Fragt sich, woran er sich körperlich erinnert.

Trotzdem: sie sind zusammen gewesen, innig verbunden. *Sie* wird es nie vergessen.

Sein Samen ist in mir. Daran lässt sich nichts ändern.

Margot richtet sich die Kleider, kämmt sich die Haare. Sorgfältig klaubt sie alles Laub, alle verräterischen Zweiglein herunter. Auf ihre Kleidung hat sie immer geachtet. Es ist nicht recht von ihr, in so einem Moment an einen anderen Mann zu denken, das ist vulgär und geschmacklos, sie kann aber nicht anders und denkt mit Genugtuung, mit vorwurfsvoller Genugtuung, dass sie mit Milton Ferris nie so innig verbunden war wie mit diesem Mann.

Mit der Zeit hat sie vergessen, wie hoffnungslos sie Milton Ferris geliebt hat. Wie lange ist das her? – fünfzehn Jahre, zwanzig, kann das sein? Sie will nicht daran denken, es ist ein Fehler, jetzt an ihre verlorene Liebe zu denken. Sie hat sich diesem Mann so nahe gefühlt, ohne dass sie seinen Namen hätte zu erwähnen oder ihn zu sehen brauchen. Der Herzschlag des anderen, so nah! Ihre Augen füllen sich mit Tränen tiefsten Glücks.

Wenn ich für Eli Hoopes mein Leben zerstört habe, na schön – es ging nicht anders.

Wenn ich sein Kind zur Welt bringe – ist das genug.

E. H. fragt ernst: »Bist du meine Frau? Bist du gekommen, weil du mich nach Hause mitnimmst?«

Margot hört die Wehmut in seinem Ton, als kenne er die Antwort schon vorher, müsse aber fragen.

Sie zögert, bevor sie sagt, ja, sie ist seine Frau.

Sie sagt, ja, sie fährt ihn heute nach Hause, nach Gladwyne. Kann aber noch nicht bei ihm bleiben.

Warum nicht?, fragt er. Wenn du meine Frau bist.

Er erhebt beunruhigt und gereizt die Stimme.

Sie müssen jetzt zu dem Weg zurückgehen – einem breiten, mit Holzschnitzeln bestreuten Pfad. Es kann sein, ist sogar zu vermuten, dass jemand sie auf diesem Weg im belebteren Teil des Parks sieht. E. H. weiß es nicht, hat keinerlei Kenntnis davon. Dafür weiß Margot es nur zu genau und rückt kaum sichtbar von ihm ab.

E. H. packt sie am Ellbogen. Packt sie an den Schultern und zwingt sie, ihn anzusehen. »Warum willst du nicht mit mir nach Hause kommen und bei mir bleiben, wenn du meine Frau bist?«

»Ich … ich komme ja mit dir nach Hause, Eli. Bald. Ich verspreche es.«

»Bald … Was soll das bedeuten?«

»In … nächster Zeit. Ich weiß nicht genau, wann.«

»Wochen? Monate? Jahre?«

»Wochen. Oder … Monate.«

E. H. ist gekränkt, und er ist zornig. Sie gehen jetzt den Holzschnitzelweg entlang, um den Teich herum. Er hat Margots Arm schon mehrere Male am Ellbogen zu fassen bekommen, und sie muss seine Finger lösen, nicht grob, aber bestimmt.

Sein aufgebrachter Ton versetzt sie in Unruhe.

»Eli, bitte! Mr Hoopes! Wir wollen doch nicht, dass Fremde uns hören.«

»Warum sind wir dann hier? Warum bin ich hier? Ich möchte nach Hause – ich kann uns nach Hause fahren.«

»Ja, gut, ich kann auch fahren, Eli. Es macht mir nichts aus. Ich habe es so eingerichtet, dass ich dich heute fahren kann. Du erinnerst dich vielleicht nicht daran, aber du bist heute Vormittag hergebracht worden von dem sehr netten jungen Fahrer – er ist Dominikaner –, der Medizin studieren möchte. Aber heute bringe ich dich zum Haus deiner Tante zurück.«

»Wir wohnen am Rittenhouse Square. Ich will nicht woanders wohnen.«

»Eli, du wohnst nur vorläufig bei deiner Tante Lucinda. Bloß bis …«

»Was meinst du damit, vorläufig? Warum wohne ich bei der alten Frau? Ich möchte mit *dir* zusammenwohnen. Ich habe das Recht, mit meiner Frau zusammenzuwohnen.«

»Aber wir sind noch nicht verheiratet, Eli. Wir heiraten, schon bald, nach dem ersten … in der Unitarischen Kirche in Philadelphia …«

Eli Hoopes' verzieht argwöhnisch das Gesicht. »In der Unitarischen Kirche in Philadelphia – das ist lange her. Ich weiß nicht, wer da jetzt ist. Ich glaube dir nicht. Ich weiß ja nicht mal deinen Namen, Frau Doktor.«

Sein Gesicht ist verzerrt vor Zorn und Kummer. Er hat Tränen in den Augen. Margot ist entsetzt, bestürzt. Es hilft, wenngleich nur wenig, dass die zwei medizinischen Angestellten, die am Teich ihren Lunch verzehren, sie nicht bemerkt haben und Elihu Hoopes und Margot Sharpe offenbar nicht kennen. Wenigstens das.

Sie nimmt die Hand des unruhigen Mannes und streichelt sie, wie man ein aufgescheuchtes Tier streicheln mag, zur Beruhigung und um Einfluss auszuüben.

Sie spürt einen kranken, flauen Kitzel: Eli Hoopes wird ihr seine Hand entwinden und sie mit der Faust schlagen.

Mit der leisen Stimme der Zärtlichkeit und der Vertrautheit versichert sie ihm: »Doch, du kennst meinen Namen: Margot. Ich bin in dein Leben getreten, um dich zu lieben und mich um dich zu kümmern, Eli. Du weißt doch, dass du Probleme mit dem Gedächtnis hattest? Am Gehirn operiert worden bist?«

»Ach so?«

»Du hattest eine schwere Entzündung, eine Enzephalitis, davon ist dein Gehirn angeschwollen, und du warst zu einer Notoperation in Albany.«

»Wirklich! Das würde einiges erklären. Wann war das, Frau Doktor?«

»Im Spätsommer 1964.«

E. H. zählt etwas an den Fingern ab (Margot ist sich nicht sicher, was). »War das … voriges Jahr?«

»Nein. Es ist einige Jahre her.«

Wie immer in bedrohlichen Momenten wird E. H. sehr still. Der Amnesiekranke ist nicht fähig, gedanklich durch die Zeit zu reisen; Margot stellt ihn sich vor als jemanden, der eine Tür geöffnet hat und hindurchgehen möchte, aber merkt, dass dahinter eine Ziegelmauer ist. Der Schock wird geistig und körperlich erlebt.

Margot redet ihm sacht zu: »Wenn du einen Moment nachdenkst, Eli, fällt dir wieder ein, dass du krank geworden bist. Die Entzündung, das Fieber. In der schlimmsten Zeit hattest du fast vierzig Grad Fieber. Als du am See so krank warst, hast du dir selber Fieber gemessen und dir die Werte notiert.«

Stimmt das? Margot erinnert sich nicht genau.

In gewisser Weise schon, glaubt sie. Bestimmt.

E.H. überlegt. Er blickt zur Seite, zieht die Stirn kraus, grimassiert … Es ist regelrecht unheimlich: fast fühlt Margot, wie der Mann *nachdenkt*.

Das Gehirn müht sich, Verbindungen zu knüpfen, sich wieder aufzuladen. Margot empfindet Bedauern und Mitleid – und eine vergebliche Hoffnung. Aber der Gedankenfluss ist unterbrochen, die Neuronen können nicht recht feuern. Seine Anstrengung ähnelt der eines Querschnittsgelähmten, der zu gehen versucht – die Erinnerung daran, der Wille zu gehen genügen nicht.

Armer Eli! Margot würde ihn zu gern noch einmal in die Arme schließen, traut es sich hier in der Öffentlichkeit aber nicht.

E.H. sagt stockend: »Ich glaube, ich habe ein Problem mit dem Gedächtnis. Ich vergesse Dinge, die ich früher gewusst habe, das wird es sein.« Es klingt jedoch zweifelnd, als hoffe er, dass ihm widersprochen wird.

»Wie lange hast du dieses Problem schon, Eli, was glaubst du?«

»Ein … halbes Jahr vielleicht?« Er äußert es unsicher, beobachtet Margot scharf und nimmt etwas am Ausdruck ihres Gesichts wahr, denn er korrigiert sich hastig: »Vielleicht schon über anderthalb Jahre. So lange dürfte das schon gehen, Frau Doktor. Meinst du das auch?«

Margot erklärt, dass sie keine Ärztin ist, sondern Neuropsychologin. Sie versichert ihm, dass sie noch den ganzen Tag bei ihm bleibt.

»Liebling, Eli, bitte vertrau mir. *Ich werde dich niemals verlassen.*«

Mehr braucht er nicht zu hören. Buchstäblich ist ihre Aussage zwar nicht wahr, in einem tieferen Sinne aber schon, meint Margot. *Mit dem Herzen werde ich dich niemals verlassen.*

E.H. ist beschwichtigt, aber noch auf der Hut. Es überrascht ihn nicht übermäßig, als er das Institut vor sich sieht und merkt, dass der Weg, den sie einschlagen, zu einem Eingang führt.

Vor dem Betreten des Gebäudes tritt E.H. stets zur Seite und lässt Margot Sharpe an der Drehtür den Vortritt. Er ist zuvorkommend, ist ein Gentleman; da er den Park verlassen hat und sich dem hohen Gebäude mit der Glasfront nähert, bekommt sein Gebaren etwas Förmlicheres, gefärbt mit Ironie, und sein Ausdruck wird unbestimmt.

Seine Kleider sind nicht zerdrückt. Sein Haar, gelichtet, silbergrau und etwas trocken, ist nicht zerdrückt. Margot fragt sich, ob er eine erotische Erinnerung hat, in seinem Körper aufgehoben. Eine Frau bewahrt zweifellos eine erotische Erinnerung in sich, denkt Margot. Doch obwohl es denkbar wäre, merkt man bei E.H. davon nichts. Ohne einen Blick zurück verlässt er die freie Natur; wer ihn sieht, würde meinen, es sei jemand, der genau wisse, wohin er will. Erhobenen Hauptes schreitet er dahin, mit einer Haltung, die für einen Mann seines Alters beeindruckend ist.

Im Fahrstuhl mit Margot Sharpe und anderen fremden Personen zieht er sein kleines Büchlein hervor und kritzelt ernst hinein. Als die Fahrstuhltür im dritten Stock aufgeht, ist er zum Aussteigen bereit, auch wenn er, gefragt, wann sie aussteigen müssen, keine Antwort darauf geben könnte.

Mit einer galanten kleinen Geste lässt E.H. Frauen beim Aussteigen aus dem Fahrstuhl stets den Vortritt. Margot hat sich bereits gefragt, ob er damit dem Beispiel eines älteren Verwandten folgt oder ob er sich an sein eigenes früheres Ich erinnert.

Im Labor lässt er sich ohne Protest von einer lächelnden Margot Sharpe an jüngere Mitarbeiter übergeben, die eine Reihe komplizierter Tests zur Verschlüsselung, Speicherung und Abfrage von Information bei Amnesie vorbereitet haben. E.H. freut sich offenbar, die Fremden zu sehen, und begrüßt sie mit Handschlag.

»Sind Sie Medizinstudenten? Praktikanten?«

Margot bleibt in der Nähe und verfolgt das Geschehen. Binnen siebzig Sekunden wird Eli Hoopes sie über dem Konzentrieren auf die Versuche vergessen haben. Ihm liegt viel daran, ein guter Proband zu sein und von den freundlichen jungen Leuten gelobt und gemocht zu werden.

Margot macht sich Notizen, die in zwei thematisch verwandte Artikel einfließen werden: »Gedächtnisdefizite und Déjà-vu bei dem Amnesiekranken E.H.« und »Falsche Erinnerung und Déjà-vu bei einem Fall von schwerer retrograder und partieller anterograder Amnesie«.

Bin ich schwanger? Falls ja, bekomme ich ein Kind von ihm.

Kapitel acht

Margot Sharpe wird Elihu Hoopes' Archivarin sein. Sie ist fest entschlossen.

Sie will nicht, dass er stirbt – natürlich nicht, sie liebt ihn ja. Dennoch kalkuliert sie kühl, dass er eines Tages sterben und sie ihn überleben wird – natürlich, sie ist ja jünger.

Nach E.H.s Tod wird man Hunderte kleine Notizbücher identischer Größe aus dem Besitz des Kranken in Verwahrung nehmen. Ebenso Hunderte Zeichenmappen.

Wird er dann noch mit seiner Tante unter einem Dach leben? Oder wird er woanders leben? Lucinda Mateson muss in den nächsten Jahren unbedingt Vorsorge für ihren behinderten Neffen treffen. Sie nimmt sich vor, mit Mrs Mateson zu sprechen – schon bald.

Mit einem Stab von Mitarbeitern wird Margot eines Tages *E.H.s Tagebücher* und *E.H.s Zeichenmappen* herausgeben; sie werden in zahlreichen Bänden bei der University of Pennsylvania Press erscheinen.

Zu dem umfangreichen Bestand des *Projekt-E.H.-Archivs* werden Audio- und Video-Interviews mit dem Probanden sowie Audio- und Videoaufzeichnungen der zahlreichen mit ihm durchgeführten Tests gehören. Es sind Tausende, seit dem Beginn im Jahre 1965! CDs, DVDs. Elihu Hoopes' einzigartiges Gehirn wird (posthum) zehn Stunden lang in einem Magnetresonanztomographen gescannt werden; konserviert, in Gelatine eingelegt, gefroren, in zweitausend dünne Scheiben vom Hinterkopf bis zur Stirn zerschnitten, werden die Scheiben schließlich digital erfasst und für weiterführende Untersuchungen zu einem dreidimensionalen Bild zusammengesetzt werden – eine Fundgrube, aus der zahlreiche Dissertationen in Neuropsychologie und Neurowissenschaften wachsen werden wie aus einer Petrischale. Milton Ferris hatte es vorhergesagt: *Das am gründlichsten untersuchte amnestische Gehirn in der Geschichte der Wissenschaft – und es ist unseres!*

Es ist eine Ehre!, hat man Professor Sharpe beruhigt.

Die Neuigkeit wurde ihr vom Fachbereichsleiter überbracht. Eine nationale Wissenschaftsstiftung hat ihr einen renommierten Preis zuerkannt. *Das ist zu früh!*, denkt sie. Muss Bestürzung und Panik abwehren.

Milton Ferris, fällt ihr ein, hat einmal denselben Preis erhalten, aber erst, als er die fünfzig bereits überschritten hatte. Margot Sharpe ist dafür noch zu jung.

»Margot? Stimmt etwas nicht? Das ist eine sehr gute Nachricht, wissen Sie. Gut für Sie, für den Fachbereich, für die Universität und das Institut. Und für das *Projekt E. H.*«

Sie denkt: *Aber es ist zu früh. Milton wird es mir übelnehmen*. Sie ist benommen.

Später wird sie sich fragen, ob Milton Ferris, der im Beratergremium der Stiftung sitzt, bei der Vergabe des Preises die Hand im Spiel hatte.

Sie werden erfahren, dass Milton Ferris mein Geliebter war. Dass er mich abserviert hat und dass dies ein Schuldeingeständnis ist.

Natürlich, erwidert Margot stockend, ist es eine gute Nachricht – mit einer schädlichen Nebenwirkung allerdings, weil sich nun noch mehr Wissenschaftler und Möchtegern-Wissenschaftler für ihre Arbeit mit E.H. interessieren werden. Das Institut wird sich nicht retten können vor Anfragen, und sie wird sie alle prüfen müssen.

»Wir müssen den Probanden schützen. Wir können nicht zulassen, dass seine Identität bekannt wird, wir können nicht zulassen, dass er zu einer … Monstrosität wird. Ich bin gezwungen, praktisch jeden Vorschlag abzulehnen, der bei mir eingeht, und es sind Hunderte pro Jahr …«

Sie stammelt. Weiß nicht, was sie eigentlich sagen will.

Ihre Kollegen an der Universität bewundern sie und lachen über sie, aber freundlich, mit Zuneigung. Wie exzentrisch Margot wird, und das mit noch nicht mal fünfzig!

Was für einen anderen eine erfreuliche Nachricht wäre, scheint sie zu beunruhigen und zu ängstigen. Was eine öffentliche Bestätigung der Bedeutung ihrer Arbeit wäre, scheint sie als Bedrohung zu empfinden.

Denn Margot Sharpe ist bei der Arbeit am glücklichsten. Sie ist ein gutes und eifriges, verlässliches und verantwortungsvolles Mitglied der Fakultät, doch in ihren Beziehungen zu Kollegen und Studenten ist sie ein wenig fahrig. Ihr wahres Leben findet im Labor statt oder im Institut, bei den Experimenten mit dem Amnesiekranken E. H.

Sie hat aus E. H. eine Lebensaufgabe gemacht! Eine Karriere.

Zergliedert Befunde und Daten bis ins Kleinste. Ordnet Resultate in Zusammenhänge ein.

Bildet Theorien. Entwickelt neue Tests.

»… Ich bin sehr dankbar, natürlich. Fühle mich sehr … geehrt.«

Erträgt die Glückwünsche. Das Lob, die Schmeicheleien.

Erträgt, dass ihr die Hand geschüttelt wird. *Aber sie wird ihr nicht von E. H. geschüttelt, der ihr einziges Glück ist.*

Sie bekommt gesagt, jetzt vom Dekan der Fakultät, dass sie diese Auszeichnung annehmen muss, unbedingt. Und sie muss sie *persönlich* entgegennehmen. Einen jungen Kollegen vertretungsweise hinschicken? – ganz bestimmt nicht!

Sie denkt: *Und wenn ich ein Niemand bin – was dann?*

Wenn andere sprechen, hat sie neuerdings oft Mühe, sich zu konzentrieren, und findet sie aufdringlich. Hat Mühe, den Gedankengängen anderer zu folgen, auch wenn es um ihr eigenes Fachgebiet geht, die Neuropsychologie, und auch, wenn ausdrücklich von Margot Sharpe die Rede ist.

Die Gehirne, die andere unter ihrer Haut in den Schädeln haben, lenken sie ab. Es fehlt nicht viel, und sie kann die Tätigkeit dieser Gehirne beobachten wie in einem Hirnscan.

Durch das Denken und Sprechen aktiviert, werden Gehirne von innen erleuchtet. Ein unwillkürliches schnelles Feuern der Neuronen beginnt, Stromstößen gleich. Wozu?

Um der Schönheit willen, die in solchem Erleuchten liegt, zu keinem anderen Zweck.

Sie hat Fotos von Hirnzellen gemacht, stark vergrößert. Die herrlichsten Farben, Formen und Strukturen. Eines Tages wird sie sich die ultrafeinen Scheibchen von Elihu Hoopes' Gehirn vornehmen.

Oh, mein Liebling. Ich halte es nicht aus, ohne dich zu leben.

Sie wird es aushalten. Wird ohne ihn leben. Zu allen Tag- und Nachtstunden, die sie nicht bei E. H. ist, muss sie ohne ihn leben.

Bei ihm verliert sie ja den Faden, der sie verbindet, nie – ganz.

Denn mit ihm fällt die Beziehung, wie es bei keinem anderen Liebhaber möglich ist, stets wieder auf null zurück. Jedes Mal entdecken sie einander zum ersten Mal.

»… Ich freue mich sehr für uns alle. Die Verleihungsfeier findet nur gerade zu einem ungünstigen Zeitpunkt statt, ich habe so viel zu tun … Wir wollen E. H. für eine funktionelle MRT ins Universitätskrankenhaus bringen …«

Ihre Stimme klingt merkwürdig hohl und näselnd. Sie hat Michigan doch weit hinter sich gelassen, und das schon vor so vielen Jahren, wie kann das sein!

Eli, ich wünschte, du wärst hier. Und wir könnten zusammen hinfahren.

Mir fehlt deine Hand in meiner. Deine Liebe.

Außer der Arbeit hat sie für nichts Zeit, aber schließlich wird sie – trotz ihrer Proteste – doch interviewt. Der Institutsdirektor hat auf diesem Interview für den *Philadelphia Inquirer* bestanden, teilt man ihr mit.

Als ob es Margot Sharpe beruhigen könnte, wenn man ihr mitteilt, ihre Interviewerin sei *Wissenschaftsjournalistin.*

Mit einfältigem Lächeln wird sie gefragt: »Professor Sharpe, glauben Sie als Wissenschaftlerin, dass wir eine Seele haben?«

Eine Frage, dazu gedacht, eine Kontroverse auszulösen. Die Journalistin lächelt zwar, aber es ist kein freundliches Lächeln.

Daher erwidert Professor Sharpe vorsichtig: »Seele ist im Grunde genommen ein theologischer Begriff, kein wissenschaftlicher. Ergo kann ich Ihnen darauf keine Antwort geben.« Margot vergisst nicht, respektvoll zu lächeln.

»Vielleicht sollte ich es anders formulieren …«

»Nun, ich weiß nicht, wie ich Ihre Frage verstehen soll. Fragen Sie danach, ob ich *als Wissenschaftlerin* daran glaube, dass wir eine Seele haben, oder ob ich, die *zufällig Wissenschaftlerin ist*, glaube, dass wir eine Seele haben?«

Die Interviewerin lacht, als hätte Professor Sharpe geistreich sein wollen und ihr nicht vielmehr einen Schuss vor den Bug gegeben.

»Sie können auf beides antworten, bitte! Es wird unsere Leser bestimmt fesseln.«

»Als Wissenschaftlerin glaube ich schon mal nicht, dass wir ein Wir sind.«

»Entschuldigen Sie, Professor Sharpe, was soll das heißen?«

»Was das *heißen* soll. Genau das, was die Worte sagen.«

»Dass wir ein Wir sind?«

»Das wir jeder eine einmalige, genau bestimmbare und unveränderliche Identität haben. Dass wir existieren, wenn man so will.«

»Aber wenn wir nicht wir sind, wer sind wir dann?«

»*Wer* wir sind? Sie sollten lieber sagen: *was.*«

»*Was* sind wir?«

»Richtig. Bei der Erforschung der Frage steht die Wissenschaft noch ganz am Anfang. Die Neurowissenschaft ist der Weg *dahin*, aber nur *der Weg* dahin.«

Die Interviewerin ist verdutzt. Ist verlegen. Die Interviewerin wäre beleidigt, wenn Professor Sharpe nicht so höflich und nett mit ihr spräche, so ernst.

»Eli? Mr Hoopes? Ist etwas … nicht in Ordnung?«

Sie hat sich den keltischen Ring auf den Ringfinger der rechten Hand gestreift. E.H. wird ihn zwar nicht bemerken oder, wenn doch, nicht erkennen, ihr aber bereitet es Freude, ihn an der Universität und im Institut zu tragen.

»Wenn Sie lieber noch nicht gleich mit den Tests beginnen wollen, Eli – wir können warten. Möchten Sie noch warten? Möchten Sie sich hier ans Fenster setzen und etwas in Ihr Notizbuch eintragen? Etwas zeichnen? Was würden Sie gern tun, Eli?«

Heute Vormittag interessiert er sich offenbar nicht für sie. Erkennt sie offenbar nicht.

Seine Gefühle für sie, ihre sexuelle Anziehung für ihn haben sich anscheinend gelegt. Kann das sein?

Er ist kein junger Mann mehr. Er ist älter – ein *älterer Herr*, wie die medizinischen Angestellten ihn nennen.

Margot ist besorgt. Erschrocken. Auf den Gedanken ist sie noch nie gekommen, in über zwanzig Jahren nicht – oder wenn, hat sie es vergessen –, dass der wunderbar kooperative Proband eines Tages nicht mit den Forschern kooperieren könnte. Auch Milton Ferris hat daran nicht gedacht, da ist sie sich sicher.

Seine Augen auf ihr: neutral. Zuvorkommend, aber kühl.

Er kennt sie nicht. Hat sie noch nie gesehen.

Er trägt keine Ringe an den Händen, dreht unbewusst aber an einem nicht vorhandenen Ring am Ringfinger seiner Linken.

»Vielen Dank, Frau Doktor.«

Frau Doktor! Warum nennt er sie so! Sie hat weder einen weißen Mantel an noch ein Stethoskop um den Hals. Den Unterschied zwischen den Forschungspsychologen, die ihn untersuchen, und dem medizinischen Personal am Institut sollte er inzwischen doch kennen …

Nur dass Elihu Hoopes ihn eben nicht kennen kann.

Margot ist unentschlossen, wie sie fortfahren soll. Sie könnte einfach warten, eine Stunde, ein paar Minuten, und schauen, was sich ergibt. Aufgeben und nach Hause gehen wird sie bestimmt nicht.

Sie hat für diese Woche eine Reihe wichtiger Tests geplant und wird E.H. drei Tage nacheinander sehen. Hat sich junge Mitarbeiter und einen Kollegen dazugeholt, einen Assistenzprofessor an der Universität, mit dem sie, ausgehend von der klassischen Konditionierung, neue Tests mit unterschiedlichen Formen der Kopplung von bedingten und unbedingten Reizen konzipiert hat. Es sind komplizierte Versuche mit vielen Wiederholungen und Überschneidungen im Detail, mit denen feinste Unterschiede der Gedächtnisleistung gemessen werden sollen. Es ist nicht hilfreich, wenn der Proband dabei nicht in vollem Umfang kooperiert oder wenn er durch eine Laune abgelenkt ist.

Elihu Hoopes durch eine Laune abgelenkt? Margot fragt sich, was das heißen soll.

Sie sieht, wie eine Schwesternhelferin sich ihm mit strahlendem Lächeln nähert. Und sieht seine Reaktion. In seinem Gesicht geht beim Anblick der Frau ein Licht auf, wie ein schwelendes Feuer aufflammt.

»Mr Hoopes, möchten Sie einen kleinen Spaziergang machen? Draußen, wo Sie so gern sind, im Freien? Ich kann mit Ihnen mitgehen, Mr Hoopes.«

Karamellbraune Haut, ein Mädchen, exotisch und sehr schön,

noch sehr jung. Das ölige Haar am ganzen Kopf zu dünnen Cornrows geflochten.

Margot Sharpe sieht es und wendet sich voller Schmerz ab. Dreht an dem keltischen Ring an ihrem Finger.

Die Tests. Hand-Auge-Koordination. Schnelligkeit der Reflexe.

Bei E. H. sind sie erstaunlich gut, ist er doch einen Großteil seines Lebens Sportler gewesen. Wird er jedoch zu einer neuen Tätigkeit angeleitet, die auf irgendeine Weise mit einer älteren in Widerspruch gerät, hat er Schwierigkeiten, sich die neue anzueignen, auch wenn sie simpler ist als die alte.

Margot experimentiert mit verschieden langen Pausen zwischen Testwiederholungen. Sie stellt fest, dass sich Abläufe beim motorischen Lernen im episodischen Gedächtnis des Kranken festigen, wenn ein Test nach drei bis vier Stunden wiederholt wird; bei kürzeren Pausen verfestigt sich der Gedächtnisinhalt nicht vollständig. Und wenn die Pause zu lang ist, verblasst die Erinnerung.

Es verwundert nicht, dass die Aneignung einer Fähigkeit misslingt, wenn E. H. binnen weniger Stunden eine zweite motorische Fähigkeit erlernen soll; die zweite bleibt unter Umständen erhalten, die erste jedoch geht wieder verloren.

Die zuerst erworbene Fähigkeit wird jedoch schneller wiedererlangt, wenn der Kranke dabei abermals angeleitet wird. Auch wenn er sich nicht mehr bewusst an die erste Anleitung erinnert, verbessert sich die Hand-Auge-Koordination sofort, und der entspannte Eindruck, den er vermittelt, lässt darauf schließen, dass er sich tatsächlich erinnert.

Margot Sharpe und ihre Kollegen haben die Idee, Experimente zum direkten Priming zu wiederholen, die sie vor acht Monaten schon einmal mit E. H. gemacht haben; weitere acht Monate später wollen sie dieselben Tests noch einmal durchführen. Sie stellen erfreut fest, dass der Proband praktisch ebenso gut abschneidet wie ein normaler Mensch, wenn er sich an Wörter erinnern soll, von denen ihm jeweils die ersten Anfangsbuchstaben gegeben werden; er braucht sich dazu gar nicht zu erinnern, sondern soll einfach das erste Wort sagen, das ihm in den Sinn kommt – »Sprechen Sie einfach, Eli! Nicht nachdenken.«

Auf die Frage, ob er das schon einmal gemacht hat, den Priming-Test oder den anderen, bei dem es um das Erkennen einer Folge von nur halb gezeichneten Figuren geht, antwortet er stets: »Ich? Nein, noch nie.«

Gibt man ihm aber einen Bleistift, vervollständigt er die Zeichnung eines Oktagons, eines stark verästelten Baumes, eines Diamanten, einer in Viertel zerteilten Orange, einer Kirche mit spitzem Turm. Im weiteren Testverlauf werden die Figuren weniger eindeutig, doch der Kranke ergänzt fast alle erfolgreich, wie ein Schlafwandler mit offenen Augen langsam und unbeirrt seinen Weg geht. Sogar als schließlich nur noch ein Zehntel einer Figur mit Strichen angedeutet ist, die für das normale Auge isoliert und zusammenhanglos wirken, zeichnet der Kranke sie mit seinem Stift zu Ende.

Verblüfft sieht E.H., wie die Figur unter seinen Fingerspitzen konkrete Form annimmt. »Hey! Das wird ein – wie heißt das? – Rhomboid.«

Margot zieht ihn auf. »Diese Tests, Eli, die haben Sie noch nie gemacht? Trotzdem sind Sie so gut darin – wie erklären Sie sich das?«

»Erklären müssen *Sie* es.«

Noch mehr schmeichelt es ihm, als er hört, dass andere Probanden an den Zeichnungen, die er gemacht hat, gescheitert sind.

Er lächelt, als frohlocke er über etwas, was nur er weiß. Als denke er – *Klar weiß ich, wie das geht. Ich habe es ja früher schon oft geschafft.*

Der Kranke täuscht dieses Wissen nur vor, das ist Margot klar. Er möchte sich dem Versuchsleiter so präsentieren, wie es bei einem normalen Menschen plausibel wäre; bei ihm ist dieses Verhalten eine Konfabulation.

Margot hat E.H.s Taktik beim Konfabulieren erforscht. Der Proband ist für sie unendlich faszinierend im Hinblick auf den (möglichen?, vermutlichen?) Ursprung allen menschlichen Glaubens, der Mythologie. Auf die Frage, warum er seine Armbanduhr am rechten Handgelenk trägt statt am linken, erwidert er lapidar: »Weil – ich die Uhr immer rechts trage.« In Wirklichkeit hat ihn ein Labormitarbeiter zu früherer Stunde aufgefordert, die Uhr vom linken Handgelenk abzunehmen und rechts anzulegen.

Als Experiment deklariert, schiebt Margot E.H. den keltischen Ring auf den Finger und teilt ihm mit, er sei ein »Geschenk, das er von einem Freund bekommen« habe. Als man ihn eine Stunde später nach dem Ring fragt, starrt er darauf, als habe er ihn noch nie gesehen. (Er hat ihn ja auch wirklich noch nie gesehen.) Wahrscheinlich wird er ihn als »altes Familienerbstück« ausgeben. »Den Ring trage ich immer.«

Ein andermal sagt E.H.: »Das ist mein Ehering. Meine Frau und ich haben die gleichen Ringe.«

»Und wo ist Ihre Frau jetzt, Eli?«

»Sie wird wohl zu Hause sein, in unserer Wohnung am Rittenhouse Square. Und auf mich warten.«

Margot ist fasziniert von dieser Antwort, die eine Vermutung ausdrückt. *Wird wohl.*

Trotzdem trifft diese Antwort ihres Geliebten sie sehr. Als habe er sie mit einer leichten Ohrfeige zurechtgewiesen.

»Und wie heißt Ihre Frau, Eli?«

Sie zögert, spricht leise. E.H. lächelt mit gebleckten Zähnen.

»Was glauben Sie denn, Frau Doktor? Wenn sie meine Frau ist, heißt sie natürlich Mrs Hoopes.«

Obwohl Elihu Hoopes der Amnesieproband im *Projekt E.H.* ist, arbeiten Margot Sharpe und ihre Kollegen im Institut gelegentlich auch mit anderen Erkrankten. Und sie arbeiten mit »normalen«

Menschen, mit Studenten und Freiwilligen von der Universität; die sind ihre Kontrollgruppe.

Semantisches Wissen, episodisches Wissen. Das eine ist sachlich, unpersönlich und kontextunabhängig, das andere persönlich, autobiographisch und kontextabhängig.

Bei E.H. sind alle nach seiner Erkrankung im Juli 1964 erworbenen Erinnerungen verschwunden. Das heißt, alle Inhalte des Wissensgedächtnisses.

Die allgemeineren Inhalte seines Gedächtnisses, die schon vor seiner Erkrankung verankert waren, sind mehr oder weniger noch intakt und nach wie vor bedeutungsvoll; er war ein hochgebildeter und hochintelligenter Mensch. Seine persönlichen Erinnerungen sind jedoch stark erodiert, nimmt Margot an. Bis der Proband die Schwelle zum sechzigsten Lebensjahr überschritten hat, wird seine Erinnerung an sein früheres, vor-amnestisches Leben unzuverlässig, in Teilen gar surreal. (Dann sagt E.H. etwa: »Ist das wirklich passiert? Oder habe ich es nur geträumt?«) Tests zu Erinnerungen aus der Kindheit und der frühen Jugend, die in Zweijahresintervallen mit ihm durchgeführt werden, belegen den Rückgang. Doch warum ist das so? Was ist der Grund dafür, wenn es in E.H.s Gehirn doch zu keiner weiteren Schädigung gekommen ist? Margots These ist, dass E.H.s persönliche Erinnerungen verblassen oder erlöschen, weil er sie im Gegensatz zu normalen Menschen nicht festigen kann. Selbst wenn er sich genau an ein Ereignis oder eine Person erinnert, kann er diesen Gedächtnisinhalt nicht aktiv für einen späteren Wiederabruf speichern, da ihm das Gegenwartsgedächtnis fehlt.

An historische Ereignisse erinnert sich E.H. fehlerfrei: an Pearl Harbor, Hiroshima, die Kapitulation Japans am 2. September 1945, an den Kennedy-Nixon-Wahlkampf und die Wahl Kennedys, an die Kubakrise. Aber das Gewebe, das diese Ereignisse und sein eigenes Leben verbindet, scheint sich aufzulösen. Wenn er von diesen historischen Ereignissen spricht, ist es, als hätten sie außerhalb seiner

Wahrnehmung stattgefunden. Er sagt ironisch: »Das ist wie Pfusch am Bau. Da bröckelt alles.«

In gesonderten Tests, die unter der Zuständigkeit der Schlafspezialisten durchgeführt werden, wird E.H.s Schlafrhythmus untersucht. Mit EEGs hat man die von den Neuronen in seinem Gehirn produzierte elektrische Aktivität aufgezeichnet. Der normale Schlaf ist bei ihm vermutlich häufig gestört. Margot hat viele Stunden neben E.H. im Schlaflabor gesessen und penibel alle Auffälligkeiten notiert. Es waren für sie tief befriedigende Stunden, in unbeschreiblicher Nähe. Im Schlaf knirscht der Kranke mit den Zähnen, wälzt sich herum, zuckt mit den Gliedern, murmelt unverständliche Dinge – flucht in einem Ton, den Margot bei ihm sonst nicht hört und der ihr durch und durch geht. Wenn der Versuchsleiter ihn aus dem REM-Schlaf weckt und fragt, was er geträumt habe, blinzelt E.H. erst verwirrt und spricht dann so flüssig, dass es sich um Familienanekdoten handeln dürfte und eben nicht um gerade Geträumtes, das stockender berichtet werden würde: *Als ich noch klein war, gab es zu Weihnachten … Als wir zu meinen Großeltern gingen … Es war irgendwo in den Bergen, aber da waren auch Pferde … Das waren glückliche Tage, aber dann kam ein schwerer Schneesturm …*

Die Schlafforscher rubrizieren E.H.s Antworten unter Traumschilderungen, Margot Sharpe aber hält sie schlicht für erfundene Erinnerungen. Der Kranke kann sich einen Traum nur wenige Sekunden nach dem Gewecktwerden merken und denkt sich deshalb einen plausibel klingenden Traum aus oder greift auf eine Anekdote aus seiner Vergangenheit zurück, die im Laufe der Zeit ebenfalls löchrig geworden ist. Auf dem EEG-Monitor hat es den Anschein, als träume der Kranke ganz normal, seine Träume verfliegen aber noch schneller als die von normalen Personen. Und weil Elihu Hoopes den Versuchsleitern gefällig sein möchte und ein freundlicher Mensch ist, liefert er ihnen schön geschilderte Träume. Margot hat mit Suggestionen experimentiert, die sie E.H. vor dem Schlaf gegeben hat, um herauszufinden, ob seine Träume dadurch beeinflusst werden, aber im unbewussten Gedächtnis sind bei ihm offenbar nicht mehr Inhalte gespeichert als im bewussten.

Es ist eine aufregende Theorie Margots, dass der Proband von zwanghaften Erinnerungen verfolgt wird, die er nicht festhalten kann, aber auch nicht loswird, da er sie nicht aus gegenwärtiger Perspektive bewerten kann. Es ist außerdem nicht klar (weder den Versuchsleitern noch ihm selbst), ob es sich um wahre Erinnerungen, Scheinerinnerungen oder schlicht falsche handelt, die seine Identifikation mit der Person, die er vor der Erkrankung war, untergraben. Daher das zwanghafte Zeichnen in seiner Mappe, das heißt, der aktuellen Mappe, denn er hat in den Jahren, die Margot mit ihm arbeitet, bereits viele gefüllt.

In ihrem Amnesie-Logbuch notiert Margot dazu:

Woher wissen wir, wer wir waren, *wenn wir nicht wissen, wer wir* sind*?*

Woher wissen wir, wer wir sind, *wenn wir nicht wissen, wer wir* waren*?*

Sie begleitet E. H. vom Schlaflabor im Erdgeschoss des Instituts zum dritten Stock, den er besser kennt. Wenn sie sich zusammen in der Öffentlichkeit bewegen, ergreift er die Initiative – man käme bei dem Schritt, den er vorlegt, nicht darauf, dass er nicht weiß, wo er ist und wo er hinsoll, und trotzdem nimmt er die Bewegungen der Frau neben sich genau wahr und antizipiert jedes Mal, wenn sie irgendwo abbiegt. Als die Fahrstühle in seinem Blickfeld erscheinen, geht er, ohne zu zögern, darauf zu. Margot bemerkt, dass er sich instinktiv auf den Ausstieg im dritten Stock vorbereitet; fragt man ihn aber, bis wohin er fährt, zuckt er gereizt die Achseln: »Wer weiß? Bis er anhält.«

Oder er sagt freundlich: »Frau Doktor, Sie sind der Doktor. Antworten sind Ihr Fach.«

Margot legt ihre schmale Hand neben E.H.s größere, knochige Hand.

»Sieh mal, Eli. Wir haben die gleichen Ringe.«

Der Arbeitstag ist zu Ende. Das ist die schönste Tageszeit.

E.H. ist begeistert. Betrachtet die Ringe sehr genau.

»Bist du meine Frau? Meine Frau ist Ärztin hier im Krankenhaus?«

»Ich bin keine Ärztin, Eli. Ich bin – ja, ich bin deine Frau, aber das ist ein Geheimnis, und niemand darf es erfahren.«

»Aber warum? Warum darf das niemand erfahren?«

»Weil wir es erst später sagen wollen, Liebling. Vorläufig bleibt es unser Geheimnis.«

»Aber … warum ist es ein Geheimnis? Ich verstehe das nicht.«

»Weil unsere Familie etwas dagegen hätte.«

Eine bessere Antwort fällt Margot nicht ein. Ihr unbedachtes Gerede reut sie, und es reut sie auch ein wenig, dass sie E.H. den Ring und sich den zugehörigen angesteckt hat.

Er zuckt abschätzig die Achseln. Seine Finger zucken, als wolle er jemanden schlagen.

»Meine Familie? Die Hoopes? Die sind alle tot und zur Hölle gefahren.«

Margot staunt. »Warum denn, Eli? Warum zur Hölle gefahren?«

»Die haben da ein großes Kaufhaus gebaut. Den Palast in der Hölle.«

An seinem feierlichem Ton merkt Margot plötzlich, dass er scherzt. Und nun ist sie wie eine Ehefrau doch ein bisschen empört.

»Also, Eli. Damit macht man *keine Witze*.«

Im Februar 1993 wird E.H.s Gehirn schließlich kartiert. Das Institut hat einen Magnetresonanztomographen angeschafft, und er ist einer der ersten Neurologiepatienten, der damit untersucht wird.

Margot Sharpe begleitet E.H. in die Radiologie. Sie wartet seit Jahren auf diese Gelegenheit, ist aufgeregt, weil sie endlich erfährt, was organisch mit seinem Gehirn nicht in Ordnung ist, auch wenn sie in großer Sorge um ihren Liebsten ist, in Sorge, was die Kartierung seines Hirns zeigen wird. Über eine halbe Stunde erträgt E.H. die anstrengende Prozedur, während Margot außerhalb des fensterlosen Raumes wartet. Sie wäre so gern bei ihm, um ihm die Hand zu halten und ihn zu beruhigen, solange er angeschnallt in dem Gerät liegt wie ein Leichnam und Geräusche, laut wie Donnerschläge, ihm in unregelmäßigen Abständen in den Ohren klingen.

In der kühlen Radiologie kennt niemand Margot Sharpe. Niemand scheint zu wissen, um wen es sich bei E.H. handelt, was für ein berühmter Patient dieser großgewachsene Herr mit dem silbergrauen Haar und dem leisen, verdutzten Lächeln ist.

E.H. hat mehrere Male gefragt, wohin er gebracht wird, und Margot hat ihm ebenso versichert, er werde das Institut nicht verlassen, sondern gehe nur in ein anderes Stockwerk, wo sein Gehirn gescannt wird.

Und jedes Mal hat er sich an den Kopf getippt und gesagt: »Na, wollen wir hoffen, dass die da drin etwas finden, was sie scannen können.«

Hinterher wird er aus dem Raum geführt, geht schwankend und blinzelt wie jemand, der sich vollkommen verloren fühlt. Er hatte Kopfhörer auf zum Schutz vor den aggressiven Klopfgeräuschen. Ihr lieber Freund, der Gedanke schießt in Margot ein, wird seit Jahren gegen extreme Überraschungen abgeschirmt; sein Leben wird gewissenhaft überwacht, von ihr und von Lucinda Mateson.

Margot läuft ihm schnell entgegen und fasst ihn am Arm. Er hat keine Ahnung, wer sie ist, sieht aber, dass sie sehr um ihn besorgt ist, wie eine Ehefrau es wäre, und dass sie im Gegensatz zu den anderen keinen Arztkittel trägt.

»Liebes, Liebling!«, ruft er ihr aufgeregt zu. Berichtet ihr aufgeregt, er habe eine Reise gemacht, weit weg. »Durch die Zeit bin ich auch gereist. Verdammt, ich habe meine Kamera vergessen!«

In der Neuropsychologie im dritten Stock klagt E.H. später über Kopfschmerz und über ein »Fremdgefühl« im Kopf. Und noch später, als er die Strapaze im MRT bereits wieder vergessen hat, sagt er scherzend zu Margot: »Ich glaub, Frau Doktor, die haben mich heute sterilisiert. Ich hab aber keine Einwilligung unterschrieben, ich kann die Mistkerle verklagen.«

So müde! Man hat ihm ein Loch in den Schädel gebohrt und ein Stück Knochen entnommen wie einen Lego-Baustein, hat dabei durch die zarte Hirnhaut gestochen. Er entsinnt sich zwar nicht mehr, warum diese entsetzliche Operation an seinem Gehirn gemacht wurde, weiß aber, dass sie unumkehrbar ist.

Fremde haben Hand an das Gehirn eines Menschen gelegt. Sie haben die tiefsten Winkel seiner Seele ausgeleuchtet. Haben ihn von innen nach außen gedreht wie einen Gummihandschuh und weggeworfen.

Du hast nichts gesehen, Eli. Du hast geträumt.

Geh wieder ins Bett, Eli! Das ist nichts für dich.

»Mr Hoopes? Fühlen Sie sich kräftig genug, dass Sie aufstehen können? Wenn Sie die Beine hier herumschwingen …«

Ihm wird beim Aufstehen geholfen. Er hat flach auf dem Rücken in einem schmalen Metallsarg gelegen, und jetzt wird ihm beim Aufstehen geholfen.

Seine Knie sind weich, sein Kopf fühlt sich an, als sei Luft hineingepumpt worden – immer mehr Luft, immer mehr Druck.

Schau nicht hin. Du hast nichts gesehen.

Es gibt nichts zu sehen.

Die Befunde des MRT bestätigen, was Milton Ferris 1965 vermutet hatte: das Gehirn des Amnesiekranken ist in der Region des Hippocampus und des Gyrus hippocampi (einschließlich der perirhinalen und entorhinalen Rinde) massiv geschädigt; ebenfalls beschädigt, allerdings weniger stark, sind die Amygdala und Teile der Schläfenlappen. Andere Areale seines Gehirns (die Großhirnrinde, der Scheitellappen, das Kleinhirn) sind halbwegs unbeeinträchtigt.

Mit großer Erleichterung, ganz wie eine Ehefrau, sieht Margot Sharpe, dass die wirklich wichtigen Regionen von E. H.s Gehirn praktisch als *normal* gelten können.

Jahrelang beruhten ihre Experimente auf der Annahme einer schweren Schädigung des Hippocampus; weniger eindeutig war der Umfang einer eventuellen Beeinträchtigung der Amygdala, des Areals, das als Sitz der Gefühle und der sexuellen Empfindungen gilt. Jetzt ist das Ausmaß der Schädigung bekannt. Zwar ist erwiesenermaßen wenigstens die Hälfte des Hippocampus noch intakt, die Leitungsbahn, auf der Informationen dorthin transportiert werden, ist aber zerstört, so dass nervliche Aktivität *nicht durchdringt*. Eine Frage wäre damit geklärt! – ein permanentes Rätsel bei Gehirn und Gedächtnis gelöst.

Jetzt liegen viele neue Testreihen vor ihnen – Experimente zu verschiedenen starken visuellen Stimuli, zur auditorischen, olfaktorischen, taktilen und subliminalen Wahrnehmung, Experimente mit absichtlich herbeigeführten Unterbrechungen, kognitiven Ablenkungen und inneren Widersprüchen, mit Verzögerungen und Beschleunigungen, Versuche zu den Graden des Erkennens und der Zuordnung –, die entwickelt und durchgeführt werden müssen. Anstelle der jahrzehntelangen Versuche mit den Gehirnen von Primaten kann man jetzt mit dem Amnesiekranken E. H. arbeiten – einem Probanden, der ein *Mensch* ist.

Margot Sharpe ist so aufgeregt, als hätte die Erforschung des Rätsels E. H. eben erst begonnen! Als wäre sie wieder dreiundzwanzig und hätte zum ersten Mal den Fuß in Milton Ferris' Labor gesetzt! Hätte die Hand ausgestreckt, die Elihu Hoopes ihr zum ersten Mal schüttelt.

Sie wird lernen, MRT-Scans zu lesen. Wird sich in die von E. H.

gemachten Scans vertiefen wie in erlesene, rätselhafte Kunstwerke, wird sich in sie versenken und davon träumen.

Es ist wie beim Liebesakt, ist, als nähme sie Eli Hoopes in sich auf. Ihr waches, hungriges Gehirn nimmt das geisterhafte Gehirn des Mannes auf, seine eigentliche Seele.

Eli, ich liebe dich mehr denn je. Ich werde dich niemals verlassen.

Margot Sharpes Aufsätze aus den neunziger Jahren sind angehende Klassiker der Neuropsychologie: »Vertrautheit und Erinnerung in einem Fall schwerer Schädigung des Hippocampus« – »Beitrag zu einer Theorie des Déjà-vu und des Jamais-vu. Sinnesreize und Erinnerung bei dem Amnesiekranken ›E. H.‹«, »Beitrag zu einer Theorie der Funktion der Amygdala« – »Beitrag zu einer Theorie der Kryptomnesie« – »Labyrinthlernen und somatisches Erkennen bei einem Fall von schwerer Amnesie« – »Räumliches Gedächtnis, visuelle Wahrnehmung und der Hippocampus«. Zum ersten Mal in ihrem Berufsleben hat Margot Sharpe eingewilligt, mit einem Kollegen von außerhalb des Labors zusammenzuarbeiten, einem Neurowissenschaftler der Universität, der mittels chirurgischer Eingriffe an Gehirnen von Kapuzineraffen die neurologischen Verletzungen reproduziert, die nach den MRT-Scans bei E. H. als gesichert gelten dürfen. »Mustererkennung, Labyrinthleistung und somatisches Gedächtnis im Gehirn von Menschen und Primaten« (1994) ist der erste ihrer gefeierten Forschungsberichte.

Besonders angetan haben es Margot die Phänomene des Déjà-vu / der Kryptomnesie und ihre Umkehrung, das Jamais-vu (die Überzeugung, man habe etwas noch nie gesehen, obwohl man es gesehen hat, unter Umständen sogar oft). Sie hat dieses Thema gründlich erforscht und darüber geschrieben, auch in Bezug auf E. H., der häufig meint, er hätte irgendetwas bereits gesehen, woran er sich aber nicht erinnert, wohingegen er sich bei anderen Dingen fast immer sicher ist, sie noch nie gesehen zu haben, obwohl das nicht zutrifft.

Haben diese merkwürdigen geistigen Phänomene etwas mit verschütteten Erinnerungen zu tun? Liegen die Neuronen, die darauf reagieren, im Gehirn eng jenen Neuronen an, die solche Erinnerungen im Gedächtnis verankern? Oder sind sie, wie einige Forscher meinen, lediglich die Folge des ziellosen Feuerns der Neuronen, eine nervöse Reizbarkeit des Gehirns, die nicht mehr Bedeutung hat als das Wetterleuchten am Himmel?

Damit, dass es bedeutungslose Phänomene sein sollen, kann sich Margot nicht einfach abfinden. Wir wissen noch nicht, was sie bedeuten, etwas anderes kommt für sie nicht in Betracht.

Das verblüffende Gefühl, etwas bereits erlebt zu haben, aber nicht mehr zu wissen, wann oder wo.

Das verblüffende Gefühl, etwas noch nie erlebt zu haben, obwohl wir wissen, dass das nicht stimmt.

»Mr Hoopes? Könnten Sie uns schildern, was Sie hier sehen?«

In dem schwach beleuchteten Testraum sitzt E.H. in seinem weichen Lieblingssessel und bekommt auf einer Leinwand Bilder gezeigt, die Margot Sharpe und ihre Kollegen vorbereitet haben. Einen Teil des Tests hat er schon einmal absolviert, den mit einer Reihe von »bekannten« und »berühmten« Menschen, die er auf Bildern ohne weiteres erkennt (wenn die Aufnahmen aus der Zeit bis 1964 stammen). Ergo kann er Abraham Lincoln, Franklin Delano Roosevelt und Dwight D. Eisenhower korrekt benennen, stutzt jedoch bei Jimmy Carter, George W. Bush und Bill Clinton, identifiziert Judy Garland als Dorothy in *Der Zauberer von Oz* mühelos, hat aber keine Ahnung, wer die Hauptpersonen in *Star Wars* sind. Joe Louis erkennt er auf Anhieb, Muhammad Ali jedoch nicht.

Jonas Salk ja, aber nicht Richard Brauer, den Neurologen, dessen Patient er mehrere Jahre am Institut war.

Unter Fremde, die E.H. unbekannt sein dürften, hat Margot Personen aus der Familie Hoopes gemischt, Verwandte und Bekannte, die er erkennen kann; wenn die Aufnahmen aus der Zeit vor 1964 stammen, kann er sie identifizieren, wenn nicht, ist er unsicher: »Ich würde sagen, das ist mein Onkel Emmet in einem ziemlich heruntergekommenen Zustand. Der Mann da ist betagt.«

Und: »Der sieht aus wie mein Vetter Jonathan Mateson, aber als wäre er über etwas erschrocken. Dass der so guckt, kenne ich von Jonathan nicht.«

Und, ganz spontan: »Bin das – *ich*? Wie ich in zwanzig Jahren aussehen werde?«

E.H. lacht, und Margot möchte gern mitlachen. Denn auf der Leinwand ist der Proband zu sehen, mit fünfzig, etwas eingefallenen Wangen und dem gewohnten leisen Lächeln. Das Foto ist sechzehn Jahre alt und wurde im Institut gemacht.

Dann sitzt E.H. sehr still und schaut. Das nächste Bild auf der Leinwand kam unerwartet und ist bestürzend. Unter den Schwarzweiß-Fotografien, die eine nach der anderen folgen, befindet sich ein impressionistisches Kunstwerk: die Kohlezeichnung eines jungen Mädchens von etwa elf Jahren, das, nackt, sehr blass, dem Anschein nach leblos, in einem seichten Bach liegt. Die schweren Augenlider des Mädchens sind geschlossen, die Lippen leicht geöffnet, das dunkle Haar umfließt den Kopf. Das Wasser ist an der Oberfläche leicht gekräuselt, so dass der nackte Mädchenleib nicht deutlich zu erkennen ist. Die Zeichnung ist schemenhaft. Die Perspektive ist von oben, als stehe jemand oberhalb des Bachs und schaue aus vielleicht drei Metern Höhe nach unten.

E.H. hat den Atem angehalten. Margot wagt nicht, ihn anzusehen, noch nicht.

»Mr Hoopes? Eli? Erkennen Sie diese Zeichnung?«

»N-nein.«

Während eines früheren Tests ist es Margot gelungen, die Zeichenmappe des Kranken, von ihm unbemerkt, an sich zu nehmen, und sie hat eine Auswahl typischer Zeichnungen fotografieren und als Dias reproduzieren lassen. Hier hat Margot das Bild versuchsweise einmal umgedreht; es ist ein Spiegelbild des Originals, auf das E.H. gebannt schaut.

In der Variante liegt das ertrunkene Mädchen mit dem Kopf in der oberen rechten Ecke und mit den schmalen Füßen in der unteren linken Ecke anstatt umgekehrt.

»Eli, Sie haben diese Zeichnung noch nie gesehen?«

»Nein.«

Seine Stimmung hat sich verändert. Er war bester Laune, hatte viele der vorher gezeigten Gesichter richtig zugeordnet, jetzt aber ist er unruhig und atmet auch vernehmlich.

»Können Sie die Zeichnung beschreiben, Eli?«

»Beschreiben? Warum sollte ich das tun?«

»Können Sie alles deutlich erkennen?«

»Ich bin nicht auf beiden Augen blind, Frau Doktor.«

»Was meinen Sie, was ist das?«

»Was das ist? Eine Kohlezeichnung – auf einem Pergament.«

»Eine Kohlezeichnung? Woher wissen Sie das?«

»Ist es etwa keine? Ich *weiß* es.«

Als Diapositiv ist die fotografierte Zeichnung nicht so klar und deutlich als Zeichnung zu erkennen. Die verschmierte Oberfläche wird als Schatten wiedergegeben.

»Können Sie die Zeichnung beschreiben, Eli? Verwenden Sie die ersten Wörter, die Ihnen einfallen.«

E.H. schüttelt ablehnend den Kopf. In dem schwachen Licht der Leinwand sieht er mitgenommen aus, faltig im Gesicht.

»Wenn Sie zu der Zeichnung eine Geschichte erzählen würden, Eli, was würden Sie sagen? Einfach – improvisieren.«

Aber er schüttelt wieder den Kopf, diesmal energisch. Als Margot ihn sacht am Handgelenk berührt, schüttelt er ihre Hand ab.

»Finden Sie, dass die Zeichnung gekonnt ausgeführt ist, Eli? Erkennen Sie den Künstler?

»Künstler? Eher Edvard Munch für Arme.«

»Wie bitte …?«

E.H. will seine Bemerkung nicht wiederholen. Er hat die Arme vor der Brust verschränkt und kneift die Augen zusammen; die Mundwinkel zucken. Margot spürt dieselbe bange Erregung, die einen erfasst, wenn man dicht neben einem wilden Tier steht, das vor Angst und Wut über einen herfallen könnte.

»Schön … machen wir weiter.«

Sie lässt auf das ertrunkene Mädchen weniger verstörende Bilder folgen, die E.H., auch wenn er noch aufgeregt ist, ohne Schwierigkeit zuordnet: das bekannte Porträt Albert Einsteins, die bekannte Silhouette des Empire State Building. Als der Kranke sich weniger bedroht fühlt, kehrt sie zu Reproduktionen seiner Zeichnungen zurück, die neutrale Szenen zeigen: einen Waldsee, Berge und Sumpfniederungen, Birken an einem Hang. Die Landschaften, ausnehmend schön gezeichnet, wie Margot findet, sind so reproduziert, wie E.H. sie geschaffen hat, nicht spiegelbildlich verkehrt, und er betrachtet sie eine Zeitlang versunken, als sei er ganz verzaubert.

»Erkennen Sie die, Eli?«

»J-ja. Ich weiß aber nicht, warum.«

»Wissen Sie, wo das ist?«

»Am Lake George.«

»Und woher wissen Sie das?«

»Ich … weil ich es weiß.«

»Und sind das Kohlezeichnungen?«

»Könnte sein.«

Das nächste Bild ist ein langgestrecktes, großes Holzhaus mit Blick auf einen See und einen dichten Tannenwald. Das Haus hat im Erdgeschoss und im ersten Stock Veranden, Schornsteine aus wuchtigen Feldsteinen und ein Steildach mit einem Hahn als Blitzableiter an einer Spitze. Im Hintergrund ragt ein Bootssteg in den See, an dessen Pfosten auch Boote gebunden sind, darunter ein Segelboot. Die

Sonne geht gerade unter oder doch auf? … Ihre Strahlen rutschen wie Messerklingen an der bewegten Oberfläche des dunklen Wassers ab.

»Hey! Das ist unser Haus am Lake George. Unser Bootssteg. Und unser Bootshaus.« E.H. stößt es mit kindlicher Aufregung hervor, in der eine bange Erwartung mitschwingt. »Der Junge draußen im Kanu, das könnte ich sein.«

»Und wer sitzt noch mit Ihnen im Kanu, Eli?«

»Ich hab nicht gesagt, dass ich es bin, Frau Doktor. Ich sagte, könnte ich sein.«

»Sind Sie als Kind oft mit dem Kanu auf dem Lake George gewesen?«

»Ja, natürlich. Mein Vater hat es mir beigebracht – sehr gründlich.«

Und dann, im Ton der Bestimmtheit gesprochen: »Ich fahre jetzt auch mit dem Kanu auf den See raus, Frau Doktor. Ich war erst vorigen Monat dort und will in ein paar Wochen wieder hin. Sobald ich das … was mit mir nicht stimmt … sobald ich wieder gesund bin …« Er verstummt verunsichert.

»Übernachten Sie im Haus Ihrer Familie, wenn Sie am Lake George sind?«

»Ich sagte doch, ich war gerade dort. In ein paar Wochen fahre ich wieder hin, vorausgesetzt, es hat keinen Schneesturm gegeben. Das Grundstück befindet sich seit 1926 im Besitz der Hoopes. Seit ich auf der Welt bin, war ich jedes Jahr da … seit siebenunddreißig Jahren. In Bolton Landing – so heißt die Stadt – verändert sich wenig. Wir haben einen zuverlässigen Angestellten dort, uns treu ergeben – Alistair Laird. Eigentlich sollte ich ihn anrufen – er muss doch wissen, wann ich übers Wochenende raufkomme, und das Haus herrichten …«

Danach ist E.H. sehr still. Ihn beschäftigt etwas – Margot stört ihn nicht.

»Ich schätze, da sind welche gestorben. Oder sind fortgezogen. Als ich das letzte Mal dort war, war ich allein.«

»Sind Sie deshalb dort in den Bergen gewandert? Und haben im Wald gezeltet, das letzte Mal?«

E. H. zuckt die Achseln, als könne er sich nicht erinnern oder wolle die Frage umgehen, als sei die Erinnerung zu traurig, um sie auszugraben.

Auf der nächsten Zeichnung, die Margot vorführt, ist ein kleines einmotoriges Propellerflugzeug auf einer Schotterpiste zu sehen. Im Gegensatz zu den anderen Blättern ist dieses nicht dunkel, sondern hell und farbig – gelb. Das Flugzeug leuchtet und ist abstrahiert wiedergegeben wie auf einem Bild von Chagall, das Schrulligkeit und düstere Vorahnungen in sich vereint. Es sind nur wenige Zeichnungen, bei denen E. H. zusätzlich zum Kohlestift auch Pastellkreide verwendet hat.

»Sieht aus wie die Beechcraft meines Großvaters. Bevor sie abgestürzt ist.«

»Sitzt da jemand darin? Können Sie das sehen?«

»Mein Großvater ist der Pilot. Der kleine Junge auf dem Vordersitz – könnte ich sein.«

»Der kleine Junge auf dem Vordersitz sind Sie, Eli?«

»Na ja, könnte sein. Ich kann das Gesicht nicht genau erkennen.«

»Und war das Flugzeug Ihres Großvater so leuchtend gelb, Eli?«

»Bis zu der Bruchlandung ja.«

»Und danach?«

»Gab es keins mehr. Mein Großvater ist nie wieder in ein Flugzeug gestiegen.«

»War er verletzt?«

»Nein. Oder vielleicht ja. Seine Motorik ... die Hand-Auge-Koordination ... Er hat sich nicht mehr zugetraut, ein Flugzeug zu steuern, deshalb ist die Maschine nie repariert worden.«

E. H. verfällt in Schweigen. Grübelt. In seinen Augen ein Schimmer von Tränen.

»In der Zeit nach dem Absturz … sind welche gestorben. Nach dem Sommer sind welche fortgegangen. Ich weiß nicht, wohin.«

Zwischendurch kommen andere Dias mit Aufnahmen von Unpersönlichem. Ohne Mühe erkennt E.H. Bugs Bunny, Louis Armstrong und Robert Frost; dann folgt wieder die Kohlezeichnung des Mädchens im Bach. E.H. atmet scharf ein und sitzt sehr still.

»Erkennen Sie die Zeichnung, Eli?«

»N-nein.«

»Haben Sie die schon mal gesehen?«

»Nein.« Das Nein ist unsicher gesprochen.

»Sie sind sicher … Sie haben sie noch nie gesehen?«

»Die Abbildung nicht – nein. Ist es eine Kohlezeichnung?«

»Ja, ist es. Eine Kohlezeichnung.«

Er lacht schrill. »Keine besonders gute, wenn Sie mich fragen.«

»Keine gute? Warum nicht?«

»Warum *nicht*? … Es ist einfach so. Der Künstler, wer immer es ist, hat … vor irgendetwas Angst.«

»Er hat Angst – wovor?«

»Davor, zu sehen, wie ein im Sommer in den Adirondacks in einem Bach ertrunkenes Mädchen wirklich aussieht. Das hier ist … sagen wir so – romantischer Blödsinn.«

»Aber vielleicht möchte der Künstler einen Eindruck erzeugen? Eine Stimmung? Ein Gefühl?«

»Genau das meinen wir mit romantischer Blödsinn. Ein Künstler sollte mitleidlos sein und *sehen.*«

Sacht legt Margot die Hand auf seinen zitternden Arm. »Bitte versuchen Sie, es zu beschreiben, Eli. Wir wollen Ihre Seh- und Sprachfähigkeiten testen, wollen schauen, ob Sie Fortschritte gemacht haben.«

»Fortschritte – das klingt optimistisch! Wenn Sie Amerikaner sind so wie wir, ist es unbedingt erforderlich, optimistisch zu sein.« Das mit schrillem Auflachen. Er zwingt sich zum Vergessen, denkt

Margot. Es ist nicht nur die Amnesie, nicht nur das Verlieren der Information auf dem Weg in den geschädigten Hippocampus; es hat auch etwas Willentliches, das kein Test messen, ein erfahrener Neuropsychologe jedoch feststellen kann.

Aber Margot lässt nicht zu, dass E. H. so schnell vergisst.

»Können Sie über die Gestalt in der Zeichnung für uns etwas improvisieren?«

»Ich bin Börsenmakler, Frau Doktor, und nicht Geschichtenerzähler. Warum sollte ich etwas improvisieren?«

»Weil ich Sie darum bitte, Eli.«

Margot sieht, dass E. H. nicht auf die Leinwand schaut. Er hat die Augen geschlossen, will nichts sehen. Er zittert wie jemand, der stark erkältet ist.

»Wenn … wenn es eine Geschichte zu der Zeichnung gäbe, Eli – nur *wenn* –, was wäre das für eine?«

Margot ist mit der Literatur zur Hypnose vertraut, weiß um die außergewöhnliche Empfänglichkeit des Menschen für Suggestionen. Bisher hat sie Eli Hoopes für nicht hypnotisierbar gehalten. Er ist willensstark, sogar halsstarrig. Nur wenn er aus eigenem Antrieb eine Geschichte erzählen möchte, wird er sprechen.

Mit stockender Stimme sagt er: »Sie suchen sie, können sie aber nicht finden. Niemand weiß, wo sie ist.«

»Hat jemand sie dahin gebracht?«

»Ja.«

»Wer war das, wer hat sie dahin gebracht?«

»… sie haben nicht zugelassen, dass wir sie sehen. Ich hab mich versteckt, unter den Brettern der Veranda. Sie haben uns nicht gesagt, wo sie ist und was mit ihr war. Zuerst haben sie alle nach ihr gesucht, das wussten wir, aber nicht warum, und als sie sie gefunden hatten, durften wir es nicht wissen. Wir *wussten* es, durften es aber nicht wissen. Wenn wir gefragt haben, haben sie gesagt: ›Gretchen ist nicht mehr da.‹ Meine Eltern und meine Großeltern. Gretchens

Eltern auch. Alle Erwachsenen: ›Gretchen ist nicht mehr da.‹ Und als wir wieder zu Hause waren, hieß es auch bloß: ›Gretchen ist nicht mehr da.‹ Aber eines Tages, als wir allein waren, sagte mein Bruder Averill: ›Weißt du, was mit Gretchen ist, sie ist gestorben.‹ Und ich: ›Aber wo ist sie denn?‹, und er hat mich ausgelacht und gesagt: ›Sie ist, wo Gestorbene hinkommen, dumme Nuss. Was glaubst du denn?‹«

E.H. spricht leise, reibt sich das Kinn. Sein Gesicht ist verzerrt, er sieht verzweifelt aus.

»Manchmal glaube ich, ich habe vielleicht … jemanden umgebracht … Mein verdammter Bruder, der mich aufgezogen und schikaniert hat, mein anderer Bruder, der nie einen Finger gekrümmt hat, um mich zu beschützen, ein älterer Junge, der die Sommer in unserer Nähe am See verbracht hat, auch aus Philadelphia, der Enkel von Bischof McElroy …«

»Haben diese Jungen Ihnen etwas angetan? Sie gehänselt?«

»Nein. Aber es versucht.«

»War Gretchen mit Ihnen verwandt, Eli? War sie Ihre Schwester oder eine … Cousine?«

Doch E.H. hat sich tief in sich zurückgezogen, will nicht zur Leinwand sehen. Er zittert, und vor Kummer oder Wut glänzen Tränen auf seinen Wangen.

»Möchten Sie aufhören, Eli? Wir können später weitermachen.«

Er zuckt matt die Achseln. Die Lider sind ihm herabgesunken, so als schlafe er jeden Augenblick ein.

Es ist Margot und den anderen Versuchsleitern aufgefallen, dass der Kranke mitten in einer Testreihe manchmal in einen leichten Schlaf fällt. Dieses Phänomen, eine Form von Narkolepsie, wurde auch von anderen Amnesiekranken aus dem *Projekt E.H.* berichtet, deren Gedächtnisverlust die Folge eines Schlaganfalls ist. Margot nimmt an, dass E.H. an Schlaflosigkeit leidet. Im Schlaflabor schläft er nicht durch und auch nicht tief, so dass er vielleicht nicht genug REM-Schlaf bekommt. Ob es sich so verhält, kann sie aber nicht in Erfahrung bringen. E. H. selbst kann nicht angeben, wie gut oder schlecht er schläft, und da er sich auch nicht an seine Träume erinnert, ist es schwierig, objektive Daten über seinen Schlaf zu erhalten.

Der Teil seines Lebens, den er außerhalb des Instituts verbringt, ist Margot ein Rätsel, so dunkel wie die Rückseite des Mondes bei Mondfinsternis.

Er macht den Eindruck, erschöpft und aufgeregt zugleich zu sein, ist zu zerstreut, um fortfahren zu können. Sicher hat er schon längere Zeit nichts getrunken und gegessen und droht auszutrocknen.

Margot bringt ihm eine kleine Packung Apfelsaft, die er mit flüchtigem Lächeln nimmt. »Danke, Frau Doktor.«

Sie zieht sich zurück und macht Notizen in ihrem Logbuch. Geht Testergebnisse aus der vorigen Woche durch. Vierzig Minuten vergehen, bevor sie die Arbeit mit dem Probanden wieder aufnimmt und überrascht feststellt, dass er immer noch ruhelos und reizbar ist, obwohl er sie nicht erkennt. Er lächelt ihr höflich abwartend zu, die Hand ausgestreckt wie ein wohlhabender Gutsbesitzer, der einen Besucher auf seinem Grund und Boden begrüßt. »Oh, hallo. Hal-*lo*.«

»Hallo, Eli. Mr Hoopes.«

Sie kann sich vorstellen, wie er sie unter anderen Umständen auf dem Grundstück am Lake George begrüßt. Sie weiß einiges über die alten Grundstücke in den Adirondacks, die im Blockhüttenstil errichteten Sommerhäuser der Multimillionäre, noch prächtiger als die Sommerhäuser der Reichen auf der nördlichen Halbinsel von Michigan.

»Und Sie sind …?«

»Margot Sharpe, Eli. Wir kennen uns bereits und haben zusammen ziemlich viel wichtige Arbeit geleistet. Können wir jetzt anfangen?«

»Was habe ich für eine Alternative?«, sagt er. Es klingt spielerisch, nicht bedrohlich.

Margot beginnt absichtlich mit allgemeinen, unpersönlichen Motiven, die ihn nicht in Unruhe versetzen, wie sie zumindest hofft. Eine Sequenz ikonischer Fotografien von Ansel Adams, Edward Weston, Imogen Cunningham und Cartier Bresson, danach Gemälde von Monet, Goya und Picasso und schließlich Holzschnitte von Rockwell Kent. E.H. erkennt alle auf Anhieb, zögert aber bei den Holzschnitten von Rockwell Kent – zufällig, denn geplant hat Margot das nicht, Darstellungen von Landschaften in den Adirondacks.

Das ertrunkene Mädchen noch einmal zu zeigen, hat sie als zu riskant verworfen. Sie zeigt aber andere Zeichnungen E.H.s: den Lake George im Mondlicht, rätselhafte brennende Tannen, ein zweisitziges Flugzeug, dessen einer Flügel sich in Richtung Boden neigt und das aussieht wie ein Kinderspielzeug. Stockend identifiziert E.H. die Landschaften, erkennt sie anscheinend aber nicht als seine eigenen Kunstwerke.

»Scher dich zur Hölle.«

Margot will das Flugzeug gerade durch ein anderes Bild ersetzen, da wendet sich E.H. ihr in jäher Wut zu. Der sonst so sanftmütige Mann packt sie am Handgelenk und schüttelt sie. Und schüttelt sie. Er sieht sie so verächtlich an, dass Margot fürchtet, er werde ihr mit seinen starken Fingern das Handgelenk brechen.

»Du – scher dich zur Hölle. Was hast du mit … Eli Hoopes gemacht …«

Margot will ihn beruhigen. Sie sind allein im Testlabor, und sie hat Angst, jemand könnte seine erhobene Stimme hören und hereinkommen.

»Warum, Eli … was ist denn?«

Er teilt Margot mit, er habe einen Anwalt beauftragt – es gibt viele Anwälte bei den Hoopes – und werde »dich und dieses verfluchte

Krankenhaus wegen ärztlicher Kunstfehler verklagen«. Sie hätten an seinem Gehirn herumgeschnitten, sagt er, und … ihm etwas eingebaut. »Eine Elektrode, einen Magneten, irgendwas! Ihr habt mein Gehirn kaputtgemacht, und jetzt führt ihr mich, weil alles kaputt ist, an der Leine herum. *Ich bin kein Versuchstier, das man an der Leine führt.*«

Ein erstaunlicher Ausbruch. Margot ist sprachlos.

Aber natürlich bist du ein Versuchstier, das man an der Leine führt.

E.H. fährt in dem aggressiven, anklagenden Ton fort, den Margot noch nie zuvor gehört hat. »Du! Ihr alle! Ihr schmeichelt mir, ich wäre etwas Besonderes, und in Wirklichkeit bin ich eine Monstrosität. Aber ich bin nicht dazu da, als Monstrosität eure Karriere voranzubringen.«

Margot will protestieren: Eli hat etwas missverstanden! Es war ein Fieber, an dem er erkrankt war – Enzephalitis –, es war ein Notfall, als er im Krankenhaus in Albany operiert wurde, um die Schwellung in seinem Gehirn zu reduzieren und ihm das Leben zu retten, es war keine Neurochirurgie. Mit dem Eingriff hat man ihm das Leben gerettet, nicht ihm Schaden zugefügt.

»Blödsinn! Das glaube ich nicht. Ich will die Arztberichte sehen. Ich will neue Ärzte – euch traue ich nicht, keinem. Ihr habt …«, sagt er abweisend und hält Ausschau nach einem Gegenstand, der versinnbildlicht, was er sagen will, beugt sich hinab und zieht ein Knäuel benutzter Kosmetiktücher aus einem Papierkorb … »das hier aus mir gemacht. Abfall.«

Margot ist so schockiert, dass sie kein Wort herausbringt.

Tränen steigen ihr in die Augen.

Der Kranke hat es also von Anfang an … gewusst? Dass er irreparabel geschädigt ist?

E.H. in diesem Moment anzusehen heißt, in eine menschliche Ruine zu blicken. Ein menschliches Gesicht, inmitten von Verwüstung. Die Person, die einst Elihu Hoopes war – oder Elihu Hoopes gewesen sein könnte –, späht mit einem Lebensfunken trostlos zu ihr heraus.

Hilf mir, bitte! Hilf mir hier heraus, wenn du ein mitfühlendes Herz hast.

Hilf mir zu sterben.

Das Gegenmittel ist einfach: Man geht weg.

Hastig, aber nicht so hastig, dass es aussieht, als fliehe man, entfernt man sich von dem Kranken.

Mit ruhiger Stimme ruft Margot nach einer Schwesternhelferin, die sofort angetrabt kommt und auf den erregten Patienten aufpasst, während Margot sich entschuldigt und hinausgeht. Von den Pflegekräften ist nie jemand überrascht und erst recht nicht erstaunt über einen Ausbruch oder ein unnormales Verhalten eines Patienten; die junge Frau redet sofort auf E.H. ein, ihr Ton beruhigend und sachlich beherrscht. Margot aber hat sich entzogen, nimmt Zuflucht in einer Damentoilette auf der Etage.

»Nie wieder. Niemals.«

Sie schwört es sich: Sie wird E.H. seine Kohlezeichnung des ertrunkenen Mädchens im Bach nie wieder zeigen.

Einige taktvolle Minuten später kehrt sie zum Labor zurück und sieht durch die Glasscheibe, dass E.H., schon viel ruhiger, mit der Schwesternhelferin spricht und lacht.

Sie bringt dem Probanden ein Glas Orangensaft. Der Zucker wird ihn für einige weitere Teststunden stärken, und er wird Margot Sharpe so freundlich gesinnt sein, wie er es allen hübschen Frauengestalten ist, die sich seiner annehmen.

»Mr Hoopes? Eli … hallo.«

»Hallo? Hal-*lo*.«

Margot Sharpe hat die einschlägige Literatur zu Amnesie, Hirnverletzungen und Gedächtnisstörungen selbstverständlich gelesen.

Sie kennt die Klassiker des Fachgebiets, etwa Alexander Lurijas *Der Mann, dessen Welt in Scherben ging*, die schmerzliche Biographie eines russischen Kriegsveteranen des Zweiten Weltkriegs, kennt auch *Kleines Porträt eines großen Gedächtnisses* vom selben Verfasser, die Fallstudie eines Mannes mit einem Gedächtnis von schier unendlichem Umfang, der auf andere, schwerer fassliche Weise ebenfalls geistig gestört war. Und natürlich hat sie die von Milton Ferris und seinen besten ehemaligen Studenten publizierten Schriften zum Gedächtnis und zur Amnesie gelesen.

Eines Tages – noch nicht jetzt, wo ihr berufliches Fortkommen nach wie vor vom Urteil verdienter Fachkollegen abhängt – hofft Margot, dem Beispiel von Lurijas »romantischer Wissenschaft« folgend, ein Prosawerk zu verfassen, nicht rein oder ausschließlich wissenschaftlich, sondern sehr persönlich und spekulativ, sogar poetisch; Sie wird ihre Aufzeichnungen zu einer so gründlichen Studie E. H.s ausbauen, wie sie ihr als Wissenschaftlerin zu leisten nicht möglich ist, indem sie alles aus seinem Privatleben oder zumindest über die emotionalen Wendepunkte seines Privatlebens in Erfahrung bringt, was sie kann.

Sie hat an eine Reihe von Zeitungen in der Gegend um den Lake George in den Adirondacks geschrieben und sich nach dem Tod eines jungen Mädchens in den dreißiger oder vierziger Jahren erkundigt – »möglicherweise jemand aus dem Umkreis der Familie Hoopes aus Philadelphia« –, aber ohne Ergebnis; entweder erscheinen die Publikationen nicht mehr oder die Personen, die Margot Sharpes Briefe öffnen, fühlen sich zu einer Antwort nicht verpflichtet. Sie hat Stunden damit verbracht, Kontakt zum Büro des Sheriffs von Warren County und zu anderen Strafverfolgungsbehörden in der Gegend herzustellen; hat sich mehrmals telefonisch und schriftlich an das Archiv des Amtsgerichts von Warren County gewandt. Ihre Anrufe waren vergebens, ihre Briefe sind meist unbeantwortet geblieben.

Alles kein Ersatz dafür, eines Tages selbst in die Adirondacks zu fahren – ein Gedanke, der sie unerklärlicherweise mit Einsamkeit und Furcht erfüllt.

Wenn Eli Hoopes mit mir kommen könnte! Nur wir beide.

Ich brannte innerlich – es war ein Feuer, das nicht ausging, sondern tagelang glomm. Das Mark in meinen Knochen schmolz, es roch wie verdorbene Milch.

Ich rieche es immer noch. Fühle, wie das Feuer überall in mir schwelt, in meinem Körper und meinem Kopf. Bäume brannten. Lohend, wie es bei Tannen ist. Das Flugzeug meines Großvaters stürzte ab und ging in Flammen auf. Deswegen sind hier auf den Korridoren gelbe Absperrungen; man soll nicht in die versengten Stellen hineinlaufen. Deswegen stinkt es nach Verbranntem. Aber ich bin schon fast wieder gesund. Mein Haar ist an den abrasierten Stellen nachgewachsen. Nächste Woche kommen meine Eltern und holen mich nach Hause – ich werde lange in der Reha sein, sagen sie.

Gretchen haben sie nicht gefunden, glaub ich. Sie ist immer noch in den Wäldern am Lake George, und ich werde sie da suchen, wenn ich es kann.

Bestürzende Neuigkeiten für Margot Sharpe.

Aus Darven Park wird ihr mitgeteilt, ihr Amnesieproband zeige ein »untypisches, manchmal bedenkliches Verhalten«. Das ist neu.

Margot Sharpe hat eigene Neuigkeiten privater Natur, die sie aufwühlen und von denen niemand weiß. Sie atmet so schnell, als wäre sie eine Treppe hinaufgerannt. Lächelt unangebracht und hört dem Fachbereichsleiter nicht richtig zu, dessen bestürzte Stimme ihr in den Ohren summt. Sie denkt: *Was liegt mir denn an euch, ich bin schwanger – endlich! Von Elihu Hoopes schwanger.*

Ihre Hand sinkt auf ihren Bauch, der immer noch flach und fest ist und nichts preisgibt. Unschuldig hebt sie den Blick zu dem Fachbereichsleiter Hendrik Latta, der sie besorgt ansieht.

Latta, Mills. Was ist aus Mills geworden? Margot hat Mills zwar weder gemocht noch getraut, aber zumindest gekannt, und diesen Latta, der jünger ist als sie, kennt sie nicht. Sein Gebiet ist die Sozialpsychologie, für die Neurowissenschaftler (eine nicht so stille) Verachtung hegen.

Professor Sharpe ist zu einem Gespräch mit diesem Mann gebeten worden. Ist gebeten worden, gleich zu kommen, wie man ein Hündchen herbeiruft, hat die Aufforderung aber ein paar Tage lang ignoriert. Jetzt ist sie wie zufällig ins Fachbereichsbüro spaziert, um ihr vollgestopftes Postfach zu leeren. »Oh, hallo! Wollten Sie mich sprechen?« Ihre Stimme klingt drängend und unaufrichtig. Sie ist in Schwarz gehüllt: schwarze Hose, schwarzes Seidenshirt, schwarze Steppjacke. Kein Schmuck bis auf den schmalen Silberring am Ringfinger der linken Hand, der locker sitzt und an dem sie nervös dreht.

Margot hat Angst, ist aber erregt. Ist starr vor Staunen, aber nicht überrascht. Überlegt in aller Ruhe: *Wir werden unser Kind bekommen. Keiner von euch kann uns daran hindern. Wir werden irgendwo auf dem Land leben, vielleicht in den Adirondacks. Wo niemand uns kennt und niemand über uns urteilt. Ich werde den Vater und das Kind beschützen – unter Einsatz meines Lebens.*

Durch das Getöse in ihren Ohren vernimmt sie Lattas Stimme. Sie muss hinhören.

»Margot«, der neugierige Mensch spricht sie vertraulicher, als ihm zusteht, mit Vornamen an, »man hat uns Verstörendes aus Darven Park berichtet. E.H. sei zuweilen gewalttätig – nicht zu bändigen. Er habe bei Helfern die Beherrschung verloren, und er habe Ihnen weh getan, Sie am Handgelenk gezerrt. Ist das wahr?«

Margot zieht gleich die Ärmelbündchen herunter. Sagt gleich mit schroffem Auflachen: »Nein! Ist es nicht.«

Das Geräusch in ihren Ohren lenkt sie so ab, dass sie überlegen muss, was sie gesagt hat. Sie spricht noch einmal, lauter: »Ich wollte sagen – nein. Es ist *nicht* wahr.«

Latta hat Margot einen Platz angeboten. Aber sie setzt sich nicht, lässt sich in dem Büro nicht in die Enge treiben. »Mir ist zu Ohren gekommen«, fährt er ernst fort, »Ihr Proband sei nicht mehr so kooperativ, wie er es früher war. Und er habe gesundheitliche Probleme gehabt …«

Ob ihre jungen Laborkollegen diese Gerüchte verbreitet haben? Margot hat sie in letzter Zeit von E.H. ferngehalten, hat selbst mit dem Kranken gearbeitet. Ihr bereiten seine Stimmungsschwankungen keine Sorge – sie weiß, dass er *ihr* vertraut.

Wenn es die Angestellten des Instituts sind, die Gerüchte über E.H. verbreiten, kann Margot Sharpe nicht viel tun. Aber wenn es jemand in ihrem Labor ist, ob einer oder mehrere, kann sie Maßnahmen ergreifen.

»Es stimmt, Eli hatte diesen Winter Atemwegsinfektionen. Er spielt nicht mehr so beeindruckend Tennis wie früher. Er ist auch nicht mehr ganz so kindlich und kooperativ wie ehedem. Er ist schließlich älter geworden – er ist fünfundsechzig Jahre alt.«

Fünfundsechzig. Armer Eli.

Genau genommen ist E.H. kürzlich sogar sechsundsechzig geworden. Margot bringt es aber nicht über sich, *sechsundsechzig* zu sagen.

Sie weist Gerüchte, E.H. sei launisch und schwierig geworden, zurück. Betont, er wirke trotz seines Alters weiter jugendlich, kleide sich nach wie vor mit Sorgfalt und rasiere sich jeden Morgen, und die Begeisterung für seine Lieblingsthemen – die Bürgerrechtler und die Heuchelei der weißen Mehrheit, Reverend Martin Luther King, Ökonomie, Spieltheorie – sei nicht abgeflaut; er rezitiere auch wie früher seine Lieblingsgedichte, Songtexte und Passagen aus Reden, führe getreulich seine Tagebücher und zeichne in seinen Mappen. »E.H. ist ein bemerkenswerter Künstler. Er hat sich im Lauf der Jahre das ursprüngliche Talent zurückerobert, das er eingebüßt hatte.« Das alles trägt Margot so überzeugend und gelassen vor, dass niemand erraten würde, wie schnell ihr Herz schlägt. Ohne es zu merken, spielt sie mit dem Ring an ihrem Finger.

Latta will wissen, ob E.H. dem Gedächtnislabor Einblick in seine Notizen und die Zeichenmappe gewährt, und Margot erwidert steif wie ein höflicher Mensch, der auf eine törichte Frage trotzdem eingeht: »Nein. In der Regel nicht. Aber manchmal gewährt er *mir* Einblick.«

»Und sind Sie oft mit dem Probanden allein?«

»Nein. Nicht oft, ich glaube nicht.«

»In der Regel ist noch jemand anwesend?«

»In der neuropsychologischen Abteilung des Instituts herrscht ein ständiges Kommen und Gehen, Hendrik!« (Na bitte: sie hat *Hendrik* zu ihm gesagt. Es ist ein dezentes Zugeständnis, mit dem Margot den Mann zu besänftigen hofft.)

Doch Hendrik Latta schaut weiter so besorgt. »Er hat Ihnen nicht weh getan, Margot?«

»Mir weh getan? Wie denn?«

»Nun, körperlich. Aus Versehen oder – absichtlich.«

»Sicher nicht! Eli Hoopes ist ein Gentleman.«

»Er hat Ihnen nicht gedroht?«

»Wie könnte Eli Hoopes jemandem drohen? Der arme Mann hat praktisch keine Vorstellung von der Zukunft.«

Margot lacht. Dreht den Ring an ihrem Finger.

Eine merkwürdige Äußerung, die sie da getan hat, sie ist nicht gerade logisch, aber Margot nimmt sie nicht zurück.

»Er hat Ihnen gegenüber« – eine Verlegenheitspause tritt ein, in der Latta überlegt, wie er seine Frage dezent so formuliert, dass Margot, die berüchtigt dafür ist, nicht sofort Anstoß nimmt – »keine Andeutungen … Anspielungen … gemacht … Sie nicht sexuell … bedrängt?«

»Absolut nicht.«

»Entschuldigen Sie, Margot, aber ich musste das fragen. Ich habe gehört …«

»Eli Hoopes ist nach unserer Beobachtung kein sexueller Mensch. Die Läsionen seines Gehirns schließen sexuelle und emotionale Bindungen offenbar aus. Und daher, um alle Ihre Fragen zu beantworten, Hendrik: *nein.*«

Kerzengerade und unnachgiebig verlässt Margot das Büro des Fachbereichsleiters, ohne sich noch einmal umzudrehen.

Was weißt du schon, du Narr, du weißt gar nichts.

Sie versteckt ihre Handgelenke für den Fall, dass da doch blaue Flecken sind. Sie hat sich ihre Handgelenke nicht genauer angesehen, und wenn sie es tut und blaue Flecken findet, reibt sie die Haut mit *Arnica-montana*-Öl ein. Ein-, zweimal hat er sie am Oberarm gepackt und geschüttelt aus Frustration über alles, was sein armes lädiertes Hirn nicht mitteilen kann, und blaue Flecken an den Stellen sind sowieso verborgen, weil sie nie kurze Ärmel trägt.

Sie hat sich geschworen, ihn nie wieder zu beunruhigen. Die Ergebnisse sind zwar bedeutsam und aufregend, aber es ist doch grausam.

Sie hat sich geschworen, ihn nie wieder zu beunruhigen, und muss das Risiko, den Probanden zu beunruhigen, doch manchmal eingehen. Ohne Beunruhigung und Risiken kann es nicht vorangehen. Einmal noch die Kohlezeichnung des nackten Mädchens im Bach zeigen und E.H. auffordern, sie und den Schauplatz zu identifizieren.

Denn jedes Mal ist für den Probanden das erste Mal. Jedes Mal ist es dieses eine Mal und unwiederholbar. Und für den forschenden Wissenschaftler ist jedes Mal ein Baustein zur Erhärtung der Befunde und die akribische Dokumentation der Daten das Ideal.

Professor Sharpe war eine Fanatikerin. Ich habe noch nie mit einem Wissenschaftler gearbeitet, der so war wie sie, und ich habe in Harvard pro-

moviert. Sie ging total in ihrer Arbeit – der Dokumentation E. H.s – auf. »Die Geheimnisse des Gedächtnisses aufschließen«, hat sie immer gesagt. Stören lassen hat sie sich dabei von nichts und niemandem, nicht dass ich wüsste. Wenn zum Beispiel ein Anruf kam und es hieß, sie habe den und den Preis erhalten oder das und das Stipendium, bedankte sich Margot höflich bei dem Anrufer, legte auf und ging an die Arbeit zurück. Manchmal erzählte sie uns nicht einmal, was es war – das lasen wir später in der Zeitung. Sie war der bescheidenste, selbstloseste Mensch, dem wir alle je begegnet sind, und nicht bloß als Wissenschaftler. Alles, was nicht Arbeit war, betrachtete sie als Ablenkung, und denselben Einsatz verlangte sie auch von ihren Studenten und Kollegen. Dass sie eine Frau in einer Männerdomäne war, änderte daran nichts. Sie forderte von ihren Kolleginnen dasselbe wie von den Kollegen. Sie machte dabei keinen Unterschied – sie bemerkte ihn nicht mal. Es war nicht immer ein Vergnügen, mit Margot Sharpe zusammenzuarbeiten, aber es war eine Offenbarung, sie hat uns alle geprägt. Ich wusste, bevor ich Margot Sharpe kennenlernte, im Grunde nicht, was es heißt, Wissenschaftler zu sein, und kann mit Fug und Recht sagen, dass ich ihr alles verdanke.

Ja, es stimmt, sie hing auf seltsame Weise an E. H., wie er damals genannt wurde. Einige fanden, sie hänge auf ungesunde Weise an ihm. Aber es war nie mehr als berufliches Interesse, da bin ich mir sicher. Margot Sharpe gab beruflich alles und sorgte dafür, dass alle in ihrer Umgebung das auch taten. Der arme Eli Hoopes war schon über sechzig und lebte bei einer betagten Tante in Philadelphia, als ich in Margots Labor kam – an den meisten Tagen brachte ein Fahrer ihn ins Institut. Er hatte keine Ahnung, was los war – wo er sich befand, war ihm immer ein Rätsel, und er erkannte uns von einer Stunde zur nächsten nicht wieder. Margot Sharpe erkannte er natürlich auch nicht – er sprach sie mit Frau Doktor an. Mich sprach er ebenfalls mit Frau Doktor an, er verwechselte mich mit jemandem, den er vor langer Zeit in Philadelphia gekannt hatte.

Als die Tante starb, kam es zu Komplikationen, und wie Margot Sharpe die gelöst hat, kann ich nicht sagen. Ich hatte die Universität zu der Zeit bereits verlassen und ein eigenes Labor an der Caltech gegründet. Alles, was ich weiß, hat Margot Sharpe mir beigebracht. Und Margot Sharpe sagte immer, alles, was sie wisse, habe sie bei Milton Ferris gelernt.

Genealogisch ausgedrückt ist Ferris mein Großvater und Margot Sharpe meine Mutter, die am wenigsten mütterliche Frau, die mir je begegnet ist.

Sie sagt ihm: »Ich glaube, ich bin schwanger, Eli.«

Sie sagt ihm: »Eli, Liebling, ich glaube … könnte sein, ich bin schwanger.«

Sie sagt ihm: »Liebster Eli, ich hoffe, du regst dich nicht auf und bist nicht schockiert, aber … ich glaube … ich könnte …«

Sie sagt ihm nichts. Findet nicht die richtigen Worte. Obwohl sie allein sind. Obwohl E. H. glücklich ist und sie *meine Frau* nennt.

Sie ist natürlich nicht schwanger. Ist nie schwanger gewesen und wird nie schwanger werden. Sie wähnt sich vage als Ende vierzig, ist in Wirklichkeit jedoch dreiundfünfzig Jahre alt.

Dreiundfünfzig! Für sie, die sich noch immer als die tugendhafte Tochter sieht, ist das so befremdlich, dass sie den Gedanken nur selten zulässt.

Zudem ist Margot Sharpe sehr schlank. Seit der Teenagerzeit ist sie untergewichtig, vielleicht gewollt, und hat dadurch nicht so oft menstruiert wie normalgewichtige Frauen. Sie hat sich immer eingehämmert: *Eine Frau zu sein heißt schwach zu sein und Zeit zu vergeuden. Als Frau ist man zweite Wahl.* Daher war es schon vor Jahren wenig wahrscheinlich, dass sie schwanger werden könnte.

Trotzdem ist Margot aufgewühlt von der Vorstellung, *schwanger zu sein.*

Ihre Brüste sind klein und fest. Kaum die Brüste einer Schwangeren. Ihre Brustwarzen sind jedoch empfindlich, und ihr ist morgens, wenn sie in der winterlichen Dämmerung davon aufwacht, dass der Regen an ihr Fenster schlägt, und wenn Elihu Hoopes meilenweit von ihr entfernt ist und von ihrer Existenz nichts weiß, oft übel.

Das Phänomen der Scheinschwangerschaften ist ihr natürlich nicht unbekannt, die Selbsttäuschungen des halbbewussten Denkens. Sie weiß, wie außerordentlich beeinflussbar Menschen, wie hypnotisierbar viele sind. Ihr Bauch ist flach, sogar leicht konkav, wenn sie auf dem Rücken liegt. Ihre Hüftknochen sind so deutlich zu ertasten wie (zum Beispiel) der Wünschelknochen an der Brust eines Thanksgiving-Truthahns. Und trotzdem …

Schließlich vereinbart sie einen Termin in der Gynäkologie der Universitätsklinik, um ein und für alle Mal feststellen zu lassen, ob sie schwanger ist oder nicht.

Ihre Gynäkologin ist Dr. Liu, in deren Sprechstunde Margot aber seit sechs Jahren nicht mehr war, unverantwortlich lange für jemanden, der selbst Wissenschaftler ist und wissen müsste, wie wichtig regelmäßige körperliche Untersuchungen sind: Mammographie, Pap-Abstriche, zervikale und rektale Krebsvorsorge. Wie kann eine so intelligente Frau bei ihrer Gesundheit so nachlässig sein!

»Sie fragen, ob Sie – schwanger sind?«

Dr. Liu verhehlt ihr Erstaunen nicht. Schließlich ist Margot Sharpe nicht mehr im gebärfähigen Alter – nicht wahr? Dr. Liu weiß zweifelsfrei, dass ihre Patientin dreiundfünfzig Jahre alt ist. Heiß steigen Margot Scham und Trotz ins Gesicht.

»Ja, Frau Doktor. Ich … ich muss es wissen, noch heute.«

Dr. Liu führt einen sehr simplen Test durch, dessen Ergebnis, wie von Margot erwartet, *negativ* ausfällt.

Doch Dr. Liu ist unsicher. Ist das für Professor Sharpe nun eine gute Nachricht oder eine nicht so gute? Auf dem Untersuchungsstuhl liegend, die dünnen Beine gespreizt, der weiße Zellstoff unter ihr zerdrückt, schließt Margot die Augen, damit ihr die Tränen nicht über die Wangen laufen, die es aber dennoch tun.

»Sie sind nicht schwanger, Frau Professor Sharpe. Ich hoffe, das ist eine gute Nachricht.«

Dr. Liu, die nicht mal flüchtig überlegen möchte, unter welchen Umständen das für die vor ihr hingestreckte Patientin keine so gute Nachricht wäre, fügt eilig hinzu, dass sie das Ergebnis des Abstrichs am kommenden Montag haben wird und sich, wenn es ebenfalls negativ ausfällt, nicht bei Professor Sharpe melden wird. »Gut ist, wenn es nichts Neues gibt.«

Margot hört nicht richtig zu. Wenn Dr. Liu sie mit den Worten eines Klischees aufmuntern will, ist es ihr entgangen. Mit starren Lippen nuschelt sie:

»Ja. Eine gute Nachricht. Danke, Frau Doktor.«

Ihr Herz schlägt fest vor Zorn. Wie das Messingpendel in der wunderschönen Standuhr in Amber McPhersons grauem Steinhaus, nur dass dieses Pendel sich grausam schnell bewegt.

Schwanger! Dass ich nicht lache, Frau Professor.

Kippt einen Whiskey. Ihr schlaksiger Gefährte mit dem stachligen Haar kippt auch einen.

Es gibt nichts zu sagen. Und so schweigen sie.

Der *Johnnie Walker Black Label*, den Margot auf einem Bord hoch oben in ihrer zweckmäßigen kleinen Küche aufbewahrt, wird in der Flasche mit dem schmalen Hals immer weniger. Ihr früherer Geliebter hatte die Flasche einst – vor wie vielen Jahren? – mitgebracht, um sie mit ihr zu trinken. Der Geliebte, dessen Name wie ein feiner scharfer Grat im Gehirn ist. *Ich kann jetzt nicht an ihn denken … armer Milton, der einen Schlaganfall hatte in Boca Raton, wo er zum Sterben hingezogen ist und seine betagte Frau ihn schließlich überleben wird.*

In ihrer Naivität hat Margot sich einmal eingebildet – ach, sie hat sich zu viel eingebildet.

Ich benenne dich als Vollstreckerin meines Nachlasses, liebe Margot. Du musst Teil meines Lebens sein.

Dazu ist es natürlich nie gekommen. Zu so vielem ist es in ihrem Leben nie gekommen.

Noch einen? Noch einen.

Sengendes Feuer, das durch die Kehle rinnt. Köstlich!

Sie lacht, hält sich die Hand vor die Augen. Zu gern würde sie es ihrem jüngeren Gefährten erzählen: *Ist das zu glauben, in meinem Alter bilde ich mir ein, ich wäre schwanger. Und der Vater ein Amnesiekranker, der sich nicht an mich erinnert, geschweige denn an ein Kind, das wir zur Welt gebracht haben.*

Es ist nicht das erste Mal, dass Hai-ku – wie Margot den koreanischen Namen falsch ausspricht – die hochgestellte Wissenschaftlerin nach Hause gebracht, nachdem sie noch spätabends allein und mit umflorten Augen wie besessen in ihrem Labor gearbeitet hat. Er hatte sie in einer Ecke des Raums gefunden, wo sie zusammengesackt war, und zuerst für einen Haufen weggeworfener Kleider oder Lumpen gehalten – Margot Sharpe, eine der angesehensten Professoren der Universität!

Frau Professor? Hey, lassen Sie mich Ihnen aufstehen helfen.

OK, kein Grund, die 911 zu wählen.

Wahrscheinlich hatte sie tagsüber das Essen vergessen, das Trinken, war ausgetrocknet. Hai-ku tippt bei Professor Sharpe auf eine Magersucht – die schon ihr ganzes Leben lang besteht: Sie selbst gesteht sie sich nicht ein, und so eine Diagnose, von einem besorgten Kollegen gestellt, würde sie zornig zurückweisen.

Sie weiß von ihrer Krankheit so wenig, wie der Amnesiekranke von der seinen weiß.

Heute ist nicht das erste Mal, dass Hai-ku noch auf ein, zwei – oder drei – Glas bei Professor Sharpe bleiben und mit ihr herunterschlingen soll, was sich im Kühlschrank noch findet: einfachen Magermilchjoghurt, harte Kanten Mehrkornbrot, blasse Käserinden, angeschlagene Reste einer Cantaloupe-Melone, abgedeckte Schüsseln alten Reis, pappige Pizzastücke.

Hai-ku bleibt bei Margot Sharpe, bis er sich einigermaßen sicher ist, dass es ihr gutgeht. Dass die verzweifelte arme Frau sich nicht versehentlich oder anderweitig selbst verletzen kann.

Er spekuliert nicht, was der Professorin so zu schaffen macht, denn zu viel zu wissen ist nicht in seinem Interesse. Er wusste natürlich, wie hoffnungslos die Professorin an Milton Ferris hing, und weiß, dass das lange vorbei ist; er weiß, wie hoffnungslos die Professorin an Elihu Hoopes hängt, und mag nicht daran denken, wie das in absehbarer Zeit enden muss.

Nur zur Beruhigung. Margot Sharpe trinkt aus keinem anderen Grund.

Ist es ein offenes Geheimnis im Fachbereich? Margot Sharpes einsames Trinken? Hai-ku weiß, dass alle es wissen, und trotzdem würde niemand vor Hai-ku ein Wort darüber verlieren, so wenig wie Hai-ku, Margot Sharpes Schüler, vor irgendeinem Kollegen ein Wort darüber verlieren würde.

Hai-ku ist kein junger Mann mehr. Einst Mitglied des Fachbereichs, war er als vielversprechender junger Doktorand an die Universität gekommen, um mit Milton Ferris zu arbeiten.

Hai-ku legt die Kapuzenjacke nicht ab, die er über der schmutzstarrenden Jeans und dem Sweatshirt trägt. Er zieht Margot Sharpe nur die Schuhe von den Füßen, wagt nicht, ihr die Kleider aufzuknöpfen oder ihr das verschwitzte Haar aus dem Nacken zu streichen, damit ihr Kopf bequemer auf dem verklumpten Kopfkissen liegt.

Der dünne einzelne Zopf, der links an ihrem Kopf herabhängt, ein groteskes Detail ihrer äußeren Erscheinung, ist nach Ansicht ihrer Kollegen mit Karikatur nur unzureichend beschrieben.

Arme Margot Sharpe! Aber warum sie bedauern; sie hat ihr Leben so geführt, wie sie es wollte. Würde man meinen.

Heute Abend hat keiner mehr als ein paar wenige einsilbige Worte zu dem anderen gesagt.

Hai-ku ist, für ihn selbst schockierend, schon alt: dreiundvierzig, mager mit einem schlaffen Rettungsring um die Taille, ein Schopf schwarzen Haars, stachlig wie bei einem Punkmusiker, Nickelbrille, Haut und Zähne teegelb. Milton Ferris' zuverlässigster Labortechniker, den Margot Sharpe, dankbar für das Können und die Vertrauenswürdigkeit des jungen Koreaners, geerbt hat.

Noch einen? Nein? Aber – warum eigentlich nicht?

Hai-ku sagt, Frau Professor, ich finde, das ist keine gute Idee. Sagt es der Frau Professor mehr mit Gesten als mit Worten. Hinter der Nickelbrille ein sehr besorgter Blick.

Jeder kennt angehende junge Wissenschaftler mit Köpfchen, die unerklärlicherweise keinen Erfolg haben. Die den Absprung aus dem Fachbereich nicht schaffen, der sie gefördert hat, sich von dem Zuhause nicht abnabeln, der Laborfamilie.

Der zuverlässige Labortechniker Hai-ku hat keine eigenen Ideen. Wenn man ihn in einem völlig leeren Raum für eine Stunde allein lässt, nur mit Notizblock und Stift, ist der Notizblock nach Ende der Stunde so leer wie zuvor, der Bleistift unbenutzt, ja nicht mal angerührt – so klagte Milton Ferris vor Jahren einmal über ihn.

1977 hatte er für eine Promotion bei Milton Ferris mit einem ehrgeizigen Projekt in Kognitionspsychologie begonnen. Aber die Jahre vergingen, ohne dass eine Dissertation Gestalt annahm. Der Fachbereich hätte ihn entlassen, als Professor Ferris in den Ruhestand ging, doch Margot Sharpe intervenierte und beschaffte dem fähigen jungen Mann mehrere Dreijahresverträge, womit er faktisch nun ihr Sklave wurde, wie er über ein Jahrzehnt Milton Ferris' Sklave gewesen war.

Sie beide, Margot Sharpe und Hai-ku, werden noch lange Zeit ein Team sein. Doktoranden, Postdocs, Fachkollegen werden in dem inzwischen berühmten Gedächtnislabor kommen und gehen, Hai-ku aber bleibt in Treue da, denn Hai-ku hat kein Leben außerhalb von Professor Sharpes Labor.

Wie Margot Sharpe ihn beschützt, so beschützt er Margot Sharpe.

Weniger williger Sklave als vielmehr der langgediente Techniker der Neuropsychologin, deren Aufstieg er in gewissem Sinne von Anfang an befördert hat.

Die geplante Promotion in Kognitionspsychologie ist lange perdu. Die Hoffnung auf eine Vollzeitstelle an einer renommierten oder eben zweit- oder drittklassigen Universität ist lange perdu.

Und wenn Hai-ku nun Professor Sharpe liebt?, fragen sich manche.

Und wenn Professor Sharpe nun Hai-ku liebt? Das ist noch zweifelhafter.

Hai-ku will nichts davon wissen, dass er Margot Sharpes – oder überhaupt jemandes – Sklave ist. Er ist stolz darauf, dass sein Gehalt als Labortechniker das höchste Technikergehalt im ganzen Fachbereich ist und dass viele Lehrkräfte ihn regelmäßig um seinen Rat und seine Hilfe bitten.

Er wird Margot Sharpe mit Freuden so lange als Assistent dienen, wie sie an der Universität bleibt, und sie hat sich vorgenommen, niemals in den Ruhestand zu treten.

Er äußert sich nie respektlos über seine Herrin, äußert sich überhaupt nicht über seine Herrin, und wenn, dann bewundernd und ehrerbietig. Und nur kurz.

Im Grunde spricht Hai-ku nicht viel. Er hat längst gelernt, sich hinter seiner Fremdartigkeit zu verstecken, ist ein Meister der Verschwiegenheit.

Dennoch weiß er, dass Margot Sharpe ihn nicht anders als Milton Ferris vor ihr mit einem einzigen Anruf beim Fachbereichsleiter, mit einem Tastendruck am Computer zerstören kann. Sie verlässt sich voll und ganz auf ihn bis zu dem Moment, in dem ihr einfällt, dass sie ihn nicht braucht und jemand anders ausbildet. Ihre Abmachung lautet, dass es keine klare Abmachung gibt. Ihr Band ist, dass kein deutlich sichtbares Band besteht.

In dem schwach beleuchteten unordentlichen Schlafzimmer mit

den sich stapelnden Büchern, Zeitschriften und Papierstößen, in dem schmalen Bett, das aussieht, als sei es schon seit geraumer Zeit nicht mehr frisch bezogen worden, schluchzt und hickst Margot Sharpe und sinkt so plötzlich in einen traumlosen Schlaf, als werde ein Stecker aus der Steckdose gezogen.

Um 2.10 an diesem sehr langen Tag – es ist, was Hai-ku nicht weiß, der Tag, an dem Margot Sharpe erfährt, dass sie zweifelsfrei *nicht schwanger* ist – stellt er fest, dass sie endlich eingeschlafen ist. Er nimmt ihr das fast leere Whiskeyglas aus den Fingern und stellt es auf den Nachttisch. Sieht, ohne es still für sich zu kommentieren, die runden Abdrücke von Tassen und Gläsern auf dem preiswerten Ahornholz des Nachttischs, blass wie Jupiterringe.

Seit Jahren, genau genommen seit Milton Ferris, ist Hai-ku der Erste, der das zweigeschossige Sandsteinhaus der Professorin in der N. Reading Street, eine halbe Meile vom Gebäude des Fachbereichs entfernt, von innen sieht. Und seit Jahren ist Hai-ku der Erste, der das Schlafzimmer der Professorin, in dem ein Einzelbett den größten Teil des Raums einnimmt, von innen sieht.

An den Wänden hängt ein halbes Dutzend Bleistift- und Kohlezeichnungen auf großen Bogen weißen Kartonpapiers. In dem schwach beleuchteten Schlafzimmer sind die Sujets dieser Zeichnungen von Schatten verdunkelt.

Hai-ku erkennt die Zeichnungen natürlich. Doch er würde sich niemals dazu äußern, geschweige denn die Hausherrin fragen, was die an den Wänden ihres Hauses machen.

»Frau Professor? Entschuldigen Sie …«

Hai-ku zögert, nach der schlaffen kalten Hand zu greifen und den Puls an dem dünnen Handgelenk zu messen. Er sieht und hört ja den feucht rasselnden, unregelmäßigen Atem der Professorin. Sieht die geschlossenen Lider zucken.

In sachlich-nüchternem Ton verkündet er, dass er jetzt geht. »Ich sag gute Nacht, Frau Professor.«

Hai-ku schaltet hinten im Haus das Licht aus. In der Küche stellt er den teuren Whiskey in der Flasche mit dem engen Hals auf ein Bord hoch oben und macht sorgfältig die Schranktür zu.

Spült Gläser in der Spüle aus. Hai-ku ist ein methodischer Mensch und möchte nicht durch Fingerabdrücke oder durch DNA-Spuren belastet werden, sollte Professor Sharpe nachts etwas zustoßen.

Still und leise verlässt er das Haus. Die Fenster sind dunkel, und die Lampe im Außenbereich über der Tür ist offenbar durchgebrannt.

Als er sich um 2.18 anschickt, die Tür zuzuziehen und abzuschließen, vernimmt er im Dunkeln eine leise, aber kraftvolle Stimme: »Hai-ku? Viertel vor acht morgen früh im Labor – seien Sie pünktlich. Das Auto wird da sein. Wir müssen um halb neun in Darven Park sein.«

Kapitel neun

Das Ritual. Das Messer. Warum er sich an das Geländer der Holzbrücke klammert. Sich gegen den Wind wappnen muss.

Er weiß noch, dass Büchsen und Schrotflinten für Kinder am Lake George verboten und in einem Schrank eingeschlossen sind. Es gibt aber noch einen zweiten Schrank, der nur selten abgeschlossen ist – und in dem werden Messer aufbewahrt. Jagdmesser, Fischmesser.

Er wartet, bis die Erwachsenen ins Bett gegangen sind. Im ganzen Haus die üblichen Gerüche von Holzrauch und von Zigaretten.

Im Erdgeschoss der übliche Whiskeygeruch.

Das Jagdmesser liegt schwer in seiner Hand. Eine Kinderhand, aber ein Erwachsenenmesser.

Er hebt es hoch. Ein schweres Jagdmesser mit scharfer Klinge.

Sticht und sticht nach der Gestalt in dem Bett, die auf dem Rücken liegt, noch benebelt vom Alkohol, sofort wach wird und unbedingt raus will, sich aber im Bettzeug verheddert hat.

Ich hasse dich! Du musst sterben.

Niemand weiß so gut wie ich, dass du sterben musst.

Das Gesicht des Vaters, verzerrt vor Entsetzen. Als er sieht, es ist sein eigener Sohn, der sich in der Nacht heimlich zu ihm geschlichen hat. Sein eigener Sohn, der ihn ermorden muss.

In der dunklen kleinen Schlafkammer hinter dem Kamin, die nach hinten hinausgeht. In der Daddy manchmal schlief, wenn er zu betrunken war, um nach oben zu gehen.

Verblutet, wird festgestellt werden. Dutzende Stichwunden: in der Brust, am Hals, im Bauch, im Unterleib. Stich um Stich, ausgeführt im Rausch des Hasses.

Einem Kind von fünf Jahren war das nicht zuzutrauen.

Und hinterher das Jagdmesser gründlich abgespült. In dem kleinen Bad neben der Küche.

Das schwere Messer, das in den Schrank gehört, in das Fach zu den anderen Messern, sorgfältig abgewaschen und abgetrocknet und wieder dorthin gelegt, wo er es hergenommen hat.

Gleich noch mal: Zitternd barfuß die dunkle Treppe hinunter, kindgerecht genau mitgezählt, fünfzehn Stufen. Also müssen es, wenn er wieder hinaufgeht, auch fünfzehn sein.

Die Schranktür aufmachen – sie ist nicht abgeschlossen.

Das Messer, das er nimmt, ist nicht das größte und schwerste. Kein Messer zum Ausweiden von Hirschen. Kein Messer zum Ausnehmen von Fischen. Und doch ist es schwerer, als er dachte, da ist die Sorge, es könnte ihm aus der Hand rutschen, wenn es glitschig ist vom Blut.

Ganz gleich, nach welchem Messer seines Vaters er greift: Sie sind alle schwerer als gedacht.

Zitternd barfuß durch die dunklen Räume. Er hat den Flanellschlafanzug an, dessen Hose immer herunterrutscht, weil er so mager ist. Immer der Geruch nach Holzrauch in der Blockhütte.

Die Gestalt ist im Bettzeug gefangen, verwundert. Kann vor Verblüffung nicht um Hilfe schreien, die Stiche zu heftig und hastig. Ein Stich ging in die Kehle, Blut sprudelt aus dem Mund und nicht Schreie. Es ist vergebens, wenn sich der Vater gegen den mordlustigen Sohn verteidigen will, der ihm mit einem Hieb die Hände zerfetzt hat.

Das schwere Messer mit der scharfen Klinge, erhoben und hinabgestoßen, viele Male: *so, so und so.*

Und dann, am Morgen, ist alles wie immer.

Jetzt ist der betrunkene Mann nicht betrunken. Jetzt ist der betrunkene Mann Daddy und zwinkert ihm zu.

Heute fahren wir mit dem großen Kanu raus, Eli. Es wird Zeit, dass du richtig paddeln lernst.

»Mr Hoopes? Eli? Entschuldigung …«

Er schreckt auf und öffnet vorsichtig die Augen. Sieht überrascht, dass er nicht ist, wo er zu sein glaubte, ist aber zu schlau, es sich anmerken zu lassen.

Eine junge Frau, karamellbraune Haut, tiefschwarz glänzendes, zu Cornrows geflochtenes Haar und ein schöner Körper in mattgrünem Kittel und Hose. Weiße Schwesternschuhe an den winzigen Füßen. Sie zupft ihn lachend am Arm, als er nicht gleich antwortet.

Vor Entsetzen und Panik klammert er sich an das Geländer der Holzbrücke. Sein Herz schlägt schnell und stolpernd, obwohl gar nichts ist – keine Gefahr.

Nicht sicher, wo er ist, begreift aber gleich: nicht am See. Und nicht in den Adirondacks.

Er ist enttäuscht. Nicht verängstigt.

Das ist eine bewaldete Gegend, sumpfig. Mit Holzschnitzeln bestreute Wege, nichts Vertrautes. Keine Wanderwege, die er kennt. Keine Weymouth-Kiefern, so weit er sieht. Sumpfiger Boden, feuchte Luft. In der Ferne sind keine Berge zu erkennen.

»Mr Hoopes? Wir gehen jetzt zurück, ja?«

»Ja! Gut.«

»Sie wollen doch nicht Ihre hübschen Zeichnungen vergessen …«

»Stimmt, Eva. Danke.«

Er lächelt, um seine Verwirrung beim Anblick des Namens der Frau zu kaschieren: Eva.

Ein exotischer Name. Aus der Karibik, vermutet er.

Sie ist Krankenschwester oder Schwesternhelferin. Er hört ihre Stimme so gern – ganz gleich, was sie sagt.

Beruhigend, dass Eva so klein ist. Einsfünfzig, maximal einsfünfundfünfzig.

Dennoch ist ihr Körper der einer reifen Frau. Wohlgeformte Hüften, wohlgeformte Brüste sogar in der grünen, locker sitzenden Schwesternkleidung.

Schwester oder Schwesternhelferin. Feingliedrig, klein, aber mit kräftigen Muskeln an den Schultern und Beinen. Der kurvige Körper, auf den er starrt. Und das hübsche lächelnde Gesicht, die schönen freundlichen Augen, die ihn nicht verurteilen.

Was hat er vergessen? – die Zeichenmappe.

Schnell hebt er sie von der Erde auf. Natürlich, er wird gezeichnet haben, seine Finger sind mit Kohle beschmiert. Er wartet, bis er irgendwo allein ist, bevor er die neuesten Blätter anschaut.

»Das ist gut, Mr Hoopes! Wir wollen doch nichts vergessen, nein?«

Evas Art, mit ihm zu sprechen, entnimmt er, dass sie ihn gut kennt und ihn gern hat. Ergo ist sie jemand, den auch er gut kennt.

Golden und rubinrote Stecker in den formvollendeten Ohren. Glatte Haut in warmem Ton, ein schönes Kinn und ein schöner Mund – ein süßer, voller Mund, ans Küssen gewöhnt.

Am Ringfinger der linken Hand ein schmaler silberner Reifen. Eva ist verheiratet? Möglicherweise ist Eva eine junge Mutter.

Er fühlt einen so tiefen Verlust, dass er beinahe stolpert.

»Eva, helfen Sie mir, ich bin so schrecklich einsam …«

Er lacht. Lieber lachen als weinen.

»Gibt doch keinen Grund dafür, Mr Hoopes, wenn sich so viele für Sie interessieren. Sie werden im Testraum schon erwartet.« Eva erzählt ihm, dass die Ärzte ihm mehr Aufmerksamkeit schenken als jedem anderen, mit dem sie je zu tun hatte oder von dem sie gehört hat, darüber sollte er sich freuen und stolz darauf sein. »Die schreiben auch über Sie, also sind Sie berühmt. Die kümmern sich richtig gut um Sie.«

Trotzdem läuft er heute Vormittag nicht so gut. Stechende Schmerzen in beiden Beinen, im rechten aber besonders. Kann das *Arthritis* sein?

Er ist zu jung für die verfluchte Arthritis. Gerade mal siebenunddreißig und sehr fit. Er hat doch erst vor ein paar Wochen die Zwölf-Meilen-Tour am White Cross Mountain gemacht, nur mit Rucksack und ganz allein.

Schreckliche Angst davor, allein zu sein. Er hat sich von dieser Angst nicht abhalten lassen.

Inseln der Erinnerung steigen in seinem Kopf auf, am schmutzigen Untergrund losgerissen. Inseln aus Licht inmitten von Dunkelheit. Er träumt mit offenen Augen, als die betörend schöne junge Frau in der grünen Uniform, deren Namen er (vorübergehend) vergessen hat, ihm voraus den mit Holzschnitzeln bestreuten Weg auf ein Gebäude zugeht, das sie offenbar kennt, gut kennt, und das er dann ja wohl ebenfalls gut kennen muss, so dass er keine Besorgnis zeigen darf.

Ganz ruhig denkt er: *Sie lassen mich nicht im Stich. Die Familie holt mich ab. Sie haben mich inzwischen vergessen.*

Allzu bekannt kommt das Hochhaus ihm nicht vor, er ist aber nicht überrascht, als er zum Hintereingang gebracht wird und durch die schnelle Drehtür hindurchschlüpft. Wenn er erst überlegen müsste, geriete er in Panik, aber er braucht nicht zu überlegen und biegt bereits zu den Fahrstühlen ab, als die Schwester ihn mit einem sachten Stups in diese Richtung lenken will.

Nach oben, dritter Stock. Auch hier überrascht es ihn nicht, dass er aussteigt, als die Tür aufgeht.

Fremde erwarten ihn. Ständig sind lächelnde Fremde da und freuen sich, *ihn* zu sehen.

Es stimmt, er ist wohl etwas Besonderes. Weiß aber nicht, warum eigentlich.

»Mr Hoopes? Eli? Hallo!«

»Hal-*lo*.«

Er antwortet prompt. Lächelt prompt. Streckt seinem Gegenüber die Hand hin zur Begrüßung und schüttelt ihm seinerseits ebenfalls energisch die Hand.

Es sind Ärzte, vermutet er. Er wird hier in irgendeinem Krankenhaus sein – allerdings sieht er keine Krankenhausbetten – und hat Gott sei Dank keine Krankenhaussachen an, sondern seine eigenen Kleider und seine Schuhe.

Die Ärzte begrüßen ihn herzlich, sie kennen ihn. Er begrüßt sie ebenso herzlich, hat aber keine Ahnung, wer die Leute sind.

»Eli, hallo. Wie geht es Ihnen?«

»Sehr gut, danke. Wie geht es *Ihnen*?«

Er sieht in ihren Augen sich gespiegelt und denkt: *Die bedauern mich.*

Denkt: *Vielleicht ist es das Leben nach dem Tode. Anfühlen würde es sich so – das Leben nach dem Tode. Woher soll man das wissen.*

Mehrere lächelnde Fremde, von denen die unverkennbar Älteste, die hier das Sagen hat, eine Frau in mittleren Jahren ist, die verblüffend helle Haut hat, ihn gespannt anschaut und aufdringlich lächelt. Sie ist keine schöne Frau und zu alt für ihn – Ende vierzig mindestens –, aber dennoch fühlt er sich stark zu ihr hingezogen. Als sie mit ihrer sanften Stimme etwas sagt, hört er zu und gleichzeitig nicht zu. Hört ihre Worte gerade eben noch, als er sie wieder vergisst. Ist verwirrt über das Besitzergebaren einer Frau, die er noch nie zuvor gesehen hat und die ihm etwas zu dicht auf die Pelle gerückt ist, als ob sie ihn auffordere, doch ein Stück wegzurücken, und die seine Hand zu fest umfasst. Es stört ihn, dass sie *Eli* zu ihm sagt – als ob sie sich kennen würden.

In seinem Leben hat es zahlreiche Frauen gegeben. Wie Wasser sind sie ihm in seiner Jugend, als er leichtsinnig war, durch die Finger geronnen.

Irgendwie hat er es nicht fertiggebracht, eine zu heiraten. Er hat nicht genug geliebt. Und wenn sie ihn liebten, hatte er sie dafür verachtet und war geflohen.

Es passt, dass Amber an demselben rasenden Fieber gestorben ist, das ihn fast umgebracht hätte. Am Lake George ist sie gestorben, er musste dafür sorgen, dass ihr Leichnam per Flugzeug zu ihrer Familie nach Hause gebracht wurde. Er fürchtet, dass auch sie ihn wie seine Cousine Gretchen im Leben nach dem Tode erwartet.

Samt den Geistern anderer Toter, die er verraten hat.

»Mr Hoopes? Eli …?«

Seltsam, dass die Frau mit der weißen Haut so ein Verlangen, aber auch große Angst in ihm auslöst. Ein sexuelles Verlangen, das durch seinen Leib wandert wie eine Schlange, die sich im Korb reckt.

Normalerweise findet er doch Frauen anziehend, die (viel) jünger sind, und jung ist diese Frau zweifellos nicht.

Aber ihre Stimme! – die ist sanft, verführerisch.

Ihre Stimme ist ihm (glaubt er) vertraut …

Und die eine dünne geflochtene Strähne, die ihr links übers Gesicht fällt, so dass man … gleich woran denkt? An die Karibik? An die Straßen von South Philly im Sommer?

Während die anderen bloß aufmerksam (und respektvoll) zuhören, wendet sich die Frau mit der weißen Haut und der deplatzierten exotischen Strähne an ihn. Sie erläutert etwas – Technisches, Kompliziertes. Sinnlos, sich das anzuhören, er vergisst es sowieso wieder. Gleichwohl fühlt er sich widernatürlich zu ihr hingezogen.

»Mr Hoopes? Eli? Hören Sie mir zu?«

»Ja, Ma'am.«

Die Reaktion eines trotzigen Jugendlichen. Er wird weglaufen und sich verstecken müssen. *Verflucht, lassen Sie mich in Ruhe*. Er würde die Frau am liebsten fortschubsen und flüchten.

Weiß aber, dass er diesem Impuls nicht folgen darf, das wäre verkehrt.

Eine *Seelenverwandte*. Ist die Frau das?

Andererseits ist Eli Hoopes zu klug und gerissen, zu gebildet und zu sehr ein Kind des Spätkapitalismus mit seinen trügerischen Selbsttäuschungen, um so naiv zu sein und an *Seelenverwandtschaft* zu glauben.

Marxistische Grundsätze. Gefühle sind vollkommen fehl am Platz, wenn man seine Klassenfeinde tötet und ihre Leichname in eine Schlucht wirft. Ihre geschichtlichen Zeugnisse auslöscht, denn der Feind verdient keine geschichtlichen Zeugnisse.

Er ist auch beunruhigt: Mit ihren Röntgenapparaten werden sie herausfinden, dass er einen Schlaganfall gehabt hat. Der stellvertretende Sheriff von Alabama muss ihm mit seinem Schlagstock den Schädel gebrochen haben, ein feiner Haarriss, der damals niemandem aufgefallen ist. Und Jahre später an jedem dieser feinen Risse ein »Schlag« im Gehirn. In so einer Maschine kann man sich nicht verstecken. An Armen und Beinen festgeschnallt. Am Hals festgeschnallt, damit der Kopf nicht verrutscht.

Sie werden ihm den Schädel rasieren und ein zweites Mal am Gehirn operieren. Und diesmal wird es tödlich ausgehen. Sie werden an seine Seele rühren mit ihren Gummihandschuhfingern.

Eine Seele ist Nervenendungen. Wenn die Nervenendungen nicht mehr ansprechen, lebt die Seele nicht mehr.

Die verschiedenen Fremden werden ihm vorgestellt, als ob er sie nicht bereits kennengelernt und ihnen die Hand gereicht hätte. Von einem Gefühl von, was ist es, Déjà-vu erfüllt. Keine Ärzte offenbar, denn sie haben keine Labormäntel an; die Frau mit der weißen Haut und dem sexy Zopf ist ja auch keine Ärztin. Ihr Geplauder schneidet ihm ins Gehirn wie Glasscherben.

»Wahrscheinlich erinnern Sie sich nicht an mich, Eli – mein Name ist Margot Sharpe.«

»Mar-*go*, ja. Wir könnte ich mich an *Sie* erinnern.«

Verflucht, er hat sich versprochen. Korrigiert sich mit gereiztem Auflachen. »Wie könnte ich mich nicht an Sie erinnern.«

Er spricht höflich. Hält sich trotz der schmerzenden Beine gerade. Obwohl ihm die Art der Frau auf die Nerven geht, ist er freundlich zu ihr – alte Hoopes-Diplomatie.

Die Frau, die sich als *Mar-go* vorgestellt hat (den Nachnamen hat er vergessen), bekundet Interesse an seinen Kohlezeichnungen. Er ist geschmeichelt, aber ist verdutzt – denn woher sollte *Mar-go* wissen, dass er gezeichnet hat, ohne dass sie ihn ausspioniert hat?

»Möchten Sie uns einige Ihrer Zeichnungen zeigen, Eli?«

Er sieht, ja, er hat die Mappe bei sich, unter dem Arm festgeklemmt. Aber es widerstrebt ihm, sie vor neugierigen Fremden aufzuschlagen.

Sie warten bestimmt darauf, dass er einen Fehler macht. Die ganzen Jahre suchen sie nun schon nach dem Mörder seiner Cousine Gretchen, und dessen Identität verbirgt sich in den Kohlezeichnungen. »Nein, ich glaub nicht. Meine Arbeiten sind nicht gut genug, dass sie außer mir noch jemand sieht.«

»Aber das ist nicht wahr! Ihre Zeichnungen – und Ihre Fotografien – sind hervorragend. Ihre Werke waren im Philadelphia Museum of Art ausgestellt, so gut sind sie.«

Das stimmt. Das weiß er noch, er ist selbst überrascht.

Sehr seltsam! Die Frau mit der weißen Haut weiß von der Einzelausstellung seiner Fotos in dem Museum. Ob das bedeutet, dass sie auch noch vieles andere über ihn weiß?

Oft ist es einfacher, jemanden zu töten, als ihn von etwas abzubringen. Aber es wäre nicht einfach, die Frau allein zu erwischen und ihr mit den Fingern die weiße Kehle zuzudrücken.

»Eli? Mr Hoopes? Wir würden uns sehr gern einige Ihrer Zeichnungen anschauen. Ein paar habe ich schon früher mal gesehen, sie sind so gelungen …«

Dasselbe Gefühl hatte er bei weißen Rassisten. Über die wurde das in der Bewegung oft gesagt.

Einfacher zu töten, als davon abzubringen.

Er hat über die Jahre mehrmals Gelegenheit gehabt, den Feind umzubringen. Als Kind hatte er schändlich versagt. Zu schwach, den Vater zu töten, obwohl der volltrunken auf dem Rücken liegend geschlafen hatte. Zu schwach, den Enkel des Bischofs zu töten. Grölende weiße Rassisten, die Visagen hässlich vor Hass. Als Student in Amherst wurde ihm innerlich ganz kribbelig, als er von Nat Turner und seinem Aufstand las: regelrecht erfrischend, Sklavenhaltern die Kehle durchzuschneiden, weißen Frauen und weißen Kindern aber auch. Kindern mit weißer Haut, die schrien, als die Messer der Gerechtigkeit ihnen den Garaus machten.

»Eli? Darf ich?«

Die lächelnde Frau hat eine Geste gemacht, als ob sie ihm die Zeichenmappe aus den Händen nehmen wolle.

Aber er ist zu flink für sie. Hält seine Mappe fest und gibt sie nicht her. Da schaut sie aber!

Sie ist die Einzige, die weiß, wer Gretchen ertränkt hat. Die ganzen Jahre ist sie dir auf den Fersen und wartet darauf, dass du einen Fehler machst.

»Nein, Frau Doktor. Nicht anfassen. Das ist Privateigentum.«

Beim Blick in ihre Gesichter muss er doch lachen. Wie ein Hund lachen würde, der feuchte Zähne bleckt und japst.

Er zieht lieber sein kleines Notizbuch hervor, um sie zu verwirren und zu beschäftigen. Spricht in ernstem Ton:

»Es gibt keine Reise, und es gibt keinen Weg. Es gibt keine Weisheit, es gibt Leere. Es gibt keine Leere.« Und fügt hinzu: »Das ist die Weisheit des Buddha. Aber es gibt keine Weisheit, und es gibt keinen Buddha.«

Lieber Mann, es gab die Hoffnung, dass ich schwanger sein könnte.

Aber ich fürchte, lieber Eli, das hat sich nun als Irrtum erwiesen.

Ja, wir waren sehr glücklich! Wir waren verheiratet und wohnten am Rittenhouse Square.

Ach, Eli, schau doch nicht so traurig. Wir werden wieder glücklich sein! Versprochen.

Wenn die Tests abgeschlossen sind, ziehen wir weg – in die Adirondacks. Wir werden in dem schönen Haus deiner Familie am Lake George wohnen.

Ich bringe dich mit dem Auto hin, und dann leben wir zusammen. Ich werde dich lieben und dein – unser – ganzes Leben lang für dich sorgen. Das schwöre ich.

»Mr Hoopes? Eli? Hallo …«

Sie beobachtet ihn von der Tür. Will sich auf keinen Fall aufregen. Eifersucht ist die schändlichste Emotion von allen. Sexuelle Eifersucht, unaussprechlich.

Eva, die Schwesternhelferin. Sehr hübsch, zierlich. Für eine bloße Helferin sehr selbstsicher in dem mattgrünen Kittel und der Hose.

Nun ja, schon *sehr* hübsch. Die Augen mit schwarzer Mascara betont, die Lippen ein feuchtes Pink, ein kecker Körper, zwar zierlich, aber wunderbar kurvig, die Beine seltsam kurz. Von Ferne wirkt Eva wie zwölf. Von näherem könnte man sie fälschlicherweise für zwanzig halten.

Evas Vorgängerin hieß Yolanda, die karamellbraune karibische Schönheit, die er vollkommen vergessen hat. Jetzt ist Eva da, die nächste karamellbraune karibische Schönheit.

Schwestern, Schwesternhelferinnen und Pflegerinnen gibt es im Institut natürlich immer. In der Regel sind sie jung, gefällig und kokett; die meisten sind dunkelhäutig und, ja, sehr attraktiv.

»Albern. Du kannst doch nicht eifersüchtig sein. *Schluss damit.*«

Margot Sharpe kneift die Augen zusammen, als sie sich in einem Spiegel auf der Toilette sieht: Warum ist ihre Haut so *weiß*? Und ihr Haar, das immer schwarz war und geglänzt hat, durchziehen ständig breiter werdende Fäden aus Silber, Grau, ja *Weiß*.

Seltsam, dass sie, oft die jüngste Rednerin bei einer Fachtagung, die jüngste Professorin am Fachbereich Psychologie, die jüngste Empfängerin eines Preises, nun nicht mehr jung ist, sondern im *mittleren Alter*, nicht mehr vielversprechend, sondern *auf der Höhe ihres Fachs*, nicht mehr beneidet, sondern *verehrt*.

In ihrer glatten weißen Haut feine Linien, Haarrisse. Man sieht sie nur von nahem.

Sie ist immer noch eine attraktive Frau. In der Jugend keine Schönheit, strahlt sie in der Mitte des Lebens Ernst und Würde aus, einen Hauch von Hochmut. Sie frisiert sich mit Sorgfalt, stets mit dem dünnen Zopf, der links an ihrem Gesicht herabhängt, als Markenzeichen, kleidet sich auf ihre gewohnte Art ganz in Schwarz und trägt neuerdings manchmal schwarze Lackschuhe mit kleinem Absatz dazu, der etwas Höhe gibt. Sie schlingt sich Seidentücher um und Schals, die ihr lieber Freund E.H. ihr geschenkt hat (die E.H. ihr bestimmt geschenkt hätte, denkt sie, wenn er könnte). Sie ist sich sicher: Wenn E.H. sie sieht und nicht gerade von einer kurvigen jungen Frau wie Eva abgelenkt ist, empfindet er für sie mehr als nur ein flüchtiges Gefühl.

»Er liebt mich. Er liebt seine Frau. Daran ändert sich nichts.«

Es ist nicht anders als eine gewöhnliche Ehe, vermutet Margot. Ein Ehepaar in mittleren Jahren.

Nicht überraschend, dass E.H. Margot Sharpe vergisst, wenn seine Aufmerksamkeit für mehr als ein paar Minuten von ihr weggelenkt ist, es tut ihr aber schon weh, dass er sie problemlos missachtet, wenn Eva anwesend ist.

Eva mit dem melodischen karibischen Akzent. Eva mit den schönen, von dichten Wimpern eingerahmten Augen, dem kurvigen zierlichen Körper und dem federnden Schritt. Eva, die sehr jung ist und noch jünger aussieht.

Es tut weh, ist peinlich, dass E. H., wenn Margot Sharpe mit ihm spricht und sie seine volle Aufmerksamkeit haben sollte, sich doch leicht von Gestalten im Hintergrund ablenken lässt, sich ganz ohne Scheu von der Schwesternhelferin Eva ablenken lässt, dass sein Blick in ihre Richtung wandert, dieser zart schmelzende Blick in Männeraugen, bis er Margot Sharpe zuletzt vollends ignoriert, sich von ihr abwendet, so tut, als ob er sie vergessen hätte, und ruft: »Hal-*lo*! Wen haben wir denn da – Eva?« Und auf das laminierte Schildchen an ihrer Brust schielt.

Wenn wir verheiratet wären!, denkt Margot Sharpe. *Wie peinlich.*

Aber sie sind nicht verheiratet, und zwischen Margot Sharpe und Eli Hoopes besteht, soweit alle im Institut wissen oder wissen sollten, lediglich eine berufliche Verbindung: Sie ist die verantwortliche Leiterin des *Projekts E. H.* Nichts könnte einfacher sein.

Es bringt Margot in zu große Verlegenheit, als dass sie über die schweifende Aufmerksamkeit des Amnesiekranken scherzen könnte, auch wenn andere es bestimmt bemerkt haben. Es ist ja nicht ungewöhnlich, dass ältere Patienten ein Faible für die jungen Frauen haben, die sie pflegen. *Alter schützt vor Torheit nicht.*

Weiß er denn nicht, dass er alt genug ist, der Großvater dieses Mädchens zu sein!

Margot will vernünftig sein. Sie ist kein bösartiger Mensch. Sie wird die junge Frau nicht zurechtweisen, sich aber (vielleicht) bei ihrer Vorgesetzten beschweren und schauen, ob Eva in ein anderes Stockwerk des Instituts versetzt werden kann. Ja, das wird Margot auf alle Fälle in die Wege leiten.

»Das Mädchen ist eine schwerwiegende Ablenkung, verstehen Sie. Sie flirtet mit unserem Probanden, sie kann offenbar nicht anders. Sie ist noch sehr jung und äußerst reizvoll, und unser Proband ist Mitte sechzig und empfänglich. Sie müssen sie wirklich woanders einsetzen. Vielen Dank!«, so sagt sie sich ihre kleine Rede im Kopf auf.

Denn sie kann E.H.s Aufmerksamkeit nicht steuern, wenn sie nicht deren alleiniges Zentrum ist. Nur wenn sie unter sich sind, bekommt Margot es hin, dass der Mann sich ganz auf sie konzentriert.

In der Tat hat Margot über das Phänomen der Aufmerksamkeit bei Amnesie bereits geschrieben. »Multiple Mnemotechniken, visuelle Wahrnehmung und Aufmerksamkeit bei retrograder und anterograder Amnesie« lautet der Artikel, den sie demnächst im *Journal of Experimental Psychology* veröffentlicht und später in den Anhang von *Die Biologie des Gedächtnisses* aufnehmen wird.

Margot lässt sich ihr extremes Unbehagen natürlich nicht anmerken. Nicht in der Öffentlichkeit. Sie weiß, wie die Leute reden. Und da sie inzwischen so etwas wie Verehrung genießt und auf manche sogar einschüchternd wirkt, weiß sie, dass die Leute über *sie* reden werden.

Der Kranke, der jetzt Mitte sechzig ist, aber glaubt, siebenunddreißig zu sein, merkt nicht, dass sein Benehmen peinlich ist, dass der Ausdruck von Gier und Verlangen in seinem Gesicht ihn trotzdem verrät, auch wenn er scherzt und lacht und mit der jungen Frau spricht, als ob das Interesse am anderen gegenseitig wäre.

Margot muss daran denken, dass vor Jahren sie die Ablenkung war und Milton Ferris kein Gehör fand. Dass E.H. sich zu *ihr* hingezogen fühlte, nach ihrer Hand fasste und an ihrem Haar roch!

Damals. Da war sie die tugendhafte Tochter und so jung.

Er kann mich nicht lieben, oder doch? Ich bin jetzt zu alt für ihn.

Sie wird heute Nachmittag einen Spaziergang mit E.H. machen. *Sie* und niemand anders.

Sie wird E.H., wenn der Tag vorbei ist, heimfahren nach Gladwyne. *Sie* und niemand anders.

Bis dahin ist Eva vergessen. Und da Eva auf eine andere Etage des Instituts wechselt, wird sie bald ganz vergessen sein.

Endlich ist es für die Schwesternhelferin Zeit zu gehen. Mit fröhlichem Gemurmel zieht sie sich von E.H. zurück – *Wiedersehen, Mr Hoopes. Sie machen sich noch einen schönen Tag, hören Sie?* –, und E.H. sieht ihr mit unverhohlener Sehnsucht nach.

Das alles, während Margot (es hat vermutlich aber keine zwei Minuten gedauert) ruhig und geduldig wartet.

Erst als Eva zur Tür hinaus ist, wendet E.H. sich mit seinem üblichen Ausdruck von Überraschung und Interesse und einem hastig aufgesetzten gewinnenden Lächeln wieder Margot zu. Er weiß zwar nicht genau, wer sie ist, ist sich aber ziemlich sicher, dass sie wichtiger ist als eine bloße Hilfsschwester.

»Hal-*lo*!«

»Gibt es das, Menschen ohne Schatten? Ohne Erinnerung sein ist wie ohne Schatten sein.

Ich bin so jemand. Glaub ich.«

Er sagt es laut, sein Ton abwägend. Seine eigene Stimme klingt ihm fremd in den Ohren.

So vertrauensvoll! Wie jeder beliebige Ehemann, der die Anwesenheit einer Frau lange gewöhnt ist.

So gibt es auch im Traum Anwesenheit, aber oft nicht die eines *Menschen*.

(Margot hat sich vorgenommen, diese geistige Eigenart bei Träumen zu ergründen: Warum ist, wenn wir von jemandem oder etwas träumen, den oder das wir gut kennen, das visuelle Bild häufig ungenau, und warum werden die in unseren Gehirnzellen ja kodierten Erinnerungen nicht korrekt übertragen. Wo »ist« der Traum im Verhältnis zu diesen Erinnerungen? »Wo ist der Sitz der Träume?«, lautet ihr vorläufiger Arbeitstitel.)

Und deshalb hält der Amnesiekranke Margot, wenn sie ihn nach einem Testtag im Institut nach Hause fährt, ganz selbstverständlich für seine Chauffeurin und in gewisser Weise auch für seine Frau.

Und obwohl er sich nicht an Margot Sharpe erinnert, hat E.H. sich mit den Jahren an ihre Ausstrahlung gewöhnt oder an ihren Duft, der stets dasselbe Veilchenparfum ist. »Bist du meine Frau?«, sagt er in zärtlichem, aber unsicherem Ton, und Margot bestätigt es ihm: »Ja, Eli. Natürlich.«

Solange Margot im Bereich von E.H.s Wahrnehmung bleibt, vergisst er sie nicht. Ihren Namen vielleicht, aber nicht *sie*.

Auf Experimente mit E.H. gestützt, hat Margot Sharpe über den Unterschied zwischen »(anterograder) Erinnerung« und »Vertrautheit« geschrieben – der ist erheblich, wenngleich für Durchschnittsbeobachter nur minimal. Wenn der Amnesiekranke bei geistiger Gesundheit bleiben will, muss er ein Geflecht von Assoziationen schaffen, die zwar nicht bis ins Detail genau sind, aber zumindest vertraut und daher tröstlich.

Wenn sie zusammen im Auto unterwegs sind und Margot einmal von der Interstate abfahren und E.H. kurz allein lassen muss (etwa um eine Toilette aufzusuchen), streichelt sie ihm deshalb bei der Rückkehr stets den Arm zum Zeichen ihrer *Vertrautheit*. Solche Berührungen sollten in seinem Leben vor der Erkrankung und vor allem in der Kindheit gang und gäbe gewesen und ihm vertraut sein. Außerdem sagt sie noch rasch, um sich zu erkennen zu geben: »Eli, Darling! Wie geht es meinem lieben Mann?«

Und wie aus der Pistole geschossen sagt E.H.: »Sehr gut! Und wie geht es meiner lieben Frau?«

Es ist rührend. Man könnte sagen: tragisch.

Der Kranke versteht sich auch zunehmend besser darauf, die Amnesie zu kaschieren, so dass man (schließt Margot messerscharf) nicht jedes Mal merkt, dass er instinktiv handelt.

E.H.s Glück ist Margots (heimliches) Glück. Margot kennt kein Glück, das (insgeheim) nicht an sein Glück gebunden wäre.

Dadurch, dass sie E.H.s jahrzehntealte Jahrgangsbücher – der Grundschule und der Vorbereitungsschule in Gladwyne, des Amherst College – gründlich gelesen hat, kann Margot Sharpe mit ihm jetzt Gespräche über ihre gemeinsamen ehemaligen Klassenkameraden führen. So sagt sie etwa: »Hörst du eigentlich manchmal noch etwas von …?« und nennt den Namen eines Mitschülers oder Sportkameraden, den Eli Hoopes vor langer Zeit hatte.

Er spricht dann mit großer Freude über diesen Menschen, an den er sich lebhaft erinnert. Margot ist bei diesen Reminiszenzen mit E.H. so überzeugend, dass er den Großteil des Gesprächs übernimmt und sie zuweilen vergisst, dass ihre Erinnerungen *reine Erfindung* sind. Das heißt, *eine Lüge.*

Und einen oder zwei Tage oder einen Monat später kann sie den Faden mühelos wieder aufzunehmen, weil E.H. wahrscheinlich dasselbe sagen wird, mit denselben Gefühlen, die Margot jetzt vorausahnt. (»Weiß du noch, wie verblüfft wir alle waren, als Claude Gervais nach den Weihnachtsferien nicht wieder an die Schule zurückkam?« – »Scottie war uns allen eine so gute Freundin, schon seltsam, dass wir nach dem Abschluss nie wieder von ihr gehört haben« – »Professor Edwards war brillant, aber sehr sarkastisch …«) Bei diesen *Falsch*erinnerungen präsentiert Margot sich selbst als Eli Hoopes freundschaftlich verbunden, nicht als enge oder gar als seine Freundin, sondern nur als Teil seines Freundeskreises, dessen Mitglieder sie fehlerlos genau benennt.

In der Gladwyner Jahrgangsbüchern, die in der Schulbibliothek zugänglich sind, hat Margot die Namen von Elis frühesten Klassenkameraden gefunden. Sie hat sich über Fotografien gebeugt, die Eli als Kind zeigen: überraschenderweise kein sonderlich hübsches Kind, aber unverkennbar Eli Hoopes. Bis zum Alter von zehn oder elf war Eli klein und schmächtig, wuchs bald danach jedoch zu einem der größten Jungen in seiner Klasse heran. Und sogar mit pickeliger Haut strahlte er Ungestüm und Selbstsicherheit aus. Er war ein sehr guter

Schüler, stand immer auf der Bestenliste und war Sportler, betrieb Lacrosse, Schwimmen, Tennis und Leichtathletik. War stellvertretender Klassensprecher und Klassensprecher.

Englisch-AG, Latein-AG, Mathe-AG, Geschichts-AG, Theater-AG, Chor: Margot ist beeindruckt, was im Kleingedruckten unter den Jahrbuchfotos über Eli Hoopes' außerschulische Betätigungen angeführt ist; bei ihm ist die Liste wesentlich länger als bei den meisten seiner Mitschüler.

Sie hat in den Jahrgangsbüchern auch »Margaret Madden« – »Margie« – gefunden, die in Elis Klasse war. Ein dünnes Mädchen, nicht hübsch, mit dunklen, schrägstehenden Augen, einem strengen Seitenscheitel und einem kleinen, sehnsüchtigen Mund. *Ich weiß schon, ich bin unscheinbar, aber ich bin etwas ganz Besonderes, darum liebe mich bitte. Liebe mich.*

Es stimmt, stellt Margot fest: Bei genauem Hinsehen hat das Mädchen Ähnlichkeit mit ihr: die schrägstehenden Augen, die blassen Schatten darunter, die Form des Mundes, die kleine Nase und das schmale Kinn haben sie beide. Ein kluges Mädchen, ein wachsames. Wie sehr sich die erwachsene Frau Margot Sharpe und das Kind Margaret Madden für den Durchschnittsbetrachter äußerlich auch unterscheiden mögen, für das scharfe Auge eines Eli Hoopes haben ihre Gesichter einen Grundzug, der sie verbindet wie Schwestern.

Gesichtserkennung ist ein Wunder an menschlicher Hirnleistung, die wir bisher nur zum Teil verstehen. Es gibt ein Areal im Gehirn, das sich Gesichter sofort »einprägt«; man spricht von speziellen »Gesichtsneuronen« für jedes Gesicht, das ein Mensch kennt, eine Auffassung, die Margot nicht recht nachvollziehen kann, auch wenn Kollegen ihres Fachbereichs ihr das Phänomen bereits zu erklären versucht haben.

Diese »Gesichtsneuronen« werden beim Amnesiekranken wohl nicht mehr gebildet. Gedächtnisinhalte werden nicht mehr verfestigt.

In Bezug auf Gesichter, die vor langer Zeit gesehen wurden, sind die »Gesichtszellen« aber noch aktiv.

Margot stellt erfreut fest, dass Margaret Madden, so schüchtern und zart sie auch gewesen sein mag, beinahe genauso vielseitig war wie Eli Hoopes: in der Englisch-AG, in der Latein-AG, in der Geschichts-AG und im Mädchenchor. Noch überraschender: Die kleine Margaret Madden hat Volleyball gespielt.

Margot lächelt. Sie ist stolz auf ihre Doppelgängerin aus den Enddreißigern.

»Eli, hörst du manchmal noch von Margie Madden? Du erinnerst dich – wir sind in Gladwyne mit ihr zur Schule gegangen.«

Eli lacht, als ob Margot etwas Witziges gesagt hätte. Dann zieht ein Schatten über sein Gesicht, und er fragt argwöhnisch:

»Du bist Margie Madden – ist es das?«

Margot schüttelt den Kopf. *Nein*, sie ist ganz bestimmt nicht Margie Madden.

Sie lacht abwehrend. Eli beäugt sie zweifelnd.

»Ich sehe ihr ähnlich, das schon – ich meine, wir sahen uns früher ähnlich. Wir wurden an der Schule oft verwechselt, vor allem von einigen Lehrern. Aber ich heiße Margot Sharpe.«

»Mar-got Sharpe. Ja.«

Eli betrachtet Margot jedoch immer noch so zweifelnd, als wisse er nicht, ob er weitersprechen soll. Seine Schweigsamkeit beim Thema seiner schulischen Vergangenheit ist ungewöhnlich.

»Eli, stimmt etwas nicht? Warum siehst du mich so an?«

Margot sagt es betont munter, denn ihr Herz schlägt schnell. *Er weiß Bescheid – es ist alles Maskerade. Er weiß alles.*

Doch Eli streichelt ihr nur den Arm und drückt ihr die Finger. Als Antwort darauf umfasst sie fest seine Hand.

Nein. Er ist mein Mann, er zweifelt nicht. Er liebt mich.

»Tja, Mar-go, ich überlege gerade, wie Margie Madden, die siebenunddreißig ist, deine Klassenkameradin an der Gladwyne gewesen sein kann. Du bist zwar eine sehr schöne Frau, meine Liebe, aber – offensichtlich – keine siebenunddreißig mehr.« Als er sieht, dass Margot gekränkt ist, nimmt Eli ihre Hand und küsst sie spielerisch, aber bestimmt.

»Keine Bange, meine Liebe, ich liebe dich trotzdem. Auch wenn du nicht sie bist.«

Es ist ein Teppichläufer oder ein Streifen von irgendetwas, worauf ich gehe … und der wird hinter mir zusammengerollt. Ergo gibt es nur den Streifen, auf dem ich gerade gehe, und nichts vor mir oder hinter mir. Manchmal bin ich sehr müde, finde aber keine Stelle, an der ich ausruhen kann.

Wie ein Ehepaar fangen sie plötzlich an zu streiten.

Es macht beinahe Freude, so ein Streit. Ist ein Zeichen für Vertrautheit.

Einem Ehemann, der nicht mitmacht, auf dem Beifahrersitz den Sicherheitsgurt anzulegen, ist für Margot jedes Mal eine Herausforderung, denn für ihren Mann ist es jedes Mal neu.

Lachend sagt sie: »Eli, bitte. Sei nicht albern, das tun wir jedes Mal, wenn wir ins Auto einsteigen«, und Eli sagt: »Verflucht, wer braucht im Auto einen Sicherheitsgurt. Im Flugzeug ja. Im Auto nicht«, und Margot sagt wieder: »Es gibt neue Gesetze in Pennsylvania. Es sind Gesetze des Bundesstaats, die alle Bürger befolgen müssen.«

Eli erwidert mit verächtlichem Schnauben: »Wenn du dich anschnallen willst, nur zu. Aber mich nicht.«

»Eli, bitte. Lässt du mich dir den Gurt umlegen, mir zuliebe?«

»Nein.«

»Du bist doch klug genug, das zu begreifen: Wenn das Auto mit Sicherheitsgurten ausgestattet ist, soll man sie auch benutzen. Und wenn man sie benutzen soll, ist es eine gute Idee, das auch zu tun.«

»Tatsächlich? Was für eine verquere Logik ist das denn?«

»Aber ein Gurt dient der Sicherheit, Eli. Das musst du doch einsehen.«

»Wieso muss ich das einsehen? Und wie komme ich raus, wenn wir einen Unfall haben? Dann sitze ich in einem brennenden Auto fest.«

»Die Absicht ist – du wirst nicht durch die Windschutzscheibe geschleudert.«

»Die Absicht ist, dass ich angeschnallt umkomme. Bei einer Brandkatastrophe.«

Zu guter Letzt gibt Eli nach. Es ist die Geste eines verheirateten Mannes, der zwar unwirsch ist, seiner töricht besorgten Frau aber ihren Willen lässt.

Und dann wird er manchmal wütend auf sie. Urplötzlich, wie ein achtlos angezündetes Streichholz, lodert sein Zorn auf.

Heute Abend, es dämmert bereits, nähern sie sich auf der Interstate bereits der Abfahrt nach Gladwyne, und Eli hat Margot von dem fanatischen stellvertretenden Sheriff in Birmingham, Alabama, erzählt, der ihm einmal die Kamera entrissen und kaputtgeschlagen hat – eine Geschichte, die Margot schon viele Male gehört hat und bei der sie fasziniert abermals zuhört, denn nicht die Ähnlichkeiten in den Schilderungen fallen ihr auf, sondern vielmehr die kleinen, feinen Abweichungen, die nur Margot Sharpe bemerken kann –, und will unvermittelt wissen, wo seine Kamera ist. Die sei zu Hause, versichert ihm Margot: »Eli, deine Sachen sind zu Hause, so wie du sie zurückgelassen hast. Bei uns zu Hause, in Sicherheit.«

Margot hat festgestellt, dass die Wörter *bei uns zu Hause* den Kranken beruhigen. Auch wenn die Vorstellung, die er von *zu Hause* hat, so unwirklich sein mag wie ein Traum.

Dem Kranken den Arm und die Hand zu streicheln hilft oft ebenfalls.

Margot ist zu Elis Pflegerin geworden. Sie möchte für ihn das sein, was vorher Yolanda und Eva waren – eine Quelle weiblichen Trosts mit der angenehmen sexuellen Konnotation, die das hat.

Aber Eli ist heute Abend ungeduldig und schiebt die Hand seiner Pflegerin weg. Gerät plötzlich in Zorn und will wissen, wo seine Zeichenmappe ist: Seine Kamera ist weg, und jetzt seine Zeichenmappe – wo ist sie?

Er will sich auf dem Sitz herumdrehen, aber der Sicherheitsgurt hindert ihn daran. Er wird unleidlich, flucht, keucht, Margot, am Steuer, will ihn beruhigen, sagt, sie hält an, und sie suchen die Mappe, die (sie ist sich sicher) wie immer auf dem Rücksitz liegt, bei den anderen Sachen, aber Eli ist immer noch sehr aufgebracht, und sie sieht im flüchtigen Licht entgegenkommender Scheinwerfer in seinem Gesicht einen Ausdruck von so tiefem Abscheu vor ihr, dass sie fast die Kontrolle über den Wagen verliert. »Eli, bitte! Ich bin mir sicher, deine Zeichenmappe liegt genau hinter dir …«

Margot bringt den Wagen auf dem Seitenstreifen der Interstate zum Stehen, während der Verkehr an ihnen vorbeirauscht. Weiter fluchend, löst Eli seinen Gurt, dreht sich wütend nach hinten und tastet nach seiner Zeichenmappe – die auf dem Sitz liegt wie immer bei diesen Fahrten nach Gladwyne.

Doch er ist nicht besänftigt, als er die Mappe findet, und blättert misstrauisch darin, sorgt sich, dass womöglich Seiten herausgerissen sind. Margot beteuert, niemand habe sich an seiner Mappe zu schaffen gemacht – sie erlaubt niemandem im Institut, sie anzurühren –, doch Eli ist sich sicher, dass Zeichnungen fehlen: Seine Arbeit ist »sabotiert« worden.

Margot schlägt vor, die Mappe mit ihm durchzugehen und sich zu vergewissern, dass nichts angerührt worden ist, aber Eli gibt ihr einen heftigen Schubs. Und dann schlägt er, bevor sie sich schützen kann, in einem Anfall von Wut mit den Fäusten auf sie ein, schließt die Finger um ihren Hals und beschimpft sie: »Hol dich der Teufel!

Ich kenne dich nicht! Ich traue dir nicht! Wer zum Teufel bist du – Frau Doktor!«

Margot zerrt an Elis Fingern, aber sie sind zu stark für sie und zu starr vor Wahnsinn. Zum Glück ist die Attacke binnen Sekunden vorbei.

Ist so schnell vorbei, dass Margot sich benommen sagen kann: *Das bildest du dir ein. Das ist nicht gewesen.*

Es war flüchtig und nicht gewollt, war ein Versehen, das Margot Sharpe in ihren *Anmerkungen zur Amnesie. Projekt E. H.* nicht festzuhalten braucht.

Jedenfalls kein Angriff, der ihr persönlich galt, sondern ein Umsichschlagen, wie ein Ertrinkender seinen Retter schlagen mag. Und Margot hat auch nicht das Bewusstsein verloren, nicht mal für eine Sekunde. Sie ist in Sicherheit.

Als sie sich wieder gefangen hat, ist sie allein im Auto. Sie schnappt nach Luft, windet sich vor Schmerz, ihre Sicht ist getrübt (hat sie Blut in den Augen?). Die Phantomfinger eines starken Mannes drücken ihr weiter die Kehle zu, mitleidlos.

Für eine kurze Weile ist Margot so benommen, dass sie nicht weiß, was vorgefallen ist und wo sie sich befindet.

Auf dem Seitenstreifen einer Interstate? Allein in ihrem Auto? Vorbeirauschender Verkehr, eine Lawine wie in einem Albtraum?

Im Zwielicht des Himmels am Horizont gleicht die Sonne dem Dotter eines großen Eis, das zerbrochen ist und in eine Wolkenbank sickert, so dicht verknäult wie Hirnmasse.

Sie steht auf der Interstate nach Süden Richtung Gladwyne. Jetzt weiß sie es wieder.

»Eli? Oh, Gott, Eli, wo bist du?«

Zwanzig Meter entfernt torkelt er am Rande des Highways dahin wie ein Betrunkener, als ob er hoffe, dem Auto zu entwischen. Margot wagt, ihn am Arm zu berühren, und er fährt panisch und mit eingezogenem Kopf herum, die Augen angsterfüllt und im Licht entgegenkommender Scheinwerfer funkelnd wie die Augen eines wilden Tiers.

Er keucht, wimmert. Die Windstöße der vorbeifahrenden Wagen schleudern ihm Staub und dürres Laub ins Gesicht.

Er hat keine Ahnung, wo er ist. Er ist vollkommen verloren.

Er ist mein.

Obwohl Margot selbst auch mitgenommen ist, weiß sie, dass sie ihre Autorität zur Geltung bringen und verhindern muss, dass der Kranke von ihr fortläuft – sich womöglich in den Verkehr stürzt. Sie redet besänftigend auf ihn ein, streichelt und beruhigt seine flatterigen Hände. Ruft ihn leise an: »Eli, mein lieber Mann«, bis der Kranke sich schließlich beruhigt oder zumindest weniger erregt ist, sondern im Gegenteil plötzlich ermüdet und trotzdem ein mattes hoffnungsvolles Lächeln zustande bringt: »Hal-*lo*, meine liebe Frau.«

So lange sind sie durch die Gegenwart getrieben. So lange waren sie jeder ohne Schatten unterwegs.

Eines Abends im Oktober 1994 jedoch hört Margot zu ihrem Erstaunen, dass Mrs Lucinda Mateson im Salon in Gladwyne, Parkside 466 scheinbar ohne Grund mit stockender Stimme von dem Mädchen zu sprechen beginnt, das in dem Bach am Lake George ertrunken ist. »… eine schreckliche Sache. Einfach schrecklich … Sie war meine Nichte, Gretchen, die Tochter meiner Bruders Edgar und elf Jahre in dem Sommer … Sie passte auf einige kleinere Kinder auf, darunter Eli und seine Brüder, als offensichtlich jemand vorbeikam – und Gretchen, mehr wusste niemand, auf einmal fort war. Keins der Kinder hat sie je wieder gesehen.«

Margot rührt sich nicht und ist sich nicht sicher, was sie gerade hört. Sie und Mrs Mateson sitzen in dem nach Lilien duftenden Salon, Eli Hoopes hat sich nach oben, in einen anderen Teil des stattlichen alten Hauses, den Margot nie gesehen hat, zurückgezogen und sie vergessen.

Die Lilien, einen ganzen Armvoll, hat Margot Mrs Mateson mitgebracht, die ihre Freundin ist. Und Mrs Mateson hat Margot wie immer bei diesen Anlässen Earl Grey und ein paar auf einem Silbertablett arrangierte Kekse serviert.

Überwältigend süß, dieser Lilienduft! Es ist fast zu viel, findet Margot. Ihr ist, als wäre sie betrunken, berauscht.

Mrs Matesons Augen schwimmen vor Tränen, als sie Margot mit heiserer, leiser Stimme in eine Familientragödie einweiht, die sich vor über sechzig Jahren ereignet hat.

»Unser aller Leben war davon verdüstert – überschattet. Es stellte sich heraus, dass meine hübsche kleine Nichte sich hatte überreden lassen, mit einem Älteren in den Wald zu gehen – der Junge stammte auch aus Philadelphia, seine Familie besaß ein Haus am Lake George, sie und die Hoopes waren befreundet. Dieser Axel – Axel McElroy – war siebzehn, groß, sehr dünn, herabhängende Schultern, ein unruhiges, schwieriges Kind; er spielte lieber mit deutlich Jüngeren, die er schon früher oft gequält hatte, vor allem die Mädchen. In den Zeitungen stand, Axel wäre der Enkelsohn von Bischof McElroy (Ihnen sagt der Name vermutlich nichts, aber die McElroys waren damals in der Stadt sehr bekannt), genau genommen war er aber der Adoptivsohn einer Nichte des Bischofs – eng war die Beziehung also nicht. Sie wissen ja, wie Zeitungen sind, das heutige Fernsehen ist noch schlimmer, machen aus allem einen Skandal, wenn es um prominente Familien geht. Der Bischof – ein Anglikaner – war nach dieser Tragödie am Boden zerstört und ging kurz darauf in den Ruhestand …

Von unserer Familie waren zu der Zeit, direkt nach dem 4. Juli 1929, die meisten am Lake George. Eli war fünf Jahre alt. Es hieß, er hätte Gretchen als Letzter gesehen, bevor sie mit Axel wegging, doch er beteuerte, er hätte Gretchen den ganzen Tag nicht gesehen, obwohl sie auf ihn und seine Brüder aufgepasst hatte, zusammen mit einem anderen Mädchen. Eli war sehr aufgeregt, als er sagte, er hätte sie nicht gesehen, und sagte später, sie wäre ›in einem Kanu über den See gefahren‹. Axel war mit ihr aber nicht auf dem See … Nach Gretchen wurde sofort gesucht. Alle wurden eingespannt, ausgenommen die Allerkleinsten. Mein Vater – Elis Großvater – wollte unbedingt den See und die Inseln darin mit seiner kleinen Propellermaschine abfliegen. Er hatte seinen eigenen Kopf. Mindestens einmal hat er Eli im Flugzeug mitgenommen. Mein Bruder und seine Frau – Elis Eltern – wollten nicht, dass der Junge mit meinem Vater mitfliegt, aber irgendwie hat er ihn doch mitgenommen … Es ging aber schief, und er musste auf einer Insel notlanden. Ich glaube, mein Vater und Eli waren die ganze Nacht draußen. Und das zusätzlich zu der Angst um Gretchen und der Suche nach ihr, das war zu viel! Es war ein Albtraum, und wie viele Stunden er dauerte, weiß ich nicht.

Gretchens Leichnam wurde im Wald gefunden, in einem Bach ungefähr zwei Meilen vom See entfernt. Man hatte sie erwürgt und ihren Kopf gegen Steine geschlagen, und dann hatte man sie zu dem seichten Bach geschleift. Es war Blut an einigen Steinen, das war die Stelle, wo sie gestorben war. Er hatte einiges mit ihr angestellt, mit ihrem Körper, der entsetzliche Junge, dieser Axel. Hatte grausame Dinge getan, die uns nicht genauer erzählt wurden. Zumindest mir nicht. Ein paar aus der Familie wussten es vielleicht. Die Männer wussten wohl Bescheid. Aber den Frauen und den Mädchen hat man es nicht gesagt, und wir wollten es auch nicht wissen.

Dieser Axel benahm sich während der Suchaktion äußerst seltsam. Er hatte sich im Haus seiner Familie am See versteckt, niemand wusste, wo er war. Als man ihn fand, wurde er sofort festgenommen. Er hatte Blut unter den Fingernägeln, und seine Arme und sein Gesicht waren zerkratzt. Er war *nicht* der Enkelsohn des Bischofs, und trotzdem wollten das alle gern glauben. Als ob es schlimmer wäre, dass der Enkelsohn eines anglikanischen Bischofs Gretchen das angetan hatte und niemand anders. Zugegeben hat Axel es genau genommen nicht. Er behauptete, er könne sich ›an nichts erinnern‹, und Gretchen habe vielmehr mit ihm in den Wald gehen wollen, das ›kleine Rehkitz‹ suchen. Später verwickelte er sich in Widersprüche, und noch später schilderte er den Ablauf wieder anders. Einmal sagte er, es wäre Gretchen gewesen, die hätte nach ihm getreten und an ihm gezerrt, und er hätte ihr weh tun müssen, damit sie aufhört.

Die persönlichen Bekannten der McElroys gaben ihren Eltern die Schuld am Tod von Gretchen Hoopes. Sie hätten den geistesgestörten Jungen nicht in unserer Mitte aufnehmen und nicht zulassen dürfen, dass er sich unter die Jüngeren mischt. Es gab viele schreckliche Vorwürfe und Anschuldigungen – lange. Jahrzehntelang.

Den jüngeren Kindern hat man nie gesagt, was Gretchen zugestoßen war. Es gab damals nicht die Worte, mit denen man Kindern so ein schreckliches Ereignis hätte erklären können. Die gibt es eigentlich nie. Gütiger Gott, was *sagt* man da.

Eli hatte jahrelang Albträume. Er hat nie über seine Cousine gesprochen und auch nie nach ihr gefragt. Seine Eltern waren in Sorge, ob er vielleicht an einer Form von Epilepsie leidet. Er hatte Krämpfe und Zuckungen. Aber als er untersucht wurde, war er normal. Er benahm sich oft völlig normal, war bei seinen Klassenkameraden an der Grundschule beliebt. Aber eines Tages gestand er seinem Bruder Averill, er sei es gewesen, der *Gretchen weh getan* hätte, und Averill erzählte es ihren Eltern. Sie fragten Averill, warum um alles in der Welt Eli so etwas sagen sollte, wenn es doch nicht stimmte, nicht stimmen konnte, und Averill gab zur Antwort, Eli sage oft ›verrückte Sachen‹, die nicht stimmten oder nur auf eine völlig verdrehte Weise. Averill erzählte, Eli hätte ihm gesagt: ›Ich war derjenige, der Gretchen weh getan hat, und sie haben mich nicht dafür bestraft‹, und dann hätte er gelacht …

Zu der Zeit befand sich Axel McElroy in einer Jugendeinrichtung, einem psychiatrischen Krankenhaus für ›geisteskranke Kriminelle‹ im Norden von New York.

Was meinen Neffen Eli betrifft, der machte die meiste Zeit den Eindruck, ganz normal zu sein. Aus ihm ist ein ziemlich beliebter Schüler geworden. Ein Sportler. Als kleiner Junge hatte er Angst vor Wasser, aber er hat sich überwunden und schwimmen und tauchen gelernt und ist auf dem Lake George zum Kanufahrer geworden. Andererseits war er zu Hause bei seinen Eltern aber launisch. Als sie ihn damit konfrontierten, was er über ›Gretchen weh getan‹ gesagt hatte, stritt er ab, dergleichen jemals geäußert zu haben. Es beunruhigte ihn sehr, Gretchens Namen zu hören. Ihr Namen wurde natürlich kaum ausgesprochen, der Name Gretchen fiel bei keinem von uns. Es war doch zu schmerzlich und zu grässlich. Noch heute, sechzig Jahre später, würde ich es nicht wagen, mit Eli über seine Cousine zu sprechen. Sie im Institut, wo Eli sich von seiner besten Seite zeigt und viel Wirbel um ihn gemacht wird, können sich wahrscheinlich nicht vorstellen, wie jähzornig er sein kann, wie schnell er aufbraust und unruhig wird. Einige von uns meinten, mit dem Einschreiben am Seminar und der Beteiligung an den Protesten der Bürgerrechtler hätte Eli Buße für Gretchen tun wollen – nicht dass er Grund dazu gehabt hätte, Buße zu tun natürlich, aber dass er es geglaubt hat. Er war schließlich der Letzte, der das Mädchen lebendig gesehen hatte, bis auf … nun ja, bis auf ihren Mörder.

Auf eine Art ist es für Eli deshalb vielleicht ganz gut, wie er jetzt lebt, ohne Gedächtnis, ohne etwas, was ihn unglücklich machen könnte.«

»Aber, Mrs Mateson«, wendet Margot ein, »an die Vergangenheit erinnert Eli sich doch. Es ist die Gegenwart, an die er sich nicht erinnert – das müssten Sie doch wissen.«

Eli sieht oben fern, die Nachrichten. Die Lautstärke ist hoch, von ferne klingt es wie Gezänk. Elis Gehör hat sich verschlechtert, er will aber kein Hörgerät tragen, denn mit siebenunddreißig, sagt er verächtlich, ist man dafür zu jung.

»Manchmal glaube ich, mein Neffe erinnert sich nur an das, woran er sich erinnern will«, sagt Mrs Mateson halsstarrig. »Er sieht und hört ja auch nur, was er will.«

Margot möchte protestieren. Es ist töricht und grausam, so etwas über einen Hirngeschädigten zu sagen! Aber typisch für Unwissende, dem Betroffenen die Schuld zu geben.

Mrs Mateson spricht weiter über das vor sechzig Jahren ertrunkene Mädchen, und Margot denkt daran, dass Eli dieses Mädchen zwanghaft zeichnet. Sie ist nicht wahr, Mrs Matesons unbedachte Äußerung, Eli würde nicht von der Vergangenheit verfolgt; eben weil er keine Gegenwart und keine Zukunft hat, verfolgt die Vergangenheit ihn umso mehr.

Margot fragt, ob Axel McElroy noch lebt, und Mrs Mateson sagt, unangenehm berührt, mit Schaudern: »Woher soll ich das wissen? Ich *hoffe nicht*.«

Nach so vielen Jahren wohl nicht. Margot glaubt auch nein.

Sie hat Mrs Mateson bereits berichtet, dass ihr Neffe auf seinen Zeichnungen unzählige Male ein ertrunkenes Mädchen dargestellt hat, doch darauf ist Mrs Mateson bisher nie eingegangen, wohl weil sie nichts dazu zu sagen hatte. Dennoch hat sie heute Abend ohne ersichtlichen Grund selber davon zu sprechen begonnen, wie stets leise und stockend und mit bedrückter Miene.

Wenn Margot Eli vom Institut nach Hause bringt, was sie nun häufig tut, begrüßt Lucinda Mateson sie stets liebenswürdig, ja herzlich, doch auch wenn inzwischen viele Jahre vergangen sind und Mrs Mateson jetzt gewiss mehr Vertrauen zu Margot Sharpe hat als zu Anfang, ist nicht klar, ob sie deren Beziehung zu ihrem Neffen nachvollziehen kann oder ob sie Margot mehr entgegenbringt als diese Höflichkeit des Umgangs. Es ist ein fester Bestandteil des gemeinsamen Tees, dass Margot Mrs Mateson einen Bericht über die Fortschritte gibt, die Eli Hoopes gemacht hat, auch wenn der kaum variiert: »Eli macht sich sehr gut, Mrs Mateson! Er ist äußerst beliebt im Institut, er ist dort eine Ausnahmeerscheinung.«

Elis Entgleisungen hat sie Mrs Mateson stets verschwiegen. Sie hat niemandem davon erzählt und wird es auch nicht tun. Ebenso wenig wie eine loyale Ehefrau etwas über das irrationale Verhalten ihres Mannes ihr gegenüber nach außen dringen ließe, vorausgesetzt, es handelt sich um flüchtige, belanglose Dinge. Denn Margot kann sich stets trösten: *Er liebt mich. Er hat außer mir niemanden.*

Der Vorfall in der vorigen Woche, als Eli im Auto die Beherrschung verlor, war extrem. Der Angriff – die Finger, die sich um ihren Hals schlossen, wie er sie anschrie, die Wut und Verzweiflung in seinem Gesicht – waren eine Verirrung. Eine unbeabsichtigte Tätlichkeit, die sich sicher nicht wiederholen wird.

Bestimmt war Eli nach dem langen Tag im Testlabor nur müde. Und enttäuscht. Denn die Tests waren Abwandlungen somato-sensorischer Tests, die er vor Jahren schon einmal durchlaufen hat, nur jetzt mit einem MRT wiederholt, das dabei die neuronale Aktivität in seinem Gehirn misst und aufzeichnet: ein außergewöhnliches Experiment mit hochinteressanten Resultaten. Und obwohl sich der Proband nicht an die Testwiederholung erinnerte, wurde er doch unruhig und bockig.

Es stimmt, auch wenn Margot Sharpe das nicht gern zugibt, dass der amnestische Proband längst nicht mehr so kooperativ und gutmütig ist wie früher. Seine Persönlichkeit hat sich verändert, oder es kommt vielmehr zuweilen eine zweite Persönlichkeit zum Vorschein, die nicht der wahre Elihu Hoopes ist. Aber Margot weiß, wie sie diesen streitsüchtigen und widerspenstigen Eli zu nehmen hat.

Nach dem Zwischenfall auf der Interstate, als er aus ihrem Auto flüchtete und auf dem Seitenstreifen herumstolperte, brachte sie ihn sicher nach Hause, beruhigte den Verängstigten und Verwirrten und legte beim Gehen den Arm um Elis Taille, der sich schwer auf sie stützte.

Margot konnte ihn damit beruhigen, dass sie eine Zeile aus einem seiner Gedichte murmelte: »Ah, Liebste, laß uns treu einander sein!« Manchmal bewegte das Eli dazu, das ganze Gedicht aufzusagen, andere Male beruhigte es ihn bloß mit seinem Versprechen von Zuhause.

Im Wagen war er anschließend sanft wie ein Lämmchen gewesen. Hatte ihr ohne Gegenwehr erlaubt, ihn anzuschnallen. Die Unruhe wegen seiner Zeichenmappe hatte er vergessen – hatte die ganze Mappe vergessen, die Margot diskret auf die Rückbank zurücklegte. Als sie weiterfuhr, schlummerte er bald ein.

Am nächsten Morgen entdeckte sie zu ihrer Überraschung unansehnliche blaue Flecken rings um den Hals und unter dem Kinn, dunkel wie reife Pflaumen. Jedoch ein Kinderspiel, die Abdrücke der Finger des Mannes unter einem schwarzen Rollkragenpullover aus einem feinen Material wie Kaschmir zu verstecken. Darüber ein schwarzweiß gestreifter Seidenschal.

Bevor sie aus dem Haus ging, richtete sie sich so her, dass sie im Spiegel aussah wie immer. Hatte ihrem Spiegelbild zugelächelt wie jemand, der ein kostbares Geheimnis kennt.

Mrs Mateson spricht mit ihr: »Margot? Möchten Sie noch Tee?«

»Ja, vielen Dank.«

»Ist er noch warm genug? Oder, fürchte ich, nur noch lau?«

»Er ist sehr gut, Mrs Mateson. Earl Grey ist mein Lieblingstee.«

In Wahrheit mag Margot Earl Grey überhaupt nicht. Das Koffein greift ihre empfindlichen Nerven an und wird ihr diese Nacht den Schlaf rauben. Ein Glas Wein oder ein Whiskey wären ihr viel lieber, aber Alkohol bietet ihre Gastgeberin nie an.

Über die Jahre hat Margot sich mit Lucinda Mateson angefreundet. Sie bringt E.H. oft mit dem Auto vom Institut nach Hause – und erklärt es damit, dass sie etwas von dem Preisgeld übrig hat; sie ist ja bekannt für ihre Genügsamkeit und geht nicht so verschwenderisch mit Geld um wie gewisse (männliche) Kollegen aus dem Fachbereich. Sie hat sich weder vorsätzlich noch rein zufällig in das Leben der Witwe eingeschlichen, die in den Fünfzigern war, als

Margot sie kennenlernte, und jetzt vermutlich in den Endsiebzigern ist. Heute weißhaarig und ein bisschen ätherisch, ist Lucinda Mateson zu einer jener schönen alten Frauen geworden, die Margot am meisten bewundert, einer, die Haltung bewahrt, sich nicht selbst bedauert und nicht offen nach Gesellschaft giert. Ihre Haut ist nach wie vor frisch gepudert, und auf den eingesunkenen Wangen liegen noch feine Spuren von Rouge; es rührt Margot, dass Mrs Mateson auf ihr Äußeres achtet. Auch wenn sie nur sie zu Gast hat, kleidet sie sich mit Geschmack und teuer, trägt Schuhe und keine Hauspantoffeln, trägt Strümpfe und keine Socken. Die wunderschönen funkelnden Ringe sitzen ihr jetzt ebenso locker auf den schmalen Fingern wie die Uhr am Handgelenk, die herunterzurutschen droht, beobachtet Margot fasziniert.

(Sie hat Eli schon nach seiner Tante ausfragen wollen, aber seine Kenntnisse über die Frau, bei der er seit fast dreißig Jahren lebt, sind bruchstückhaft: Eli kennt seine Tante Lucinda nur so, wie sie vor seiner Erkrankung war. Interessanterweise – Margot Sharpe hat über dieses Phänomen bereits geschrieben – fügt der Amnesiekranke post-amnestische Informationen unbewusst in das ein, was er bereits über eine Person weiß; in den an die beschädigten Areale angrenzenden Hirnregionen absorbieren die Neuronen solche Informationen offenbar aufs Geratewohl. Eli Hoopes ist nie überrascht, wenn ihn beim Heimkommen die betagte Frau empfängt, obwohl er Lucinda Mateson theoretisch für wesentlich jünger hält; auch ist der Amnesiekranke (zweifellos) nicht perplex, wenn er allmorgendlich sein Spiegelbild sieht, das eines älteren, wenn auch nicht betagten Mannes.

Nicht von Eli, sondern von Lucinda selbst, hat Margot erfahren, dass sie schon jung Witwe wurde, mit Mitte fünfzig, und nicht wieder geheiratet hat; in der Generation ehrgeiziger Hoopes-Geschwister war sie die Tochter, die nur ein oder zwei Jahre ans College gegangen war, hauptsächlich für die Familie gelebt hatte und seit dem Tod ihres

Ehemanns und dem Weggang der Kinder nicht mehr aktiv an der Welt Anteil nimmt. Ihr Leben dreht sich jetzt, wie sie Margot gern berichtet, um die Kirche (die episkopalische St.-Lukas-Gemeinde in Gladwyne), den Erhalt von Haus und Grundstück und die »Sorge um meinen behinderten Neffen, der ohne mich verloren wäre«.

Margot ist fasziniert von Lucinda Mateson und wünscht sich, die könne sie besser leiden. Irgendwie sind sie alte Bekannte geworden, ohne auch Freunde geworden zu sein.

Lucinda Mateson erinnert Margot nämlich an ihre (verstorbene) Mutter und an ältere Sharpe-Verwandte. Sie bekommt immer gleich ein schlechtes Gewissen, wenn sie daran denkt, und gerät sofort in die Defensive: *Ich hatte keine Wahl. Ich habe meine Arbeit. Ich kann mich nicht vor der Arbeit drücken. Ich kann nicht dauernd nach Michigan fliegen.*

Margot bringt der betagten Witwe Blumen mit. Ein Armvoll Blumen ist eine generöse Geste, findet sie. Außerdem ist Eli beeindruckt und beugt sich vor, um an den Blumen zu riechen, die ja auch duften: Flieder, Gardenien und Lilien sind ihre Lieblingsblumen. »Du bist eine liebe, aufmerksame Ehefrau – meine Gefährtin in der Unterwelt.« Manchmal füllen seine Augen sich dabei mit Tränen. Manchmal lacht er.

Was er damit sagen will, ist unklar. Der Kranke äußert oft unvermittelt ungewöhnliche Dinge, die Margot nicht nachvollziehen kann, aber bei der ersten sich bietenden Gelegenheit in ihrem Notizbuch festhält.

Zum Beispiel hat er vor kurzem gesagt: *Der Schrecken ist nicht die Auslöschung. Der Schrecken ist der Weg dahin.*

Vor kurzem hat er mit verächtlichem Lächeln auch gesagt: »*Hier spricht Elihu Hoopes, der gestorben ist. Hal-*lo!«

Da sie sich im Mateson/Hoopes-Haushalt unentbehrlich machen möchte, fährt Margot Eli nicht nur vom Institut nach Hause, sondern kommt oft auch an anderen Tagen und chauffiert ihn, falls nötig: zum Zahnarzt, zum Friseur, zum Herrenausstatter für den Erwerb von Kleidung und Schuhen. Lucinda Mateson begleitet sie in die Herrengeschäfte, da sie weder Eli noch Margot zutraut, die richtigen Sachen für ihren Neffen auszuwählen.

Sie hat Lucinda Mateson ebenfalls angeboten, sie zu Terminen – beim Arzt, beim Zahnarzt, beim Friseur, zum Einkaufen – zu fahren, ganz wie eine liebevolle Tochter. Mrs Mateson beschäftigt offenbar eine Haushälterin, die aber nicht bei ihr wohnt und auf Margot keinen zuverlässigen Eindruck macht. Sie befürchtet, ein Fremder könnte sich den Umstand von Mrs Matesons Alter zunutze machen und Schecks fälschen oder stehlen, könnte herausfinden, wer Eli ist und ihn ausnutzen. Sie hat schon oft gedacht, dass es doch sehr praktisch wäre und vernünftig und zeitsparend noch dazu, wenn Mrs Mateson sie bitten würde, mit ihr und Eli in dem lächerlich großen Haus zu wohnen.

Sie ist einsam. Und ich bin einsam.

Außer Eli haben wir doch niemanden.

Tatsächlich gibt es erwachsene Kinder in Lucinda Matesons Leben und wohl auch Enkelkinder. Aber die Beziehung zu ihren Kindern ist nicht rundherum glücklich, wie Margot herausgehört hat; Jonathan, Samuel und Lorraine hätten »immer so viel zu tun«, seien »ständig im Urlaub« und »nie da, wenn ich sie brauche«.

Besonders bitter klingt die Klage in Bezug auf Jonathan, den Ältesten, der Lucinda anscheinend in einer Einrichtung für betreutes Wohnen unterbringen wollte, »was man früher, als weniger affektiert gesprochen wurde, Altenheim nannte«. Jonathan hat seine Mutter auch gedrängt, ihm eine Vollmacht zu übertragen. »Als ob ich so etwas tun würde!« Lucinda Mateson schnaubt abschätzig. »Ich mag ja ein eitles, egoistisches und unmögliches altes Weib sein, aber dumm bin ich nicht. Noch nicht.«

Es ist mittlerweile Jahre her, dass Margot Eli zum ersten Mal nach Hause brachte und Eli sie hereinbat, um seine Tante Lucinda kennenzulernen. Jahre sind vergangen, und doch ist kaum Zeit vergangen. Im Haushalt läuft das Leben mehr oder weniger unverändert weiter wie immer, wie in einem Diorama aus Wachs.

Eli verschwindet fast im selben Moment nach oben, in dem beide das Haus betreten, zu seinen Fernsehnachrichten und Filmen; er schaut gern die Klassiker, die er schon viele Male gesehen hat und auswendig kennt. Mittlerweile springt er die Treppe aber nicht mehr so flink hinauf und rennt nicht, sondern zieht sich hoch, das Gesicht schmerzverzerrt.

Er hat Arthritis in beiden Knien. Auf mindestens einer Seite müsste er ein künstliches Hüftgelenk bekommen – wie aber bringt man jemandem so eine wichtige Angelegenheit nahe, der jedes Gespräch über die Zukunft ablehnt?

Es ist äußerst schwierig, de facto unmöglich, Eli Hoopes zu etwas zu zwingen, was er nicht tun möchte. Ob Wurzelkanalbehandlung, Hörgerät, Augenuntersuchung, ganz zu schweigen von einer Koloskopie – er will einfach nicht. Margot hat bereits erwogen, ihn in Absprache mit seinen Ärzten am Institut eines Tages heimlich zu sedieren, erst oral und dann intravenös, damit man eine Kolonoskopie bei ihm durchführen kann; sie hat nämlich herausgefunden, dass Elis Vater mit achtundsechzig an Darmkrebs gestorben ist, und eine Darmuntersuchung hat Eli ihres Wissens noch nie gehabt.

(Wäre das ethisch vertretbar? Es so einzurichten, dass der Amnesiekranke ohne seine Zustimmung, ja ohne sein Wissen einer medizinischen Untersuchung unterzogen wird? Margot ist sich nicht ganz schlüssig, aber wenn es notwenig ist, um Eli Hoopes' Leben zu retten, würde sie riskieren, sich unethisch zu verhalten.)

Als Leiterin des neuropsychologischen Labors, an dem das *Projekt E. H.* stattfindet, trifft Margot Sharpe zwar alle Entscheidungen über Tests, die mit dem Probanden durchgeführt werden, seine behandelnde Ärztin ist sie aber nicht. Ebenso wenig ist sie sein gesetzlicher Vertreter, ihre Zuständigkeit hat Grenzen. Sie kann Anfragen anderer Wissenschaftler zu Versuchen mit E.H. abschlägig beantworten, hat aber keinen Einfluss auf sein Privatleben. Sie hat sich bei Mrs Mateson bereits diskret danach erkundigt, ob sie in ihrem Testament Vorsorge für Eli getroffen hat, aber nie eine klare Antwort erhalten. Es ist unangenehm, eine betagte Frau damit zu behelligen, aber Margot nimmt bei einer anderen Gelegenheit noch einmal das Herz in beide Hände: »Ich habe mich gefragt, Mrs Mateson … haben Sie in Ihrem Testament Vorsorge für Eli getroffen? Für … die Zukunft, wenn …«

Mrs Mateson reagiert schnippisch: »Ja, natürlich, Professor Sharpe. Ich habe ein Treuhandkonto für Eli eingerichtet. Schon vor Jahren, um genau zu sein. Lange bevor Sie das erste Mal gefragt haben. Seine Geschwister würden keinen Finger für ihn krumm machen, deshalb werde ich für ihn sorgen.«

Margot ist überrascht, das zu hören, und erleichtert. Sie hat noch viele Fragen, fürchtet aber, die alte Dame zu kränken, die anscheinend über sie verärgert ist.

»Elis Schwester lebt in einer miserablen Ehe, ihr Mann ist ein Schürzenjäger, der ihr Geld durchgebracht hat und sich wohl von ihr scheiden lassen und eine andere reiche dumme Frau heiraten will. Elis Brüder haben bei Hoopes und Partner unkluge Entscheidungen gefällt, die Verluste waren erheblich. Niemand berichtet mir von diesen Dingen, ich mache es mir zur Aufgabe, das selbst herauszufinden. (Tatsächlich ist mein Steuerberater mein Informant. Sam Muller erledigt seit vierzig Jahren alles Geschäftliche für mich, und ich vertraue ihm in allen Angelegenheiten.) Averill und Harry haben Frauen geheiratet, die sorglos mit Geld umgehen, sie haben jeder Zweit- und Dritthäuser, und ihre Kinder sind total verwöhnt.

Nein, nur seine Tante Lucinda wird sich um den armen Eli kümmern. Ich bin die Einzige, die meinen Neffen liebt.« Es klingt mürrisch und stolz, wie sie es sagt.

Margot möchte protestieren: *Nein. Sie sind nicht die Einzige, Mrs Mateson.*

Sie hat auf den richtigen Moment gewartet, um diesen Vorschlag zu machen, und meint, er wäre jetzt gekommen, nachdem Lucinda Mateson offen gesprochen hat und erstmals wichtige Fragen hinsichtlich Elis Zukunft berührt worden sind. Es ist ein kühner Vorschlag: Mrs Mateson soll Margot Sharpe zur Verwalterin des Treuhandkontos von Eli Hoopes ernennen, damit sie die finanzielle Seite seiner Versorgung überwachen, ihm die besten Lebensumstände erhalten und, falls die Mittel dafür ausreichen, Doktorandenstipendien in E.H.s Namen einrichten kann: »Ein Gremium von Fachleuten am Institut würde sie vergeben, und sie wären ausschließlich für junge Wissenschaftler bestimmt, die über Amnesie und Gedächtnis forschen.« Margot sagt Mrs Mateson nicht, dass sie an der Universität von ihrem eigenen Geld bereits ein Stipendium in Neuropsychologie gestiftet hat, das vorläufig nach E.H. benannt ist. Eines Tages, wenn Eli Hoopes' Identität nicht mehr geheim ist, wird das Stipendium seinen vollen Namen tragen.

Elihu-Hoopes-Stipendium in Neuropsychologie.

Als Margot zum ersten Mal mit dem Fachbereichsleiter über diese Stiftung sprach, äußerte Dr. Latta Überraschung, dass Margot das Stipendium nicht unter ihrem eigenen Namen einrichten wollte, doch sie zuckte zusammen und sagte auflachend: »Oh, wem liegt denn an Sharpe, oder wer weiß von ihr? E.H., er ist von Interesse.«

Überraschung bekundete Latta auch über die Geldsumme, die Margot aufwenden wollte, nach seiner Einschätzung einen hohen Prozentsatz ihres Gehalts der letzten zwölf Jahre, und wieder sagte sie: »Oh, wofür soll mein Geld denn sonst gut sein? Bis auf minimale Lebenshaltungskosten habe ich doch fast keine Ausgaben.«

Für den Fachbereichsleiter war das eine Aussage von niederschmetternder Traurigkeit, und doch lächelte Margot Sharpe so eigenartig dabei, als hätte sie etwas Lobenswertes einbekannt.

Lucinda Matesons Miene hat sich verfinstert, sie sieht Margot nicht an. Margot glaubt mit Furcht im Herzen, sie habe einen schweren Fehler gemacht, habe die dünnhäutige Frau gekränkt und werde des Hauses verwiesen. (Liegt es daran, dass sie nicht aus einer prominenten Familie stammt? Die Hoopes waren einst Quäker, fortschrittlich gesinnt und liberal; in späteren Jahren wurden sie bis auf Eli Hoopes politisch konservativer. Margot ist getroffen. Fühlt den Schmerz, wegen ihrer Herkunft ausgeschlossen zu sein.)

Es drängt sie, sich zu verteidigen. »Aber ich werde Ihren Neffen ebenso lieben, wie Sie es tun. Ich werde ihn noch mehr lieben, ich werde seine Frau. *Ich bin seine Frau*. Ich werde für ihn sorgen, wie es sonst niemand kann.«

Gleich darauf, so als habe sie die schamlose Bettelei laut und deutlich gehört, entringt sich Mrs Mateson ein tiefer Seufzer. Sie stellt die Teetasse zurück. Sagt mit der entsetzlichen Sachlichkeit eines Spielers: »Nun, vielen Dank für Ihren Vorschlag, Professor Sharpe. Ich werde ihn in meinem letzten Willen berücksichtigen, in einem Kodizill dazu. Wir werden Ihre besondere Verbindung mit Eli öffentlich machen – ganz gleich, was mein Sohn Jonathan davon halten mag. Allerdings habe ich vor, noch lange, sehr lange zu leben – versprochen.«

Mrs Mateson lacht beinahe fröhlich, und Margot stimmt mit ein, auch wenn sie sich nicht ganz sicher ist, was ihr versprochen wurde.

»Versprechen Sie, Margot, Ihrerseits, dass Sie Eli immer beschützen werden? Nicht zulassen, dass jemand ihn ausbeutet? Weder Ihre Wissenschaftskollegen noch Fremde? Und nicht zulassen, dass der arme Mann sich allein durchs Leben schlagen muss, in einem Kokon des Vergessens?«

»Mrs Mateson, ich verspreche es.«

Margot ist so tief bewegt, dass sie weinen muss. Sie würde Lucinda Mateson ja umarmen, aber die alte Dame wehrt sie mit spitzem Auflachen und erhobenen spitzen Ellbogen ab. »Oh, nein, nein, *nein*.

Keine Tränen, liebe Margot! Tränen helfen Eli nicht und Ihnen auch nicht. Das Leben ist grausam, wenn man in seine Fänge gerät, es drückt zu wie diese scheußliche griechische Schlange, Laokoon, die den Vater und den Sohn zusammenquetschte, bis sie tot waren. Bei Ihnen ist es noch nicht so weit, bei mir hat es aber angefangen und bei Eli ebenfalls. *Sie* müssen für meinen Neffen und mich jung und gesund sein und uns helfen, es durchzustehen.«

Margot ist von diesen erstaunlichen Worten so bewegt, dass sie riskiert, noch einmal eine Abfuhr zu erhalten: Sie umfasst Lucinda Matesons knochige Spatzenhand mit beiden Händen und küsst die blauen Äderchen an den Knöcheln der konsternierten Älteren.

»Mrs Mateson, ich liebe Eli, und ich liebe Sie. Sie sind die einzige Familie, die ich habe. Sie sind in meinem Leben die Einzigen, die mir etwas bedeuten.«

Er steht auf der Holzbrücke. Klammert sich fest ans Geländer.

Man kann sich auf einen Orkan zwar vorbereiten, aber wirklich vorbereitet ist man nie.

Und dir wird nichts verziehen.

Kapitel zehn

Er war mein ganzes Leben. Ich hatte kein Leben außer dem mit E. H.
Den Preis, den Sie mir verleihen, nehme ich nur in seinem Namen an.
Es ist ein posthumer Preis. Und ich danke Ihnen.

»Hallo? Frau Professor? Ich fürchte, ich habe schlechte Neuigkeiten. Eli Hoopes kommt heute nicht nach Darven Park.«

Margot ist so schockiert, dass sie nach einem Stuhl tastet. Was war das? Durch das Tosen in ihren Ohren hindurch vernimmt sie die schreckliche Nachricht, dass nicht Eli Hoopes gestorben oder zusammengebrochen ist, sondern dass seine Tante und Vormund Lucinda Mateson letzte Nacht im Universitätskrankenhaus von Philadelphia nach einem schweren Schlaganfall verstorben ist.

»Verstorben? Mrs Mateson ist – *tot*? Ich wusste nicht, dass … ich hatte keine Ahnung …«

Margot protestiert hilflos. Ihre Stimme ist schwach, stockend. Der erste Impuls ist, die mitgeteilte Tatsache eines Todes zu leugnen, denn den Tod kann man nicht ins Leben integrieren. Margot weiß nur, dass Eli Hoopes *nicht* gestorben ist.

Als sie im Institut auf ihn warteten, ahnten sie bereits, dass irgendetwas nicht in Ordnung sein konnte. Der Kranke hatte sich zum ersten Mal seit vielen Jahren verspätet: eine Stunde, anderthalb, drei Stunden … nach Anrufen im Hause Mateson kam kein Rückruf, nicht mal von der Haushälterin; Anrufe bei dem Limousinenservice, der die Transporte nach Darven Park durchführt, wurden zu einem Dispatcher weitergeleitet, der nur die Auskunft geben konnte, dass ihr Fahrer zur üblichen Stunde am frühen Morgen bei der Adresse Parkside eingetroffen sei, auf seinen Fahrgast gewartet habe und, als der nicht erschienen sei, an der Tür geläutet habe, allerdings vergeblich; es habe nicht so ausgesehen, als ob jemand zu Hause sei, und es habe auch niemand angerufen und die Bestellung abgesagt.

»Wir müssen die Fahrt trotzdem in Rechnung stellen, Ma'am, ob Mr Hoopes nach Darven Park gebracht wurde oder nicht. Der Fahrer war ja wie verlangt erschienen und hatte ohne Fahrgast zurückkehren müssen.«

»Keine Sorge, Sie werden bezahlt werden. Sie sind für alle Ihre Dienste immer aus unserem Budget bezahlt worden, und das wird auch so bleiben!« Vor Empörung bebend, legte Margot auf.

Auf die Weise erfuhr sie, dass irgendetwas nicht stimmte, ganz und gar nicht stimmte, obwohl sie Eli am vorausgegangenen Freitag nach Hause gefahren und Lucinda Mateson besucht und alles so vielversprechend geklungen hatte: ein Kodizill zu Mrs Matesons letztem Willen, Margot Sharpe betreffend.

Und Margot begriff, dass sie ihre Unruhe und ihre zunehmende Angst verbergen musste, und da ihren jungen Laborkollegen von der Universität und ihren Kollegen vom Institut auffallen würde, dass sie leichenblass war und nicht stillsitzen konnte, postierte sie sich wie die Frau eines neuenglischen Schiffskapitäns vergangener Zeiten an einem hohen Fenster, blickte zum Institutsparkplatz hinab und erwartete die Ankunft des eleganten schwarzen Lincolns, mit dem der Proband wie üblich nach Darven Park gebracht wurde … Margot erschien nie später als 7.30, und E.H. erschien nie später als 8.00.

Dass Augenzeugen sie bemitleiden würden, wusste Margot klar, ließ sie aber kalt: *Es war so offensichtlich, Margot Sharpe war in E.H. verliebt. Es war traurig und anrührend, und wir haben uns für sie ge-*

schämt, hatten aber so etwas wie ein stillschweigendes Übereinkommen, dass wir sie schützen und ihre Privatsphäre nicht verletzen wollten.

»Jahre sind vergangen, und doch ist kaum Zeit vergangen.« An diese törichten Worte wird Margot denken, wenn alles anders ist.

Die Routine der Tests im Institut, die Routine der Heimfahrten mit E. H. zum Haus seiner Tante. Die zwar anstrengenden, aber (für Margot) trotzdem angenehmen Teestunden mit der Witwe Lucinda Mateson, bei denen wie im Märchen doch noch etwas ganz Wunderbares geschehen konnte: *Oh, Eli! Du leistest uns Gesellschaft! Wie lieb von dir, Eli, bitte setz dich neben Margot, bitte nimm dir doch Tee und Kekse, wir warten die vielen Jahre schon sehnsüchtig auf dich.*

Es war fast 14 Uhr, als der erklärende Anruf endlich kam, und er fiel knapp aus, mechanisch, getätigt von einem angespannten Fremden, der »Professor Sharpe« sprechen wollte – »einen der Ärzte hier«.

Benommen und mit hämmerndem Herzen hört Margot zu. Versucht es wenigstens. Im Ohr die Stimme eines Unbekannten, eine Männerstimme – es ist nicht Eli Hoopes' Stimme. Margot hat die Stimme ihres lieben Freunds zwar nie am Telefon gehört, würde sie aber sofort erkennen. Fragt sich, warum Eli sie bei dieser schockierenden Nachricht über seine Tante nicht anruft.

Ihre Zunge wird taub. Die Lippen: taub und kalt. Ihre Gliedmaßen, die Zehen, die Finger. Es ist bemerkenswert, wie schnell – sie denkt jetzt wie ein Neurowissenschaftler, mit der außerkörperlichen Erlebnissen zugeschriebenen Distanziertheit, an die kein anständiger Wissenschaftler glaubt – der Körper reagiert, das heißt, das Gehirn physische Reaktionen auslöst, wenn ein Schock ins Bewusstsein tritt. Margot bekommt keine Luft, will aber lachen, als ihre Kollegen zusammenlaufen, um sie zu trösten. »Wirklich, es geht mir gut! Alles in Ordnung! E. H. ist nicht gestorben, sondern seine betagte Tante – die arme liebe Frau war über achtzig. Wir sehen E. H. bald wieder, spätestens Ende der Woche …«

Wiederholte Anrufe bei der Mateson-Nummer bleiben vergeblich. Margot erwägt vor lauter Verzweiflung, nach Gladwyne zu fahren.

Natürlich möchte sie E.H. so bald wie möglich sehen, möchte ihn trösten und mit ihm trauern; wie der Amnesiekranke den Tod seiner Tante aufnehmen mag, kann Margot sich nicht vorstellen, aber bestimmt wird sie ihm im häuslichen Alltag fehlen: »Er wird merken, dass jemand, der ganz wesentlich für sein Leben war, fort ist. Aber wird er auch benennen können, was fehlt?«

Die Leerstelle in seinem Leben wird Eli deutlich spüren. Mehr denn je wird er emotional auf Margot angewiesen sein.

Sie möchte sehr gern nach Gladwyne fahren und an jedweder Trauerfeier teilnehmen, die die Angehörigen für Lucinda ausrichten, aber sie gehört nicht zur Familie, ist nicht eingeladen, seitens der Familie hält niemand Kontakt zu ihr. Vor Jahren hatte sie von sich aus Verbindung zu Elis Schwester Rosalyn aufgenommen, die ihr als mitfühlende Frau im Gedächtnis geblieben ist; allerdings hat sie schon lange nicht mehr mit Rosalyn gesprochen. Über Averill und Harry weiß sie gar nichts; ihrer Erinnerung nach haben die sie ziemlich kurz abgefertigt. Und Jonathan Mateson kennt sie nicht einmal.

Margot tätigt Anrufe, hinterlässt Nachrichten bei Haushälterinnen, Assistentinnen, Sekretärinnen. Sie hört selbst, wie sie bettelt: *Aber ich bin Elihu Hoopes' Doktor. Ich war eng mit Lucinda Mateson befreundet! Sie müssen von mir gehört haben – Margot Sharpe vom Neurologischen Institut der Universität in Darven Park.*

Es muss eine Trauerfeier für Lucinda Mateson geben, aber soweit Margot feststellen kann, ist es eine private Zeremonie »im engsten Familienkreis« an der episkopalischen Lukas-Kirche in Gladwyne. Sie erfährt allerdings, dass die Verstorbene zweiundachtzig Jahre alt war – älter, als sie aussah. Es gibt Margot einen Stich vor Trauer um Mrs Mateson und sich selbst, weil es ihr nicht gelungen ist, das Vertrauen und die Zuneigung von Elis Tante zu erwerben, und jetzt ist es zu spät.

Als die Tage vergehen und niemand auf Margots Anrufe reagiert, wächst ihre Verzweiflung. Sie vernachlässigt ihre anderen Verpflichtungen an der Universität. Lässt ihrerseits Anrufe von Kollegen unbeantwortet. Sie ist bestürzt: Wie kann es ihr gelingen, E.H. wiederzusehen? Was ist aus dem Kranken geworden, weiß er überhaupt, dass seine Tante gestorben ist – dass sie *unwiderruflich* tot ist? Soll mit der Arbeit am *Projekt E.H.* so plötzlich Schluss sein? Dreißig Jahre beachtlicher wissenschaftlicher Forschung und dann dieses Ende?

Nach vielen fruchtlosen Versuchen erreicht Margot schließlich, dass sie zu Jonathan Mateson, Lucindas ältestem Sohn, durchgestellt wird. So unzufrieden, wie seine Mutter mit ihm war, ist es schon paradox, dass der gereizt klingende Jonathan nun ihren Nachlass verwaltet. Und endlich besitzt Jonathan Mateson auch die Vollmacht seiner Mutter.

»Ja? Hallo? Wer spricht da? Doktor Sharpe? Sie sind kein Arzt meiner Mutter, oder? Nie von Ihnen gehört.«

Wie in einem Albtraum dämmert Margot, dass Jonathan Mateson nicht nur nie von ihr gehört hat, sondern auch nichts von einem Kodizill zum letzten Willen seiner Mutter zugunsten einer Dr. Sharpe und in Bezug auf seinen Vetter Elihu Hoopes weiß. Kühl teilt Mateson ihr mit, dass er für alles, was nach dem Tod seiner Mutter zu regeln ist, keine Zeit hat und erst recht kein Interesse, sich mit seinem Vetter Elihu abzugeben; er hat nicht die Absicht, Vorkehrungen zu treffen, damit der gestörte Vetter im Haus seiner Mutter bleiben kann, in dem er so viele Jahre gewohnt hat: »Als betriebe meine Mutter ein psychiatrisches Krankenhaus, noch dazu aus eigener Tasche. Damit ist jetzt Schluss.«

Erstaunt vernimmt Margot diese unverblümte Rede. Sie ist so erstaunt, dass sie Jonathan Mateson bittet, zu wiederholen, was er gesagt hat.

»Doktor – wer immer Sie sind –, das ist nicht verhandelbar. Sie und ich verhandeln über gar nichts. Ich habe einen Termin am Nachlassgericht in Philadelphia, den Nachlass meiner Mutter zu regeln wird nicht einfach. Sie hat viele Erben, es gibt viele Anspruchsberechtigte. Offenbar existiert auch ein Treuhandkonto, mit dem für Eli Hoopes gesorgt werden soll, und ich bin der Verwalter dieses Kontos. Wir suchen einen Platz für ihn – eine Einrichtung für betreutes Wohnen. Oder ein Rehazentrum. Mein Vetter Eli Hoopes ist *non compos mentis*. Er kann keine Rechtsgeschäfte tätigen, und es können auch keine ihn bindenden Rechtsgeschäfte ohne Einwilligung des Vermögensverwalters getätigt werden, der nun mal ich bin.«

Margot ist verwirrt über Jonathan Matesons forsche Art. Sie möchte fragen, was mit Eli ist, wo er sich in diesem Augenblick befindet, wie er den plötzlichen Tod seiner Tante aufgenommen hat, wagt es aber nicht. »Aber Mr Mateson«, hört sie sich einwenden, »auf dem Treuhandkonto befindet doch bestimmt genug Geld, das es Eli erlaubt, irgendwo für sich zu wohnen, mit einem Vollzeitpfleger?«

»Nein, Frau Doktor. Tut mir leid.«

»Das Geld reicht dafür nicht? Aber Mrs Mateson hatte gesagt …«

»Wie gesagt, Frau Doktor: Ich bin der Verwalter des Vermögens. Das ist nur eine Aufgabe, die ich durch den Tod meiner Mutter geerbt habe, und nicht die wichtigste. Ich habe Kontakt zu Elis Brüdern aufgenommen, und wir werden uns so bald wie möglich nach einem geeigneten Platz für ihn umtun. Das Haus in der Parkside kommt auf den Markt. Und jetzt …«

»Aber wo ist Eli denn jetzt?«

»Wo Eli ist? Wer sind Sie, dass Sie das fragen?«

»Ich … ich bin … seine Ärztin, Margot Sharpe. Und das, zusammen mit anderen Ärzten, schon … seit 1965.«

»Seit 1965! Da haben Sie ihm wirklich sehr geholfen, was? Sein Gedächtnis ist so schlecht wie eh und je oder noch schlechter. Ärzte! Neurophysiologen! Warum interessiert er Sie denn noch?«

Margot spricht mit stockender Stimme: »Weil … Eli mein Patient ist.«

»Und was hat das mit meiner eben erst verstorbenen Mutter zu tun? Wir sind hier alle in Trauer, haben unsere geliebte Mutter verloren. Was hat mein Vetter Eli damit zu tun?« Jonathan Mateson klingt abschätzig, aber auch ein wenig nachdenklich, als Margot ihn bittet, sie persönlich zu empfangen, um Elis willen. Aber Jonathan Mateson ist zu beschäftigt und schon im Begriff aufzulegen.

»Wenn ich – irgendwie – das Haus kaufen könnte? Das Haus Ihrer Mutter? In der Parkside Avenue. Damit Eli weiter dort wohnen kann, in seiner vertrauten Umgebung …«

»Das Haus kaufen? Ist das Ihr Ernst, Frau Doktor? Haben Sie eine Vorstellung, was es kosten wird?«

»Ich … nein … Wie viel werden Sie dafür verlangen?«

Jonathan Mateson nennt eine Zahl. Margot ist sich nicht sicher, ob sie richtig gehört hat, wagt aber nicht, ihn zu bitten, sie zu wiederholen.

»Die Grundstückssteuer beträgt fünfunddreißigtausend jährlich. Nur die Steuern wohlgemerkt, nicht der Erhalt.«

Margot ist auch bei der Zahl perplex, die ihr zugeworfen wird, wie man ein Steinchen nach einem lästigen Hund werfen würde.

»Fünfunddreißigtausend jährlich – Grundstückssteuer? Wie ist das möglich?«

Mit einer von der Universität abgesicherten Hypothek hat Margot sich ihr kleines Haus in einem Wohnviertel mit kleinen Eigentums- und Mietshäusern unweit ihres Arbeitsplatzes gekauft. Ihre jährliche Grundstückssteuer beträgt viertausendsechshundert Dollar.

Mit kaum verhohlener Ungeduld erläutert Jonathan Mateson ihr, dass Gladwyne ein begehrter Vorort von Philadelphia ist. Und die Parkside ist dort die begehrteste Straße. Der Käufer wird das Grundstück wahrscheinlich erwerben, um das alte Haus abzureißen und an seiner Stelle ein neues, modernes Gebäude zu errichten. »Und wir wollen verkaufen, da niemand aus der Familie darin wohnen möchte.«

Aber ich möchte darin wohnen. Ich sorge dort für Eli.

Margot hört ihre stockende Stimme protestieren: Eli Hoopes kennt das Haus seiner Tante in- und auswendig und ist dort zu Hause. An einem anderen Wohnort wird er sich nicht zurechtfinden: »Er wird vollkommen verloren sein.«

Jonathan Mateson erwidert schlau, sein Vetter sei schon seit dreißig Jahren »vollkommen verloren«. Seine Mutter sei eine Heilige gewesen, sich um ihm zu kümmern, oder eine Närrin. »Aber damit ist jetzt Schluss.«

Margot umklammert den Hörer. In der anderen Hand hält sie das Glas mit dem Johnnie Walker Black Label. Sie trinkt behutsam, stellt das Glas behutsam ab. Niemand darf es hören. Niemand darf Verdacht schöpfen.

Sie ist in Sicherheit bei sich zu Hause, wo der Thermostat niedrig gestellt ist, um Heizkosten zu sparen. Zu Hause sind die Jalousien fast den ganzen Tag heruntergezogen. Sie trägt dicke Strickpullover und Wollsocken; wenn es so kalt ist, dass ihr Atem dampft, setzt sie eine Wollmütze auf. An den Wänden hängen Bleistift- und Kohlezeichnungen von E.H., die Margot über die Jahre diskret aus Elis Zeichenmappen herausgeschnitten hat; einige hat sie gerahmt, die meisten aber sind mit Klebestreifen befestigt. Die größten messen einszwanzig mal vierzig, die kleinsten sind zeichenblockgroß. Es handelt sich nach Margots Ansicht um Originalkopien, die andere Zeichnungen E.H.s wiederholen – E.H. wird sie nicht vermissen.

Für Margots Auge sind die Zeichnungen großartig und traumgleich, sind so schön wie die Zeichnungen von Edvard Munch, vor allem die von dem ertrunkenen Mädchen mit dem Haar, das den Kopf umfließt in dem sonnenbeschienenen seichten Bach, und den auf dem fahlen Leib liegenden Schatten der winzigen, fast unsichtbaren Wasserläufer.

Und dabei hat er seine Cousine im Tod gar nicht gesehen. Es entstammt alles seiner Phantasie.

Margot möchte Jonathan Mateson erklären, wie wichtig es ist, dass Eli Hoopes so betreut wird wie zuvor. Er ist kein gewöhnlicher Mensch, sein Inneres drängt nach Ausdruck, er hat die Seele eines Künstlers. Der Verlust seiner Tante ist für ihn ein entsetzliches Trauma, und nicht weniger traumatisch ist der Verlust seines Zuhauses. Doch sie wagt nicht, über den Amnesiekranken zu sprechen, als habe sie irgendwelche Rechte an ihm. Sagt: »Mr Mateson, Ihre Mutter hat ein Treuhandvermögen für Ihren Vetter hinterlassen, damit er auf humane Weise betreut werden kann. Sie wäre nicht bereit gewesen, ihn in eine Pflegeeinrichtung oder in ein Rehazentrum zu bringen – bei geistig oder körperlich Kranken ist er nicht richtig aufgehoben, für ihn wäre das verheerend. Ich habe es zufällig erfahren – Lucinda hat es mir im Detail geschildert, es ist keine vierzehn Tage her. *Sie hat mir versprochen, dass ich Eli Hoopes' medizinischer Betreuer sein werde.*«

»Medizinischer Betreuer? Ne-ein. In ihrem letzten Willen steht darüber kein Wort, Frau Doktor.«

»Lucinda hatte nicht genügend Zeit, das Kodizill vorzubereiten. Aber sie wollte es tun …«

»Dafür gibt es keinen Anhaltspunkt, Frau Doktor. Und wenn es Ihnen nichts ausmacht, würde ich es vorziehen, dass Sie meine Mutter als ›Mrs Mateson‹ bezeichnen – nicht als ›Lucinda‹. Sie waren nicht mit ihr befreundet, sonst wüsste ich von Ihnen.«

»Ich war jahrelang mit Ihrer Mutter befreundet! Ich habe Eli mit dem Auto aus Darven Park nach Gladwyne gebracht, Ihre Mutter und ich haben zwei-, dreimal die Woche zusammen Tee getrunken …«

Peinliche Stille am anderen Ende. Margot fragt sich unwillkürlich, ob sie das alles erfunden hat.

Mit ihrem unbedingten Wollen eine ganze Welt erfunden hat.

Jonathan Mateson erwidert kühl: »Nun, es gibt kein Kodizill. Es gibt keinen Zusatz zu dem Treuhandvermögen, das meine Mutter 1987 für Eli Hoopes eingerichtet hat.«

Margot protestiert schwach: »Aber Mr Mateson, schulden Sie den Wünschen Ihrer Mutter denn keine Beachtung? Wie können Sie zu jemandem so grausam sein, der bereits Schreckliches durchgemacht hat? Eli Hoopes ist Ihr Verwandter – bitte überdenken Sie Ihre Entscheidung, das Haus zu verkaufen.«

Margot befürchtet, dass sie zu weit gegangen ist und dass Jonathan Mateson gleich auflegt. Das Grundstück ist von immensem Wert, es ist bestimmt töricht zu meinen, dass die Matesons und die Hoopes Eli so versorgt sehen wollen, wie er es dreißig Jahre lang war. *Außer mir schert sich niemand um ihn. Und ich bin machtlos.*

»Was geht es Sie an, was mit Eli Hoopes geschieht, Frau Doktor? Das *Projekt E. H.* hat den armen Mann doch völlig ausgelaugt – wie lange wollen Sie denn noch mit ihm experimentieren?«

Margot protestiert: Das *Projekt E. H.* ist vom Nationalen Gesundheitsinstitut und von der nationalen Wissenschaftsstiftung finanziert worden; es ist eins der bedeutendsten neuropsychologischen Forschungsprojekte in der Geschichte. Viele Erkenntnisse daraus haben sich bereits als nutzbringend erwiesen, bei der Schlaganfall-Therapie etwa, wenn man weiß, was bei Amnesie im Gehirn abläuft und wie Amnesiekranke behandelt werden können. Sie berichtet ihm, dass Eli Hoopes immer in vollem Umfang mit den Forschern kooperiert hat und dass sie, Margot Sharpe, als Projektleiterin alle Tests engmaschig überwacht. »Elis Aufenthalte im Institut sind die Höhepunkte seines Lebens, müssen Sie wissen. Tests mit Hirngeschädigten sind für sie selbst von immensem Nutzen. Andernfalls hätte Eli jahrelang außer seiner Tante Lucinda keinen Menschen gesehen – er bekommt nur selten Besuch. Er hätte zu Hause vor dem Fernseher dahinvegetiert.«

»Lächerlich! Eli hat viel Besuch – er weiß bloß nicht mehr, wer wir sind. Welchen Zweck soll es da haben, ihn zu besuchen? Es ist verdammt deprimierend. Und er kann sehr gut lesen, er kann seine Lieblingsbücher immer wieder lesen, kann seine Lieblingsfilme sehen – meine Mutter sagte, es mache ihn glücklich, sich immer wieder die alten Klassiker anzusehen. Wenn er sich seine alte Kamera hernähme, könnte er auch wieder fotografieren. Er könnte mit dem Bus ins Kunstmuseum fahren – aus der Zeit vor seiner Erkrankung kennt er sich in Philadelphia doch aus. Es ist nicht gut für ihn, wenn er so verzärtelt und infantilisiert wird, wie meine Mutter es getan hat, deswegen hat sich sein Zustand nicht gebessert. Eigentlich ist Eli zu beneiden, irgendjemand kümmert sich immer um ihn. Er macht sich keine Gedanken um die Zukunft und um die Vergangenheit auch nicht.«

»Natürlich macht er sich Gedanken um die Vergangenheit«, wendet Margot ein. »Sie ist alles, worüber er sich Gedanken machen kann.«

»Meinetwegen, macht er sich eben Gedanken um die Vergangenheit. Aber er kann sich nichts von dem merken, was jetzt mit ihm ist, deshalb wird die Vergangenheit in seinem Leben immer kleiner.«

Das ist eine unsinnige Bemerkung, über die Margot hinweggeht.

»Aber ohne Ihre Mutter wird er sehr einsam sein …«

»In der Einrichtung, die wir für ihn suchen, wird er jede Menge Gesellschaft haben. Menschen wie er selbst, die behindert sind, die Teile ihrer Persönlichkeit oder ihres Körpers verloren haben. Er wird da sehr gut zurechtkommen.«

»Eli ist doch nicht geisteskrank! Er ist da schrecklich fehl am Platze.«

»Er findet neue Freunde. Sie müssen ihm nur eine Chance geben.«

»Er wird sich eine neue Umgebung nicht einprägen können. Wird sich Menschen, die er neu kennenlernt, nicht merken können. Woanders ist er einfach – verloren.«

Margot klingt so unglücklich, dass Jonathan Mateson es offenbar noch nicht fertigbringt aufzulegen. Verzweifelt fährt sie fort: »Ich ... ich könnte Ihren Vetter zumindest vorläufig mit zu mir nehmen. Ich könnte ihm ein Zuhause bereiten. Ich bin Professorin an der Universität, ich habe ein eigenes Haus in der Nähe des Campus. Wenn ich von zu Hause wegmüsste, würde ich jemanden einstellen, der ihn versorgt – er hätte eine Ganztagspflege. Wenn ich die Summe bekäme – oh, nur einen Bruchteil der Summe –, die Sie an diese Einrichtung zahlen müssten, wäre das doch ein guter Kompromiss, meinen Sie nicht?«

Mateson schweigt. Ist er verwirrt, verblüfft? Ist er beleidigt?

»Natürlich würde alles vertraglich klar geregelt ... Ich würde mich mit Ihnen und jedem beliebigen anderen Verwandten Elis treffen, und wir könnten einen Plan ausarbeiten ...«

»Himmel, Frau Doktor! Warum wollen Sie so eine Belastung auf sich nehmen? Ich habe Eli Hoopes seit Jahren nicht mehr gesehen, meine Mutter hat gesagt, er baue allmählich ab ... Ich begreife das nicht.«

»Wenn es Ihnen um ... Geld geht, wenn Sie mich nicht aus dem Treuhandvermögen bezahlen wollen, könnte ich das Preisgeld verwenden, jedenfalls könnte ich uns beide von meinem Gehalt an der Universität ernähren ...«

Margot redet hastig daher, hilflos. Ihr ist jetzt so heiß, dass sie sich den dicken Wollpullover vom Leib reißt. Hitze steigt in ihr auf, vom Unterleib zum Kopf. Fast fürchtet sie, Jonathan Mateson könne sie sehen: eine Frau in späten mittleren Jahren, wirres schwarzes Haar, durchzogen von weißen Strähnen, das frühere Mädchengesicht verzerrt vor Sehnsucht, Hoffnung und Scham.

Mateson ist ihretwegen offenbar verlegen. Er hat das nackte Verlangen in ihrer Stimme gehört.

Er fragt sie noch einmal, warum sie die Belastung der Sorge für einen Kranken aufnehmen will, der gar nicht mit ihr verwandt ist, und Margot erwidert steif:

»Es ist das Richtige, Mr Mateson. Eli braucht … jemanden, der sich um ihn kümmert.«

Nicht viel und sie hätte gesagt: *Eli braucht mich.*

Wahnsinn, Verzweiflung, Torheit.

Jonathan Mateson scheint die Situation abzuwägen. Vielleicht tut sie ihm auf einmal leid. Er sagt, Margots Vorschlag sei unorthodox, er halte ihn im Grunde nicht für eine mögliche Lösung des Problems Eli Hoopes, will es sich aber überlegen: »Ich bespreche es morgen mit Elis Brüdern und seiner Schwester. Nach meinem Eindruck haben alle ganz schön die Nase voll davon, wie ihr hirngeschädigter Bruder verhätschelt wird. Vorläufig danke ich Ihnen für Ihren Anruf, Frau Doktor – ist es Sharpe?«

»Ja. Sharpe.«

So leise wie einen Atemzug trennt Margot die Verbindung. Trinkt mit klebrigen Fingern ihren Whiskey aus. Und dann ist ihr so schwindlig, dass sie nur noch zu ihrem Bett stolpern kann und darauf zusammenbricht.

Der unersättliche Liebhaber. Im Schlaf spürt sie ihn. Die Berührung des Mannes, seinen Mund, den heißen Körper, schmerzend vor Leben und Verlangen. Sie spürt ihn überall auf der Haut.

Die Stärke, mit der das Gefühl plötzlich da ist, flößt ihr Angst ein. Sie ist immer feige gewesen, hat sich vor dem Fühlen gefürchtet, vor den sexuellen Gefühlen, die sie auslöschen und verzweifelt und hilflos zurücklassen. Dadurch weiß sie, dass sie den Mann liebt: durch die Auslöschung. Es ist ein Risiko, das sie seinetwegen eingeht, das Risiko der völligen Selbstverleugnung.

Er ist so viel stärker als sie. Seine Arme schließen sich um sie, so fest wie die Flügel eines großen Vogels, der seine Beute umschließt und festhält.

Der Stift entgleitet ihr und fällt zu Boden. Das Notizbuch fällt zu Boden.

Was sich zwischen uns ereignet hat, wird nicht aufgezeichnet. Es wird keinem im Gedächtnis bleiben.

Axel hieß er. Der Junge, nur Haut und Knochen, herabhängende Schultern, hat Eli die Arme auf den Rücken gedreht. Als Eli vor Schmerz wimmerte, hat Axel McElroy gelacht. Und ihm in den Adirondacks das grobe Sitzkissen von einem der schweren Holzstühle aufs Gesicht gedrückt. Dreckiges Kissen, hat Axel gesagt, sind die Ärsche der Leute dran. Angst, zu ersticken, als er zu Boden geworfen wird, das derbe Kissen auf dem Gesicht, und Axel, der sich von oben darauf lehnt, fest – es war ein Scherz (er wollte glauben, es wäre einer), aber es dauerte zu lange, so dass es ihm das Gesicht zerkratzte und seine Nase blutete und er schreien wollte, aber nicht konnte.

Der Enkelsohn des Bischofs wäre er, sagten sie. Er hatte Axel gehasst und sich vor ihm gefürchtet, denn er war wie keiner, die sie sonst kannten, seine Brüder hatten auch Angst vor dem Älteren, denn Axel sagte und machte alles, aber nie so, dass die Erwachsenen etwas mitbekamen. Hässliche Gesten mit den Händen, als zöge er an sich, am Schritt. Die Mädchen ekelten sich und sahen weg. Eli hatte Axel ja vertreiben wollen, aber er war zu klein und zu schwach. Die Oberarme so dünn, dass Axel lachend die Finger darum schließen konnte. Die Cousinen kicherten. Seine Cousine Gretchen sah weg. Sie lachte doch über den armen beschämten Eli – oder? Das würde er ihr nie verzeihen. Sie sollte sterben. In einem Kanu, er kippte das verdammte Ding um, dann ertrank sie im See. Er wollte vor Axel weglaufen, aber der bekam ihn am Arm zu fassen, zerrte ihn an den Haaren und tat so, als wolle er ihn skalpieren. Er war doch schmächtig und ein Feigling. Die älteren Cousins lachten über ihn, auch wenn sie ihn insgeheim bedauerten. Averill und Harry lachten mit. Als er sich unter der Veranda versteckte, hatten sie keine Ahnung, wo er war. Durch die Ritzen im Gitter beobachtete er sie. Die bloßen Beine der Mädchen, die Haare zum Pferdeschwanz gebunden fürs Schwimmen. Seine Cousine Gretchen, erst elf, aber groß für ihr Alter, reif, passte auf die Klei-

neren auf. Flache kleine Brüste in einem rosa Oberteil, eine gerippte rosa Badeanzughose. Glänzendes hellbraunes Haar, das in der Sonne leuchtete, der Pferdeschwanz baumelte ihr über den Rücken. Die bloßen Beine und Füße. Ihre Familie war gerade erst an den See gekommen, es war ihre erste Woche in dem Sommer. »Eli? Eli?« Sie hatte nach ihm gerufen. Aber er war nicht unter der Veranda hervorgekrochen.

Gretchen ermahnte die anderen Kinder, nicht am Steg zu spielen, sie wäre gleich wieder da. Vielleicht hatte sie sich geschmeichelt gefühlt von Axel McElroy, dem Älteren, dem Enkelsohn des Bischofs, der siebzehn war und mit einer Tolle herumlief wie Elvis Presley.

Er hatte nicht gesehen, wohin sie gegangen war. In welche Richtung sie gegangen war. Er hatte unter der Veranda gekauert, verlegen und beschämt, voller Hass auf alle, nicht bloß auf Axel McElroy, den Enkelsohn des Bischofs, sondern auf alle – auch auf Gretchen.

Später hatte er mehr Grund, sich zu schämen. Keine Möglichkeit, es gutzumachen. Keine Worte dafür, wie feige er war, niederträchtiger, als alle wussten.

Schmachvoll auch, dass der Vater zu viel trank. Als Gretchen vermisst wurde, hatte Byron Hoopes zu viel getrunken und konnte mit den anderen Erwachsenen nicht Schritt halten, als sie den Wald durchsuchten. Und Großvaters chromgelbe Beechcraft war da. Auf dem Grundstück der Hoopes hatten sie eine Landebahn für Großvaters Beechcraft angelegt. Überzeugt, dass sie das vermisste Kind finden – sie finden Gretchen, wenn sie in den Wald gegangen war, und bringen sie mit der kleinen einmotorigen Maschine heim. Nur verlor die auf einmal über dem See Höhe, und Großvater musste eine Bruchlandung machen. Und Gretchen fanden sie nicht.

Im Wald hatten sie sie nicht gefunden. Da noch nicht.

Er hatte Gretchen tot nicht gesehen. Er hatte sie im Stich gelassen, war zornig auf sie gewesen und hatte sie nie mehr wiedergesehen.

Er betete zu Gott, dass der Gretchen wiederbrachte. Aber Gott war höher als die höchste Weymouth-Kiefer und schenkte ihm kein Gehör.

(Wo ist das hier? Warum ist er hier? Er hat eine verschwommene Erinnerung an sein Büro bei Hoopes & Partner, wenn er durchs Fenster in kurzer Entfernung Hochhäuser sieht. Fenster aus blinkendem Glas. Hinter diesen Fenstern: wer?)

Hier sieht er beim Blick aus dem Fenster etwas ganz anderes. Nicht die Innenstadt von Philadelphia, sondern ein älteres Wohnviertel. Er ist in einem Krankenhaus oder einer Klinik, glaubt er. Aus der Höhe kann er ein Stück weit sehen. Die Baumlinie ist gezackt. Die Zeit seiner Jugend bereut er tief, er hatte Gottes Anwesenheit so einfach gespürt. Und hatte Gott aus Unbedachtheit und Selbstsucht verloren, und jetzt ist es zu spät, er ist verdammt.

In seiner weißen Haut ist er verdammt.

Will das Fenster hochschieben. Aber es ist keins zum Hochschieben. Schlägt frustriert und wütend mit dem Kopf an die Scheibe. Mit der Stirn an die Scheibe, so fest, dass es blutet, und noch fester.

Sie hat große Angst. Ihr Mund ist sehr trocken.

In San Francisco spricht sie vor der Amerikanischen Vereinigung für Experimentelle Psychologie in einem Ballsaal, so groß, dass sie die Wand am anderen Ende kaum ausmachen kann. In Chicago spricht sie vor der Amerikanischen Gesellschaft kognitiver Neurowissenschaftler, Reihen um Reihen erhobener Gesichter, so verschwommen und unkenntlich wie die Gesichter in Träumen. In Washington, D. C., sind es die Nationalen Gesundheitsinstitute: In Wellen schwappt ihr der Applaus an die Füße, steigt rasch bis zu ihrem Mund herauf und verschlingt sie. In Orlando, in Seattle, in Denver, in Boston, New York, Philadelphia: Das Blut rauscht ihr in den Ohren, ihr Herz rast und hämmert, als sie durch grelle Lichter zu einem Podium geht und plötzlich jemand neben ihr ist, sie am Ellbogen fasst und stützt: »Hier entlang, Professor. Vorsicht, Stufe.«

Sie hält den Hauptvortrag. Nimmt einen Preis in Empfang. Hält eine Vorlesung. Nimmt an einem Symposium teil. Beantwortet Fragen, die ein Interviewer ihr stellt, während sie mit den Gedanken zugleich bei dem ist, nach dem sie sich sehnt.

Wie ein Versuchstier, das schon lange in einen Käfig gesperrt und dessen Wille gebrochen ist und das in seinem Käfig bleibt, auch wenn die Tür geöffnet wird.

Die Schimpansen, die von Tierrechtsaktivisten »befreit« wurden und in ihren Käfigen blieben, sich hinkauerten.

(Milton Ferris hatte ihnen von diesen bedauernswerten Tieren berichtet. Und dabei gelächelt, denn er fand die Geschichte amüsant.)

»Professor Sharpe?«

Margot blickt auf. Sie blicken sie erwartungsvoll an. Es sind Fremde, die sich nicht vorstellen können, wie weit Professor Sharpe in ihrem kleinen Ruderboot auf dem breiten, schäumenden Fluss bereits von ihnen abgetrieben ist.

Sie spürt einen heftigen Schmerz in der Brust. Ist entschlossen, sich ihren Kummer jedoch nicht anmerken, von ihrem wahren Ich in der Öffentlichkeit nicht den feinsten Schimmer sehen zu lassen.

Sie schildert die Episode, als sie dem Amnesiekranken E. H. einen angesehenen Neurowissenschaftler von der Columbia Universität vorgestellt hat, der ins Institut gekommen war und ihn befragen wollte, und E. H. ganz gegen seine sonstige liebenswürdige Art dem Mann nicht die Hand geben wollte, sondern die Arme vor der Brust verschränkte und zurückwich.

Er hatte gesagt: *Herr Doktor, bedaure! Von meinem armen Hirn ist nichts mehr da, das ich abgeben könnte. Die Ärzte haben es schon bis auf den letzten Krümel verschlungen.*

Margot lacht, denn ihr Kranker war sehr geistreich, wie sie findet. In ihren Augen schimmern Tränen. Ihre Zuhörer, überwiegend Neuropsychologen und Neurowissenschaftler, lachen verlegen mal hier, mal dort im Saal auf und wissen nicht, ob sie überhaupt lachen sollten.

»Ein posthumes Leben. Als atme man unter Wasser durch einen engen Strohhalm – zu schaffen ist es, wenn auch nur knapp.«

Sie führt in diesem posthumen Leben Selbstgespräche. Ist oft sarkastisch, gut aufgelegt. Und wird oft interviewt.

Sie lacht atemlos, ballt auf dem Schoß die kleinen Hände so zu Fäusten, dass niemand es sieht. (Natürlich sehen die Zuhörer es.) Margot Sharpe ist als Wissenschaftlerin so verschroben und exzentrisch geworden, dass Legenden nicht ausbleiben. Der lächerliche Zopf, der neben ihrer Wange baumelt. Das soll sexy sein. Und die üppigen Seidenschals, Tücher, die ihr den halben Rücken hinabhängen.

Sehr feierliche Worte, mit denen sie eingeführt wird zu Applaus, der in Wellen aufbrandet und sie verschlingt.

Allerdings lacht Margot Sharpe nicht. Das Todesgrinsen hat sich auf ihrem Mund festgesetzt.

Ein außergewöhnliches Werk in der Biologie des Gedächtnisses, Margot Sharpes jahrzehntelange Forschung, ein Vorbild für junge Wissenschaftlerinnen, die bei Frauen wie ihr Inspiration und Anregung für ihr eigenes Leben und ihre Arbeit finden …

Mit heißer Luft gefüllte Worte sind das Zeichen für einen öffentlichen Anlass. Ja, so ist es: Wenn sie die Augen hebt, sieht sie Lichter, eine Bühne. Wenn sie den Kopf dreht, sieht sie Reihen gestaffelter Sitze wie in einem Amphitheater.

Sucht vergeblich nach – einem bestimmten Gesicht.

»Gesichtserkennung«, die früheste geistige Leistung des Kleinkinds.

Von solchem Erkennen hängt das Überleben ab. Es ist von allen Handlungen des Menschen die elementarste, einfachste und tiefste.

Ja, es hat vorher ein fürstliches Essen in einem gedämpft beleuchteten, mit dunklem Holz ausgestalteten Steakhaus gegeben. Der Ehrengast hat sich tapfer bemüht, etwas zu sich zu nehmen, konnte aber nicht. Führte die Gabel zum Mund und senkte sie wieder. Hob ein

Glas Wein zum Mund und senkte es wieder. Sie sieht: *Sie passen auf, prägen es sich ein. Diese Geschichten werden mich überdauern.*

Hier nennt man sie Professor Sharpe. Als Margot kennt sie niemand. Sie ist die Älteste bei dem Dinner, ausgenommen ein Neurowissenschaftler mit funkelnder Glatze, der seinen guten Ruf bereits in jungen Jahren als Mitarbeiter des großen B.F. Skinner in Harvard in den vierziger Jahren erwarb.

Sie fleht diesen älteren Herrn mit Blicken an: *Bitte erwähnen Sie mir gegenüber Milton Ferris nicht! Nicht einmal aus Mitleid.*

Aber natürlich kommt man, wenn es um Margot Sharpe geht, häufig – unweigerlich – auch auf Milton Ferris zu sprechen.

Was man sich über dieses Paar nicht alles erzählt! Es gibt unter den jüngeren Neurowissenschaftlern an der Penn, am MIT, in Yale, Harvard oder Princeton, in Berkeley oder am Salk Institute keinen, der nicht gehört hätte, dass der große Schürzenjäger Ferris Margot Sharpe gleich an dem Tag, als sie zum ersten Mal sein Gedächtnislabor betrat, eine bloße Doktorandin, erkor, dass er sofort erkannte, was für eine glänzende Wissenschaftlerin die Dreiundzwanzigjährige war oder werden würde, und dass Ferris eine Affäre mit Margot Sharpe begann, die über Jahre ging und es ihm erlaubte, sie sexuell und beruflich auszubeuten; dass Ferris sich den Nobelpreis allein gekrallt und nicht gemeinsam mit Margot Sharpe bekommen hatte und dass die Affäre schlagartig endete, als Ferris eine andere, jüngere Neurowissenschaftlerin fand und die verführte. Eine andere, noch grellere Version geht so, dass Margot Sharpe als bloße Doktorandin kaltblütig eine Affäre mit dem großen Milton Ferris begann, um ihre Karriere voranzutreiben, und den älteren Kollegen später damit erpressen konnte, sie zur Leiterin des Gedächtnislabors zu ernennen, nicht aber, den Nobelpreis mit ihr zu teilen (auch wenn sie ihn sogar nach Ansicht einiger Kritiker verdient). Nicht minder grässlich die Geschichten, die über Margot Sharpes jahrelange (emotionale und sexuelle) Beziehung zu dem Probanden E.H. kursieren, ihnen fehlt allerdings der spezielle Beiklang der *Ferris-Sharpe*-Story, ein köstlicher, wenn auch letztlich nicht erwiesener Skandal in den Neurowissenschaften.

Dieselbe Margot Sharpe wird Nachwuchswissenschaftlerinnen freilich stets und ständig als Vorbild angepriesen. Sie ist eine leidenschaftliche *Feministin* oder, nein, leidenschaftliche *Antifeministin.* Ihre früheren Studentinnen verehren sie oder, nein, sind eingeschüchtert von ihr. Sie lieben oder, nein, hassen sie, erkennen jedoch an, dass es in ihrem Leben Zitat nie jemanden wie Professor Sharpe gegeben hat, und hoffen, es ihr (in irgendeiner Weise) gleichtun zu können.

Danke, Professor Sharpe, Sie haben mein Leben verändert.

Mein Leben auch – vielen Dank!

Welcher Anlass ist es und welche Stadt? Margot weiß es nicht genau.

Sie hat die Orientierung verloren. Ihr Mund ist sehr trocken.

Das Taubheitsgefühl an Zunge, Lippen und Gliedmaßen ist im Grunde nicht abgeklungen. Das Taubheitsgefühl, das seit dem entsetzlichen Anruf und dem Tod der betagten Witwe da ist.

Und E.H. seit diesem Anruf nicht gesehen.

Und E.H. nie wieder sehen.

Mrs Mateson sei an einem schweren Schlaganfall gestorben, hat man Margot gesagt. Mehrere kleine Schlaganfälle, und dann ein schwerer. Ein schwerer Schlaganfall ist wie ein Blitzeinschlag. Das Gehirn ist sofort lahmgelegt, das Bewusstsein ausgelöscht. Die Tür ist zugeschlagen, dahinter herrscht reines Dunkel.

Sie hört ihren Namen. Es ist der öffentliche Name: *Professor Margot Sharpe.*

Sie ist überschwänglich eingeführt worden. Ein Wörterregen wie buntes Konfetti, sie hört kaum hin. Denn sie ist so einsam, sie haben ihn ihr genommen.

Sie ist auf den Beinen. Geht etwas wacklig. Beobachtern fällt auf, dass sie stockt und ins Publikum starrt, als suche sie – wen?

Ein Summen in den Ohren, dass sie zusammenfährt – kein Rauschen des Bluts, sondern Applaus.

Ihre Themen sind: »Gedächtnis, Sinneseindrücke und retrograde Amnesie bei einem 66 Jahre alten Amnesiekranken«, »Neue Formen der Gedächtnisbildung im Gehirn eines Amnesiekranken«, »Gedächtnisdefizite und ihre Kompensation bei Amnesie«, »E. H.: Kartierung des Gehirns eines Amnesiekranken«. Durch die in den neunziger Jahren aufkommende Bildgebung per MRT gewinnen sie eine Fülle neuen Materials für die Forschung, und sogar eine Traditionalistin wie Margot Sharpe arbeitet nun mit Neurobiophysikern zusammen.

Sie ist zur Ehrenpräsidentin der Vereinigung amerikanischer Wissenschaftlerinnen gewählt worden. Bei ihrem Grundsatzvortrag in dem zugigen Ballsaal in einem eiskalten Hochhaushotel in Toronto, in dem sie aus ihrem Zimmer im vierzigsten Stock den stahlgrau zugefrorenen Lake Ontario sieht, bekommt sie so stürmischen Beifall, dass ihr die Tränen in die Augen steigen.

Margot Sharpe: In dem Namen klingt etwas an wie aus ehrenvoller Vergangenheit.

Margot Sharpe: ein trauriger, ein einsamer Name.

Wogen von Applaus. Das Rauschen des Bluts in den Ohren.

Wenn sie sich tatsächlich über Margot Sharpe lustig machen, ist dieser Spott von höchstem Lob und Schmeichelei nicht zu unterscheiden. Noch ein renommierter Preis – und eine schwere Medaille aus Messing dazu. (Das blöde Ding ist zu schwer, um es einzupacken. Notgedrungen entsorgt sie es im Papierkorb in ihrem Hotelzimmer, diskret in Kosmetiktücher eingewickelt. Die Mitgliedschaft in der Amerikanischen Akademie der Wissenschaften, der nur wenige Frauen angehören.

Margot Sharpe ist zwar nicht die Einzige aus der Sparte Wissenschaft, die bei der Mai-Konferenz der amerikanischen Gesellschaft für Kunst und Wissenschaften in Boston geehrt wird, sie erhält jedoch eine der höchsten Auszeichnungen, auf ihrem Gebiet im Rang direkt nach dem Nobelpreis.

Sehr gerade und sehr still sitzt sie in der ersten Reihe des großen Amphitheaters. Sehr gerade und auch den Kopf hoch erhoben, als ob an ihrem Hinterkopf ein Eisenstab befestigt wäre, der über den Nacken bis zur Wirbelsäule verläuft. Sie schluckt oft wie unter Zwang, sie hat einen so trockenen Mund. »Professor Sharpe?« Sie hat vergessen, dass es eine Feier ist, und kann für einen Moment die Quelle des Beifalls nicht einordnen, der aus allen Richtungen auf sie herabregnet.

Oh, der Preis ist schwer! Eine Statuette aus Kristall, fünfundzwanzig Zentimeter hoch, MARGOT SHARPE darauf eingraviert, überreicht von einem Nachwuchswissenschaftler, viel schwerer, als gedacht, so dass Margot sie unter den faszinierten Blicken des entsetzten Publikums beinahe fallen lässt. Doch sie lächelt, es ist ein steifes Grinsen, und hebt die Statuette mit beiden Händen hoch und tut den Preisverleihern den harmlosen Gefallen dieser Erhöhung. Eine *Siegesgöttin* aus reinem Kristall mit einem Fuß aus glänzendem Holz.

Anfangs spricht sie ernsthaft, wenngleich etwas stockend. Dann mit mehr Sicherheit, fast flüssig.

… als junge Doktorandin. In dem wegweisenden Gedächtnislabor des großen Milton Ferris …

Dann beginnt ihre Stimme zu zittern. Sie bekommt offenbar nicht gut Luft, sie hyperventiliert. Es ist, als werfe eine Windböe sie hin und her. Ihr Gesicht schrumpelt zusammen wie ein sehr weißes Blatt Papier, das in der Faust zusammengeknüllt wird.

Sie ist hierhergekommen, um es zu bekennen: *Er ist mein Leben. Ohne E. H. wäre mein Leben sinnlos gewesen.*

Alles, was ich als Wissenschaftlerin erreicht habe, alles, wofür ich bekannt bin: Alles verdanke ich E. H.

Ich übertreibe nicht. Ich bekenne es frei heraus als Wissenschaftler und als Frau.

Er war derjenige, der zu leiden hatte – nicht ich. Wie andere auch habe ich die Gelegenheit erkannt. Wissenschaftler ist jemand, der eine Gelegenheit erkennt – und ergreift. Meine Karriere ist eine Folge davon, dass ein siebenunddreißig Jahre alter Mann aus Philadelphia sich 1964 eine Enzephalitis zuzog. Unsere Wissenschaft gründet darauf, dass solche Opfer gebracht und Gelegenheiten ergriffen werden. Unsere Wissenschaft ist grausam in ihrem Nachahmen von Leben, das ihr Gegenstand ist.

Ihr Redemanuskript liegt unbeachtet auf dem Podium. Das Publikum ist sehr still. Tränen glänzen in ihren Augen. Ihr Make-up leuchtet grell oder fiebrig. Ihr Gesicht ist weiß gepudert wie bei einer Geisha. Die Augen sind fiebrig.

Er war mein ganzes Leben. Ich hatte kein Leben außer dem mit E. H.

Die Auszeichnung, die Sie mir verleihen, nehme ich nur in seinem Namen an.

Es ist eine posthume Ehrung. Und ich danke Ihnen.

Aber noch endet sie nicht. So etwas wie Wahnsinn ist über sie gekommen, sie spricht weiter. Hebt die linke Hand und zeigt den Zuhörern, die große Augen machen, den Silberring an ihrem Finger.

Dieser Ring war das Geschenk meines Ehemannes an mich, wie mein Ring mein Geschenk an ihn war. Wir waren viele Jahre verheiratet – heimlich. Niemand wusste davon – bis heute …

Sie verstummt allmählich. Sie hat sich haltsuchend aufs Podium gestützt und daher fast das gesamte Gewicht auf ein Bein verlagert, und als sie jetzt den Rücken durchdrücken und sich aufrichten will, stellt sie fest, dass sie halb gelähmt ist: sie spürt vom Gesäß bis zur Kniemitte einen eingeklemmten Nerv. Sie bekommt Angst, wird panisch, weiß nicht mehr, an welcher Stelle in dem vorbereiteten Redemanuskript über dreißig Jahre Experimentieren mit dem Amnesiekranken E. H., das in Milton Ferris' Labor begann, sie ist …

Beim Herabsteigen vom Podium strauchelt sie. Rasch eilt jemand herbei und stützt sie.

»Professor Sharpe! Vorsicht, Stufe.«

Die verzweifelte Frau geht durch den Nebel und das Gesumm wie ein Schlafwandler, der nicht aufzuwachen wagt. Sie nimmt kaum wahr, dass ihr technischer Assistent Hai-ku nach vorn gekommen ist und sich einschaltet. *Bitte entschuldigen Sie. Ich bin Professor Sharpes Assistent. Ich bringe sie in ihr Hotelzimmer.*

Und als sie am nächsten Morgen doch aufwacht, ruckartig und mit einem Geschmack von heißer Galle im Mund, sieht sie, dass sie vollkommen bekleidet in einem ihr unbekannten Bett liegt, eine Steppdecke bis zum Hals heraufgezogen; sie hatte nur noch die Schuhe von den Füßen abstreifen können. Eine Lampe brennt, jetzt bei Tage überflüssig, und auf dem Nachttisch liegt eine große Kristallfigur auf der Seite wie volltrunken umgekippt.

Was ist das? Sie hat keine Ahnung. Ist viel zu erschöpft, um sich aufzusetzen, die Figur hochzuheben und die eingravierte Inschrift zu lesen.

Sie hatte verzweifelt gefleht: *Aber wo haben Sie ihn hingebracht? Bitte sagen Sie es mir.*

Und die Schwester erwiderte vorsichtig: *Sie brauchen nur zu wissen, dass unser Bruder Eli sich in Sicherheit befindet.*

Kapitel elf

Eine hohe Frauenstimme kommt angeflogen wie ein Luftballon: »Eli, hallo!«

Er retourniert mit seinem baritontiefen Luftballon: »Hal-*lo.*«

Ein kurzer Wechsel. Wie Tennis. Seine Augenlider öffnen sich davon, schnell. Hat er geschlafen? Das weiß er nur, wenn er aus dem Fenster schaut: Wenn da Einzelnes ist, deutlich unterscheidbare vielgliedrige Formen, klare Strukturen, ist es wahrscheinlich kein Traum. Er muss hier an dem neuen, ihm unbekannten Ort auf der Hut sein.

»Und wie lautet Ihr Nachname, Eli?«

»Sie gucken doch genau auf das blöde Namensschild, Ma'am, warum fragen Sie? Was steht denn da – Eli Custer?«

»Bitte sagen Sie mir, was der Nachname ist, Eli.«

»Der *Nachname* ist der blöde Name, den ich als *letzten* habe, Hoopes. Wie ups, nur mit h.«

Sie lacht. Sie ist ihm zwar unbekannt, scheint ihn aber gut zu kennen und hat für seinen Witz etwas übrig, das ist wichtig.

Wenn sie dich mögen, tun sie dir nicht weh.

Sie tun dir nicht so weh, wie sie es könnten.

»Und wann sind Sie geboren, Eli?«

»Geboren – ich? Am achtzehnten vierten siebenundzwanzig.«

Bevor sie die nächste dumme Frage stellen kann: »Wollen Sie auch meine Sozialversicherungsnummer wissen, Ma'am? 120–28–1416.

Telefonnummer privat: (215) 582–4491. Telefonnummer bei Hoopes & Partner: (215) 661–7937. Anschluss unseres Hauses in Bolton Landing: (518) 301–9928.«

Diese Nummern fließen ihm nur so über die Zunge. Die Fremde zieht ein Gesicht, er muss gleich lachen.

»Danke, Eli, das ist wunderbar. Ich muss es nicht wissen, wüsste es aber gern: das heutige Datum?«

Er stockt. Überlegt. Das ist eine Fangfrage, vielleicht wurde die ihm schon gestellt. Zu schnell zu antworten wäre ein Fehler. Deshalb zögert er und überlegt. Seine Taktik ist, so zu antworten, wie sein Gegenüber es von ihm erwartet, aber jetzt kann er sich nicht denken, was sein Gegenüber, eine Unbekannte, die er noch nie gesehen hat, von ihm als Antwort erwartet.

Tatsache ist, heute ist eben: *heute*. Zugleich ist jeder blöde Tag ein neues *Heute* mit einem neuen *Datum* oben auf der Zeitungsseite.

Auf einem Tisch in der Nähe eine Zeitung. An der Schrift erkennt er sie: die *New York Times*. Wahrscheinlich ist es seine *New York Times*, denn sie ist nicht ordentlich zusammengefaltet. Die Seiten sind wirr durcheinander wie bei jemandem, der sich auf die Zeitung gestürzt und sie dann fortgeschoben und vergessen hat. Hätte er gewusst, dass sie ihn nach dem blöden Datum löchern, hätte er die Zeitung näher bei sich behalten, aber jetzt ist es zu spät, er kann sich nicht hinüberbeugen und auf die Titelseite linsen, denn die Schwester, und das wird die Frau wohl sein, in dem blassgrünen Kittel mit der grünen Hose passt auf wie ein Schießhund.

Er schielt zum Fenster. Dahinter weiß funkelnder Schnee; das hilft ihm schon weiter.

Allerdings keine Weihnachtsdekoration hier an den Wänden. Keine für Silvester.

»Es dürfte« – er überlegt ruhig, rechnet und lächelt dazu höflich – »Januar 1966 sein. Denn ich war eine ganze Weile krank, glaub ich. Seit vorigem Juli.«

»Sie glauben, heute wäre ein Tag im Januar 1966, Mr Hoopes?«

»Ich *glaube*, das könnte sein, aber bestimmt *wissen* kann man es nicht, oder? Denn alles, was wir wissen, hat man uns gesagt. Der große John Locke war der Überzeugung, der Geist eines jeden Menschen sei eine *tabula rasa*. Und David Hume hat etwas ganz Ähnliches vertreten. Alles, was wir *wissen*, ist aus der Außenwelt auf uns gekommen, deren Erscheinungen trügerisch sind und die ›uns in süße Träume wiegt‹.

Ergo könnte heute sehr gut auch ein Tag im Februar 1966 sein oder ein Tag im« – er lacht, er ist sehr geistreich, es macht ihm Freude, die Pfleger zu unterhalten, die so gern über seine Scherze lachen – »Februar 1996 und die meisten von uns tot und eingegangen in die ›bessere Welt‹.«

Beunruhigt und genervt. Warum erlauben sie ihm nicht zu gehen! Auf einem Rollbett wird er geschoben. Wie ein siecher Greis, geschoben. Er hat ordentlich Krach geschlagen, als er seine eigenen Sachen gegen das Krankenhausnachthemd tauschen musste. »Das wird am Rücken zugebunden. So.«

Er fragt immer wieder, wohin sie ihn bringen, und sie sagen es ihm immer wieder. Er fragt, und sie sagen es.

Schließlich hat ein Assistenzarzt einen Geistesblitz und schreibt in Druckbuchstaben auf eine Karteikarte:

AMBULANTE CHIRURGIE: KOLONOSKOPIE
DAUERT KEINE STUNDE

Diese Karte gibt man dem reizbaren Patienten, der sie aber bald wieder verloren hat.

Trotz seiner Proteste wird er irgendwohin gefahren. Auf einem ratternden Rollbett: geschoben. Ins Leichenschauhaus? Bringt man ihn ins Leichenschauhaus? Er protestiert, er ist noch nicht tot.

Will sich aufsetzen, will sich aufsetzen, will sich immer wieder aufsetzen, und immer wieder drängt ein Assistent ihn zum Hinlegen.

Jetzt suchen sie in seinem (linken) Arm eine Vene. Verflucht, das tut weh, und er ist zornig!

Sie wollen ihn beruhigen. Reden ihm gut zu.

Nur eine Untersuchung. Keine Operation. Das wird hier ständig gemacht, Mr H'ps.

Entschuldigung, Mr H'ps. Sie warten hier, gut?

Und sehen später nach ihm, zerren an seinem Handgelenk: Alles gut bei Ihnen, Mr H'ps? Sie warten hier?

Kaum allein, ist er auf den Füßen. Ächzt, brummelt. Er weiß zwar nicht, wo zum Teufel er ist, aber er muss weg.

Kalte Luft an seinem Gesäß, Hoden und Penis so schlaff wie ausgeleierter Gummi. Das verfluchte Hemd, das er anhat, schlägt auf. Äußerst peinlich!

Seine Oberschenkelmuskeln, total verkümmert. Sein Bauch eine harte kleine Trommel, wo er flache, harte Muskeln erwartet.

Was schert ihn die verfluchte Kanüle, die sie ihm in den Arm gesteckt habe, der Schlauch in der Armbeuge.

Die Schuhe haben sie ihm auch abgenommen, er hat alberne Hausschuhsocken an den Füßen. Wenn er in Philadelphia ist, kann er zum Rittenhouse Square laufen, kein Problem. Und dort für den See packen. Er sehnt sich so nach dem See. Nach Einsamkeit, klarem Verstand. Dem Plätschern des Wassers, nach ruhigerem Herzschlag. Es ist (nach seiner Berechnung) Monate her, dass er am Lake George war; vorigen Sommer, als er dummerweise krank wurde, fünf, sechs Monate ist das her, mindestens.

Am Ende des Korridors ist ein hohes Fenster, vier Meter die Decke. Metallrahmen, weiß. Aber kein reines Weiß. Ein mattes, undurchschaubar wie die Zeit.

Er steht an einem Fenster. Einem hohen Fenster, und außen sind Regenschlieren an der Scheibe.

Er wartet – worauf? Wartet.

Falls das ein Gefängnis ist, ist es ein seltsames Gefängnis mit diesen hohen Decken und seine Beine ohne Ketten. Die Kanüle ist aus seiner Armbeuge herausgezogen, Blut ist über den Boden verspritzt.

Niggerfreund! Niggerfreund! Er schließt die Augen, es sind zu viele Gesichter. Die schlichte Wahrheit ist, er war anderen nicht genug ein Freund, Schwarzen nicht und Weißen nicht. Hat er je jemanden geliebt …

Er wünscht sich einen zweiten Versuch, denkt er. Einen zweiten Versuch mit dem Leben.

Mr H'ps! Wo wollen Sie denn hin! Schauen Sie mal, was Sie mit dem Tropf gemacht haben, tut das nicht weh? Oh, Mann.

Mr Hoopes, bitte legen Sie sich hin. Sie haben sich die Kanüle herausgezogen, Mr Hoopes. Der Tropf muss dranbleiben.

Seine Muskeln wehren sich. Krampfartige Gegenwehr. Schubst die Schwester fort. Mit dem Knie. Keucht. Flucht: Ihr könnt mich alle mal. Pfoten weg, ich bring euch um. Kein blödes schwaches Kind mehr. Diesmal wehrt er sich.

Mr H'ps? H'lo?

Er kämpft gegen sie, aber sie sind stärker. Giftigheiße Flüssigkeit ihm in den Arm injiziert.

Die verdammte Kanüle brennt, sie haben eine neue Vene gefunden, und giftigheiße Flüssigkeit läuft durch sie in ihn hinein. Sie werden ihm einen Röntgenschlauch in den Bauch schieben, viele Meter lang durch seine Darmwindungen, vom Rektum aus. Ein radioaktives Implantat wie das in seinem Gehirn, als sie seine Schädeldecke aufgesägt haben, um das Fieberfeuer herauszuschneiden.

Warum sind seine Wangen so schlecht rasiert? Verdammt, seine Hand zittert. Noch keine vierzig und in der Blüte seines Lebens, aber ein krankes Gefühl im Leib, etwas Entsetzliches und Endgültiges ist geschehen. Er wartet, dass sie ihn holen kommt, seine Tante.

Lucinda Mateson, die Schwester seines Vaters. Wo ist sie? Warum ist er nicht zu Hause? Wo ist er zu Hause?

Er war derjenige, der sie fand. Wie eine hingeworfene Puppe aus ihrem

Fernsehsessel gefallen. Er hat sie erkannt, ohne sie zu sehen. Hat sie ja seit Jahren nicht gesehen. Man erkennt Menschen an ihren Stimmen. An ihren Eigenarten. Er weiß sofort Bescheid, seine Finger an ihrer Halsarterie: kein Puls. 911 wählen. Beim Krankenwagenrufen langsam sprechen. Ich glaube, meine Tante hat einen Schlaganfall gehabt. Die Anschrift ist vier-sechs-sechs Parkside, Gladwyne.

Schlenderte vor die Tür und hatte, als der Krankenwagen kam, bereits vergessen, dass er ihn gerufen hatte und warum.

Führen ihn stolpernd aus dem Haus, und seine Sachen bleiben alle da. Kann allein dort nicht mehr bleiben, aber warum? Er protestiert, seine Tante Lucinda wird nicht wissen, wo er ist.

Eli, du wirst bei mir wohnen. Bitte, Eli, du kennst mich doch – Rosalyn. Ich bin deine Schwester Rosalyn. Eli?

Schockiert, dass Rosalyn so viel älter aussieht, als sie ist. Nicht älter als vierunddreißig die Frau, aber Falten im Gesicht und einen ängstlichen Ausdruck, ist sie krank gewesen? Krebs? Warum weiß er davon nichts?

Sie weint in seinen Armen. Jemand ist gestorben – wer denn?

Oh, Eli, wir werden uns um dich kümmern. Lieber, lieber Eli, es ist so … ist so unendlich traurig …

Dann wird es ihm klar: Die Frau ist eine Betrügerin. Seine Schwester ist gestorben, und eine Betrügerin hat ihren Platz eingenommen.

Schubst sie von sich: Geh weg, fahr zu Hölle, wo du hingehörst.

Und jetzt hier, an dem hohen Fenster. Die Kanüle aus dem Arm herausgerissen, und die verfluchte Wunde blutet.

Und jetzt draußen. Die Rückseite des hell erleuchteten Gebäudes. Regen, brennender Regen, Eiskörnchen, die ihm im Gesicht pieken. Der Gehweg ist voller Pfützen, seine Füße in den Strümpfen sind nass, verdammt lächerlich, die Würde eines Mannes eine so heikle Angelegenheit, aber er kommt trotzdem schnell voran – der Schrecken hat ihn so schlau gemacht wie ein gehetztes Tier.

Versteckt sich in Hauseingängen. Rennt, stolpert. Sein Atem geht schnell und flach, irgendetwas ist mit seiner Lunge nicht in Ordnung. Eine bak-

terielle Entzündung, er kann nicht tief Luft holen. Wenn er ein Straßenschild wiedererkennt, einen markanten Punkt, findet er auch nach Hause, sagt er sich.

An den Rittenhouse Square, wo er zu Hause ist. Im dreizehnten Stock.

Oder in Bolton Landing. Nach Bolton Landing, an den Lake George möchte er eigentlich fliehen, allerdings hat er seinen Autoschlüssel verlegt, und wo sein Auto ist, weiß er sowieso nicht. Oder welches Auto, welches Fahrzeug. Er will sich erinnern, aber hat keinen blassen Schimmer.

Und kein Geld, seine Brieftasche ist weg. Die Papiersocken sind mittlerweile zerfetzt. Knochige bloße Füße, er muss lachen, ein reicher Weißer, eine reiche Familie von Weißen, geschieht euch ganz recht, Sklavenhalter in eurem Hoopes-Blut, noch vor den frommen Quäkern in Philadelphia, lange vor Philadelphia und den Abolitionisten, in der ursprünglichen Sklavenkolonie Virginia. Er würde in die Adirondacks flüchten, wenn er seine Brieftasche auftriebe, das Auto, die Autoschlüssel, wenn er eine dieser Straßen oder einen markanten Punkt wiedererkennen würde – aber er ist sich nicht sicher, wo er ist, ob es überhaupt Philadelphia ist. Und wann – zu welcher Zeit seines Lebens es ist.

Keine Reise und keinen Weg. Keine Weisheit, nur Leere. Aber es gibt keine Leere.

Keine Weisheit und keinen Buddha.

Warten.

Kapitel zwölf

»Eli, hallo!«

»Hal-*lo.*«

Seine Augen, noch Schlitze, heben sich zu ihren. Es dauert, bis er ihre ausgestreckte Hand ergreift. Ihre Finger müssen doch eisig sein in seiner Hand.

»Erinnerst du dich an mich, Eli?«

So aufgeregt, dass sie zittert. Nähert sich seinem Zimmer im ersten Stock der Einrichtung, steigt die Treppe zum Flur im ersten Stock hinauf, parkt auf dem Parkplatz des Homestead Care Center in White Oaks, Pennsylvania, und denkt die ganze Zeit nur: *Er lebt, noch. Alles andere ist unwichtig.*

Ihr Herz ist eine Klingel, auf der jemand Sturm drückt. Sie hat Eli Hoopes sieben Monate, drei Wochen und sechs Tage lang nicht zu Gesicht bekommen. Hat in der ganzen Zeit nicht einmal mit ihm gesprochen. Er mustert sie mit der starken Konzentration, die der typische Ausdruck des Amnesiekranken ist: *Wer bist du, kenne ich dich, was bedeutet es, dass du mich kennst?*

Ist *das* Eli Hoopes? Der Mann sieht älter aus als achtundsechzig. Ein Tropf hängt an der Beuge des linken Arms, die schrecklich blau aussieht. Seine Wangen sind eingefallen, die Haut unter seinen Augen ist zerschrammt. Roter Glanz in den Augen wie bei der Müdigkeit nach dem Wahnsinn.

»Erinnerst du dich an mich, Eli? Margaret Madden – Margie.«

Sie hat ihm Blumen mitgebracht, einen Armvoll stark riechender Gardenien, leichtsinnigerweise bei einer Floristin in White Oaks gekauft.

Er sei sehr krank, sagt man ihr. Monatelang haben sie ihn ihr vorenthalten, haben ihr nicht erlaubt, ihn zu besuchen, und jetzt zittert sie beim Betreten des schwach beleuchteten Zimmers. Eli hat eine aggressive achtwöchige Chemotherapie hinter sich, und demnächst soll durch einen PET-Scan festgestellt werden, ob die Behandlung die Ausbreitung seines Darmkrebses (der Stufe drei) erfolgreich verhindert hat. Seine Venen sind völlig zerstochen, er hat wenig Blutplättchen. Ist schwer anämisch.

In der Perspektive sieht sie die Gestalt in dem Bett kaum. Ihre Augen schwimmen vor Tränen.

Eli ist mit dem Kreuzworträtsel der *New York Times* beschäftigt. Er müht sich mit dem Bleistift, schreibt mit steifen Fingern. Mit der Zeit sind diese Kreuzworträtsel, die ja auch Aktuelles abfragen, schwieriger für ihn geworden. Als Margot den Raum betritt, blickt er nicht sofort auf, er erwartet ja jemanden vom Pflegepersonal. Obwohl er schwach und krank aussieht, hat er das Kopfteil des Betts hochgestellt und eine sitzende Position eingenommen. Auf dem Bett und auf dem Boden häufen sich abgelegte Zeitungsseiten, eine Angewohnheit, die eins seiner Markenzeichen ist. Er hat sich nicht verändert, nicht mal in der Krankheit!

Jetzt lächelt Eli. Röte steigt in seinem Gesicht auf.

»Ja – Margie! Meine Liebe, wie konnte ich *dich* vergessen.«

Er schiebt die Zeitungsseite fort, legt den Stift weg. Seine Finger drücken ihre nun fester. Margot beugt sich über ihn und küsst ihm die Wange, die überraschend warm ist und nachlässig rasiert von einer Hand, die nicht die seine war.

Sie lacht. Zittert wie Espenlaub und lacht.

Wie leicht es nun ist, nachdem sie ihn gefunden hat! Aber bis es so weit war, total unmöglich.

E.H. wischt sich über die Augen. Seine Besucherin will verhindern, dass ihr Tränen über das strahlende gepuderte Gesicht laufen.

»Mein lieber Eli! Habe ich dir gefehlt?«

»Habe ich *dir* gefehlt?«

»Ja, hast du. Sehr.«

»Dann … wo hast du gesteckt?«

»Ich habe dich gesucht.«

»Wo hast du mich gesucht?«

»Überall! Du bist nicht so leicht aufzuspüren.«

Eli lacht zufrieden. Er fühlt sich geschmeichelt von Margots überspannten Reden – ihm zu schmeicheln war immer leicht.

So viele Jahre der Gewöhnung. Es ist die eine Taktik, über die Margot Sharpe in ihrem Notizbuch immer geschwiegen hat.

Eli lächelt so gespannt wie früher. Er kennt diese Frau jetzt (ist doch so?) und fühlt sich wohl bei ihr. Auch wenn sie erheblich älter ist als er und einer Frau seines Alters kaum ähnelt. Darüber wird er höflich hinwegsehen. Irgendwie müssen er und Marge Madden, seine alte Klassenkameradin aus der Grundschule, sich nähergekommen sein; ihm ist klar, dass die lächelnde Frau ihn liebt und dass es seine Pflicht ist, *sie* ebenfalls zu lieben.

Er strafft die Schultern. Fährt sich mit den Fingern durch das ungekämmte, schütter werdende Haar. Seltsam, dass er ein albernes Krankenhausnachthemd anhat, das am Rücken zugebunden wird! Die Wirkung, die die Ankunft seiner Besucherin auf ihn ausübt, ist der einer Bluttransfusion nicht unähnlich. Margot spürt in ihren zarteren und engeren Venen, wie das Blut durch seinen Körper fließt.

»Mein lieber Mann. Ich habe so lange nach dir gesucht. Ich dachte, sie hätten dich mir für immer weggenommen.«

»Du siehst ja, ich hab hier einen Rückschlag erlitten.«

Mit einer Geste weist Eli auf das Krankenzimmer, den Tropfständer neben seinem Bett und den Schlauch, durch den lebenswichtige Flüssigkeiten in eine Vene in seinem Arm tropfen.

Margot trägt den silbernen keltischen Ehering. Sie zieht das Gegenstück ihres Mannes aus der Handtasche und streift es ihm auf den Finger, wo der Ring locker sitzt.

»Dachtest du, du hättest ihn verloren?«

»Nein. Ich bin davon ausgegangen, dass du ihn hast.«

Margot erzählt Eli, dass sie ihn gesucht hat – und dass seine Schwester Rosalyn schließlich Mitleid mit ihr hatte und ihr diese Adresse gab. Sie verschweigt jedoch, wie wütend sie auf die Hoopes und auf Elis grob fahrlässigen Vetter Jonathan Mateson ist, den angeblichen Verwalter des zu seinem Wohl eingerichteten Treuhandkontos.

Sie sagt ihm auch nicht, dass sie sich Rosalyn nicht als Margot Sharpe, sondern als Margaret Madden – »Elis alte Klassenkameradin aus der Grundschule in Gladwyne« – vorgestellt hat.

In überzeugendem Ton hatte sie Rosalyn weisgemacht, dass sie Eli vor ein paar Jahren wiederbegegnet wäre und dass er sich an sie erinnert hätte. Sie hätte von seinem Aufenthalt im Krankenhaus gehört, und er hätte ihr sehr leidgetan. »Auf einer Eisscholle treibend – mit der Amnesie. Wenn ich irgendwie behilflich sein kann …«

Richtig raffiniert! Margot ist stolz auf sich.

Rosalyn Hoopes muss ziemlich verzweifelt gewesen sein und ein sehr schlechtes Gewissen gehabt haben, wenn sie Margot Sharpe – Professor Sharpe – nicht erkannt hat, obwohl sie ihr vor Jahren im Institut begegnet ist. Gewiss, seitdem ist viel Zeit vergangen: Margot hat inzwischen das mittlere Alter erreicht und frisiert sich auch anders, so dass die Ähnlichkeit mit ihrem früheren Ich nicht mehr groß ist. Sie versteckt ihre Stirn nicht mehr, sondern nimmt das feine silbergraue, von zarten weißen Fäden durchzogene Haar nach hinten. Den exotischen dünnen Zopf, der ihr am Gesicht herabhing, hat sie abgeschafft. Und sie trägt auch andere Farben als Schwarz: gedeckte Grün-, Blau- und Beigetöne. In ihrer Vorstellung sind das – und nicht schwarz – Margaret Maddens Farben. Denn sie ist nicht in Trauer, noch nicht: Eli Hoopes lebt.

Nach dem plötzlichen Abbruch von *Projekt E. H.* hat Margot das berühmte Gedächtnislabor der Universität geschlossen. Ihre Notizbücher sind so vollgepackt mit Material, dass sie den Rest ihres Lebens benötigen wird, es für *Die Biologie des Gedächtnisses. Mein Leben mit E. H.* aufzubereiten. Sie behält nur einen Assistenten, den treuen Hai-ku; sie unterrichtet nur einen Doktorandenkurs zum selben Thema der Biologie des Gedächtnisses. Sie hat eine Stiftungsprofessur an der Universität inne, die ihr praktisch auf Lebenszeit ein hohes Gehalt sichert (denn sie beabsichtigt nicht, in den Ruhestand zu gehen), und gehört (zu ihrer eigenen Verwunderung) nun selbst zu den legendären Gestalten des berühmten Fachbereichs Psychologie – ist beinahe so legendär wie ihr Mentor Milton Ferris.

Daher ist in ihrem Leben Platz – und mehr als Platz – für einen anderen Menschen, um den sie sich intensiv und selbstlos kümmern kann.

Wie absonderlich und doch nachvollziehbar: Eli Hoopes' Schwester hatte Margot angestarrt, aber anscheinend nicht erkannt. Hat Margot sich der Täuschung schuldig gemacht, und spielt das eine Rolle? Hat sie sich unethisch verhalten, wie (würden manche behaupten) schon ihre ganze Karriere hindurch? Sie hat nicht den Hauch eines schlechten Gewissens. In Wirklichkeit ist sie ziemlich zufrieden mit sich selbst, denn das war, auch wenn es sich nicht planen ließ, das sinnvollste Experiment ihres Lebens.

Etwas davon wird sie in *Die Biologie des Gedächtnisses* offenlegen, den größten Teil jedoch nicht. Warum sollte sie? Wen geht es außer sie selbst etwas an? Ihr Fazit lautet, dass das meiste im Leben Maskerade ist, vor allem das Sexualleben. Und die Liebe ist im Grunde die größte Maskerade von allen.

Für ihren Besuch bei Eli Hoopes hat sie sich in gedämpfte Pastelltöne gekleidet, das Veilchenparfum aufgelegt und trägt silberne Spangen im silbrig-weißen Haar. Und den keltischen Ehering am Ringfinger der linken Hand.

Sie setzen ihr zu, die Angst und das Mitleid mit Eli Hoopes, der während der acht Wochen Chemotherapie unsagbar viel durchgemacht hat. Dennoch – könnte er über den Berg sein, wie man so sagt. Es hat schon Patienten gegeben, die einen noch schlimmeren Krebs überwunden haben, auch wenn sie hinterher im Leben und in ihren körperlichen Möglichkeiten eingeschränkt waren. Sie wird um einen Termin bei seinem Onkologen bitten und sich seine Krankenakte ansehen. Wenigstens wird Eli die Stunden vergessen, in denen Gifte in seinen Körper tropften, wird den Schock der Anfangsdiagnose vergessen.

Margot Sharpe hat die Hoffnung, dass Eli Hoopes die ihm bleibenden Jahre – Monate? – seines Lebens mit ihr verbringen kann.

»Wenn wir verheiratet wären, könnte ich mit ihm in die Adirondacks fahren. Es war ein schrecklicher Fehler, dass wir nicht geheiratet haben.«

Margot spricht oft laut vor sich hin. Auf den (unsichtbaren, voreingenommenen) Verwalter des von Lucinda Mateson eingerichteten Treuhandkontos redet sie am häufigsten ein.

Homestead Care ist eine moderne Einrichtung, die betreutes Wohnen, ein Pflegeheim und ein Hospiz unter ihrem Dach vereint. Das Anwesen, ein wunderschöner, verwittert aussehender Steinbau, war ehemals das Kloster der Schwestern vom Heiligen Herzen Marias und steht zurückgesetzt in einem kleinen Park außerhalb von Philadelphia, in dem Reichenviertel White Oaks. Hier bewohnt Eli Hoopes im ersten Stock sein eigenes Apartment und hat sogar einen kleinen Balkon mit Seitenblick auf einen Teich, der wie ein Teich im Wald aussehen soll und an dem sich eine lärmende Schar von Stockenten und Gänsen eingefunden hat. Eli teilt sich diesen Flügel mit Personen, die an leichteren geistigen Einschränkungen leiden – nicht mit den Schwerstpflegefällen mit Demenz, Senilität und Depression.

In anderen Flügeln des Gebäudes wohnen Schizophrene und Wahnkranke, deren Familien mit Geld nicht geizen, um sie zu verstecken.

Die Pflegekräfte in der Einrichtung machen einen sehr freundlichen, angenehmen Eindruck. Besuch für Eli Hoopes aus dem ersten Stock ist (anscheinend) eine Seltenheit.

Rosalyn Hoopes hatte, fast stammelnd vor Eifer, zu Margot gesagt: »Oh, ja, Margie – gut möglich, dass Eli Sie wiedererkennt. Am besten erinnert er sich an Menschen und Dinge aus der fernen Vergangenheit. Wenn Sie in derselben Grundschule waren, weiß er zumindest noch etwas über Sie, und das wird ihn aufmuntern. Sie würden ihm eine große Freude machen, Margie, wenn Sie ihn besuchten, ja!« *Sie würden mir eine große Freude machen*, schien die Schwester zu bitten.

Margaret Madden zu verkörpern – ein schwesterliches Ich sozusagen – fällt Margot Sharpe leicht. Fast bildet sie sich ein, »Margie« einmal kennengelernt zu haben – sie hat Fotos ausgegraben, auf denen sie als Erwachsene zu sehen ist; nach Margots Wissen lebt sie aber nicht mehr. Margot hat die Angewohnheit ausgebildet, nur mit einem Mundwinkel zu lächeln und den Kopf zu Eli zu drehen, als ob sie auf dem linken Ohr schwerhörig wäre; ihre Stimme ist neutral, passt sich schnell an die Bedürfnisse des Hörsaals an, Margarets Stimme aber ist lieblich und beruhigend.

»Wir waren zwar zusammen in der Grundschule in Gladwyne, aber nicht so eng befreundet wie später, als Sie in Amherst waren und ich in Bryn Mawr.«

»Ja. Das ist richtig.«

»Wir gingen an verschiedene Highschools. Aber wir haben einer den anderen nie vergessen und uns immer wieder getroffen …«

»Ja …«

»Sicher, wir waren jung, als wir uns verliebt haben, und wir haben Fehler gemacht. Bedauerlich, aber nicht unabänderlich.«

»Margaret Madden. Wir haben uns geliebt, nicht? Ich freue mich so sehr, dass du zu mir zurückgekommen bist. Und die schönen Blumen, die du mir mitgebracht hast – daran erinnere ich mich, glaub ich.«

Eli spricht so aufrichtig, dass klar ist: Er erinnert sich – an irgendetwas.

Margot muss eine Pflegerin bitten, eine Vase für die Gardenien zu bringen, die sie auf einen Tisch hat fallen lassen. Sie duften so stark – fast überwältigend süß.

Seit sie das Krankenzimmer betreten hat, meint sie in einem heiligen Raum zu sein – in einer Dimension tiefsten Glücks. Von allen Plätzen in der Welt ist Margot Sharpe schließlich am richtigen Platz.

»Wenn du wieder besser bei Kräften bist, Eli, fahren wir an den Lake George. Du hast doch hoffentlich einen Schlüssel für das Haus?«

»Natürlich! Natürlich habe ich einen Schlüssel.«

»Und dort am See, ist da jemand, der dein Grundstück beaufsichtigt? Ich kann mich bei ihm melden, wenn wir genauer wissen, wann wir ankommen.«

»Al Laird – Alistair. Ich glaube, Al ist immer noch in Bolton Landing.«

»Du bist erst vor einer Weile da gewesen, glaube ich. Du warst vorigen Juli im Haus deiner Familie, als du krank geworden bist?«

Doch nun runzelt Eli die Stirn, nicht so sicher. Aus irgendeinem Grund schielt er zu seinen Fingern, deren Nägel verfärbt und seltsam rissig sind.

»Könnte sein, es ist doch schon länger her als vorigen Juli. Vielleicht ein paar Jahre. Das dürfte hinkommen.«

»Das Haus steht aber immer noch am See. Wir können dort wohnen und allein zusammen sein. Würde dich das freuen, Eli?«

»Natürlich – ich freue mich ja jetzt schon. Ich wusste gar nicht, wie einsam ich bin. Bist du meine Frau?«

»Ja.«

»Und du lässt mich nicht im Stich, nein? Bitte?«

Eli sagt es mit so viel Wehmut, dass Margot mit einem leisen Aufschrei zu ihm eilt. Sie drängt sich in seine Arme und achtet darauf, dass sie die Kanüle an seinem linken Arm nicht abreißt. Küsst ihn, und er küsst sie: gierig, hungrig.

Sie schiebt die Hand unter sein locker sitzendes Nachthemd – wie abgemagert Eli ist, wie knochig die Rippen, wie spärlich die drahtigen weißen Haare auf seiner Brust. Er schiebt die Hand unter ihre apricotfarbene Steppjacke. »Meine Frau, mein Liebling«, flüstert er, außer sich vor Glück.

Sie legt sich neben ihn in das Krankenhausbett. Es kommt ihr sehr seltsam vor, schwindelerregend, sich hier niederzulegen, so entwaffnet zu sein; wir sind vollkommen wehrlos, wenn wir uns *hinlegen*. Sie will sich ins Gedächtnis rufen, was Rosalyn über Elis Erkrankung – seinen »Zustand« – gesagt hat, als ein Summen ertönt. Er wird gegen Darmkrebs behandelt, der bereits gestreut hat, »aggressiv«. So wurde es ihr gesagt, glaubt Margot. Am Lake George könnte das problematisch sein – gute medizinische Versorgung zu organisieren. Margot könnte Eli zur Bestrahlung nach Albany fahren, sofern die verschrieben wird.

Selbst wenn Eli in Remission ist, wird er sich regelmäßig bei einem Onkologen vorstellen müssen, der sein Blut untersucht und PET-Scans durchführt. Sie wird den besten Onkologen suchen, den es in Albany gibt, und die Behandlung selbst bezahlen – Margot Sharpe hat jede Menge Geld.

Ihr ist aufgefallen, dass in Elis Zimmer nirgendwo ein Notizbuch und eine Zeichenmappe zu sehen sind. Was mag das zu bedeuten haben? Aufgeregt schildert sie ihm ihre Pläne: Sie hat die Absicht, eine Ausstellung der Bleistift- und Kohlezeichnungen von Elihu Hoopes zu kuratieren. Sie wird sich an das Kunstmuseum in Philadelphia wenden, dessen Direktor bestimmt interessiert ist – denn Eli Hoopes' Zeichnungen sind nicht nur bedeutende Kunstwerke, sondern die Familie Hoopes gehört auch seit langem zu den berühmtesten Förderern des Museums. Es gibt Hunderte – Tausende – dieser bemerkenswerten Arbeiten, die, vermutet Margot, irgendwo gelagert sind, und viele sind von ungewöhnlichem Interesse. Sie hat bereits mit seiner Schwester Rosalyn gesprochen, die Margot »sehr unterstützt«. (Das stimmt, obwohl Rosalyn unsicher schien, wo genau die Zeichenmappen sich befinden.) Margot wird mit der Arbeit beginnen, sobald sie kann. Vielleicht kann sie eine Auswahl der wichtigsten Zeichnungen mitnehmen, wenn sie an den Lake George fahren, wo sie ein Vorwort zu der Ausstellungsbroschüre schreiben wird: »Die Kunst der Erinnerung bei Amnesie«.

»Ja. Sobald es mir ein bisschen bessergeht. Der Arzt hat gesagt, irgendwann nächste Woche werde ich wahrscheinlich entlassen.«

»Wirklich!« Margot weiß, dass das nicht stimmen kann.

»Ich muss noch Therapie bekommen. Physikalische Therapie.«

»Natürlich. Ich kann dich in die Klinik fahren, wenn du Beförderung brauchst.«

»*Ich* kann fahren. Aber vielen Dank, Liebes.«

Was hat es zu bedeuten, dass Eli ihr nicht mehr Fragen zu der Ausstellung oder zu den Tausenden bemerkenswerter Zeichnungen stellt?

Sie liegen zusammen in Elis Bett, unbequem, aber beieinander. Margot spricht, und Eli stimmt ihr schläfrig zu. *Ja, ja!* So von Glück erfüllt ist Margot noch nie gewesen. Elis Atem verströmt einen schwach säuerlichen, chemischen Geruch. Sein dünnes Haar ebenfalls. Trotzdem küsst sie ihn und sagt sich, dass es sie nicht stört.

Nach einiger Zeit aber muss sie sich von ihrem Mann lösen und die am Ende des Gangs liegende Toilette aufsuchen. Sie rückt so behutsam von ihm ab wie möglich, um ihn nicht zu wecken. Schließt nach dem Hinausgehen die Tür. Und als sie wiederkommt, staunt sie abermals über den überwältigenden Duft der Gardenien – der Geruch ist fast zu stark. Es ist, als entzögen die schönen weißen Blumen dem Raum den Sauerstoff. Während Margots Abwesenheit hat Eli sich ein Kissen hinter den Rücken geschoben, Zeitung und Stift wieder hergenommen und blickt mit zusammengekniffenen Augen in das Kreuzworträtsel, das erst halb gelöst ist. Ein gutes Zeichen, nicht, dass Eli so rege ist und nicht schläft? Allerdings ist die Beleuchtung schlecht, warum schaltet er nicht einfach eine Deckenlampe ein? Ein Schalter ist gleich neben seinem Bett, und wie man den bedient, weiß er doch bestimmt.

Als Margot darauf zugeht, blickt Eli überrascht und verwirrt zu ihr auf – er hat zweifellos jemanden vom Pflegepersonal erwartet, denn er weiß ja, wo er ist. Es wird quälend klar, dass er Margot Sharpe noch nie im Leben gesehen hat.

Er lässt die Zeitung sinken und wirft den Bleistift weg. Macht sofort ein gespanntes und hoffnungsvolles Gesicht. Seine blutunterlaufenen Augen leuchten. Genau denselben Ausdruck (da ist Margot sich sicher) hat sie in seinem Gesicht an dem lange vergangenen Morgen 1965 gesehen.

Falls der Amnesiekranke bemerkt, dass seine Besucherin (eine schlanke, gutaussehende Frau mit silbergrauem Haar, blassem faltigen Gesicht und bestürztem Blick) weint, ist er zu sehr Gentleman, darauf zu reagieren.

»Hallo? Hal-*lo*?«

Danksagung

Unter den vielen wertvollen Büchern und Artikeln, die mir bei der Vorbereitung auf diesen Roman nützlich gewesen sind, ist Suzanne Corkins Werk *Permanent Present Tense. The Unforgettable Life of the Amnesic Patient H.M.* das bedeutsamste. Herangezogen habe ich ferner Forschungsergebnisse von Brenda Milner, Larry Squire und Nicholas Turk-Browne.

Bedanken möchte ich mich auch bei Clare Tascio, die als Hertog Research Fellow am Hunter College dieses Manuskript besonders gründlich gelesen hat, und bei Greg Johnson für seine lange, mir so wertvolle Freundschaft, für sein scharfes Auge und Ohr und sein einwandfreies literarisches Urteil.

Und wie immer danke ich meinem ersten Leser, meinem Mann, dem Neurowissenschaftler Charlie Gross, der diesen Roman von Anfang bis Ende begleitet hat und dessen Enthusiasmus, Zuspruch und Mitgefühl unermesslich sind.